第四回創元ファンタジイ新人賞受賞作

星砕きの娘

松葉屋なつみ

東京創元社

受賞の言葉

松葉屋なつみ

このたびは第四回創元ファンタジイ新人賞をいただき、誠にありがとうございました。選考委員の先生方、選考に携わったすべての皆さまに厚くお礼を申し上げます。

たまたま寄った河原で気に入った石を拾って帰るように、出会って心惹かれた雑多なものを、何の役に立つかも分からないまま、ずっと自分の中に集めてきました。趣味としか呼べないそれらの収集物が内で発酵し、物語を引っ張り、問題を解決し、ラストまで書き上げるモチベーションをくれる。この不思議な作用を特に実感したのが今作であり、その作品で思い入れのある賞をいただいたことを、とても象徴的に感じております。この栄誉に感謝し、今後もいっそう精進してまいります。

心を揺さぶる様々なものとの出会いによる物語が、巡り巡って、他の誰かの心に収まる不思議な収集物になれたら、これに勝る喜びはありません。

目次

星砕きの娘

かの金を求むる者は沙を捨ててこれをとり、玉を瑩く類は石を破りてこれを拾ふ。

『沙石集』

序章　勇魚（いさな）

静寂（せいじゃく）の闇に、ぽっかり浮かんだ小さく丸い水の玉。話に聞いたとおりだ。黄金（こがね）色の光を受けて淡い輝きを帯びているのも、朝露みたいで愛らしい。玉の周りには風が吹いていた。近づくにつれ、その風が複雑な吹き寄せ方をしているのが感じ取れるようになる。

東西南北と、そのあいだから。ぐるりと回って、天と地からも。色や匂いの異なる十方向もの風が、見えない袋を編んでいる。その不思議な風の袋に守られて、水の玉は形を保ち、落ちもせず虚空（こくう）に浮かんでいるのだ。

そこには魚も棲みついていた。こんもりと太った目のない勇魚だ。ぷかぷかと水に浮かんで、のんびり東へ泳いでいる。これも話に聞いたとおりだったけれど、想像していたより遙かに大きい。その背中の模様ときたら豪快だ。ごつごつとした起伏に苔（こけ）むす密林が繁茂しているかと思えば、別の場所では、ひび割れのあいだに蒸気の煙る炎の河が沸き立っている。あるいは高々と隆起した背びれに、つるつるの万年雪が凍りついていたりもする。

ぐんぐん近づいて雲を抜ければ、潮騒（しおさい）の砂浜で夜の虹に抱かれた星の木の実がひっそりと芽を出し、花咲く草原の湖沼に緋色の群鳥が羽を休め、麦の揺れる里外れの畦道（あぜみち）では斑猫（ぶち）が満足そうに顔をこすっていた。

　わくわくするような景色が、いくつも眼下を流れていく。広げた両手両足で帆のように風を受けながら、飽きることなく眺めている。夢中になって目に焼き付ける。私が見ることのなかった世界は、こんなにも美しく楽しげに編まれていたのだと。

　……言い訳が許されるなら、だから目算を誤ったのだ。気付けば勇魚を通り越していて、行く先に浮かんでいるのは、勇魚から剝がれ落ちたような陸地の欠片だけだ。

　やむなく欠片の一角に降りる場所を物色し、見知らぬ暗い大地を見渡した。生き物の気配のしない山々の起伏が、荒海のようにうねっている。雪帽子の夜の森林を切り裂くように流れているのは、岩だらけの早瀬。中洲にそびえ立っているのは、浸食を免れた奇岩の連なりだ。

　そのねじけた岩島の段々に、吹き寄せの雪に隠れて誰かがいた。

　思い詰めた目をした、人間の子どもだった。

*

　何者かの気配を感じて、鉉太は、草鞋の緒を縛り直しながら夜空を見上げた。

　鳥はもちろん、蝙蝠の姿さえ見当たらない。澄みきった晩冬の天蓋には、山の端に昇りかけの頼りない月と、散らばった無数の星々。ちょうど天頂に輝いているのは、月よりまばゆい黄金色の〈明〉の星だ。

　昔、母が教えてくれた。明の輝きは御仏の化身。朝な夕なに天空を巡り、罪深い衆生に慈悲の光を注いでくださるという。

では、さっきの気配は御仏だろうか。そうに違いないと、鉉太は信じることにした。明の星に手を合わせ、今から行う企みが成功しますように、と加護を祈願する。

　眼下の獣道には、夜目にも白い残雪を踏み乱し、二匹の小さい〈鬼〉がうろついている。鬼とは人でも獣でもない、悪しき生き物だ。姿は毛のない猿に似ている。二本足で歩いたり、器用に道具を使ったりもする。たいてい唸るか鳴くかだが、中には人語を操るものもいた。眼下の一匹は折れた烏帽子（えぼし）を被り、もう一匹は薄汚れた水干（すいかん）を着て這い回っている。里人の骸（むくろ）から剝いだ着物だろうが、どこか奴らは誇らしげだ。

　人間に似たものが、人間の真似をして闊歩（かっぽ）する。滑稽（こっけい）でありつつ、おぞましい。奴らの奇怪な姿を見ていると、遠く隔たった別の国に来てしまったようで恐ろしくなる。もう二度と故郷に戻れないのではないか、と強い焦りに嘖（さいな）まれるのだ。

　誰にも見られずに川原へ抜けるには、この獣道を通らねばならない。ようやく鉉太は腹を括（くく）った。足が滑らぬよう注意しながら岩場を移動し、己の小さな影の方向を気遣いつつ、二匹の位置を確認する。そうして、渾身（こんしん）の力で崖縁の岩を突き落とした。

　地響きを立てて岩が転がり落ち、とたんに響く甲高い鳴き声。どちらかには命中したようだ。小鬼たちの喚きを聞きつつ、鉉太は栗鼠（りす）のように駆け、積雪の崖を滑り降りて、裏道の先へと着地した。首尾よく事は運んだが、心臓は早鐘を打っていた。

　鉉太は兵（つわもの）の家の者だ。一族の頭領である父より直々の手ほどきを受け、特に弓の筋が良いと褒められていた。こそこそと逃げ隠れするなど、あるまじき姿。しかも新年に十一歳となったばかりの鉉太より、さらに小鬼は小さいのだ。

荒い息を宥め、岩陰から背後をうかがった。下敷きとなった小鬼が、岩を押しのけて立ち上がったところだ。小鬼は瓜のように割れた頭を痛がる様子もない。落とした己の烏帽子が相方の頭に収まっているのに気付き、たちまち仲間割れを始めている。

鉉太は身震いして先へ進んだ。鬼は死なない。どんな力自慢にだって鬼を退治するのは難しい。だから逃げるしかないのだと、そう自分に言い聞かせた。

小鬼のせいで、思わぬ足止めを食ってしまった。「急がないと」と呟いた焦りの言葉に、左の拳の中で小さな声が、『急がないと』と応じる。「うるさい」と鉉太は小声で言い返し、忌ま忌ましい左手をいっそう強く握り固めた。

さらに足を速め、雪を蹴って道を急ぐ。いっきに川原まで駆け降りて、ぐるりと表側へ回るのだ。そこには〈鬼岩の砦〉と呼ばれるこの中洲島の、唯一の出口となる橋がある。


京の都から郷里へ戻る旅の道中、母親とともに鬼にさらわれたのが半年前。その際、密かに幼名を捨てた。そうせよと母が説いたのだ。父の名が鬼に知れては利用される。身代金をとるための人質にされ、殺される。だから名を捨てなければならないという。

元服には少し早いけれどと詫びつつ、母は新しい名をくれた。以来、〝鉉太〟はこの鬼岩の砦に囚われ、鬼どもの雑役にこき使われる毎日だ。

島国である敷島国の東の果て――果州であることは間違いないだろう。でも、どの辺りかは分からない。一口に果州といっても広大で、人の住む場所は、ごく一部だ。

不本意ながらも卑しい鬼に従いつつ、今日にも助けの討伐軍が来るか、明日には脱出の好機があるかと待ち続けた。そうして今夜、島を脱走すべく数人の者が決起するという。鬼が近隣の里を襲う際に、手駒として駆り出される頑健な若者たちだ。

鉉太は計画を知り、寝床を抜け出して集合場所の橋を目指していた。何としても、自分も仲間に加えてもらわねばならない。

川原の洗濯場まで駆け下ると、さすがに息が切れてきた。「あと、もう少し」と喘ぐと、再び左手の拳から声がした。『あともう少し』

その抑揚のないかすかな声が、焦る心を引っ掻いた。とっさに左手を振り上げ、そばの岩に打ち付ける。拳に血が滲んだが、囁く声は止まらない。

鉉太の左手には細い虫が蠢いている。手足も触角もない、枯れ枝にそっくりの痩せこけた長虫だ。砦に連れてこられた人間は、みな鬼の王に左手の小指を取られ、これを代わりに植え付けられる。不可思議な生き物で、すり潰そうが切り落とそうが、すぐに根もとから再生してしまう。それればかりか、小指の爪に擬態した口を魚のように始終ぱくぱくと動かしており、この不気味な口で宿主が話す言葉をおうむ返しに繰り返すのだ。

長虫の声は小さいが、辺りが静かなせいで明瞭に聞こえた。

『あともう少し』『うるさい』『急がないと』『ひもじい』『もう家に帰りたい』

とっくに忘れていた泣き言まで呟かれ、羞恥で顔が熱くなる。鉉太が再び岩に向かって拳を振り上げたとき、鋭い声が辺りに響いた。

「――誰だ、そこにいるのは」

はっとして視線を巡らせた。浅瀬に設けられた洗濯場の桟橋の先だ。川面に散った月光の中に、膝上まで水に浸かって身構える若い男がいた。この鬼だらけの砦に、人間の数は五十名余り。ほとんどが顔見知りだ。

　鉉太は思わず声を上げた。「どうして、こんなところにいるのだ」手の中で長虫が言葉を繰り返したが、無視して駆け寄った。今夜の逃亡計画の首謀者、大武丸（おおたけまる）だ。

　大武丸は険しい表情で鉉太を睨み、静かに、というように指を立てている。

　軟禁同然の虜囚生活に荒（すさ）んでゆく者が多い中で、大武丸は抜きん出た存在だった。機転がきき、鬼どもを相手に要領よく立ち回る。また他人を使う術（すべ）にも長（た）けている。本人は何も話さないが、襤褸（ぼろ）をまとった立ち居振る舞いにさえ、生まれの良さがにじみ出ている。

　大武丸は握っていた荒縄の端を腰に巻き付けた。荒縄のもう一端はといえば、かたわらに浮いた丸太に結ばれている。

「丸太を浮きにして川を下るのか。でも、皆は橋に集まっているのだろう?」

　大武丸が驚いたように顔を上げた。その鋭い目つきに怯みそうになったが、鉉太は負けん気で胸を張る。「少し聞こえただけだ。お前たちも迂闊（うかつ）だぞ、はかりごとを厩（うまや）なんかで――」

「盗み聞きか。奴らめ、きちんと見張りを立てろと言ったのに」鉉太の言い訳に被せて、大武丸が吐き捨てた。「口外するなよ。これは重大な計画なのだからな」

「なるほど、計画の一端だな。私は誰にも言わない、だから頼みを聞いてくれ」

　大武丸は丸太を押して浅瀬を進みながら、「駄目だ」と、にべもなく拒絶した。

「待ってくれ、連れていってくれ。足手まといには、ならない。泳ぎだって得意だ」

　大武丸を追って川へ踏み込むと、雪解け水の冷たさに脳天まで震え上がった。この水温では、半時も経たずに臓腑(ぞうふ)が凍るだろう。でも、大武丸が行けるなら、自分だって行ける。

「駄目だと言われてもついていくぞ」再び追いすがろうとした鉉太は、勢いよく何かにつまずいた。姿勢を崩して川底に両手を突き、派手な水しぶきを浴びるはめになる。

「な……何だ？」ずっしりと重たい、長い棒状の物体だ。よいしょ、と両手で川から引き上げ、息をのむ。長さ三尺を越す大太刀だ。「これは……鬼の落とし物か？」

　黒塗り一色の質素なつくり。しかし、その塗り自体が、まるで夜の帳(とばり)で磨いたように美しい。月光を反射して冴え冴えと輝くさまは、どんな宝飾も必要ないほど神々しく、鞘(さや)を封じた組み紐の模様も、人間の手で編まれたとは信じられないような複雑さだ。したたる水滴までが、磨き出されたばかりの珠のように、生き生きと光ってこぼれ落ちている。

　おそらく、砦へ運ぶ途中で荷から転落し、そのまま流されてきたのだろう。いつから水底にあったか知らないが、錆の浮いた箇所もない。

「お手柄だぞ、鉉太」目の色を変えて引き返してきた大武丸が、ずいと手を突き出した。「小童(こわっぱ)には使いこなせない代物だ。俺に寄越せ。さすがに丸腰で逃げるのは、心もとないと思っていたところだ」

「ああ、良いぞ。でも」と鉉太は太刀を抱きかかえた。「条件がある。私も連れていけ」

「つけ上がるな」大武丸が奪い取ろうと腕を伸ばした。鉉太も握りしめる手に力を込め、必死になって抵抗する。

　ふいに大武丸が動きを止め、鉉太も気付いて周囲を見回した。たぶん花の香りだろう。浅ましい争いを忘れるほどの静謐(せいひつ)な匂いが、どこからともなく漂ってきたのだ。

香りを運ぶ風は川上から吹いている。上流の暗がりに目を凝らすと、ぽつんと川面に白いものが見えた。仄(ほの)かに発光している何か。月から落ちた滴ではないかと、鉉太は埒(らち)もないことを考えた。実際、帯びた光の淡さは月そのものだったし、滴の形をしていたからだ。こちらの近くまで流れてきてやっと、正体は花の蕾(つぼみ)だと気が付いた。

「……蓮(はす)の花か？」白い花弁をもった、ふっくらとした蓮の蕾だ。

蕾は川波と戯れるように踊りながら、くるり、くるりと浮き沈みする。楽しげな水音を立て、複雑に行き交う流れを乗り換え、軽やかに近づいてくる。

上流の淵か池にでも咲いていたものが、どうしてか流されてきたのだろうか。大人の頭ほども大きさがあり、花弁の先が少しだけ解(ほど)けて、今にも咲きそうに見える。

大武丸は眉をひそめている。「蓮の花？　馬鹿を言うな、この寒空にか」同じ蓮の蕾を見ていても、大武丸には胡乱(うろん)に思えるらしい。

じっと二人で見守っているうちに、蕾はすぐ近くまで寄ってきて、くるり、くるりと流れ去る。そのとたん、清らかな香りと光が失われていくように思えて、急に動悸が激しくなった。まるで、焦った誰かが胸の中で戸を叩いているようだった。

（――早くつかまえろ、見失ってもいいのか！）

鉉太は両手を塞いでいた大太刀を大武丸に押し付けた。水面を蹴立てて追いかけ、深みに流れる前に蕾に追いつき、抱き上げる。ほっとしたと同時に、早くも後悔し始めた。この少しばかり綺麗な蓮が、いったい何の役に立つだろう。

「物好きな奴め。だが小童には、そちらがお似合いだ」太刀を腰帯に差し、大武丸は上機嫌に笑った。「蓮の種は滋養が高いらしい。種が取れたら母御に食わせてやるのだな」

丸太とともに川を下る若者の姿は、ほどなく暗がりの向こうに見えなくなった。


鉉太は大きな蓮の蕾を両手に抱え、恨めしい気分で裏道を戻った。

まだ短い己の腕では大太刀なんて、きっと鞘から抜くこともできない。でも大武丸になら使いこなせるのだ。それでも――と、ついつい考えてしまう。隠し持っていれば、いつか役に立ったかもしれない。

溜息をつき「それにしても」と蓮の蕾を見下ろした。『それにしても』と長虫も呟いた。

長く水に浸かっていたのか、ずいぶんひんやりとしている。鼻を近づけ、改めて匂いを嗅いでみた。胸のすくような、爽やかで良い香りだ。真っ白な花弁には瑞々しい張りがあり、先端だけが、ほんのりと紅色を帯びている。花弁が詰まっているのか、見た目よりも重い感じだ。

大武丸の言ったとおり、滋養のある種が採れるだろうか。それよりも、と鉉太は思案した。このままで差し上げたほうが、きっと喜ばれるだろう。母上は花がお好きだ。

上の着物を脱いで広げ、蓮の蕾を包み込んだ。直に抱いては、せっかくの美しい花弁が体温で傷んでしまう。そうやって抱え直すと、もう蕾の重さは気にならない。

先ほど突き落とした岩のところまで戻ると、二匹の小鬼が、まだ見張りに残っていた。仲間割れは烏帽子と水干の交換で決着がついたらしい。知らぬ間に外に出ていたのに気付き、きいきいと責め立ててきた。鉉太は適当な言い訳をして、そびえ立つ岩壁の裂け目に身を滑らせた。やっと通れるだけの岩の隙間を、蓮の蕾を傷つけないように下ってゆく。

やがて平らに開けた場所に出た。鬼岩の砦の中心となる大広間だ。

天井の割れ目から月光が注ぐ吹き抜けの空洞で、地層を利用して作られた上下二層の岩棚の回廊が、ぐるりと周囲を巡っている。回廊に開いた無数の穴は、四方八方へ伸びる横道だ。何度も枝分かれし、奥で互いに交差したり合流したりしている。慣れない者は、もといた場所に戻ることも難しいだろう。通路は木や石で補ってあるものの、崩れやすい地層が壁に露出している場所や、崩落して行き止まりとなった横穴も多い。

まるで自分が小さくなって、蟻の巣にでも迷い込んだような眺めだ。この広間に来るたび、鉉太はそう思う。背を丸めた小鬼どもが這いつくばって行き来するので、なおさらだ。

この夜半、いつもなら鬼も人間も寝静まっている砦内が、今夜は広間にも多く火が灯され、ざわざわと騒がしい。あちこちに武装した小鬼の集団がいるし、中央に設けられた木組みの高舞台には、武器を携えた大鬼が、物々しい様子で立っている。

どこかの里を襲撃するのだろうか。不審に思いつつ、壁際に寄って小鬼どもをやりすごしていると、「若さま」と声をかけられた。中年の女が慌ただしく手を振り、回廊を走ってくる。同じ虜囚の一人、小波だ。

「小波、『若さま』は、やめてくれないか」

「そういう訳には、まいりませんよ」

小波は鉉太が砦に来るより前に、幼子とともに鬼に囚われてきたらしい。その子が熱を出した際、鉉太の母が携帯していた薬のおかげで命を取り留めたのだ。あいにく別の病で亡くなったが、以来、小波は母を恩人として敬い、息子の鉉太にも何くれとなく世話を焼く。

「お姿が見えないので、心配していたんですよ」小波が周囲をはばかり、声を落とした。「大武丸と取り巻きの若衆が、砦から逃亡したのですって。さっき知らせが入って、この大騒ぎですよ」

鉉太の心臓が小さく跳ねた。なぜもう脱走が知れ渡っているのだろう。

「すまない、心配させてしまったな」驚きを押し隠し、とりあえず場をしのぐ。「ひどく空腹だったので、何か採れないかと思って抜け出していたんだ」

「若さまは、食べ盛りですものね」と小波は何の疑いもなく頷き、鉉太の抱える包みをのぞきこんだ。「ときに、この赤子は、どうなさったのです?」

一瞬、小波が何を言っているのか分からなかった。鉉太は示された腕の中に目を落とし、やっと理解して絶句した。

いつの間にか赤子を抱いていた。上着の中には、大切に運んできた蓮の蕾ではなく、赤子が気持ち良さそうに眠っているのだ。

蓮の蕾と赤子とは似たような大きさで、重さもだいたい同じだろう。だからといって、いつ、どうして赤子に化けたのか、まるで分からない。

「ち、違うんだ。これは拾って……その、川上から流れてきて」

「まあ、捨て子ですか。この寒空に川へ流されるなんて、可哀想に」小波は早合点で同情し、目を細めて赤子に微笑んだ。「女の子ですね。まあまあ、なんて可愛らしいんでしょう。この子は、きっと美しい娘に育ちますよ」

「分かるのか?」鉉太も改めて赤子を見下ろした。あの見事な蓮の蕾を連想させる、ふっくらとした肌に薄紅色の頬。確かに普通の赤子とは、どことなく違う気がする。

そのとき、赤子が瞼を開いた。黒目がちで真ん丸の、少し青みがかった瞳。満天の星を映した井戸のようで、迂闊にのぞきこんだら落ちてしまいそうだ。

赤子からは蓮の蕾と同じ香りが漂ってくる。その爽やかな芳香を嗅いだとき、鉉太の頭の中に不思議な幻が浮かび上がった。水辺に佇立する蓮の花のごとく成長した娘の姿だ。その美しさは、とてもこの世のものとは思えない。白く凛々しい横顔をもっとよく見たいと思ったとき、いきなりの泣き声に幻が霧散し、香しい芳香も散ってしまった。不躾な視線に抗議するかのように、赤子が泣き始めたのだ。

せっかくの可愛い顔を歪め、大口を開いて泣き喚く。鉉太には、くしゃくしゃに縮めた目鼻に代えて、顔中を口にしてやろうという自暴自棄な態度に見えた。その歯のない口が発する大音声ときたら容赦ない。すべすべの腹の中に猛獣でもいるのかと思うほどだ。

高い吹き抜けに、わんわんと泣き声が反響し、近くの小鬼たちが何事かというように振り返る。怯えて逃げ出したり、競り合うように叫び始めたりする奴もいる始末だ。あっという間に、砦中に騒ぎが伝染していった。

「泣き止まないぞ、どうしたらいいのだ」うろたえる鉉太に、「大丈夫ですよ、お任せください」と小波が請け合った。前掛けを外し、その中に赤子をくるみ取る。

「漏らしては、いないようですね。お腹が減っているのかもしれません」

「小波、乳をやってくれるか」

「私じゃ、もう無理ですよ。何年も、あげていませんもの」慣れた仕草で赤子をあやしつつ、小波が苦笑する。「ええと、乳をやれるような娘は、いたでしょうかね。ちょっと心当たりを探してみます」

「よろしく頼む」と、鉉太は胸をなで下ろした。小波に任せれば安心だ。

「そうだ。若さま、これを」と、小波は片手で懐（ふところ）を探り、綺麗な小石を差し出した。「こないだ川原で見つけて、拾っておいたんです」

瑪瑙（めのう）の交じった小石だった。「こんなものを、よく見つけたな」

「それを持って、お母上のところへ行ってあげてください。心配なさっていますから」

ふいに後ろめたさが込み上げて、鉉太は黙って頷いた。


小波と別れて横穴を進み、鉉太は地下へと下りてきた。この先は真っ暗な洞穴にしか見えないが、さらに坂を下ると、辿り着くのは岩造りの牢獄だ。

牢獄の入り口には、背丈も身幅も鉉太の二倍はあろうかという牢屋番の大鬼が立っている。牢の虜囚を訪問できるのは、朝夕に食事を差し入れる一人のみだ。表向きには。

鉉太は瑪瑙の小石を手渡した。牢屋番は明かりにかざして値踏みしていたが、そこそこ気に入ったらしい。小石を懐に隠す代わりに灯火を手渡し、行け、というように顎をしゃくった。鉉太は、そそくさと牢内に足を踏み入れた。

砦内の暗さに慣れている目にも、この牢獄はひときわ暗い場所だった。明かりは賄賂（わいろ）と引き換えた小さな灯火だけ。頼りない光が照らす湿った石壁を手で確かめながら、一歩、また一歩と下ってゆくしかない。

壁の所々には房室があり、人間が囚われている。鬼王の妃にと望まれて拒み、あるいは飽きられて幽閉された女たちだ。そばの房室にも、岩の隙間から女の姿が見えた。途切れなく何かを話しているが、己の長虫に向かってだ。長虫もまた女の言葉を呟き続けている。

見てはならないものを見た気がして、歩を速めて通り過ぎた。女と長虫のほそぼそとした譫言(うわごと)の響きが、耳に絡みつく蜘蛛(くも)の糸のようだった。たまらず鉉太は耳もとを払い、冷え冷えとした息を吐く。御仏の説く地獄とは、まさにこういう場所に違いない。

やがて牢獄の最奥、母の囚われている房室に辿り着いた。天井までみっしり詰まった石組みには、床との境にだけ石の欠けた隙間がある。食事を差し入れるための穴だ。そこから母の声が漏れ聞こえていた。経を唱えているらしい。

鉉太は石積みに寄り添って腰を下ろし、声をかけた。「母上、鉉太です」

かすかな衣擦(きぬず)れの音がして、近寄ってくる気配があった。「鉉太、よく来てくれました」いくらか掠(かす)れているが、毅然(きぜん)とした母の声だ。

母は古い豪族の血を引いており、道理に厳しい人だった。ここの他の女たちと同じく妃に望まれたが、鬼を夫にはできないと一蹴したため、ずっと幽閉されているのだ。

「貴方の姿が見えないと、小波が心配していました。鬼たちも騒がしいようですが」

「一部の大人たちが脱走を企てたのです。鬼どもは彼らを捕らえに向かいました。私は、たまたま寝床を抜け出しておりまして、その……」

言い訳は途中で続かなくなった。小波や鬼どもにならば嘘をつきおおせても、母を騙せたためしがない。恐ろしく勘が鋭くて、簡単に鉉太の嘘を見抜くのだ。

「鉉太」と改まった口調で呼びかけられた。「はい、母上」と観念して居住まいを正した。

「貴方が強く頼もしく育っていること、母は嬉しく思います」

予想外の言葉をもらい、面食らった。てっきり叱られると思ったのに。

「そして同時に、とても申し訳なく感じています。鬼にさらわれ、見知らぬ土地で苦しい生活を強いられている。まだ子どもなのに泣きもせず、弱音を吐いたりもしない。そんな貴方を、母は抱きしめてあげられないのですから」

「何を仰るのですか」鉉太は慌てて身を乗り出した。「そんなふうにお思いにならないでください。悪いのは、すべて鬼です。もう少しの辛抱(しんぼう)です。いまに討伐軍が組まれますし、父上も、手を尽くして私たちの行方を探してくださっているはずです。私も鬼どもを成敗し、必ずや母上をお救い申し上げますので――」

「鉉太、よくお聞きなさい」

じゃらりと数珠(じゅず)をさばく音がして、石の下から手が差し出された。長虫のいない右の手だ。その手に鉉太も手を重ね、はっとした。母の指が、固く痩せ細ってしまっていた。

「これから貴方の身には、辛いことも、悲しいことも起こります。成長するに従って、思わぬ困難に直面したり、世の中の歪みに憤ったりもするでしょう」何もかも嫌になり、投げ出したくなるかもしれない。しかし、すべてを諦めてしまわないようにと母は言う。

「母の里には、このような言葉が伝わっています。『金(こがね)を求むる者は沙(いさご)を捨ててこれを採り、玉を磨く者は石を割ってこれを拾う』」

鉉太は母の言葉を口の中で繰り返した。「どういった意味なのですか?」

「母の里の話は、いつか聞かせたことがありますね。麦を植える平地もない、非常に山深いところです。里人は川の近くに住まい、砂金や宝玉石を採って生活しています」

「田畑はなくとも、交易によって豊かに暮らしていると伺いました」

「そうです。しかし生活は豊かであっても、生業は過酷を極めます。朝から夕まで冷たい水に足を浸しながら、川底の砂を笊でさらっては捨て、さらっては捨てして、やっと見つかる砂金は、ほんの数粒ほど。そしてまた、川原の石を集め、腕が上がらなくなるまで金槌で割り尽くしても、必ずや宝玉石が見つかる、という保証もありません」

　思わず背筋が伸びた。「それはまた……果てしない話でございますね」作業のありさまを想像すると、忍耐強い里人たちに尊敬の念が湧いてくる。

「そのとおりです。来る日も来る日も拾った砂を捨て、石ころを割り続ける。しかし、だからといって、初めから益体もないものを捨てていては、稀なるものも拾えません」

　母の指が、鉉太の指を強く握り直した。

「貴方がつらく苦しいとき、貴方を励まし、救ってくれる貴重なものは、貴方が投げ出そうとしている益体もないものの中にあります。苦難から逃げても構いません。煩わしい重荷を捨てる決断も、時には必要です。しかし、そんな場合でも倦まず弛まず、貴方にとっての宝物を探すことを忘れてはいけません」

「私にとっての宝物……ですか」

「そうです。人が強く生きるための、よすがとなるものです。いつか苦境の中で、貴方の大切なものを拾うために立ち止まる。それができるだけの、芯の強さを養うのですよ」

　いいですね、と母が、振り絞るような声で念を押す。

「はい。しかと心得ました」鉉太は腹に力を込め、きっぱりと告げた。「母上の言葉どおりに、決して諦めずに精進いたします。私のことは、何も心配いりませぬ」

母の変わり果てた手を握り返しながら、これは遺言なのだ、と気が付いた。正気のうちに伝えておかなければと、考えたのに違いない。

悔しくて、泣いてすがり付きたかった。けれど、弱い姿は見せられない。お前は強く頼もしく育った、だから母は嬉しいと、さっき聞かされたばかりだ。


牢獄を出て回廊へ上がると、凄まじい泣き声が近づいてきた。

「若さま、よいところに」赤子を抱えた小波だ。「乳が見つかりませんでしたので、ひとまず米のとぎ汁を飲ませました。お腹は満ちたようですけれど、米も常に手に入る品ではありませんし、何か考えなくてはいけませんね」

小波が泣きっ放しの赤子を手渡そうとするので、つい鉉太は身を引いた。

「ちょっと待て。満腹になったなら、どうして、まだ泣いているのだ」

いやいやと赤子は首を動かし、手足を振り回している。今にも小波の腕から落ちそうだ。

「分かりません。呆れるほど元気な子ですよ。もう小波は、くたびれ果ててしまいました」

はい、どうぞと、小波は重ねて赤子を差し出してくる。鉉太は、さらに後ずさった。

「待て、無理だ、無理だ。こんなに暴れているのに」

「若さまが拾ったのですから、若さまが責任をお取りになりませんと」

「さっき『任せろ』と請け合ったのは、小波ではないか。勘弁してくれ」

「当座の世話は、お手伝いいたします。若さまがお育てにならないのでしたら、他の誰かに養い親になってもらうなり、いたしましょう。名前もつけてあげねばなりませんし」

「う……そうか。名前がなくては、可哀想だな」

簡単に諦めるなと、母から諭されたばかりだ。やむなく鉉太は抱き方を教わった。及び腰で猛獣を受け取ったとたん、なぜか喚き声がやむ。赤子は小さな花びらのような瞼をとろりと閉じ、穏やかな寝息を立て始めたのだ。

「あら」と首を傾げた小波が、晴れた顔で手を打った。「ああ、なるほど。この子のほうも、若さまが『とと様』だって、ちゃあんと分かっていたんですね」

「とと様?」鉉太は驚いて声を上げた。「冗談はよせ、父親になるとは誰も――」

ふいに太鼓の音が轟き、鬼たちの喚き声が静かになった。周囲の小鬼たちが、どろどろと鳴る太鼓に追い立てられて広間へと下りていく。

小鬼を避けて壁際に退き、小波が不安げに呟いた。「何事でしょうか」

広間を見下ろすと、中央にそびえる高舞台を囲んで、鬼どもが集い始めていた。その数、およそ数百匹。砦内のすべてが顔を揃えるらしく、横穴のほうまで立錐の余地もない。

回廊には、他の虜囚たちも顔を出していた。小さく身をすくませつつ、普段と違う鬼たちの様子を見下ろしている。

やがて太鼓が低く拍子を打ち始めた。豪奢な衣装をまとった鬼が、高舞台の階を泰然とした様子で上ってきたのだ。「羅陵王」と鉉太は、その名を奥歯で噛みしめた。この鬼岩の砦に棲む鬼たちの王。自分たちをかどわかし、母を幽閉している張本人だ。

毛房をあしらった裲襠（りょうとう）をまとい、緋色の指貫（さしぬき）を穿（は）いた姿は、さながら舞楽の舞人だ。同じく緋色の頭巾の下は、龍を戴いた優麗（ゆうれい）な金色の面。長々と袍（ほう）の裾を引いて歩いてくると、高舞台の中央で誇らしげに手を上げ、鬼どもの歓喜の声に応えた。

もっと大きくて強そうな鬼は他にもいる。しかし羅陵王はひときわ異様だった。華やかな衣装でも包み隠せない、禍々（まがまが）しい瘴気（しょうき）が巣くって見えるのだ。

やがて縛られた男たちが高舞台に引き出されてきた。もう捕まってしまったのか——鉉太は暗然とした心地になったが、恐怖に青ざめて震える面々の中に、まだ大武丸の姿はない。

「よく集まった、我が下僕どもよ！」との羅陵王の呼びかけに、鬼たちが狂乱の雄叫びを爆発させる。彼らの叫びは耳をつんざき、砦を揺るがした。

「なぜ企てが露見したのかと、不思議であろうな」男たちに話しかけた羅陵王は、回廊の人間を見渡し、胴間声（どうまごえ）を張り上げた。「お前たちにつけた長虫の呟きは、どんなに離れた場所でも、儂（わし）の耳に届く。お前たちが話す言葉のすべては、筒抜けであると心得よ」

虜囚たちが口々に呻き声をもらした。鉉太も、ぞっと肌が粟立った。陰で吐き捨てていた羅陵王への悪態なども、すべて聞かれていたということだ。

「この者らは砦の武器や馬を勝手に持ち出した。儂にとって、最も許しがたい反逆だ。我が持ち物を侵せば、どうなるか。とくと目に焼き付けるがいい」

差し出された巨大な大刀をつかみ取り、羅陵王が振り回した。流血の宴（うたげ）の始まる予感に、鬼たちの興奮は最高潮に達している。そんな中、縛られていた男の一人が身をひるがえした。隠し持った小刀で縄を切り、そばの鬼に斬りつけたのだ。鬼が驚いたように後ずさり、この隙に男は逃げ出した。しかし、すぐさま別の鬼に取り押さえられている。

羅陵王が男に大刀を突きつけた。「お前がいちばんに臓腑をえぐり出されたいようだな」

「違う、俺たちは騙されたんだ！」男は口から泡を飛ばして喚いた。「大武丸だ。奴が脱走の首謀者だ。俺たちを囮にして、まんまと一人で逃げやがった！」

鉉太は息をのんだ。大武丸が単独で行動していたのは、計画の一端だと思っていたが――本当は違ったのだろうか。

「殺すなら、殺せ」男は怒りに顔を染めて訴えた。「しかし、のうのうと大武丸が生き延びるのだけは許せん。俺たちを殺すなら大武丸を連れてこい。あの野郎と道連れでなければ、俺は死んでやるものか」無茶な言い分だったが、そのぶん真実味がある。

「面白い奴だ。いいだろう、ここに大武丸も呼んでやる」

羅陵王は嘲るように笑い、飾りの輪を首から外した。虜囚から奪い取った小指に糸を通し、連ねた首飾りだ。その中のどれかが、鉉太の小指でもある。

小指の一本を選んで糸から引きちぎり、羅陵王が高々と差し上げた。「皆の者よ、そして人間どもよ。儂のもとからは、何びとたりとも逃げられはせぬ！」

声高な宣言の直後だった。掲げられた小指の根もとが伸びて手のひらになり、手首になった。順々に見覚えのある着物をまとった腕と肩になって、頭と胴を形作っていく。やがて宙吊りの格好で出現したのは、ずぶぬれ姿の大武丸だ。まだ川下りの最中だったらしく、縄で繋がれた丸太までついてきた。

羅陵王が無造作に放り出すと、大武丸は丸太とともに吹っ飛び、尻餅をついた。まるで夢の中から叩きだされたように、訳が分からないという顔で周囲を見回している。

夢と見まがう驚きは、見守っていた者たちも同様だ。羅陵王の不可思議な力を目の当たりにして、どよめきが広がっていく。

小波が震えながら両手をすり合わせた。「御仏よ、どうか、私たちをお救いください」

鉉太は鳴り出しそうな奥歯を噛みしめた。（これが、羅陵王の力なのか……）

鬼の王は虜囚を鎖で繋いでおくでもなく、陰口を咎めるでもなく、ある程度の自由を許していた。それは小指が手中にある限り、どこへ隠れようと簡単に呪で呼び戻せるからだ。恨み言を呟くだけの人間など、いつでも殺せると侮っているのだった。

「大武丸よ。お前の罪科は、儂の砦から、その丸太と荒縄を盗んだことだ」

羅陵王は裏切りを訴えた男に向き直り、その前に大刀を投げ出した。

「大武丸を殺せ。儂の名を讃え、見事に斬り伏せたならば、お前だけは許してやるぞ」

男は放心していたが、大刀を目にして大きく喘いだ。それでも立ち上がり、大刀を拾って大武丸に向ける。「ら、羅陵王さま、万歳！」

即座に大武丸も跳ね起きた。公達然とした面立ちを歪めて吐き捨てる。「はっ、返り討ちにしてやる」あの黒塗りの大太刀を鞘ごと腰帯から引き抜き、封印の紐を振り捨てた。

男が人間には大きすぎる大刀を振り下ろすより、大武丸が冷静に太刀を抜き払うほうが早いはずだった。しかし実際には、血飛沫（ちしぶき）を上げたのは大武丸だ。せっかくの武器を、なぜか大武丸は抜かなかったのだ。

大武丸が痙攣（けいれん）して太刀を取り落とし、人形のように倒れた。大武丸を斬った男も、直後に目を剝いて呻きを上げる。羅陵王がおもむろに鬼の槍を奪い、背中を一突きにしたのだ。

「よしよし、許してやろうぞ。安心して死ね」

　羅陵王が槍を引き抜くと、男は高舞台から転がり落ちた。他の脱走者らも、大武丸の骸とともに生きたまま投げ落とされた。集っていた大鬼、小鬼どもが、先を争って群がり、着物や髪の毛、皮膚、肉などをむしっていく。

　太鼓が打ち鳴らされ、鬼たちの熱狂の叫びが呼応した。その合間に、生きながら皮と肉を剝がれる者たちの絶叫が、洞窟内に尾を引いて反響する。小波が悲鳴を上げ、耳を塞いで奥へと走り去った。他の仲間たちも、同様に打ちひしがれた様子で逃げていく。

　そんな中、居残って騒ぎを見物している者が、わずかにいた。座り込んで経を唱えていた男が、鉉太の視線に気付いて落ちくぼんだ目もとを震わせる。

「何を見てやがる。俺が経を唱えちゃ、おかしいかよ」

　鉉太は、たじろいだ。「いや、私は別に――」

「奴らは大馬鹿者だ。ここの鬼は、役人や豪族どもとは違う。大人しくしてりゃ、死なない程度に家畜の世話をしてくれる。何せ、俺たちゃ羅陵王さまの大切な持ち物だからな」

　蹲(うずくま)っていた老女が口を挟んだ。「石で寝床を追われた経験がないのさ。いい気味だ」

　高舞台の下では、早くも脱走者たちの奪い合いが終わっていた。小さな肉片すらも小鬼が拾い集め、大事そうに抱えて散っていく。後に残ったのは大量の血の染みだけだ。

　と、まだ鮮やかな血の跡が、蜃気楼(しんきろう)のように揺らめいた。かすかに黒煙のようなものが立ち昇り、小さなつむじ風に巻き込まれるようにして寄り集まっていく。しかし、黒煙と見えたのは一瞬だ。「あれは」と鉉太が目を疑ったとき、そこには小鬼が座り込んでいた。

御仏の理（ことわり）によれば、鬼は人々の恨みや無念から生じるそうだ。野辺や里の墓地などに死人の暗い思念が残り、魔となって大地に染み込んでしまう。そうして溜まった人々の魔の澱（よど）みから、鬼のすべては生じるのだ。ゆえに鬼は、人の姿を真似たがるという。

鉉太は大きく身震いした。鬼が形を成すところを、初めて見た。

人間の恨みや無念が、鬼を生む。仲間を裏切った大武丸や、大武丸を斬った若者。人間の中には間違いなく、鬼を生み出す魔が存在するのだ。

高舞台を見上げると、羅陵王が黒塗りの大太刀を拾い上げていた。感嘆した様子で美しい塗りを眺め、柄（つか）に手をかける。しかし、やはり鞘から抜かない。抜けないのだ。

「む……作りものか」とたんに興味を削がれたようだ。羅陵王は大太刀を舞台の下に放り捨てようとしたが、ふと思い直した様子で、そばにいた大鬼に預け渡した。


崩れた岩壁の大穴を窓にして、鉉太は、ぼんやりと夜空を眺めていた。人間たちの寝床にと割り当てられた横穴の一つ、そのどん詰まりだ。

そろそろ日が昇る頃合いだが、様々な思いが去来するうちに、とうとう眠れずじまいになりそうだ。明は夜空を渡りきり、黒々と伸びた西山の稜線に沈もうとしているところだ。代わって天空に昇ったのは、玲瓏（れいろう）とした光をたたえた月。目を閉じても、あふれる白い光が瞼を通して感じられる。

思い出すのは、京の都に滞在していたときの記憶だ。公卿（くぎょう）の宴に招かれた父の供として、晩夏の華やかな一夜を過ごしたときのこと。広い南庭の池に注ぐ遣り水の音が、まるで涼風に揺れる月光の衣擦れのように響いて、鉉太の控えていた廊の端まで聞こえていた。

都の宴は故郷のものとは違い、饗される膳も楽の音も、何もかもが雅だった。公達の会話は歌合わせにも似た仄めかしで、風雅すぎて意味がつかめない。唯一、鉉太にも理解できたのは、宴の末席に招かれていた、錦の袈裟に埋もれた僧侶の説法だ。

天に坐す明は小さき星なれど、黄金の光は、まばゆく清く衆生を照らす。前世、現世、さらに来世へと巡る我々の宿世を解き、楽土へ導く尊き御方。日と月を従え、自身も天空を巡りながら、霊妙な明光を投げかけてくださるのだ。ゆえに我々も日頃から行いを戒め、理の理解に努めねばならぬ。それ、ああして御仏がご覧になっておられるのだから――。

僧侶は威厳を込めて天空を指したが、宴の始まるころに昇った明は、すでに西の空に沈んでいた。それでも、ありがたいような風情で話が閉じたのは、説教を垂れた僧侶を含め、皆がたいそう酔っていたせいだろう。

鉉太は小さな思い出し笑いを収めると、目を伏せ、白い息を吐いた。

「……あれから、まだ半年しか経っていないのか」もう遠い昔の出来事のようだ。

かたわらには拾った赤子がいる。破れかけの笊を揺り籠に、布にくるまれて大人しく収まっていた。くるみの布も笊も、仲間たちが提供してくれたものだ。

皆は新入りを珍しげに構ったり、大武丸らの最期をはばかるように噂し合ったりしていた。その口が普段より重かったのは、長虫を通して話が羅陵王に筒抜けになると知ったせいだろう。今は夜明けの冷気が忍び込まない別の洞で、身を寄せ合って眠っている。上掛けにする着物の余分もなく、枯れ草を敷いただけの雑魚寝の寝床だ。

しじまに響く低い川のせせらぎを聞きながら、鉉太は軽く笊を揺らしてやった。赤子が嬉しげに声を上げ、もぞもぞと両手の指を動かす。何かをつかみたがっているような仕草だ。試しに差し出してやった指を、幼い指が、たどたどしく捕まえた。

「なあ、お前。最初は確かに、蓮の蕾だったよな」

生後まだ間もないようだ、と誰かが言っていた。それにしては、ずいぶん達者に動くし、よく笑う。

「いや、いつまでも『お前』では可哀想だな。名を考えてやらねば」

しばし思案したが、考えれば考えるほど、名前は一つしかないと思える。

「蓮華、というのは、どうだろうか」指を握る赤子に囁いた。「蓮は澱んだ泥の中から生えてくる。なのに、一片の穢れもない凛々しい花を咲かせるのだ。御仏と縁の深い、ありがたい花でもある。その蓮の蕾から変化したお前には、ぴったりの名前だと思ったのだ。まあ、少しばかり安易かもしれないが」

理解してもいないだろうに、赤子が笑った。ふくふくとした蕾がほころぶような微笑みだ。沈みかかった明の色が、柔らかく細められた黒目に宿って輝いている。

「そうか、気に入ったか。では、今からお前は蓮華だ」

そうれ、と大きく笊を揺らしてやると、蓮華は声を上げて喜んだ。

「これも巡り合わせかもな。もし私がお前を拾わず、大太刀を捨てていなかったら――」

鉉太の呟きは途中で震え、喉が詰まって続けられなくなった。

自分が高舞台に引きずり出されなかったのは、脱走が未遂だったからにすぎない。

しかし、もしもあのとき蓮の蕾を拾わなかったら、大太刀を握りしめたままだった。大武丸を脅してでも、一緒に連れていってもらったろう。後生大事に抱えた武器が作りものとも知らずにだ。そうして長虫の力で連れ戻され、何が起こったのかも分からぬうちに殺されていたに違いない。一片の肉も残らぬ血の染みとなった大武丸。あれは、己の姿でもありえたのだ。

ちょうど明の星が山の稜線に消え、対岸の奇岩に這う松や葛(くず)の緑が、川面に湧きたつ波の青さが、その瞬間、少しだけ闇の色に近づいた。明が沈むと、世の中の一切がほんのりと影を濃くする。それはまるで、束の間ありのままの姿を取り戻すかのようだ。

人が心に魔を潜ませ、鬼を生じさせる生き物であることを、もちろん御仏はご存じだ。影を取り戻してゆく山並みを遠く眺めながら、ふと思う。明が常に天にあらずに沈むのは、強くあろうとしてもそうできない我々の後ろめたさを、少しだけ見ないようにしてくれているのかもしれない、と。

鉉太の両目から涙がこぼれた。涙は次から次へと頬を伝い、握り固めた拳に音を立てて落ちていく。いつもは大人ぶっている鉉太が泣いたと知れば、仲間は珍しがって囃(はや)し立てるだろう。でも、ここにいるのは蓮華だけだ。拳で顔を押さえ、嗚咽(おえつ)を殺して泣き続けた。

初めて目の当たりにした羅陵王の力は恐ろしかった。でも、同じくらい自分が恐ろしい。大武丸は卑劣にも、仲間を囮にして逃げようとした。それと己の今夜の行いは、どれほど違ったというのだろう。大武丸たちが脱走を企てていると知ったのに、仲間にも、小波にも教えなかった。たった一人で寝床を抜け出し、一行に加えてもらうべく追いかけた。母を牢獄から助け出すこともしなかった。体力のない者を連れては、脱出など覚束ない。でも鉉太一人なら大丈夫だ。助けを呼んでくるためだと自分に言い聞かせた。

(本当は違う。他の何を捨ててでも、私は自分が逃げ出したかったのだ)

母は苦境の中で大切なものを得よと、闇の牢獄で繰り返し鉉太に説いた。

(きっと母は、私の弱さを見抜いておられたのだ)

鬼を怖れるあまり、大切な誇りを投げ出した。そんな己の卑劣さをも怖れ、こうして涙をこぼすほどに私は弱いのだ。

(幼名を捨てた私は、もう子どもではない。強くならなければ)

きつく瞼を閉じ、泣くのをこらえた。そうして最後の涙を拭って顔を上げたとき、まばゆい光に目を射られた。まるで月の欠片を放り込まれたように、いつの間にか洞の中が、冴え冴えとした白い光であふれ返っていたのだ。

たまらず手で庇を作り、薄目を開ける。光っているのは、かたわらの赤子だった。気持ち良さそうに眠り込んでいる蓮華の身体が、光で溶けてしまいそうなほど輝いている。

「お前、いったい——」

呆気にとられているうちに、小さな輪郭が本当に白く溶け出した。蓮の蕾に逆戻りするかのように歪んで丸くなり、かと思えば、今度は芽吹く種のごとく、すうっと上へ伸び上がる。

やがて目を覆うほどのまぶしさが収まり、頭をもたげた種の正体が分かった。ぺたんと座り込んでいる、鉉太と同じ年ごろの、ほっそりとした少女だ。

大きな黒目は半眼の瞼の奥で微睡みに揺れており、上体までもが、ふらふらと定まらない。そんな寝ぼけたありさまでも、少女は目を奪われるほど美しかった。すっかり暗さの戻った洞内が、少女の存在があるだけで、まだまぶしいと感じるほどだ。

（夜明け前の山の端に、ぽつんと浮かんだ月みたいだ……）

少女は一糸まとわぬ裸体であり、床まで広がる豊かな髪も、小さな乳房の膨らみを隠すにはいたらない。けれど不思議と鉉太は、慎み深く目を伏せるべきだとは考えつきもしなかった。ただ、蓮の花弁のように滑らかな横顔や、その白さに映える頬の薄紅色、漆黒（しっこく）の滝のような髪が小さな虹を作るさまなどに、感動さえ覚えて見とれていただけだ。

少女が半眼のまま鉉太を見やり、何かに気付いたように顔を寄せてきた。

「……とと？」かすかな呟きとともに、清々しい花の香りが漂ってくる。

と、そのとき少女の膝先で物音が弾けた。少女に踏まれていた、破れかけの笊が重みで壊れたのだ。赤子をくるんでいた布も、見れば少女が尻に敷いている。

鉉太は夢から覚めた心地で息を詰めた。「お前……もしかして蓮華なのか」

名を呼びかけられたと思ったのだろう、白い歯並びを見せて少女は笑った。

赤子の無垢さそのままの、飾るところのない喜びの表現だった。

第一章　鉉　太

けたたましい半鐘の音が、蒸し暑い夜空の薄雲を引き破らんばかりに鳴り響いている。わんわんと甲高い金音が引きも切らずに続く。

見渡す限りに深い夏山が連なる谷筋の一つ、川沿いを拓いた大規模な集落に建つ物見櫓（ものみやぐら）で、半鐘は割れんばかりに鳴らされていた。若い男が全身で木槌を振るい、何かに取り憑かれたように鐘をめった打ちにしているのだ。

実際、この若者は憑かれていた。眼下の集落は鬼の襲撃を受け、禍々（まがまが）しい火の手に包まれている。仕事場であった鍛冶の小屋も、生まれ育った家も、攻め込んできた鬼どもと炎に蹂躙（じゅうりん）された。とっさに物見櫓に逃げ登ったが、武器を取った仲間は小鬼どもの群れにのまれて肉塊になった。年老いた母親も、庇（かば）った若妻もろとも鬼の騎馬に踏み潰された。鬼どもの奇声にまじって、隣人の悲鳴や怒声が、あちこちから上がっている。取り憑いているのは大きな怒りだ。大切に育んできたものを踏みしだき、ささやかな生活を破壊してゆく暴力への怒り。そんな悪鬼どもを打ち負かす力のない、惨めな己自身への怒りだ。

若者は夢中なあまりに気付いていないが、村外れの一角には、この右も左も渾沌（こんとん）としている騒ぎの中、醒めた佇（たたず）まいで櫓を見つめる騎馬の男がいた。

腹鎧（はらよろい）姿の軽装ながら、大弓と太刀を携えた兵である。火の粉が渦を巻いて乱舞する下で、額に兜（かぶと）代わりの木面を押し上げ、危なげなく馬を乗りこなしている。髻（もとどり）を結っておらず、跳ね放題の蓬髪（ほうはつ）も単に括（くく）ったきり。山賊もかくやという風貌だ。

騎馬の男は貧相な大鬼から居丈高に何かを言われ、億劫（おっくう）そうに頷いた。抱えていた大弓を左手に、箙（えびら）から引き抜いた矢を右手に握る。しばし気息を整える様子で瞑目（めいもく）すると、流れるような手つきで矢を弓につがえた。引き締まった腕に筋肉と血管とが浮き上がり、表情を隠す長い前髪のあいだから、目標を見定める鋭い眼差しがのぞく。

その容貌は意外なほど若々しい。伸びた無精髭のために分かりづらいが、年のころなら十七か八。兵（つわもの）の家の者なら、すでに元服をすませてしかるべき年ごろだ。

絞られた大弓が獲物を見つけた大鷲の声さながらに軋（きし）みを鳴らし始める。次の瞬間、ひょうと夜風を切り裂いて矢が飛び立ち、半鐘を打ち鳴らす若者の眼前を横切った。

若者は木槌を取り落とし、櫓から地上を見渡した。しかし、あかあかと躍る炎に目をくらまされ、暗がりで二本めの矢をつがえた男の姿を見分けられない。それでも、いま鼻先をかすめたものが、禍々しい死の鉤爪（かぎづめ）だと気付いた。若者は我に返って後ずさると、転がり落ちるようにして櫓から逃げ去った。

*

「当たらんではなイか。口ほどにモなイ」

大鬼に嘲（あざけ）られ、鉉太は肩をそびやかした。弓を下ろし、栗毛の馬首に落ちた火の粉を払ってやる。「無茶を言うな、万度目（まどめ）。お前と違って、俺は只人（ただひと）の視力しか持たんのだ」

「ふん、生意気な若造が。羅陵王サマのお気に入りでなければ、縊（くび）り殺シてやるモノを」大鬼の万度目は人毛の髢（かもじ）を搔き乱すと、別々に動く大きな目玉で、ぐるりと鉉太を睨みつけた。「まあイイ、耳障りな半鐘が止まったのは確かだ。里囲イの柵を引き倒すのに、馬が何頭モ潰れた。厩（うまや）を見つけ、代わりを見繕ってこイ」

　鉉太は形ばかりに頭を垂れると、馬を巡らせ、黒煙に煙る路地を駆け出した。

　今夜の襲撃を受けた不幸な集落は、この辺りでは名高い鍛冶の山里だ。川で集めた砂鉄を熱して鉄を打つ、高度な技を持つ技能集団。だが、逃げ惑っているのは、いかにも逃げ遅れたという体（てい）の老人や子ども、女ばかりだ。鍛冶場の男衆は別の場所に籠城（ろうじょう）し、反撃の機会をうかがっているに違いない。煤（すす）けた長屋の並びの向こう、集落の中心に、たたら場の大屋根がそびえている。立て籠もるとすれば、あそこだろう。

　そちらを目指して馬を走らせたわけではないが、入り組んだ通路を抜けるうちに、大きく開けた場所に出た。ちょうど、たたら場の正面だ。読みは当たり、里人は、たたら場の戸も窓も塞いで閉じこもっているらしい。小鬼どもは扉をこじ開けようとしているが、必死の抵抗にあい、侵入を果たせないでいる。

　それでも、集落には里人の屍（しかばね）が折り重なっていた。ほとんどは皮を剝がれ、とうに肉塊となっていたが、不幸にも死にきれず、呻きを上げている者もいる。今も逃げ遅れた者が、泣き叫びながら家屋から引きずり出されてきた。たちまち群がる小鬼どもに、着物や頭髪をむしられていく。鉉太は顔を歪め、凄惨（せいさん）な光景から目を背けた。

羅陵王が集落や運脚の襲撃に人間を伴うのは、小鬼より使い勝手が良いからだ。互いに意思の疎通がきき、臨機応変に立ち回る。小鬼にすべてを任せていては、貴重な家畜や身代金の取れる貴人などを、勝手に嬲(なぶ)り殺してしまうのだ。

羅陵王の力を見せつけられ、強くならなければと誓った幼い夜から、もう六年もの月日が経つ。今日まで自分が生き延びてこられたのは、いつか故郷に戻るべく己を鍛え続けてきたからだ。雑役の合間を見つけては隠れて稽古に励み、得意としていた弓の腕前をさらに伸ばした。だが、そうして得た技も、現状を打破するには遠く及ばない。

「俺は何をやっているのか……」こうして鬼に使われる夜は特に、己の無力さが忸怩(じくじ)たる思いを呼び起こす。吹きつけた生ぬるい夜風は、断末魔の苦しみと血の匂いに満ちている。

気鬱(きうつ)に沈みつつ馬首を巡らせたとき、ふいに太鼓の音が鳴り響いた。たたら場の大扉が開き、里人が大挙して飛び出してきたのだ。

たちまち始まった乱闘の真ん中に、鉉太はよく見知った人影を見て取った。遠目で、しかも顔を木面で覆っている。それでも判別がつくのは、襲撃に駆り出された虜囚で唯一の女であることと、その尋常でない身のこなしからだ。

迫る白刃を紙一重でかわし、太刀で弾き、身をひねって相手の腕を斬り落とす。その動きは雷が落ちるように迅速で、無造作なようでありながら隙がない。二合と打ち合わずに相手を斬り捨ててゆく。その戦いぶりに恐れをなして逃げかけた男を、さらに一刀のもとに斬り伏せた。降りかかる血飛沫(ちしぶき)を、寸前で避ける余裕すらあった。

体つきは華奢(きゃしゃ)で、重い太刀を自在に使う腕力があるようにも思えない。男物の着物に袴(はかま)を穿(は)き、束ねた髪を巻いて留めているのは、動きやすさを求めてだ。

神懸かったような女の動作に、鉉太は半ば呆れた心地で見とれていた。が、ふと見上げた大屋根を、弓を担いだ里人が登ってゆく。里人は腰を落とし、女へと弓を向けた。

「蓮華、上だ！」

鉉太は大声で叫び、馬を走らせながら弓を構えた。「――ままよ」

引き絞ってすぐさま矢を放ち、と同時に、屋根の里人も放っている。しかと狙いを定める余裕はなかったが、鉉太の矢は向こうの喉を貫いた。身体をのけぞらせた里人は、弓とともに大屋根を転がり、どさりと地面に落下する。

その脇では、蓮華が盾として引き寄せた小鬼を放り捨てたところだ。木の面を押し上げ、鮮やかな花のような笑顔で手を振ってきた。「とと！」

鉉太は横を駆け抜けざまに手を伸ばし、蓮華を馬上に引き上げた。蓮華が体重を感じさせない動きで鞍（くら）の後ろに収まると、そのまま馬を走らせ、いちど乱戦から距離を取る。

「もっと周囲の様子にも気を配れ。危ないところだったぞ」

鉉太は説教したが、背後の蓮華は息を弾ませながら、あっけらかんと笑っていた。

「無理だ。すぐ夢中になってしまうからな。蓮華の周りは、ととが見ていてくれないと」

「俺とて、いつでもお前のお守りができるわけではないのだぞ」

「そういえば、ととの姿がなかった。蓮華を放って、どこに行っていた？」

小言を平然と聞き流されて、鉉太は諦めの溜息をついた。

「つまらん仕事だ。馬を三頭ばかり探してくる」

「また万度目に、いびられてるのか。蓮華が代わりに殴ってやろうか？」

「遠慮しておく。のちのち、面倒事になりそうだからな」

　蓮華の盾にさせられた小鬼は、腹に矢を突き立てたまま地面をのたうっている。その矢傷から、まるで血潮が噴き上がるように、青色の火炎が立ち昇った。

「あれは」と息をのんだ鉉太の周囲で、立て続けに矢の降る音が鳴った。たたら場の連子窓（れんじまど）からの攻撃だ。雨霰（あめあられ）と矢を浴びた鬼たちが青い火炎に包まれた。あツい、あツい、と悲鳴を上げながら、身体をくねらせ、四肢を歪め、紙のようにたやすく炭と化す。

　鉉太の馬がいななき、竿立ちになった。流れ矢に首を射ぬかれたのだ。どうと馬体が倒れる寸前、鉉太は鞍から飛び降り、下敷きを免（まぬが）れた。

「とと、無事か？」同じく馬上から飛んだ蓮華が、太刀で飛来する矢を叩き落とす。

　鉉太は痙攣（けいれん）している馬から矢を引き抜き、鏃（やじり）の血を拭った。平根の鉄鏃には、うねる糸屑のような文字が刻まれている。御仏の加護を表す異国の文字——真言だ。

　そのとき、太鼓の音がひときわ高く鳴り響いた。射手らの援護を得て、鍛冶衆が勢いを盛り返し始めたのだ。男たちは各々の武器を振るい、己の雄叫びで己を奮い立たせながら、次々に小鬼を蹴散らしてゆく。太刀で斬られた小鬼の中には、やはり青い炎を上げて燃え始めるものもいた。鬼を炭に変えてゆくのは、朱塗りの鞘（さや）を提げた者たちだ。

　鉉太は矢を折り捨てた。「破魔矢（はまや）に、破魔刀か。こんな蓄えがあったとはな」

　とはいえ、高い技術を有する刀鍛冶でも、破魔の刃は鋳造できない。武器に御仏の加護を刻めるのは、法力と鍛冶の技を併せもつ鍛冶僧だけだ。朱塗りの目印から朱鞘（しゅざや）とも呼ばれる破魔刀は、こんな辺境でお目にかかれる代物ではない。都あたりと交易したのだろうが、この数を集めるのは相当に高くついただろう。

「とと、あれを見てくれ」

蓮華の指した里人の中に、高々と髷(まげ)を結った壮年の男がいた。力自慢である鍛冶場の男たちの中にあってもよく目立つ、堂々たる体軀の持ち主だ。飛びかかってきた二匹の小鬼を、一刀で四つの炭に変えている。

「あいつが里長か」と蓮華が汗を拭い、額に貼り付いた前髪を払った。

紅を引いたような華やかな唇は、獲物を見つけた狼のように微笑んでいる。真珠(しんじゅ)を思わせる白い歯さえ、今は肉を引き裂く牙のようだ。楽しげに細めた瞳に、周囲で躍る赤と青の炎がぎらぎらと反射した。

「行こう、とと」蓮華が面を引き下ろし、止める間もなく太刀を抜いて走り出す。

「……やむを得んか」鉉太は溜息をつくと、箙の矢を引き抜きながら後を追った。

蓮華が蓮の蕾から赤子へ、少女へと成ったあの日から、毎日のように世話を焼かされつつ、ともに成長してきた。鉉太と同い年とみなすなら、蓮華も今年で十七歳。誰が教えたわけでもないのに、見よう見まねで、鉉太よりもよほど見事に太刀を使いこなす。たとえ前世が歴戦の猛者であっても、こうは斬れまいという人間離れした腕前だ。

御仏に縁のある麗(うるわ)しい名をつけてやったにもかかわらず、この殺伐とした虜囚生活のせいで、慈悲や哀れみとは無縁な性格に育ってしまった。わざわざ強敵や困難な状況を見つけては、むしろ嬉々として突っ込んでいくのだ。つくづく名付けを間違ったと思わざるをえない。

弓で援護しながら、蓮華に叫んだ。「雑魚には構うな、先に里長を討て！」号令をかける頭目さえ倒れれば、里人は自然に離散するだろう。彼らが鬼の手勢から逃げ切れるかはともかく、それが最も死人を少なくする方法だった。

たたら場の戦闘があらかた終わったところで、鉉太は蓮華と別れて馬探しに戻った。集落の外れで、ようやく厩を発見する。小屋の中には、何頭も繋がれたままだった。

幸い、まだ火の手は届いていない。馬たちは喧騒と煙の匂いに鼻息を荒くしていたが、鉉太が穏やかに首筋を叩いてやると次第に落ち着きを取り戻した。

「安心しろ、何もせん。よしよし、いい子だ」なるべく毛並みが良く、充分に肥えた馬から順に三頭を選んだ。一頭ずつ引き綱を取り、ひとまず外へと連れ出していく。

三頭めを引き出そうとしたとき、遅まきながら厩が無人でないことに気が付いた。積まれた飼い葉の陰に、子どもがうずくまっていたのだ。兄と妹らしき二人の幼子だった。兄は妹を守るように抱きかかえているが、その兄も十歳には満たないように見える。

ふいに兄が身動きした。妹の手から紙包みをむしり取り、鉉太に向けて突き出したのだ。

紙包みの中身は菓子だった。練った粉を棒状によじって揚げた菓子。田舎然とした鍛冶の里には洒落すぎる代物で、鉉太も都に滞在していた当時に、何度か口にしたきりだ。菓子の名は確か、曲縄。都へ交易に出た里人が、はるばる持ち帰ったのだろう。

なるほど、と口中で呟き、鉉太は頭を掻いた。突然の鬼の襲来に、親は動揺する幼子たちに菓子を握らせ、宥めすかして屋敷から逃がしたに違いない。その大切な曲縄を差し出してきたのは、見逃してもらうための賄賂のつもりだろう。

　鉉太は包みをそっと押し戻し、首を振ってみせた。それから裏口へ向かい、外の様子をうかがう。こちらからならば、沢へ逃げ込めるかもしれない。兄妹に向かって手招きし、面をずらして、走れるか、と口の動きだけで問いかけた。妹は固まったままだったが、兄のほうは決意の面持ちで頷いた。妹を抱き起こし、勇気づけて、どうにか歩かせている。

　鉉太は二人の背中を押した。それを合図に、兄妹は駆け出してゆく。葦の茂みにでも隠れて夜明けを待てば、きっと生き残れるだろう。

　二人が沢に駆け降りたところを見届け、振り返った。たたら場の威容を誇る大屋根に、星空を焦がす炎が躍っている。鬼どもが火をつけたのだ。

「――下衆が」と無意識のうちに吐き捨てた呟きを、『下衆が』と左手で長虫が繰り返す。なんとも的を射た皮肉に思え、鉉太は面を下ろして自嘲した。

「下衆は俺も同じか。……いや、それ以下だ」

　鬼の手下などに成り下がり、襲撃の片棒を担いでいる。子どもの一人や二人を逃がしてやったところで、愚行が帳消しになるわけでもないのだ。


　三頭の馬を引いて集落を出ると、柵の外では早くも戦勝の宴が始まっていた。盛大な篝火を囲み、車座になって酒をあおっているのは、羅陵王を始めとする大鬼たち。一時は破魔の武器で巻き返されたものの、終わってみれば大勝だ。酔いの回った笑い声が響くなか、小鬼たちが強奪した宝物を背に背に担ぎ、列をなして山道を下っていく。

道際に草を食(は)んでいる四つ足の生き物がいた。馬に似ているが馬より小さく、脚は太い。兎(うさぎ)のように長い耳をもった、雌の兎馬(うさぎうま)だ。鉉太に気付き、小柄な体軀からは想像もできない大音声で、いないてきた。その詰まった笛のような悪声から、名を笛詰(ふえづめ)という。

異様な鳴き声に三頭の馬は怯えたが、笛詰は構わず寄ってきて、鉉太の腕に薄茶色の首をこすりつける。よしよし、と鉉太は馬たちを宥め、甘える笛詰の鼻面をなでた。襲撃に出る前に手綱を木に繋いでおいたが、見事に轡(くつわ)が外れている。

「お前、また轡抜けをしたな」と鉉太が首を叩いてやると、笛詰は、ばつが悪そうな上目遣いをし、轡の落ちている木陰に引き返した。繋がれるのが嫌いらしく、しばらく目を離していると、どうやってか轡を外してしまうのだ。

「鉉太、言イつけどおり、馬を探シてきたか」万度目が目ざとく鉉太を見つけて近づいてきた。

「おう、良イ馬だ。確かに三頭だが、お前の乗ってイた栗毛はどうシた」

酒臭い息で詰問しながら、おおイ、と万度目が手を打った。応じて小鬼どもが寄ってくる。鉉太は小鬼に馬たちの引き綱と、外した鎧と武器を渡した。

鬼の襲撃に同行させられる際、虜囚は武器などを貸与される。しかし、終わればすべて取り上げられるのが常だ。ただの鋼は鬼に効かないとはいえ、羅陵王は用心深い。もっとも、自分の所有物を人間に預けたままにしておくのが我慢ならないだけかもしれない。

「あの馬は、流れ矢に当たって死んだ」

この返答に、万度目は聞くに堪えぬという風情で大袈裟(おおげさ)に目を覆った。

「このたわけが。アたら羅陵王サまの持ち物を粗末にシおって。帰りは徒(かち)でゆくのだぞ」

「ああ、そうしよう。面目ない」

「ついでに、薪にする小枝を拾っておけ。ヨイな」

万度目の言葉に頷いたとき、背後に軽い足音が聞こえ、いきなり衝撃がきた。

「やっと戻ったのか」蓮華が背中に飛びついたのだ。「馬を連れてくるのに、ずいぶんな時間がかかっているぞ。ととのことだから、心配ないと思っていたが」

小言を邪魔された万度目が、柵の脇に据えられていた石仏を苦々しげに蹴り倒した。

「ととは歩いて帰るのか。だったら蓮華も、そうしよう」

「じゃれつくな、重い」鉉太は押しのけようとするが、蓮華は子どものように笑い声を上げるばかりで離れない。身体は大きくとも、中身は、まさに子どもだ。

蓮華の懐に妙な感触を覚え、鉉太は眉をひそめた。「何を持っている？」

「これか、ととも食うか」やっと蓮華が身を離し、懐から紙包みを取り出した。そら、と一本つまんで差し出したのは、曲縄だ。

鉉太は胸騒ぎを覚え、声をひそめた。「どこで手に入れたのだ、その菓子は」

「さっき拾った」蓮華は差し出した曲縄を、がりごりと自分で齧りだした。

「拾った？　どこでだ」やはりあの兄妹が、親恋しさに集落へ舞い戻ったのだろうか。

きょとんと目を瞬き、蓮華が何かを探すような仕草をする。「あれ、どこだ？」

「覚えていないのか」鉉太は呆れて首を振った。歯痒い気分だが、もし引き返すような愚かな真似をしたのなら、彼らの自業自得だ。割り切るしかない。

笛詰を連れて砦へ戻ろうとしたとき、周囲の小鬼どもが慌てふためいたように四方に散った。

万度目も低く頭を垂れ、その姿勢のまま後退する。

「蓮華、蓮華や。よう戻った」猫なで声に振り返ると、鬼岩の砦の主、羅陵王のお出ましだ。

「怪我はないか。人間どもを斬って疲れたろう。さあさあ、向こうで火にあたれ」

羅陵王は上機嫌に呼びかけながら、いそいそと寄ってきた。今にも手をつかんで連れ去りそうな勢いだったが、やや距離を取って足を止める。優麗な面の奥から思うさま蓮華を眺め回し、やがて恍惚としたような吐息をもらした。

「百人の女をさらったが、お前がいちばん美しい。儂の隣に相応しいのは、やはりお前であろうな。——蓮華や、今宵は少し話がある。帰りは儂の輿に乗ってゆくがよい」

蓮華が平然とした顔で即答する。「いいや、乗らない」

隣で聞いていた鉉太は、ぎょっとして息をのんだ。かしずいている万度目や鬼たちも同様だったろう。この緊張した状況を察しないのは、蓮華だけだ。

「ととが歩いて帰るっていうから、蓮華もそうする」

羅陵王は鉉太と蓮華とを見比べ、やがて頷いた。「そうか。では、話は今度にしよう」


「お前といると、いちいち気が休まらん」

鉉太は笛詰の手縄を引いて沢沿いの道を下りながら、先を行く蓮華に文句をこぼした。

「ととは何を怒っているのだ」不思議そうに尋ねながら、蓮華が髪留めにした小枝を引き抜き、ぽいと放った。光沢のある黒髪が音もなく細い肩を滑り、豊かに背中へと垂れかかる。

「輿に乗っていけと羅陵王に勧められて、断っただろう」

万度目は鉉太を〝羅陵王のお気に入り〟と揶揄したが、気に入られているのは蓮華だけだ。鬼の王も本心では、目障りな鉉太を縊り殺してやりたいと考えているに違いない。しかし鉉太を害せば、蓮華に恨まれるのは火を見るより明らかだ。

蓮華が足を止め、振り返った。「ととは蓮華と帰りたくなかったのか？」

「そうは言っていない」鉉太は落ち枝を拾っては、笛詰の背に積んだ薪束に差していく。「だが、言葉の選びようというものはあってだな」

「『いいぞ』と『いやだ』の他に、どんな答え方があるのだ」

鉉太は溜息をこらえきれない。「お前は単純で、いい気なものだ」

「それは違うぞ。ととが、難しく考えすぎるのだ」

笑い声を立てて歩き出した蓮華が、ふいにまた足を止めた。「とと、これは何だ」道沿いの夏草に埋もれて、風化した石の像が据えられている。

「石仏だな。御仏をかたどった彫像だ」こんな獣道に、いったい誰が安置したやら不思議ではある。小ぶりな石像を鉉太が拝むと、蓮華も真似をして手を合わせた。

「ふうん、石仏か。初めて見た」

「そんなはずはない、あちこちの道筋で見かけるぞ。さっきの里にもあったろう」

「そうだったか？」と首を傾げた蓮華の袖に、鉉太は目を留めた。「どうした、その血は」

「えっ」蓮華は驚いたように自分の格好を見下ろしている。鉉太は蓮華の腕を取った。かなりの血痕が袖口に付着しているものの、もうほとんど乾いていた。

「怪我をしたわけではなさそうだな、襲撃のときの返り血か。お前にしては珍しいな」

蓮華は落としたものを探すような仕草で、不安げに周囲を見回している。「そうかもしれない。ちょっと洗ってくる」

戸惑い顔のまま茂みを掻き分け、沢へ駆け下っていく。鉉太も笛詰を連れ、蓮華を追って川原に下りた。辺りには浅瀬が広がっており、水の流れも緩やかだ。

蓮華は着物を脱いで川に入り、月光に白い肌をさらして返り血を洗っている。鉉太は灌木に笛詰の手綱を引っかけ、蓮華の後ろ姿に声をかけた。

「さっきの話だが、心しておけよ。羅陵王は、いよいよお前を妃にするつもりでいるぞ」

「蓮華をか？　まさか」蓮華は着物を月明かりにかざして血の跡を確かめている。羅陵王の見え透いた恋慕に気付かないのは、これまた当人だけだ。

「なら、『言葉の選びよう』を教えてくれ。妃になれと言われたら、何と返せばいい」

「それは……お前の思うように答えればよいのだ」

「やれ、ととの問答は難しいな」

蓮華は手近の木に着物を引っかけた。袴も腰布も解いて、「ひゃあ、冷たい」と騒ぎながら、ざぶざぶと水に入っていく。やはり子どもだと鉉太は呆れつつ、冷えきって上がってくるだろう蓮華のために、川原の窪みに即席の竈を作って火を熾した。

笛詰は灌木の根もとに脚を折って座り、もそもそと草を食んでいる。そんな様子を見るともなしに眺めながら、鉉太は川に背を向け、蓮華の泳ぐ水音を聞いていた。

『好きに答えろ』と突っぱねたものの、鉉太も長虫の口さえ塞げるのであれば、『そんな話は即座に断れ』と言ってやりたいのだ。羅陵王は今も母を幽閉している鬼どもの首魁だ。その悪鬼が蓮華に邪な想いを抱いていると思うだけで、腹の底から怒りが込み上げる。だが拒絶すれば、蓮華も母と同様、二度と明の光を拝めぬ立場となるだろう。

こうした苦い煩悶の一方で、羅陵王の行動に釈然としない何かを感じてもいた。蓮華を始めとする女たちへの接し方は、権力をかさにきた一方的なものであると同時に、初心な少年のように遠回しであり、どこか恐れをなしているように見えるのだ。もちろん、力ずくの方法に出ないのは、ありがたい話であるのだが。

鉉太は小枝を焚き火に放った。「蓮華、じきに明の星が昇る。もう切り上げてこい」

「分かってる。あと少しだけ」との言葉に続き、楽しげな水の跳ね音が聞こえた。「ととは泳がないのか、ちょっと冷たすぎるが、気持ちいいぞ」

「冗談ではない」鉉太の返事に、蓮華は水の中で笑ったようだ。ちらと肩越しに振り返ると、流れの下を白い影が滑っている。ほどなく水しぶきを上げて、蓮華の半身が水面を突き抜けてきた。まるで活きのいい鯉だ。鉉太は焚き火に目を戻し、息をついた。

蓮華に対する思いは複雑だ。現在の容貌は、幼いころに蓮の芳香が見せた幻そのもの。天与の技で人を殺める姿でさえも、花が匂い立つようなのだ。中身はともかく、その天女のような麗しい娘が、すぐ近くで無防備に肌をさらしている。その柔らかな細腰を抱き寄せ、白い肌に身をうずめてみたいと欲するのが男の本能というものだろう。

しかし鉉太は蓮華に対して、どうも生々しい情欲を抱けないのだ。

それというのも――

「あ」と蓮華の呟きとともに、大きな水音が鳴り響いた。草をちぎっていた笛詰が気怠そうに顔を上げ、また草を食む。水音は、それきりやんでいる。

鉉太は、はっとして夜空を振り仰いだ。東の山端に輝く、黄金色の星。明が昇ったのだ。舌打ちして腰を上げた。「だから、早く上がれと言ったのだ」

川面を水紋が流れていく。鉉太は走りながら着物を脱ぎ捨て、水に飛び込んだ。見当で川底を手探りし、ほどなく目指すものを引っぱり上げた。裸の赤子だ。

赤子はぐったりとしていたが、鉉太が逆さに吊って背を叩くと、音を立てて水を吐き出した。かと思うと、耳をつんざく声で泣き始める。手荒な仕打ちに抗議しているらしい。

鉉太は、やれやれと赤子を肩に抱き上げ、背中をさすってやった。

「怒るな、蓮華。お前の自業自得ではないか」

六年前、明の入りと同時に少女へと姿を変えた蓮華は、明が昇ると赤子に戻るという不可思議な体質の持ち主だった。天空を明が通るあいだは赤子のままで、明が没すると少女の姿に転ずるのだ。ともに成長した後も、鉉太は赤子でいるときの世話をせざるを得ず、だからこそ蓮華は、愛称同然に鉉太を『とと』と呼ぶ。

これが蓮華に情欲を抱けない理由だった。どんなに姿が麗しかろうと、明が昇れば泣き声の凄まじい赤子に戻ってしまう。乳を用意してやるのも、下の世話をするのも鉉太だ。これで女として見ろというほうが無茶な話だ。

なぜ赤子に戻るのか、蓮華本人にも分からないらしい。そもそも赤子のときの記憶は皆無だそうだ。しかも娘に転じた直後は寝ぼけた状態で、前後の脈絡をうまく整理できないようだ。ひどく混乱をきたす場合もあり、鉉太が付き添っていなければ、何をしでかすか分からない。

おおむね厄介な体質だが、一つだけ利点もあった。蓮華の左手には小指があるのだ。

鬼岩の砦に囚われた者は、みな羅陵王に小指を取られ、長虫をつけられる。もちろん蓮華も例外ではなかったが、つけられた長虫は赤子に戻るたびに落ち、取られた指も元どおりに生え揃う。何度、試しても同じ結果で、さすがの羅陵王も諦めたのだ。

治るのは小指ばかりではない。どんなに深い傷を負っても、いったん赤子に変われば、傷は跡形もなく消えてしまう。まるで、赤子に戻るたびに新しく生まれ直してくるようだ。

「泣くな、蓮華。俺は、お前のそばにいるぞ」身体を揺らしてあやしながら、鉉太は繰り返し声をかけた。「つくづくお前は、生気の塊みたいな奴だ」

鬼の枷(かせ)に囚われることもなく、気ままに振る舞い、自由にものを言う。こんなにも激しい熱をもって、泣きたいだけ泣き喚く。蓮(はす)の蕾(つぼみ)から転じたゆえに、もとより人ではない。人の世のしがらみになど縛られない。そんな蓮華を羨(うらや)ましいと思うにつけ、鉉太は己が枯れ果ててしまったように感じる。羅陵王の横暴への憤りや、手下どもに頭を下げる惨めさ、そういった昔ならば我慢が難しかった様々な事柄は、いつしか乾いてしまった心の表面を滑ってゆき、長く留めておくことができなくなっているのだ。

あるいは、それは精神の成長と呼べるのかもしれない。心が麻痺(まひ)していれば、答えの出ない疑問や苛立ちに苦悩させられる面倒もない。

たとえば、のさばる鬼どもに対し、なぜ討伐軍が派遣されないのか。鬼が集落を焼き、蓄えを勝手に強奪していくのを、なぜ朝廷は見逃しているのか。父上は、さらわれた母上や自分を探していてはくださらないのか。もしや、とうに見捨てられているのではないか――。

いっそう凄まじい泣き声で、鉉太は物思いから覚めた。何もできないくせに元気だけはあるこの赤子は、鉉太が己以外にうつつを抜かしているのが許せないのだった。

「分かった、分かった」鉉太は苦笑した。「お前といると、俺は悩む暇もない」

鉉太は蓮華に頰を寄せ、目を閉じた。水気を含んだ柔らかな肌から、じんわりと熱が伝わってくる。その心地よさに、逆に鉉太が慰められる思いだ。

しばらくそうしていると、ようやく蓮華は、ぐずるのをやめた。つたない指で、手近にあった鉉太の耳をもてあそび始める。

さすがに川風が冷えてきた。鉉太は身震いして岸へ上がり、脱ぎ捨てた着物で蓮華をくるむ。そうして焚き火へと歩きかけ、はっとして足を止めた。

見知らぬ人影が、竈の前に座り込んでいたのだ。


炎の明かりのおかげで、相手の容姿は明瞭だった。日にさらされ続けた岩のような、くすんだ日焼け色の肌をした壮年の男。柔和な表情を浮かべているため一見そうとは分からないが、よく鍛え上げられた堂々たる体軀をしている。それでいて、奇妙なほど存在感がない。姿は風景に馴染んで同化しており、いったんは目が素通りしたほどだ。

男は笠を外し、焚き火に手をかざした。「さすがに川原は冷えるな。当たっていいか」

勝手に暖を取っておいて尋ねるとは、人を食っている。鉉太は男を睨みつけた。蓮華が溺れて慌てていたとはいえ、川原石を踏んで近づく者があれば、その音で気付いたはずだ。

微睡(まどろ)んでいた笛詰が首をもたげ、鉉太と男とを見比べて、また目を閉じる。動物にあるまじき鈍感さに呆れつつ、鉉太は距離を置いたまま言い返した。「駄目だ。よそへ行け」

「おおい、そう警戒せんでも、おれはただの行商だ。名を旭日（あさひ）という」

男のかたわらに、薬売りの行李（こうり）が置かれていた。服装も、確かにそれらしい着物だが。

「どこで薬を売るつもりだ。この辺りは街道から外れているし、商売のできる里もない」

「もう今はな。だが、さっき鬼の襲撃を受けるまでは、沢の上流に里があった」

のんびりとした旭日の言葉に、鉉太は密かに息をのんだ。半歩ほど片足をずらし、それとなく身構える。「よく鬼に捕まらずに、逃げおおせたな」

「なあに、長くあちこち旅していると、知恵が回るようになるものさ」

旭日は薪の小枝を取り、ひょいとそばの茂みに突き入れた。そうして引き戻した枝の先には、頭を串刺しにされた蠑螈（いもり）が、きいきいと暴れている。

「おぬし、わざと櫓の男に矢を当てず、逃がしてやったろう」旭日は蠑螈の小枝を口から尾へと刺し直し、焚き火にかざして、あぶり始めた。「いやあ、素晴らしい妙技を見せてもらった。おぬしの無用な殺生を好まぬ心映えを、きっと御仏もご覧になったろう」

行商というより僧侶の物言いだ。得体の知れない男だが、少なくとも敵意はないらしい。それでも視界から外さないよう留意しつつ、鉉太は笛詰の横にしゃがみ込んだ。

「よし、よし。蓮華、慌てるな。いま飲ませてやる」

身体を支えて笛詰の腹に添わせてやると、蓮華は勢いよく乳房に、しゃぶりついた。

笛詰は単なる荷馬ではない。わざわざ連れ歩くのは乳をもらうためだ。鉉太が蓮華を拾って間もなく、この兎馬も砦に囚われてきた。ちょうど仔を産んだため、ついでに乳を分けてもらうようになったのだが、仔を亡くして以後も、笛詰は蓮華のために乳を出し続けている。蓮華を抱えて近づくと、万事を心得たように腹を見せるのだ。

赤子は懸命になって喉を動かしている。その一心な姿からは、先ほどまで嬉々として人を斬っていたなど想像もできない。

明の理（ことわり）によれば、殺生の罪を繰り返した者は〈冥（めい）の戦場（いくさば）〉と呼ばれる地獄に堕ちるという。永劫にも等しい時間を罪人同士で争い合わねばならないそうだ。

兵の家に生まれた鉉太は、死後に地獄へ赴く覚悟もできている。鬼の虜囚になっていなくとも、いずれ戦（いくさ）で何人も殺めただろうからだ。しかし蓮華は違う。おそらく、人の命を奪うことの何が罪かも知らないままで地獄に堕ちるのだ。それが鉉太には憐れであるし、やり切れない気分にもなる。乳をむさぼる姿を見れば、なおさらだ。

たぶん、折りに触れて慈悲や哀れみの何たるかを伝え、導いてやるべきだったのだ。だが、人間を襲う生活を強いられる中で、命を奪うごとに罪を感じろ、と教えるのは大いなる矛盾だ。少なくとも下衆の一人である今の鉉太には、蓮華を納得させられる言葉を見つけられそうにない。なにより、説得する資格も、また持ち合わせていないのだ。

「――なところに――とはな。どうりで見つからんはずだ」

かすかな呟きに、鉉太は顔を上げた。「何か言ったか？」

「なあに、こっちの話だ」旭日は火にかざしていた蠑螈を引き戻し、黒々と焦げたそれを鉉太に突き出した。「いい具合に焼けたぞ。焚き火の礼だ」

鉉太は満腹になった蓮華を抱きかかえ、その背中を叩いてやった。「いらん」

「若いくせに慎重な奴だ。鬼のもとで生き延びるだけのことはある」旭日は満足そうに頷いている。「その用心深さを見込んで言うが、おれに手を貸さんか。むろん、礼はする。安心しろ、今度は黒焼き蠑螈などではない。銀でも玉でも、好きなもので払うぞ」

「断る」と鉉太が拒絶すると、旭日は一瞬ぽかんとし、次いで大口を開けて笑い出した。

「いや、まったく面白い奴だ。おぬしの警戒心は筋金入りだな。しかし、まあ聞け。近々、都から討伐軍が派遣される。鬼岩の砦の鬼どもを討伐せよとの宣旨が下ってな」

　思いも寄らぬ内容に、今度は鉉太が呆気に取られる番だ。すぐには言葉も出ないこちらを尻目に、旭日は蠑螈に食いつき、口周りについた炭を指でこすり落とした。

「お前は――」朝廷の役人か、という問いを、鉉太は寸前でのみ込んだ。左手には長虫が蠢いている。さすがに、それを口にするのは危険だろう。

　長虫に向けた鉉太の視線を読み、「おお」と旭日が嬉しそうな声を出した。

「そいつは鬼のつけた虫だな。なかなか珍しい呪だ。おぬしが慎重になるのも、むべなるかな。舌の緩い虫を飼わされていては、密談もままならんだろうからな」

　長虫のことまで知っているとは、ますます只者ではない。

「皆まで言葉にせんでも、おぬしの言いたいことは分かるぞ。この色男は何者かと訝しんでいるのだろう。朝廷の手先と思ってくれて構わんよ、今のところはな」

　まあ座れと促され、蓮華を笛詰の脇に寝かせて腰を下ろした。赤子を背に守り、かつ旭日とは焚き火を挟んだ位置だ。そんな鉉太の行動を、旭日は面白そうに眺めやる。

「虫が邪魔だろうから、おれが勝手に話そう。討伐の指揮をとるのは、宣旨を賜った果州の州司どのだ。軍を編制するのに数日。鬼の砦への行軍には、ざっと十日ほど必要か。よって襲撃の決行は、早くとも半月ほど先になるだろう」

願ってもない話だが、どこか鉉太には釈然としない。

「長年にわたって放置しておいて、なぜ今ごろ、と不思議だろう？」

ことごとく考えを読まれている。居心地の悪さを覚えつつ、鉉太は頷いた。

いつか砦を脱出するため、新たな虜囚が加わるたびに、それとなく外の状勢を聞き込んでいたのだ。彼らの話によれば、この敷島の国では、西では日照り、東は大雪の年が長く続いているという。なのに税の取り立ては少しも緩まず、人心は乱れ、兵役は長引き、人の魔が鬼を生み続けている。もう何年も前から、まさに世も末のありさまなのだという。鉉太自身は討伐軍の派遣を待ち望んでいたものの、現実的に考えれば、朝廷には兵を派遣する余裕などないだろう、と諦めてもいたのだが。

旭日は蠑螈を食いつくし、枝を火にくべた。「実は、今の帝（みかど）は病弱でな。つい先ごろ御病気の平癒のために、東の巨岩に巣くう鬼の首魁を討て、と占が出たのだ」

「馬鹿な」と鉉太は呻いた。たかが占ごときで、あっさりと決まるような問題なのか。

「目に触れない下々の訴えよりも、たった一つの占が状況を動かす。そういう愉快な事態が起こり得るのが、政（まつりごと）というものでな」朝廷の者だと名乗ったわりに、旭日の口ぶりは揶揄するようだ。さて、ここからが本題だ、と身を乗り出してきた。「討伐といっても、鬼岩の砦は聞きしに勝る天然の要塞だな。攻めるに難く、守るに易い」

鉉太も頭を切り替え、頷いた。砦は渓谷の中洲にそびえ、周囲への見晴らしがきく。川に架かる橋は一本の仮橋のみだ。落として立て籠もろうと思えば、いつでもできる。強欲な羅陵王は相当な物資を蓄えているはずで、長期戦となる心配は大いにあった。

「そこで、おぬしの力を借りたい。外から軍が攻め込むと同時に反乱を起こし、内からも鬼どもを揺さぶってほしいのだ」

鉉太は焚き火越しに旭日の顔をうかがった。もっともらしい話だが、この男は胡散臭すぎる。話に飛びつくのは危険だろう。そもそも、砦には羅陵王の目隠しの呪が施されているのだ。討伐軍には、砦の発見すら難しいのではないだろうか。

「手を貸してくれれば、悪いようにはせん」もう一押しとばかりに旭日が言葉を重ねた。「むろん、一人でやれとは言わん。何人でも味方に引き入れるがいい。羅陵王を討った暁には、州司どのは尽力した者らに褒美を授けるだろう」

——褒美か。思わず片頬で笑った。金や銀を積まれて何になるのだ。俺たちは皆、鬼の下で働いてきた罪人の集まりだ。どうせ地獄の他に行く先などない。

鉉太は川原石を手に握った。「失せろ、甘言を弄する曲者めが。その頭をぶち割るぞ」

「まあ、まだ時間はある。じっくり検討してくれ。——そこの赤子とも相談してな」

付け足された一言に、思わず蓮華を振り返る。と、その一瞬の隙に、旭日の姿は煙のように消えていた。

何年も前に小波が風邪をこじらせて死んで以来、朝夕に母を日参する役目は鉉太のものとなった。牢屋番の許可を得て、朝餉の盆と灯火を携え、奥へと進む。

いつ訪れても、ここは時が止まっているかのようだ。風もなく、空気が澱み、何もかもが変化しないまま、少しずつ腐敗してゆく。幼いころと違い、無明の闇を怖れることはなくなった。この地の底にたゆたっているのは静寂の死で、地上にはびこっているのは生々しい死だ。どちらも死であることに変わりなく、どちらも怨嗟の恨みに満ちている。

羅陵王が蓮華に恋着して以来、女が幽閉されることも絶えた。しかし、だからといって、いったん岩牢に入れられた女たちが解放されることもない。何人もいた女たちは、それぞれの房で順に息たえた。この息詰まる地獄で旺盛なのは、死者を齧る鼠ばかりだ。

通路の最奥で膝を突き、石積みの向こうに声をかける。「母上、鉉太が参りました」

しじまに響いていた、かすかな声が途切れた。その一瞬、返事がありそうに思えたが、再び呟きは続いてゆく。楽土への往生を願う読経の声だ。

鉉太は岩の穴に手を突っ込み、昨夜に運び入れた夕餉の盆を引き出した。食事は朝も夕も、ほぼ変わらない。たいていが茹でた菜と芋の類で、季節によって果実が加わる程度だ。盆上の青菜も芋も、今日は何も口がつけられていなかった。昨夕は干した魚を添えたが、それも腹の辺りを食した跡があるのみだ。

いつごろからか、母はろくな食事もとらず、日がな一日、虚ろに経を唱え続けるようになった。かつて鉉太を励まし、教え導いてくれた母の魂は、すでに不浄の俗世を離れているのかもしれない。無理に言葉を乞うては、母の宿願を邪魔するだろう。しかし——。

鉉太は袖に隠し持っていた小枝を取り出した。白い小花を鈴なりにつけた七竈だ。朝餉の盆に載せ、そっと穴から差し入れる。

「外は夏の兆しがあふれております。昨日、薪を拾いに砦を出た折り、花の一枝を頂戴してまいりました。お好みに合うとよろしいのですが」

普段であれば母の読経を邪魔せぬよう、盆を替えたら退散する。だが数日前に旭日と言葉を交わして以来、どうも心が落ち着かず、なかなか母のもとを立ち去れない。

意を決して問いかけた。「母上は、今でも郷里に帰りたいとお望みですか」

岩牢の中で、ふと経が途切れる。しばし待って聞こえたのは、やはり読経の声だ。鉉太は落胆した。だが、これで良いのだとも思う。己で道を決めよとの母の思し召しだ。

現世を見限った母は、もはや枝を取りもしないのだろう。しかし夏の花の香が、腐臭の漂うこの地獄の一角で、母に一服の清涼をもたらしてくれることを願うばかりだ。

夕餉の残り盆を持って腰を上げた。「では、母上。また伺います」


鉉太は盆を持ったまま、砦の裏側にあたる岩棚の上に出た。残り物を家畜の餌に混ぜてやるためだ。厩へ向かう途中の薪置き場で、積んであった丸太の上に座り込んだ。気分の重さが足へ落ち込み、引きずるのもやっと、という心境だった。

この辺りの岩棚には長年にわたって土埃や砂礫(されき)が堆積し、申し訳程度に雑草が生えている。その朝露に濡れた貧相な草の根を、盛んにつつき合っているのは赤茶色の羽毛の鳥たちだ。羅陵王が縁起を担いで放し飼いにさせている、十数羽もの長鳴き鳥。死者を現世に呼び戻すとも言われる鳥だが、その鳴き声を真似た特徴的な鳥笛の音は、戦においては開戦の合図ともなる。そういった不吉な側面が、鬼の趣味に適うのかもしれない。

鉉太が干魚を千切って撒いてやると、長鳴き鳥たちは色めき立って寄ってきた。黒い尾羽根が行き交うさまを心ここにあらずで眺め、憂鬱に息を吐き出した。

「……俺には無理だ」

旭日の口車に乗り、羅陵王の討伐に成功したとする。もちろん、鉉太は大手を振って外に出たい。自由になりたい。しかし、今さら外へ出てどうするのだ、という自身の突き放した声が心に刺さる。鬼の悪事に加担した己が、どんな顔で故郷に帰るのか。もはや往生だけを願って魂を昇華させかけている母を、つらい現世に引き戻すのか。

そもそも父は自分や母を受け入れるだろうか。むろん、父は立派な武人だ。粗略に扱いはしないに決まっている。だが鬼にかかわって生き延びた者は、郷里では人々の忌避の的だ。どう取り繕ったところで父の立場を悪くしてしまう。

「無理だ。やはり、俺には……」

拳に額を押し付ける。失敗して死ぬことは怖くない。生き長らえて、その先を見るのが怖い。死後に味わう責め苦より、現世の苦難が恐ろしいのだ。心は千々に乱れるものの、いったん思考の方向が定まると、できない理由を探すのは止められなかった。

（討伐軍がどれほどのものかは知らないが、どうせ指揮をとるのは都の貴族だ。鬼の恐ろしさを知らず、みくびっている。そんな奴らに羅陵王を討てるはずがない）

（反乱を起こせと言われても、武器もない状態で、何ができるというのだ）

「――箒木に山芋に岩魚か。鳥の餌にしては豪勢だな」

ふいの声に、思わず腰を上げた。その拍子に膝の盆が落ち、長鳴き鳥が驚いて散っていく。ぶつかりそうになった一羽を、ひょいと足を上げて旭日が避けた。

「お前――」鉉太は声をのみ、幻を見るような思いで旭日を睨んだ。またしても気付かなかった。というより、どうやって砦に入り込んだのだろうか。

「鬼の呪は、おれには効かんのだ」相変わらず、旭日は心を読んだような物言いをする。「実はな、少し事情が変わってしまった。あと数刻ほどで討伐軍が到着する」

「何だと」鉉太は啞然とした。いくら何でも早すぎる。

「悪いが、やむを得ん状況でな」旭日は手振りで鉉太を座らせると、自らも隣に腰を下ろし、馴れ馴れしく肩を組んできた。「例の病弱な帝が身罷られたのだ。即位なさった新帝は、古い穢れを祓うために一刻も早い退治をと、改めての宣旨を下されてな」州司も尻を叩かれての行軍だという。「いくらか早まったが、計画は変わらん。やってもらえるな？」

鉉太は旭日の腕を払って立ち上がった。「戯言を。引き受けるとは言っておらん」

「どうした、怖気づいたのか」

からかう声に図星を指され、唇を嚙んだ。

「なあに、仲間をたき付けるだけでもいいんだ。先日も言ったろう、手を貸した者には、討伐軍を率いる州司どのが褒美を出すぞ」

そそのかす顔の旭日を睨みつけた。「褒美が出るなら、なぜお前がやらん」

「これしきの鬼を退治するのに、おれが手を下すまでもない。なるべく怠けていたいのでな」旭日は冗談めかしてうそぶき、両手を広げた。「脱出した後の皆の暮らしを保障する。そう言えば、他の者も手を貸してみる気になるはずだ。いや、これは仲間に引き入れるための空言ではない。

州司どのの定めた、確かな方針であるから安心しろ」

鉉太は顔をしかめたままで聞いていた。暮らしの不安が強い者たちには、確かに心強い話だろう。しかし、この男の口で言われると、やはり話がうますぎるように感じる。

迷っていると、笛詰の不機嫌そうな鳴き声が聞こえた。蓮華が笛詰を引いてこちらへ来るところだ。厩へ連れていく途中らしいが、笛詰は嫌がって足を踏ん張っている。求められれば乳を出してやるくせに、笛詰は蓮華の言うことを聞かない。

蓮華が鉉太を見つけて手を振った。「とと、聞いてくれ。笛詰の奴、また轡抜けをして――」

訴える蓮華の顔が、ふいに強ばった。ぱっと笛詰の手綱を放したかと思うと、勢いよく駆けてくる。「きさま、ととから離れろ！」と、つかみ取った薪を振りかぶり、旭日に向かって打ちかかった。

旭日は寸前で一撃をかわし、横へと飛んだ。「おっと、ずいぶんなご挨拶だ」

すぐさま蓮華が追いすがり、二度、三度と殴りかかる。旭日は紙一重の差で避けおおせると、上の岩棚に飛び移った。

「やれやれ、邪魔が入ったな」まるで動じた様子もなく、旭日は頭を掻いている。

追って岩棚へ飛び乗ろうとする蓮華を、「やめておけ」と鉉太は引き止めた。

「鉉太、おぬしに良い話を教えよう。果州は谷鉉（やげん）の主（あるじ）、阿藤氏隆（あとうじたか）は、今は上京して都にいる。

――どうだ、ひと働きしたくなったろう」

では頼んだぞ、と言い置いて、旭日は岩棚の向こうへと消えていった。

蓮華が悔しそうに薪を投げ捨てた。「とと、奴と話していたろう。何を吹き込まれた」

「あの男を知っているのか?」以前に奴と会ったとき、蓮華は赤子だったはずだ。案の定、「誰だ?」と聞き返された。「誰かも知らん奴に、お前は殴りかかったのか」

呆れる鉉太に、蓮華が口を尖らせる。「知らなくても分かるぞ、あれは人間ではない」

「俺も、そうだろうと思っていたところだ」鉉太は丸太に腰を下ろした。

気配を悟らせない現れ方といい、蓮華の猛攻をかわし続けた身のこなしといい、明らかに只者ではない。人間に化けた鬼だと言われても驚きはしないだろう。同じ鬼であるなら、羅陵王の呪をかい潜って入り込んだ点にも、頷けるというものだ。

蓮華にせがまれ、旭日に反乱を起こすよう依頼された件を話して聞かせた。とはいえ、長虫の口をはばかりながらのため、伝えるのには、だいぶ手間を要したが。

「ふうん、反乱を起こすのか。面白そうだが、あの男の発案だと思うと癪に障るぞ」実に蓮華らしい感想だ。「でも最後に奴が言った、谷鉉とか阿藤とかいうのは、何なのだ?」

鉉太は目を落とした。ためらいは一瞬だ。覚悟を決めて打ち明けた。「父上だ」

蓮華が、呆気にとられた顔をした。「ととの――とと様か?」

鉉太は黙って頷いた。〈谷鉉〉の鉉太。それが母のくれた名だ。

公家らと誼を結ぶため、父の氏隆は、以前から頻繁に京と果州とを行き来している。朝廷内の後ろ盾を得るのが目的だ。いま都にいるのも、そうした活動の一環だろう。

最後に父と顔を合わせたのも京だった。父は跡取り息子に早いうちから都の様子を学ばせたかったらしい。鉉太と母は父に付き従って上京し、ふた月近い逗留ののち、所用の残る父と別れて一足先に京を出た。その道中で、羅陵王が率いる鬼の襲撃を受けたのだ。

気付けば蓮華が、身体ごとねじるようにして鉉太の顔をのぞきこんでいた。

「ととは、とと様に会いたいか?」

「それは、もちろんだが――」しかし、会ってくださるだろうか。

「うん。なら、何も迷う必要はない。討伐軍に手を貸して、とと様に会いに行こう」

簡単に意見をひっくり返す蓮華が恨めしい。「奴の口車に乗るのか」

「あの癪に障る男のことは、この際、忘れてやってもいい」蓮華は勇ましく袴の帯を締め直した。

「せいぜい大暴れして、隙を見て砦から逃げる。それで京に行くのだ」

「簡単に言うな。薪で殴りかかるようなわけには、いかないのだぞ」

せめて破魔刀の一本でもなければ、話にならない。

大きく蓮華が頷いた。「うん、あるぞ」

拾い子にまで心を読まれたのかと、鉉太は蓮華の顔を見つめ返した。「何だと?」

「鬼どもを蹴散らすのに、破魔の武器が必要なのだろう。あるぞ」

「どこにあるというのだ。もう時間がない。遠くでは取ってこられないぞ。第一――」

ふと嫌気がさし、鉉太は口をつぐんだ。俺は、しない理由ばかりを考えている。

「心配ない、置いてあるのは砦の中だ。さっそく取りに行こう」

蓮華は草の根をついばんでいた長鳴き鳥を、ひょいひょいと両手に一羽ずつ捕まえた。そして「持っててくれ」と鉉太に押し付け、またもう二羽を捕まえたのだった。

両手に長鳴き鳥を提げ、鉉太は蓮華に言われるまま、大広間の一角にやってきた。奥の通路を進めば宝物庫だ。そこに破魔刀があるという。

　鉉太は通路の入り口に立っている二匹の大鬼を目で示した。「見張り番は、どうする」

「うん、こっちだ」蓮華は進路を変え、階段を上って回廊を進み始めた。そのまま巡ってゆくのかと思いきや、「合図したら、飛び降りてくれ」と、自身の持っていた長鳴き鳥を欄干（らんかん）から放り投げた。続けざまに、鉉太の運んできた二羽もだ。

　この突然の仕打ちに、長鳴き鳥たちは口々に喧（かまびす）しい悲鳴を上げ、羽をばたつかせて広間に落ちていく。文字どおりの降ってわいた騒ぎに、二匹の大鬼もまた泡を食った。

「ええい、いっタい何事だ」「捕まエろ、羅陵王サまの長鳴き鳥だぞ」

　赤茶色の羽毛が舞い散る中、鬼たちが興奮する長鳴き鳥たちを追いかけ回しては、蹴爪に蹴られ、嘴（くちばし）に突かれる。それでも一羽を捕まえ、二羽めをつかんでみれば、その隙に一羽めが手をつついて逃げ出すのだから手に負えない。

「今だ」と蓮華が欄干を乗り越え、大広間に飛び降りた。鉉太も後に続き、通路の奥へと滑り込む。「冷や汗ものだ」と鉉太は、ぼやいたが、「でも、うまくいったぞ」と蓮華は軽い足取りで、ずんずん歩く。通路には明かりが灯されていない。やがて大広間の光が届かなくなると、手探りで暗闇の中を進むしかなくなった。

　鉉太は声をひそめた。「いったい、どこまで続いているんだ」

「さあ。蓮華も初めて来たし——あ、ここ扉だぞ」

　板戸の軋む音が響き、まばゆい光が差した。足もとから天井まで伸びた一条の光が、爆（は）ぜるような輝きの洪水となって周囲にあふれ出したのだ。

わあ、と蓮華が感嘆の声を上げたが、暗がりに慣れた鉉太の目には、何が起こっているのかも分からない。膨大な光にのみ込まれ、ただ目を覆って立ちすくむしかない。

やっと視力が戻ると、蓮華の驚いたものに鉉太も度肝を抜かれた。円形に掘り広げられた洞窟の中央に、燦然（さんぜん）としてそびえ立つ塔だ。金銀と錦（にしき）をふんだんにまとった、様々な宝物の寄せ集めである。

ひとたび部分に目をやれば、金鈿（きんでん）の香炉が中に溜まった土埃を燻（いぶ）し、花紋をあしらった紫檀（したん）の琵琶（びわ）が沈黙の調べに蕾を開き、あぎとを開いた金塗りの獅子の面が牙を尖らせて鉉太を威嚇（いかく）する。また別の場所では、瑠璃（るり）の杯が雨水を美酒のように輝かせ、花鳥文を鋳出した白銀（しろがね）の八角鏡が幽玄の虚空（こくう）を描き出し、紅牙緑牙（こうげりょくげ）の尺がその深淵を計ろうとしている。

羅陵王が鬼たちを使い、長年かけて集めた宝物の数々だろう。それらが絶妙に組み合わされ、恐るべき均衡を保って塔の形に積み上げられているのだった。

「……こいつは、たまげた代物だぞ」

感動というより、開いた口が塞がらないといった心境に近い。塔は大人が数人で腕を回しても抱えきれないほどの直径で、上へいくにつれて緩やかに細くなるよう構成されている。宝物を積んでいくうちに頭がつかえたらしく、天辺は円形にくり貫かれた穴から屋外へ飛び出しており、その隙間から日の光が差し込んでいた。

「これは何かのまじないか？」鉉太は宝塔に近づいた。単なる強欲では片づけられない、恐ろしい執念を感じる。王が貪欲なまでに宝物を漁ったのは、これを造るためだろうか。

一方、塔の周りを巡る蓮華は、しばしば立ち止まり、耳をすますような仕草をしている。そのうち、「あった。あれだ」と塔に飛びつき、登り始めた。

鉉太は蓮華の行方を目で追った。飛雲を刻んだ黄金造りの大刀や、玉虫の虹が輝く白銀の懐剣、果ては大陸渡りの曲刀まで。いくつも武器はあるが、朱鞘のものは見当たらない。

ほどなく蓮華は、「とと、受け取ってくれ」と一振りの太刀を投げ落としてきた。両手で受け止め、「これは」と息をのむ。かつて川原で拾った、黒塗りの大太刀だ。

蓮華が軽い身のこなしで飛び降りてきた。「とと、知ってるのか」

「以前に俺が拾ったものだ。だが破魔刀ではない。朱鞘ではないし、何より作りものだ」

鉉太は封印の紐を解いた。鞘から抜こうとしたが、やはり抜けない。まるで鞘と柄が最初から一体として造られているかのようだ。

「いいや、そんなはずない。破魔の力が込められた刀だ」

きょとんとして言う蓮華の顔を、まじまじと鉉太は見つめ返した。

「ここに来るのは初めてだと言ったな。お前こそ、なぜこの太刀を知っている」

蓮華は足もとを見回し、首を傾げた。「でも、風はこの太刀から吹き出しているぞ」

「風が吹き出すだと？　何の話だ」

「そう言われても、風は風だ。ちょっと貸してくれ」

要領を得ないまま太刀を手渡すと、蓮華は数歩ほど下がった。柄と鞘とを握り、「よっ」と軽いかけ声とともに、身体をひねりながら、くるりと回る。

鳥が羽ばたくような音を立て、抜けないはずの鞘が外れた。その瞬間、鉉太も風を感じた。機に掛かった何本もの色糸のように、一つ一つ違った手触りをもつ風の流れ。それらが無数の小鳥となって解き放たれ、鉉太のかたわらを通り過ぎていったのだ。

　初めて目にするその刀身は、優美な弧を描き、長々と伸べられている。刃は極めて漆黒に近い鈍色だが、かざす角度が変わるたびに、光の反射で雪のように白々と輝いた。貴重な宝物だらけのこの庫内でも、最も霊妙な逸品と言えるだろう。

「お前タち、ここで何をシている！」怒鳴り声に振り向いたとき、長鳴き鳥の羽根をまといつかせた二匹の鬼が駆け込んできた。見張り番が庫内を確認に来たのだ。

　鬼が近づくより早く蓮華が動いた。狼のように地を蹴り、太刀の一振りで一匹の胴体を、返す刀で、もう片方の首をはね上げる。その瞬間、鬼どもの身体は刀身と同じ輝きを帯び、甲高い音を立てて陶器のように破裂した。粉々に飛び散る欠片は星となり、瞬きながら消えていく。その儚く美しい光景は、忌まわしい鬼を斬ったものには見えなかった。もっと寂しく憐れな生き物に、潔い引導を渡してやったかのようだ。

　太刀を振り抜いた勢いのまま、蓮華が片足を軸にくるりと回った。回りながら刃を払い、ぴたりと鞘に納めていた。鉉太は夢でも見たような感覚に陥った。確かに目撃したはずなのに、目が追いつかない。蓮華の小柄な身体で、どのようにしてあの長い大太刀を抜き、また鞘に戻したのか。そして、なぜ鬼が星となって砕けてしまったのか。

　目の前には、太刀の軌跡が残像となって浮かんでいる。鋭い刃そのもののように、閃光が宙に残っているのだ。恐る恐る手を伸ばし、普通ならば決して触れようもないその光に触れてみる。その刹那に痛いほど肌が粟立った。指先から伝わった雷のような衝撃に、一瞬にして全身を貫かれたのだ。

それは、言葉では伝えおおせない大いなる天啓のような、とある理解だった。

(――そうか。そういうわけだったのか)

蓮華が鞘から少しだけ刃を引き抜いた。「とと、左手を出してくれ」

快い痺れに呆然としたまま手を差し出すと、蓮華が手から長虫を断ち落とした。痛みは何も感じなかった。指の切り口を見ると、滑らかな肉の色だ。

「長虫が再生しない……これも、その太刀の業なのか?」

呟いたとき、地鳴りが起こり、水たまりの池が細かく波打った。

蓮華が宝塔を見上げた。「揺れてる。地震か?」

「いや、違うようだが」鉉太も周囲をうかがった。震動は途切れ途切れに続いている。岩壁から埃が舞い落ち、塔も重々しい軋みを上げ始めた。

「ともかく、外へ出よう」と蓮華を促し、宝物庫から逃げ出した。


通路を戻って広間に出ると、砦は喧騒に包まれていた。方々で怒声が上がり、戦備えをした小鬼どもが、上を下へと団子になって駆けてゆく。

「とと、外だ」と駆け出した蓮華を追い、階段を上がって横穴をくぐる。奥の露台に出ると、喚いている小鬼どもを押しのけ、外の様子をうかがった。

対岸の崖際に連なっているのは、何百とひしめく武装の兵。討伐軍の軍勢だ。

「もう来たのか」と鉉太は呻いた。「旭日の奴、適当なことを言ったな」

兵の一隊が大岩を渓谷の底に突き落とし、さらに別の一隊が上流方向から丸太を川に投げ込んでいく。撤去された仮橋の代わりに、岩で丸太を塞き止め、中洲へ渡る足場を急造しようというのだろう。崖から下る階には、兵が蟻の行進さながらに行き来している。先ほどからの地鳴りや震動は、狙いを外した大岩や、流れてきた丸太が島に追突した衝撃らしい。

統率のとれた兵らの働きは見事なもので、すでに渡河に成功した者もいる。まだ大扉を攻めあぐねているものの、曲輪に留まり、隧道から攻め寄せた小鬼たちと小競り合いを始めていた。

うずうずとした顔の蓮華が、大太刀で表を指した。「行こう。軍に手を貸すのだろう」

「それは」と鉉太は言いよどんだ。この期に及んで、まだ迷いが拭えない。

そのとき、ひときわ大きな揺れがきた。音の方向を見やると、中洲の上流にあたる岩壁が崩落した衝撃だった。度重なる流木の衝突で、岩棚に亀裂が入ったのだ。

鉉太は息をのんだ。牢獄の真上だ。「母上が危ない」と踵を返し、駆け出した。

地上よりも激しい震動に、牢屋番は泡をくって逃げたらしい。鉉太は放り捨てられていた錫杖と手燭を拾い、土煙に霞む通路の奥をのぞきこんだ。

追いかけてきた蓮華を押し留める。「いつ崩れるか分からん。お前は上に戻っていろ」

「えっ」と蓮華が動転した声を上げた。「ととは行くのか？　危ないぞ」

手燭に灯をつけ、引き止める蓮華を振り切って奥へと急ぐ。走り回っている無数の赤い目は、逃げ場を求める鼠どもだ。何匹かを蹴飛ばしつつ、母の岩牢に辿り着いた。

石積みの向こうでは、この揺れの中、まだ読経が続いている。

「母上、鉉太です。今お助けいたします。奥に下がっていてください！」

錫杖を石の隙間に突き立て、梃子の要領で壊しにかかる。この揺れで積み石が緩んでいたらしく、何度めかの作業で音を立てて崩れ始めた。

「ご無事ですか、母上！」中をのぞきこんだ瞬間、強く咳き込んだ。舞い上がる砂埃とともに、牢内から強烈な腐敗臭が流れ出したのだ。

鉉太は袖で口もとを覆い、崩れた石積みの隙間をくぐった。

差し伸べた灯火の明かりの中に、慎ましく仰臥した女人の姿が浮かび上がる。肉が腐り果て、髪も抜け落ちた、骨同然の屍だ。

立ちすくんだ鉉太の耳に、かすかな経が聞こえてきた。屍の左手には長虫が蠢いており、宿主が息たえてなお根を張っていたのだ。

足もとから、ふいに強い震えが立ち昇った。その震動に灯火が揺れると、呆然と立ち尽くした己の影も、嘲笑うように揺れ回る。

「――とと、大丈夫か」いつの間にか蓮華が隣にいて、鉉太の顔をのぞきこんでいた。「怒らないでくれ。心配になって来てしまったのだ」

申し訳なさそうに告げる白い顔を、鉉太は、ぼんやりと眺め返した。

「蓮華は知っていたのか。母上が……とうに亡くなっていることを」

「うん」と蓮華が、怯んだように目を伏せた。「ととも知っていると思っていた」

「そうだな。おそらく、俺も気付いていていたのだ」

しゃべったぶんの息と一緒に、身体から力が抜けていったらしい。鉉太はこらえきれずに膝を突いた。気付かないはずが、なかったのだ。いつごろからか、母が言葉をくれなくなったこと。

食べ残しの歯形が鼠のそれであったこと。そして、決して母のものではない、陰鬱な読経の声色。妙だと感じていたはずだ。しかし、気付かない振りを続けてきた。

「とと、やっぱり怒っているのか」蓮華が泣きそうな顔でしがみついてきた。

「いいや、お前は何も悪くはない。俺が間違っていたのだ」頬に流れる涙を拳で拭い、不安げな娘の頭をなでてやる。「母上の長虫を落としてくれるか」

鉉太のときと同様に、蓮華が母を解放した。長虫は宿主を離れてからも経を唱えていたが、石で潰すと静かになった。鉉太は母の左手を胸に乗せてやり、そこへ右手を重ねた。ふと思い立ち、その手首から数珠を抜き取る。

「こちらは形見として父上に届けます。どうぞご安心ください」

数珠を大切に懐へしまい込み、両手を合わせて瞑目した。

――金を求むる者は沙を捨ててこれを採り、玉を磨く者は石を割ってこれを拾う。

いまだ自分は、己が何に悩み、何を諦めようとしているのかも推し量れない未熟者だ。苦境の中で拾うべき大切なものを、見分けることさえ難しい。ならば、せめて己の未熟さを理由にせず、目の前の現実を見つめることから始めるのだ。

「母上の楽土への旅路が、安らかなものでありますように」

祈りの言葉を呟いて目を開けると、いつになく真剣な顔つきの蓮華が、見よう見まねで手を合わせていた。それが済んだのを見届けてから、鉉太は立ち上がった。

「行くぞ、蓮華。母上の――皆の、仇を討つのだ」

死ぬまで鬼の虜囚だった小波や、幽閉された何人もの女たち。そして、蓄えた財を奪われ、生きながら皮を剝がれて死んでいった大勢の者たちの仇を討つ。

もうこの身に鬼の虫はおらず、幽閉された人質もいない。ためらう理由は何一つない。

「俺は羅陵王を倒す」

この鬼岩の砦に囚われ、もうすぐ七年。鉉太は初めて、その願いを口にした。


いよいよ崩れ始めた岩牢を脱出し、鉉太と蓮華は地上へと駆け戻った。

途切れ途切れの震動は、まだ続いている。表では討伐軍の打ち揃ったかけ声が上がり、そのたびに大扉が軋んで埃が舞った。大槌で強引に破るつもりらしいが、正面きっての攻撃では、厚い鬼の守りを崩すのは難しいだろう。大扉の内側には何本もの丸太が立てられて支え棒となり、大勢の小鬼もまた肉の壁ならんとひしめきあっているのだ。

砦内には緊張感が満ちていたが、一時の混乱は収まったようで、慌ただしさの中にも統率が戻っている。

殺気立つ小鬼の群れを掻き分けながら、鉉太と蓮華は羅陵王を探し回った。

「とと。こっちにもいないぞ」上の回廊から身を乗り出し、蓮華が声をかけてくる。

探しあぐねていると、大鬼が怒鳴りつけてきた。「何ヲしテおる。早ク持ち場に――」

「それどころじゃない」と遮(さえぎ)り、蓮華が大鬼に尋ねた。「王は、今どこにいる」

「羅陵王さマなら、屋上ノ陣所で指揮ヲとっテおらレる。お前たち、呼ばレテおるノか」

「そんなところだ」と鉉太は答え、武器を配っていた小鬼から弓と箙(えびら)を受け取った。追及される前にとその場を立ち去り、屋上を目指して回廊を抜ける。

途中で他の虜囚と遭遇した。砦外に面した露台の一つに、不安そうに額を集めていた。普段は襲撃に駆り出されない老人や子ども、女たちまでもが武器を持たされている。

足を止め、鉉太は皆に声をかけた。「隠れている必要はない。あれは討伐軍だ」

露台からは、大扉前の攻防が見下ろせた。対岸の崖を下って続々と集まりつつある兵は、大扉の破壊に槌を諦め、丸太を抱えて突っ込んでいる。しかし、想像以上に固い守りと、方々の露台から射かけられる矢のために、だいぶ手を焼いているようだ。

仲間の一人が、落ち着かない様子で言い返してきた。「助けって言ったって、どこから湧いた兵かも知らん。勝てるかどうかだって怪しいだろうが」

端の老婆も倦（う）んだ声を添えた。「たとえ砦を落としたとて、あっちから見りゃ、わしら鬼に与（くみ）したも同然。無理やり脅されたなんて言い訳したところで、誰が聞くものかよ」

「そうだ、そうだ。助け出されたところで、どうせ罪人扱いだ」

悄然（しょうぜん）と頷き合う姿があり、気の進まぬ同意の声が上がってゆく。

先行していた蓮華が引き返してきた。「とと、どうした。早く行こう」

「すまん、少し待ってくれ」鉉太は露台に出て、弓に矢をつがえた。討伐兵たちを射ようとしている鈴なりの鬼をめがけ、立て続けに矢を放つ。射ぬかれた鬼たちは悲鳴を上げ、刺さった矢を抜こうと露台の上を転げ回った。

目ざとくも鉉太に気付き、「奴を射ヨ」と怒鳴り散らしたのは、別の露台から射手を統率していた万度目だ。ぱらぱらと矢が飛んできたが、ほとんどは届きもしない。

鉉太は弓弦を調整すると、渾身（こんしん）の力を込めて弓を引き絞った。そうして解き放った矢は、万度目の眉間に深く突き立った。瘦身の万度目が軽々と吹っ飛び、曲輪に転落すると、討伐軍の兵らが取り囲み、たちまち破魔の武器で切り刻んだ。

鉉太は口に手を添え、集った兵らに向けて大音声で呼びかけた。

「正面は厚く守られており、突破は難しい。別の侵入口から乗り込まれたし!」

討伐軍はすぐさま反応した。将の指示で数人ずつの部隊に分かれ、散らばってゆく。

鉉太は仲間たちに向き直った。「あれは新帝の宣旨を受けて到着した、州司の軍勢だ」

仲間のあいだに動揺の色が広がった。戸惑った様子で互いに顔を見合わせている。

「じゃ、本当に鬼を退治しに来たっていうのか」「俺たちも助けてもらえるのか?」

皆が口々にもらす疑念に、鉉太はいちいち大きく頷いた。「州司どのは、鬼どもの攪乱(かくらん)に手を貸した者に、褒美を取らせるそうだ」

「待てや鉉太、証拠はあるか」仲間内でいちばんの長老が、猜疑(さいぎ)の声を上げた。「いつぞやの大武丸みたいに、俺たちをそそのかすために嘘をでっち上げてねえだろうな」

別の者も意見を合わせる。「第一、討伐軍だって鬼に勝てるのかよ」

頑(かたく)なな彼らの声に、怒りをあらわにしたのは蓮華だった。

「ととは嘘なんか、つかないぞ。変な奴が忍び込んできて、手引きしろと言ったのだ!」

「落ち着け、蓮華」鉉太は、仲間につかみかからんばかりの蓮華を引き止めた。皆の顔色を見渡せば、信じきれない者が半分、仲間の反応をうかがっている者が半分だ。

「疑う気持ちは、もっともだ。確かに討伐軍が勝つとも限らない。だからこそ今、皆も自身の胸に尋ねてほしい。自分は鬼の虜囚のままでいたいのか、自由の身となって砦の外へ出たいのか。

諦めていない者は武器を取り、行動をもって態度を示すのだ」

一人一人と目を合わせるようにして仲間を見渡し、厳かに宣言する。

「皆をけしかけた手前、志ある者を導いてやりたい。だが、俺には成し遂げねばならん目的がある。これから蓮華とともに、羅陵王を討ちにゆく」

長虫の失せた左手を高くかざして示すと、一同は驚きに息をのみ、目の色を変えた。長老は鉉太の左手をつかみ、ためつすがめつ何度も確かめ、呆然として呟いた。

「……信じられねえ。お前、長虫を消す方法を見つけたってのか？」

「そのとおりだ」と鉉太は頷いてみせた。「蓮華、希望する者の虫を落としてやってくれ」

蓮華のもとには仲間が殺到した。「押すな、順番だ！」と蓮華が大太刀を握って喚く。

鬱屈した諦めは、抑圧の箍が外れたとき、強い気概に転じる。最後の仲間が長虫から解放されて駆け出すころには、先陣が露台から小鬼どもを追い落とし、兵を砦内に引き入れていた。無事に助け出された仲間の歓喜の声が、戦いの喧騒をぬって響いてゆく。

太刀を納めた蓮華が、鉉太の袖を引っ張った。「さすが、蓮華のととだ。さっきの演説は格好よかった。真に迫っていたぞ」まるで自分の話のように自慢げだ。

「言わんでくれ。我ながら柄にもない芝居を打ったと思っているところだ」鉉太は決まりの悪さに顎を掻いた。「それより、待たせたな。羅陵王のところへ行くぞ」

蓮華が頷いた。「そうだ、急ごう。ぐずぐずしてると、首を横取りされてしまうぞ」

横穴から砦の外に出て、絶壁を伝う蛇の背のような、長く狭い階を駆け登った。

先行の鉉太が立ちはだかる鬼を弓で退け、後に続く蓮華が、追いすがる鬼を大太刀の柄で殴り落とす。階が尽きると視界が開け、そこが砦の頂上だった。青天井の平らな岩棚の屋上だ。中洲の両側にそびえる断崖の奇景と、その果てで幾重にも連なる青い影絵のような山並みとが、ぐるりと見渡せる。

広い岩棚にくり貫かれた大穴からは、階下より突き出した宝塔の先端が高々とそびえていた。その天辺で翼を広げているのは、黄金造りの長鳴き鳥の像だ。日光を受けて金色の光輪をまとい、今にも甲高い一声を轟(とどろ)かせるかと思われた。

宝塔の向こう側、崖際の陣幕の内には、眼下の討伐軍を睥睨(へいげい)する羅陵王の姿がある。陣所を十重二十重に取り囲んでいた鬼たちが、いち早く鉉太らの出現に気が付いた。奇声を上げ、武器を振りかざして殺到してくる。

鉉太を風のように追い抜き、蓮華が嬉々として前に躍り出た。「とと、援護してくれ!」

大太刀の鞘を抜き払って跳躍し、鬼の群れへと真っ向から飛び込んでゆく。刃を振り抜きざまに着地すると、そのまま腕を返して右へ跳び、また返しては左へ跳んだ。

わざわざ敵の厚い場所で、夢中になって太刀を振るう。鉉太は弓に矢をつがえ、そんな蓮華を追いかけた。援護をしろと言われたが、あまり必要はなさそうだ。破魔の大太刀を得た今は、かつてないほど楽しげで、いつにも増して尋常でない。

蓮華が太刀を振り下ろすたびに、日を受けた刃が水晶のように輝き、太刀を右へ左へと返すたびに、神々しい領巾(ひれ)のような軌跡が宙に瞬く。鬼は一瞬にして無数の星となり、儚い光を放って散ってゆく。己に何が起こったか、斬られた鬼にも気付く暇がなかったろう。

鬼を鬼として醜い炭に変えるのではなく、鬼として寄り集まった魔を祓い、浄(きよ)めて星屑に成さしめる太刀。おそらく、これこそが本物の破魔というものなのだ。

仲間が次々と祓われる姿を見て、死を怖れない鬼たちにも動揺が広がりだした。もとより、蓮華の凄まじい戦いぶりも、鉉太の正確無比な弓の腕前も、鬼のあいだに知れ渡っている。不吉な組み合わせに、次第に一匹、二匹と後ずさりを始めた。

「何ヲ怯む、相手はたったの二人だ！　いっせいニかかレ！」

大鬼がうわずった声を上げ、丸太のような金棒を蓮華に向けて振り下ろした。蓮華が飛んで避けたところに鉉太が矢を放つ。足の甲をその場に縫い止められた大鬼は、金棒をかいくぐって滑り込んできた蓮華に、一刀のもとに星屑へと変えさせられた。

「目障りだ、雑魚どもは下がっておれ！」羅陵王が陣幕を出てきた。

怒気を漲(みなぎ)らせて迫る鬼の王に、蓮華が大太刀を構える。その背後を守る形で鉉太も立ち、遠巻きに囲んでいる鬼どもを牽制(けんせい)した。

「儂に手向かうとは、蓮華よ、血迷いおったか。お前の大切な鉉太がどうなるか」羅陵王が首飾りを外し、高々と差し上げる。次の瞬間、「馬鹿な」と呻く声が驚愕に割れた。

「どうなるって？」蓮華が一足飛びに間合いを詰め、下から刃を振り上げる。

羅陵王は後方へ飛びすさった。その仮面の欠片が、硬い音を立てて弾け飛ぶ。

破魔の刃は羅陵王を祓うには至らなかったが、その軌跡は首飾りを真っ二つに断っていた。夥(おびただ)しい数の小指が宙に散らばり、焼けた炭に水を撒いたような音と埃を上げて霧散する。その瞬間、鉉太の左手に血の泡立つような痛みが走った。確かめてみれば、長らく欠けていた小指が戻っている。破魔の刃が鬼の呪を破ったのだ。

羅陵王は太刀の間合いから外れて立ち尽くしていた。「蓮華よ……何という」欠けた面を確かめるように触り、全身を震わせる。「厚く目をかけてやったのに、儂を倒そうというのか。ひとたび望めば、この世のあらゆる贅沢（ぜいたく）を与えてやれる、この儂を」

ひび割れた面にのぞいた羅陵王の素顔が、どす黒い憎悪の色に染まっていく。その顔の、あるいは震えるほどに握りしめた手の皮膚に、太い長虫のような血管が蠢いた。

「なぜだ。やはり儂が醜いからか。貧しいからか。薄汚い山育ちの炭焼きで、風情を理解せんからか。だからお前も厭（いと）うのだな。儂から逃げようというのだろう」

「蓮華は、どこへも逃げたりしない」飛んできた鬼の矢を斬り落としながら、蓮華が叫ぶ。「だけど王は、ととを悲しませた」

鉉太は蓮華を狙った射手に矢を放ち、腕を射ぬいて退けた。「羅陵王、鬼の貴様にも思うところはあるだろう。だが言い逃れなど許されん。囚われの身のまま死んだ母や女たちと、無残に殺され、あるいは家畜として死んでいった者たちの無念と恨み、潔く命で贖（あがな）え！」

「何をほざくか！」だんと足を踏みならし、羅陵王が慟哭（どうこく）するように叫んだ。「かように恵まれたお前には、何も分かりはせぬ。正義面したその傲慢、決して許しはせぬぞ！」

その瞬間、ざわ、と鉉太の肌が粟立った。羅陵王を中心に黒い土埃が渦を巻いている。雷の落ちる前触れのような、金気臭を含む風が、にわかに吹きつけてきた。

「惨たらしく殺すだけでは気が収まらぬ。お前の骸（むくろ）を切り刻み、肉を食らい、骨をすり潰す。決して成仏などさせぬ」そばの大鬼から斧をむしり取った。「蓮華、お前も同罪だ。その白魚の肌を食い破り、温かな生き血を最後の一滴まで啜ってやる。お前の美しい髑髏（どくろ）を長鳴き鳥の止まり木とし、祈願成就のための供物としてくれようぞ」

　蓮華が拍子を取るように軽く跳ね、「御託はいい、さっさと来い！」と地を蹴った。

　いっきに羅陵王へと肉薄し、楽しげに声を上げながら大太刀を振るう。二度、三度と避けられ、斧に弾かれながらも、そのたびごとに前進し、別の角度から斬り込んでゆく。女の腕には長すぎる大太刀を振るうため、蓮華の身体は、くるり、くるりと花が踊るように何度も回る。白刃の軌跡は太刀筋からわずかに遅れてたなびき、それ自体が破魔の光となって羅陵王を牽制する。

　対する羅陵王もまた、光の刃をよく避けた。大柄なわりに敏捷でもあり、何より憤怒に満ちている。蓮華の素早さに押されて後ずさりするかに見えて、隙あらば斧を叩き込む。振り回すのは樵（きこり）用の重斧だ。

　唸りを上げて迫る斧を、蓮華は正面からは受け止めず、方向を変えて流している。そのたびごとに斧と太刀とのあいだに火花が弾け、それもまた星の欠片に変わってゆく。

　逃走を始めていた鬼たちも、大将の奮戦に気付いて踏み留まった。鉉太は羅陵王に加勢する鬼どもを速射で牽制し、それでも飛び込んで来るものは、蓮華が斬り合いの合間に斬り伏せる。そのあいだ、鉉太が矢で羅陵王を足止めした。

　地鳴りのような震動は依然として続き、岩棚の下からは怒号や悲鳴が響いてくる。それらの騒音を背景に、蓮華と羅陵王の動きは次第に熱を帯びていった。

　軽と重、斬と打。両者の動きは、まるで異なる。太刀筋が違う。動作をのせてゆく拍子も違う。そんな二人が斬り結ぶさまは、同じ舞台の上で踊る別々の舞のようだった。一見は優雅ですらあるが、どちらかが一撃でも食らえば終わる戦いだ。

　そうやって、どれほどのあいだ息詰まる戦いが続いたのか。突如、下から突き上げるような大震動が岩棚を揺るがし、ひときわ大きな歓声が渓谷に轟き渡った。

　羅陵王のもとに、大鬼が慌てふためいて駆け込んできた。

「大扉が破らレマシた。続々と人間どもが侵入シており、防ぎきレません！」

　もし羅陵王が陣頭で指揮をとっていれば、討伐軍も大扉を破れなかっただろう。ここで死闘を繰り広げていたことが、結果として足止めになったのだ。

「おのれ、人間どもめ！」羅陵王が天を仰ぎ、吠えるように絶叫した。

「よそ見をするな！」蓮華が跳躍し、一陣の風のように斬りかかる。太刀の一閃（いっせん）は、羅陵王の胴を斜めに薙（な）いだ。鬼の王はよろけ、数歩ぶん下がった。しかし、足を突っ張り、持ちこたえる。地に伏すまでは、まだ負けたことにはならない、と言わんばかりだ。

　左肩から右脇腹へと至る傷口から、ざらりと星がこぼれだした。砂の人形が崩れだすように、星屑が羅陵王の全身から落ちてゆく。ほどなく星の光は完全に絶え、後には年老いた男が立ち尽くしていた。半身に焼けただれた痕があるものの、ごく普通の翁（おきな）に見えた。

「……百年かけて築いてきた儂の祈りが……よりによって、お前に打ち砕かれようとは」

　鉉太は息をのんだ。「羅陵王が、人間だと？」

　翁は斬られた腹を押さえ、首をねじって、背後にそびえる宝塔を見上げた。視線の先には、黄金の翼を広げた長鳴き鳥が留まっている。

「……いまだ、鳴かぬか。鬼と成ったところで、鴛鴦（えんおう）の契りなど儂の手には届かぬ高望みであったのか」翁の口から濁った息がもれた。「やはり儂は独りで死に、独りで地獄に堕ちねばならんのだ。……寂しいのう……」

　翁の息が細くなったとき、足もとに鈍い轟きが起こった。岩棚に亀裂が入ったのだ。ひび割れは苦しむ蛇のようにのたうち、鉉太らと宝塔とを分断するように走っていく。砦全体が激しい衝撃を受け続けたうえでの、先ほどの大震動だ。岩盤が耐えきれなくなったらしく、地響きを立てて宝塔が傾き始めた。割れた岩棚にのみ込まれ、黄金の長鳴き鳥も、立ち尽くした翁の身体も、岩塊とともに崩落する。

「羅陵王さマが、敗レた！」大鬼が恐慌したように声を上げ、後ずさる。それを合図として、小鬼どもも我先にと逃げ出した。鬼の軍が見る間に総崩れとなっていく。

　鉉太は亀裂の縁に駆け寄り、仇の末期を見届けた。暴虐の限りを尽くし、長く鬼岩の砦に君臨した鬼の王。だが求め続けた妃は、ついに得られず、その望みのために集めた絢爛な財宝に、虚しく埋もれて死んでゆくのだ。

　寄り添う者のない孤独が、どんなものかは理解できる。かつての鉉太が、そうだった。

　――だが、同情はしない。悲愴の果てに外道を選んだ、貴様の自業自得だ。

　鬼と化したためか、百年に及ぶ長い懊悩のためか、翁の顔に刻まれた皺は裂けた古木のようだ。その身を覆っていた魔の名残が、目もとに一滴の光を宿している。

「とと、危ない」蓮華が鉉太の腕を引いた。ひび割れが足もとにまで広がっているのだ。鉉太は頭を振った。魔の気にのまれている場合ではない。「すまん、蓮華。急いで逃げるぞ」

　行きに登ってきた階は、鬼どもが殺到して阿鼻叫喚のありさまだ。鉉太は蓮華を促し、別の方向へと走った。まだ被害の少ない、中洲の下流側だ。岩棚が段状に並んでおり、飛び降りられないこともない。とはいえ、一段ずつでも、かなりの高さだ。

鉉太は運を天に任せて一つめの岩棚を飛び降りた。着地と同時に転がり、衝撃をやりすごす。同様に蓮華が無事に降りたのを確認し、次を飛んだ。すぐ脇の岩壁に亀裂が立ち昇り、巨大な岩塊が剝がれ落ちた。数匹の小鬼が巻き込まれ、もろともに川へ墜落する。尾を引く悲鳴の代わりに返ってきた水の飛沫が、夕立のように降り注いだ。

「とと、ごめん」急に蓮華が狼狽の声を上げた。「大変なことに気が付いた。つい調子に乗って、蓮華が王を斬ってしまった。本当は、ととが仇を討ちたかったはずだ」

「こんなときに、何を言いだすかと思えば」鉉太は呆れて、飛沫のしたたる顔を拭った。この岩棚も、もう危い。「お前は俺の娘なのだから、お前が倒せば、俺が倒したも同然だ」

「そ、そうか。そういうことで、いいのか?」

申し訳なさそうに目を泳がせつつも、蓮華は安堵したようだ。その背中を鉉太は押した。「飛び込め」と叫び、自身も川へと身を躍らせる。

全身を打った水の衝撃は凄まじく、すぐには身動きもままならない。想像以上に底が深く、天地も分からないほどだ。近くで聞こえた水音が、蓮華のものか確かめる余裕もない。耳が鳴るほど水を飲んだあげく、瞬く間に意識を失った。

羅陵王は母や己の、仇だった。誰が討っても構わなかったと言えば嘘になる。

以前なら、いや数刻前であれば、蓮華に先を越されて行き場のない憤りを覚えたかもしれない。

しかし今は、自分でも意外なほどに冷静だった。

宝物庫で大太刀の軌跡に触れたとき、理解したのだ。

六年前、月夜の川原で、この世のものとは思えぬ芳香に包まれて流れてきた、美しい蓮の蕾。向こうから近づいてきたように見えたのは、この手に大太刀があったからだ。

あれは、自分には使うことのできない刀。蓮華が鬼を斬り、魔を祓うために存在する神聖な刃だ。鬼を破魔するさだめは蓮華の上にあり、だから羅陵王を斬るのは、蓮華でなければならなかったのだろう。

——俺の役割は、鬼を斬ることではない。

輝く軌跡に触れたとき、一瞬にして全身を貫いた天啓は、それを鉉太に教えたのだった。


青草の匂いに満ちた息遣いが、繰り返し耳もとをくすぐってくる。

鉉太は夢うつつに身震いし、ぼんやりと瞼(まぶた)を上げた。そこにあったのは、葦の葉の揺れる夕暮れ空と、見慣れた色の鼻面だ。

「笛詰か」と鉉太が呟くと、笛詰は分厚い舌で顔を舐めてきた。

「おい、やめろ……っ、痛」

押しのけようと手を伸ばしたとたん、腕の節に痛みが走る。思い出した。崩れる鬼岩の砦から川に飛び込んだのだ。そろりと手を突き、注意深く上体を起こしてみる。気を失って流されるうちに、岸に打ち上げられたらしい。両腕、両足、首、頭。全身が重いのは、濡れた着物のせいもある。節々は鈍く痛むが、すり傷の他は目立った怪我もないようだ。

「お前も、よく無事だったな」笛詰も崩壊前に川へ逃れたらしく、まだ毛並みが湿っている。そうやって岸に泳ぎ着き、鉉太を探していたのだろうか。

「轡抜けの癖には手を焼いたが、もう叱れんな。見つけてくれて感謝する」

笛詰の首をなでてやり、立ち上がって周囲を見回した。見覚えのない場所だった。広々と開けた山あいの、灌木と葦の茂みが点在する砂礫の川原だ。崩壊した砦も、切り立った奇岩の渓谷も見当たらない。果たしてどれほど流されたのだろうか。

ふいに動悸が激しくなった。「――蓮華?」一緒に飛び込んだはずだが、姿がない。改めて周囲に目を走らせ、声を張り上げた。「おい、蓮華、どこにいる!」

泳ぎは鉉太よりも得意なはずだが、あの岩崩れに巻き込まれては、どうなるか分からない。見上げれば、すでに明が輝いていた。山の稜線のすぐ上。昇って一刻未満というところだが、蓮華は、いまだ水の中だろうか。あるいは岸に上がったか。いずれにせよ、とうに赤子へと戻り、身動きもとれなくなっているはずだ。

「笛詰、蓮華の行方は分からんか」

一縷(いちる)の望みをかけて尋ねると、笛詰は草むらに突っ込んでいた鼻面を上げた。右に左にと顔を向け、ぴんと耳を立てる。が、急に興味を失った様子で、再び草を食み始めた。

「おい、いま何か気付いただろう。頼む、蓮華を探してくれ」

鉉太が懇願すると、笛詰は気の進まない態度ながらも、先に立って歩き始めた。

「本当に、そちらでいいのだな」一抹の不安を覚えるが、今は信じるしかない。

笛詰に従って川沿いを進むと、砦のものらしき板塀の木切れや、討伐軍の武器に焼かれた鬼の屍、使い古した鍋から籠まで、様々な漂着物に遭遇した。そのたびごとに見覚えのある着物と赤子の骸を見つけるのではないかと恐怖し、また一方で、あの蓮華が死ぬはずがないという思いも湧いてくる。

相反する二つの想像が胸の中で絡まり合い、鉉太は気が気でなくなってきた。

思えば出会ってからというもの、一日と置かず同じ時間を過ごしてきた。それは赤子に戻った際の世話をする必要に迫られたからであり、娘であるときの蓮華が片時も離れたがらなかったせいでもある。

だが、ときに鬱陶しく感じられても、あの清爽な香りのする柔らかな存在は、鉉太にとってかけがえのない大切なものだった。これまで己を形作ってきた、己自身の一部なのだ。それを失ったかもしれないと考えるだけで、手が震え、頭の中が真っ白になってくる。

「——うまいこと生き長らえたようだな。いや、めでたい」

唐突に声をかけられ、振り返った。いま通り過ぎたばかりの立ち枯れの根もとに、日向ぼっこする石仏のように旭日が座り込んでいる。

鉉太は旭日を睨みつけた。「貴様、朝廷の手先などではないな。本当は何者なのだ」

「細かい話は気にするな。それより、おぬしの探している赤子は、この先だぞ」

旭日が顎で示したのは、笛詰が導くのと同じ方向だ。風に耳を澄ませば、途切れ途切れに泣き声も聞こえてくる。

「おぬし、これからも、あの赤子を連れて歩くつもりか？」

「無論のこと。蓮華は俺の娘だ、何が言いたい」

「――そうか、おぬしの娘か……」

独り言めいた呟きをもらし、旭日が表情を隠すように笠を引き下げた。

「なあに、おれは若いのに用心深く聡(さと)いおぬしを、わりと気に入っているのでなあ」

相変わらずの思わせぶりが気になったが、泣き叫ぶ声が急に高くなり、それどころではなくなった。「貴様が何者かはともかく、いろいろと感謝する」

ざっと頭を下げ、声の聞こえる方向へと駆け出した。最初は笛詰の手綱を引きつつ、そのうち鈍足に焦れて一人で走った。声の出所は、水際から少し離れた草むらだ。見覚えのある着物が散らばっており、その中に蠢くものがある。

鉉太は生乾きの衣から赤子を助け出した。腕に抱き上げると、蓮華はいっそう声を高くし、手足をやたらに振り始める。来るのが遅いと言わんばかりだ。小さな拳に顎を殴られ、鉉太は安堵のあまり笑いださずにいられなかった。

「そう怒るな。お互い、よくもまあ無事だ。命冥加(いのちみょうが)な話ではないか」

付近には大太刀も投げ出されていた。蓮華は自力で川岸へ這い上がったものの、明の出を迎えて力尽きたらしい。

荒ぶる赤子を宥めながら、もと来た方向を振り返った。草を食む笛詰が見えるだけで、すでに旭日の姿はない。鉉太は懐を探り、形見の数珠を確かめた。岩棚から飛び降り、深みに流されもしたが、こちらも、よく失わずにいたものだ。

赤子を抱え直し、着物と大太刀を拾い上げた。「都へ行くぞ、蓮華」

父は京にいるという。旭日の出任せだったとしても、行ってみる価値はある。

京の都は、この敷島国における政治の中枢であり、大陸伝来の〈明教(めいきょう)〉を奉じる巨大な文化の都でもある。鬼の研究も盛んなはずだ。きっと様々な疑問の答えが見つかるだろう。この霊妙な大太刀や、蓮華の不可思議な体質について。羅陵王の正体が人であった謎もだ。

己のなすべき役割が、蓮華とは違うという点は理解できた。しかし目下のところ、それが何かは不明なままだ。道に迷ったときは、出会った標(しるべ)のとおりに進むしかない。

しかし今は、と鉉太は踵を返し、笛詰のもとへ駆け戻った。いっこうに泣き止まない赤子の機嫌をとるため、腹を満たしてやるのが先だった。

第二章　蓮　華

黴(かび)臭い匂いをまとわせた小さな影が、陰気な窪地に頭を集めて群がっている。埋葬地から骸(むくろ)を掘り出すために、この昼日中から人里に現れた小鬼どもだ。

蓮華は梢(こずえ)の上で威嚇(いかく)の声を上げ、飛び降りざまに、背負った大太刀を抜き放った。

小鬼どもが頭上を仰いで目を剝いている。身構えても、もう遅い。蓮華が太刀を振り切ると、手前の二匹が、返す刃(やいば)で一匹が、揃って陶器のように砕け、光る欠片(かけら)をまき散らした。

鉉太がつけてくれた大太刀の名は〈星砕(ほしくだき)〉。由来は、砕けた鬼が星のように瞬(またた)くことだ。

星屑を振り払い、蓮華は笑い声を立てた。楽しくてたまらない。まるで弾む毬(まり)のように、身体が勝手に跳ね回る。刀を振る腕も地を蹴る足も、思うままに動くし軽やかだ。

小鬼どもは逃げ惑い、ぎいぎいと忙しく言い交わしている。が、何らかの意見がまとまったらしく、泥だらけの骸を放って、ぱっと四方へ駆け出した。

「あっ、こら待て！」蓮華は追いすがり、雑木林へ逃げ込もうとした一匹を斬り伏せた。近くにいた奴にも、思いきって星砕を投げつける。小鬼は砕け、星砕は木の幹に突き立った。と、そこまではよかったが、幹に食い込んだ刀身が抜けない。手こずっていたら、ずしんと背中に衝撃がきた。木の上に逃げた小鬼が、隙ありと見て飛びかかってきたのだ。

「放せ、この」がっちりと組みつかれ、蓮華は身をよじった。しがみつく手は骨のように細いのに、力があって引き剝がせない。「邪魔をするな！」せっかくの楽しい気分に水を差され、弾む気持ちがみるみる萎んでいくのが分かる。

そのとき、石で殴りかかろうとしていた別の小鬼が、首を射ぬかれて吹っ飛んだ。鉉太が残りの小鬼を矢で足止めしつつ、駆け付けてくれたのだ。

「とと、射飛ばしてくれ！」蓮華は叫び、背をさらした。

しかし、鉉太は弓に矢をつがえたまま、ためらっている。そんなあいだにも、恐慌をきたした小鬼が蓮華の首や頬をやたらに引っ搔いた。

「とと、早く！」焦れて喚くと、鉉太が思わぬ行動に出た。弓矢を放り出し、小鬼につかみかかったのだ。引き剝がされた小鬼が、暴れ回って鉉太の腕に嚙みついた。鉉太は顔をしかめつつも、小鬼の口をこじ開け、首根っこをつかんだ。「蓮華、やれ！」

蓮華は今度こそ星砕を引き抜き、投げ上げられた小鬼を斬り落とした。

鬼岩の砦を脱出して早一カ月。京へ向かう道々、里や集落で鬼退治を引き受けるのが蓮華たちの旅のやり方だった。路銀を稼いだり、一夜の宿を借りたりできるからだ。今日のような思わぬ失敗もあるけれど、そんな危険も、もう慣れっこだ。

「小鬼たちは、どうも都から来ているようでして」依頼人である里長の息子は、農具で骸を埋め戻しながら、そうしなければ正気を保てないとでもいうようにしゃべり続ける。「しばらく前から、京の都には強力な鬼が現れるという話です。四護寺の僧侶たちが総力を上げて探し回っているけれど、もう何人も呪い殺されているとか」

　里の近くまで小鬼が出没するのもその影響だろうと、京から逃げてきた商人たちが言っていたそうだ。なぜ都の鬼が骸を盗ってゆくのかは、分からないという。

「先月は私の妹も。可哀想に、こんなふうに骸を穢されては、きっと楽土へ行けません」

　事前にも聞いた話を、鉉太が作業を手伝いながら辛抱強く聞いている。やっと埋め戻しが終わったところで、「それで報酬の件だが」と話を切り上げた。

「その話ですが、取り決めた額では高すぎる、と親父が言っていて」息子は鉉太と目を合わせようとしない。「その……もう少し、負けられませんか」

　鉉太が、たっぷりと間を置き、「俺たちを騙したのか？」と低く問いかけた。旅のあいだに髪も髭も伸び放題。けっこうな凄みがにじみ出ていて、脅しにはもってこいだ。

「ち、違う。誤解しないでくれ」息子は大きく手を振り、後ずさった。「里に銀が足りないんだ。東の鬼を討伐するとかで、都へ稼ぎに行ける奴らが連れていかれたままだ。田畑だって、ここ数年の寒さで満足に収穫できないでいる」

「東の鬼は少し前に討伐された。じきに人足衆も戻ってくるだろう」鉉太は顔をしかめている。これは脅しの芝居ではなく、弱ったなあ、の表情だ。「出せる銀は、どれほどだ」

　息子が手で示した額に、鉉太は頷いた。「では、それで構わない」

　物分かりのいい返答に、かえって息子は不安な顔をした。「なら、せめて今夜は泊まっていってくれ。京へ行くのだろう、今から向かっては、着くころには日が暮れる」

「いや、結構だ。銀を受け取り次第、すぐに発つ」

では用意する、と長の息子が里へ駆け出すと、鉉太は、やれやれという顔で腕をさすった。小鬼に嚙まれた傷が痛むらしい。

ふてくされて切り株に座り込んでいた蓮華は、立ち上がって鉉太を睨みつけた。「さっきは、なぜ弓を使わなかった。すぐ射ていれば、そんな怪我を負わなかったのに」

鉉太は苦笑し、落ちている矢を回収し始めた。表情が曇りの日の影みたいに曖昧なのは、傷のせいだけではない。何かややこしいことを考えているとき、鉉太はこういう顔をする。

「かえって事態を悪くしたのは、すまなかった。お前に矢を向けたくなかったのだ」

「蓮華のせいで、ととが怪我をしたのか？」

「そういう意味ではない。俺が未熟なのだ。狙いを誤れば蓮華に当たってしまうだろう」

「そんなの嘘だ。ととは、飛び立つ鴨の目玉だって射ぬけるではないか」蓮華は息を巻いて言い返した。「怪我をするなら、蓮華のほうが良いのだ。どうせ赤子になれば治るのだし」

「こら、滅多なことを言うな。蓮華に傷を負わせるくらいなら、俺は弓を折る。嚙まれたのが俺で良かったと安堵しているのだ」

鉉太が困ったように微笑み、あやすように頭をなでてくる。蓮華は鉉太を睨んだ。

「誤魔化してもだめだ。とにかく、次に似たようなことがあったら射てくれ。必ずだぞ」

鉉太が笑みを消した。『分かった』とも『断る』とも答えず、「悪かった」と告げる。

蓮華は口をすぼめた。こういう表情も知っている。絶対に意見を曲げないときの顔だ。

鉉太は蓮華の自慢の〝とと〟だった。度胸があって腕が立ち、我慢強くて知識豊富。なのにときどき、馬鹿みたいに頑固者になる。

集めた矢を箙に納め、鉉太が里のほうへと歩き始めた。「つい話の流れで、勝手に出立を決めてしまったな。ここいらで一休みしていきたかったろう」

「蓮華なら平気だ。明が昇れば、嫌でも休める」

「違いない」と鉉太が笑った。何事もなかったことにする気なのだ。楽しい気分が戻ってこなくて、蓮華は里の入り口にいた石仏の頭を、ぽかりと叩いた。

留守番をしていた笛詰が、紅葉の始まった木陰で、大儀そうに欠伸をした。


峠を越えて京の都が目の前に開けたとき、蓮華は何とも言えない微妙な気分になった。

道々に鉉太が話してくれたので、都がどんな場所かは知っていた。二本の大河に挟まれたなだらかな平野に、泰然として広がる敷島国で随一の大都。山の中ばかり歩いてきたせいで、この国にこうも広く平らな土地があるのかと度肝を抜かれたし、その平地いっぱいに行儀よく整列した建物の連なりには、いったい誰がこんなにたくさん建てたのかと呆れもした。誰が作ったにせよ美しい光景だが、何というか、こう、暗いのだ。夕日の名残に照らされて、どこもかしこも鈍色の薄布を被せたように煙って見える。

その印象は、川を渡って都に入ってみても変わらなかった。都を覆って見えた薄布も、その正体ときたら砂嵐だ。二人して顔に砂よけの布を巻き、笠を飛ばされないよう押さえつつ、すっかり暗くなった大路を歩いた。ひどく閑散としていて、住民どころか猫の子にも行き合わない。

「まるで廃墟だな。この砂嵐では出歩く物好きなどおらんにしても……」

怪訝そうに周囲を見回す鉉太の声は、布越しのために、くぐもって聞こえる。笛詰も鉉太の背中に隠れて風を防ぎつつ、目を守ろうとしてか盛んに瞬(まばた)きをしていた。

「では、普段の都は、こんなにうらぶれてはいないのだな」蓮華も布の下で、もぐもぐとしゃべった。この砂嵐は妙に黴臭い。昼間の小鬼と同じ匂いだ。「でも、それならよかった。国一番の都だと聞いたのに、これじゃあ、あんまりだと思っていたところだ」

砂嵐に辟易(へきえき)して小路へと折れた。両側の建物に遮(さえぎ)られ、少しだけ楽になる。

笛詰のたてがみに積もった砂を払いながら、鉉太が言った。「朝になれば、さっき通った路地に市が立つ。露店が並ぶし、牛車も連なって、たいそう壮観だ」

「さっき通ったと言われても、もうどこを曲がったか覚えてないぞ。迷子になりそうだ」

「この広い都で迷子になられては、かなわんな。はぐれないよう気をつけてくれよ」

「——とと、人がいる」蓮華は小路に面した家屋を指した。そのとたん、ほんの少しだけ開いていた板戸が、そっと閉じる。

「近ごろ出没するとかいう、噂の鬼と勘違いでもされたかな」

鉉太が冗談めかして笑い、ふいに咳き込んだ。かすかに膿の匂いがした。

「とと、昼間の傷を見せてくれ」鉉太の右腕をつかんで袖をまくり、顔をしかめた。「やっぱり……」小鬼に噛まれた跡が腫れ上がり、周りの皮膚も紫に変色している。

鉉太が呻いた。「参ったな。入念に洗ったはずだが、毒でも残っていたか」

蓮華は鉉太の顔を両手で挟んだ。「熱もあるぞ。なぜ早く言わない」

「すまん。先ほどまでは、本当に何事もなかったのだ。今日は蓮華に謝ってばかりだな」

蓮華は口をすぼめて内頬を噛んだ。「都を出よう。それか、安全に休める場所を探そう」

踵を返しかけたとき、小路の先から明かりが近づいてきた。黒衣に袈裟をまとい、砂よけの頭巾で頭を覆った二人組の僧侶だった。片方は熊みたいにずんぐりして若く、もう片方は鶴みたいに痩せた老人だ。二人とも、身長ほどもある錫杖を突いている。

熊のほうが蓮華たちの手前で足を止め、横柄に声をかけてきた。「そこな者、いま京の都は、夜間の外出を禁じている。何ゆえ勝手に出歩いておるか」

鉉太が会釈した。「そうでしたか。どうりで、ひとけがないはずだ。先ほど到着したばかりで、そんな事情とはつゆ知らず」

「知らぬですむか」と気色ばむ熊僧に、「よさんか、覚忠」と鶴僧が、おっとり口を挟んだ。「旅のお方であれば、やむを得ん話じゃ。ぬしらは、どちらから来たのかの」

「果州から」と答えた鉉太に、鶴僧は「ほおう」と興味深げに皺首を突き出した。

「それはそれは、遠路をようこそ。わしらは今宵の夜回り衆じゃ。ぬしら、見たところ物売りでもないようじゃが、はるばると京へ参られたのは何ゆえかのう」

鉉太が顎を引いた。「知り合いの行方が京にあると聞き、訪ねてゆくところでして」

「おお。わしは円宝。四護寺の一角、東護寺の老骨じゃ。ぬしら、都には不慣れじゃろう。その知り合いの居所へ案内するぞい。そのあいだ、果州の話を聞かせてくれんかの」

円宝と名乗った鶴僧は、訝しいほど親切に接してくる。鉉太も居心地が悪そうだ。

覚忠と呼ばれた熊僧が、ふいに吠えた。「お前、男物の衣だが、女だな。被りものを取ってみろ！」言うが早いか、蓮華の笠をむしり取る。

「何をする」とっさに背中の星砕を抜こうとすると、よせ、と鉉太が腕を押し止めた。

引ったくられた笠が風に乗って路地を吹き飛んだ。蓮華を見つめる覚忠の口が、頭巾の下で、ぽかんと真ん丸になる。

「ほうほう、これはこれは。まるで絵巻物から抜け出たような佳人じゃのう」

感心しきりな円宝の呟きに、覚忠が我に返った様子で笠を追いかけていった。

「旅の道中には良からぬ輩も多いもの。身をやつせば要らぬ災いを退けられよう。供の無礼をお詫びいたすぞ」円宝が丁寧に頭を垂れる。「さあ、覚忠。ぬしも詫びよ」

「な、なれど円宝長者、果州と言えば御仏の理も届かぬ鬼の巣でありますぞ」駆け戻ってきた覚忠が、蓮華に笠を返して弁解した。「その鬼の巣から来た女であれば、これはもう件の女鬼とかかわりあり、と怪しむほかはなく――」

「こりゃ、他人さまの産土を鬼の巣などとは何事じゃ。そもそも、ぬしは果州に赴いた経験もないじゃろう。わしもよ。だから果州の話を乞うておるというに」

老僧が叱りつけたとき、砂風を突き抜けて鋭い笛の音が響き渡った。二人の僧侶は鋭く顔を見合わせると、覚忠が音の方向へと走りだし、円宝は蓮華たちに忠告した。

「旅のお方、今の京は危険じゃ。逃げ込む場所の心当たりがなければ、せめて都の外へ出るがよいぞ」では、と言い置き、年寄りとは思えない健脚で覚忠を追いかける。

大小の背中を見送り、鉉太が眉をひそめた。「どうやら件の鬼が出たようだな」

蓮華は鼻を動かした。「匂いからすると、昼間の小鬼を使っていたのと同じ奴だ」

「小鬼を使うというのは、羅陵王のようにか？」

「とと、名案だ。鬼退治だ」蓮華は笠を鉉太に押し付け、走りだしながら叫んだ。「強い鬼なら退治すれば報酬を弾んでもらえる。宿も借りられるぞ。ちょっと行ってくる」

「おい、待て」鉉太が声を上げ、笛詰を引きつつ追ってきた。「一人で行かせられるわけがないだろう、迷子になるような奴を」


円宝たちの姿は見失ったが、鬼の匂いを目指して走るうちに、襲撃現場を探し当てた。

辻に枝を広げた松の下、石仏の祠の脇に停まっている、車輪つきの大きな箱。貴人の使う牛車とかいう乗り物だ。その周囲には小鬼どもが幾重にも輪を作って取り囲み、揺れる黒藻のように踊り回っている。

牛車のそばで声が上がった。「おおい、ぬし。来てはいかん、すぐ逃げるんじゃ！」

円宝が機敏に錫杖を扱い、群がる小鬼どもを蹴散らしている。杖には真言が刻まれているようで、打たれた小鬼が絶叫を上げ、青い炎を上げて転げ回った。

星砕が勝手に鞘から飛び出しそうで、蓮華は走りながら柄に手をかけた。長すぎて扱いにくい大太刀だが、この暴れ性のおかげで抜くのは意外と簡単だ。

小鬼どもが踊りの拍子を変えた。頭上高く飛びかかってくるのを、蓮華も飛んで斬り落とす。左右に回り込んできた別の小鬼らを、着地と同時に薙ぎ払った。

牛車の守り手は十人ほどだ。円宝と覚忠、他の大半も僧で、僧形でないのは怯える牛を必死に宥めている牛飼い童と、狩衣姿の二人の男。砂よけの頭巾のせいで分かりづらいが、一人は壮年で、もう一人は若者だ。どちらも朱鞘の太刀で応戦しているが、若者のほうは危なっかしい。

「蓮華、あれを」追いついてきた鉉太が目で示した。小鬼の一団が松の木を登り、枝から牛車の屋根に飛び移っている。うちの一匹が屋根から逆さにぶら下がった。小窓に掛かった布を引き破ろうとしているのだ。その背に鉉太の放った矢が突き立つと、ひい、と怯える男の声が牛車の中から漏れ聞こえた。

蓮華は、いったん星砕を納めた。「行け」と身を屈めた鉉太の背を足がかりに、とんぼを切って跳躍する。牛車の屋根に降り立ち、小鬼どもを斬り散らした。楽しい、とようやく身体が弾みだした。小鬼を串刺しにし、次々に首を刎ね飛ばす。腹の底からあふれてくるのは、獣のような吠え声だ。誰かに見せつけてやりたいような痛快な気分。私はここにいる、ここに生きているぞと、言葉なき声で訴えた。

そのとき小鬼の群れが奇声を上げ、潮目のように左右に割れた。砂嵐の奥から、ぼろぼろに朽ちた牛車が車輪を軋ませながらやってきたのだ。こちらの牛車の対面で停まり、御簾が上がると、浅葱色の重ねをまとった、なよやかな女が、古びた扇で顔を隠しながら降りてきた。胸には懐剣が刃の根もとまで刺さっているが、まるで気にした様子がない。

女は小鬼が捧げ持つ手桶から柄杓を取ると、灰のようなものを撒き始めた。少し進んでは灰を撒き、また進んでは撒きながら、こちらの牛車を大きく回るように歩きだす。

「とと、あいつが元凶だ」蓮華は牛車を飛び降りた。邪魔な小鬼を蹴散らし、首魁めがけて斬りかかる。しかし一瞬だけ早く避けられて、太刀は惜しくも女鬼に届かなかった。それでも柄杓に切っ先が当たり、鈍い音とともに木っ端が砕ける。

もうもうと灰が飛び散り、視界を奪われた。飛びすさって距離をとると、すでに女鬼の姿はない。ぼろぼろの牛車や小鬼らも、もう見事に逃げ出していた。

「蓮華、大丈夫か」鉉太が弓を下ろして駆けてきた。

「とと、悔しい。せっかくの大物を斬り損ねた」蓮華は憤然として喚き、鼻をこすった。小鬼がまとっていた匂いの元は、女鬼が撒いていた灰だったらしい。

鬼が去ると、とたんに砂嵐も治まり、厚い雲が切れてきた。僧たちは怪我人の手当てや、骸を検めるのに大わらわだ。他にも遅れて笛を聞きつけた者たちが松明を持って駆け付けており、まるでひとけのない夜の都で、この辻の周りだけが明るく慌ただしい。

朱鞘を使っていた男は、牛車に貼り付いて中の貴人と話をしていた。

一緒にいた若者のほうは、骸の一つ一つに手を合わせている。そうして壊れた柄杓に気付き、近寄った。思案するふうで様子をうかがい、恐る恐る手を伸ばそうとする。

鉉太が制止の声を上げた。「鬼の残したものです、迂闊に触れぬがよろしいかと」

若者は驚いたように手を引っ込めた。ばつが悪そうに胸をなでると、頭巾を外し、こちらにやってきた。鬼の砦や里では見かけなかった、ずいぶん涼しげな顔立ちだ。

「ご忠告に感謝いたします。先ほどはお見事でした。鬼の扱いに慣れていらっしゃる」

衣服の具合からすると、それなりの身分や財があるのだろう。なのに、旅の土埃に薄汚れた蓮華たちに対して、ずいぶん態度が丁寧だ。じろじろ眺めていたら、目が合った。若者は表情を緩め、はにかむように微笑んだ。「私など、自分の身を守るだけで手一杯でした。父も、貴方がたの戦いぶりには、しきりと感心しておりました」

「そこのお二方」壮年の男も、手を挙げてやってきた。「あちらの牛車の主が、ご助力の礼をしたいと仰せだ。一緒に来てはいただけまいか」

　助けた礼。渡りに船だ。蓮華は身を乗り出し、「宿を貸してほしい」と男に頼んだ。すると意表を突かれた顔をされたので、急いで言い足した。「納屋でいい、だめなら軒先でも構わないぞ」

「軒先でよいのか？」男は破顔した。「何なら一人につき一つ、室をご用意できるが」

　こっちも気のいい人物みたいだ。蓮華は気を良くし、さらに要求した。「それと、熱冷ましの薬を分けてもらえると、とても助かる」

「一つ、よろしいか」鉉太が口を挟み、蓮華の肩に手を置いた。その手から、なぜか緊張が伝わってきた。「大変にありがたいお申し出だ。御名を頂戴しても構いませぬか」

「非常に身分の高い御方だ。柳小路(やなぎこうじ)の大臣(おとど)、とお呼びするのがよいだろう」

「承知した。それと——貴殿のお名前も伺ってよろしいか」

「おお、そのとおりだ。これは失礼した」男は鷹揚(おうよう)に笑って頭巾を取った。骨太の顔立ちと、白目と黒目の境のはっきりした意志の強そうな目もとが印象深い。

「果州は谷鉉が主(あるじ)、阿藤四郎(しろう)氏隆と申す」どこかで聞いた名前だと思っているうちに、氏隆が隣の若者を示した。「これは息子の万寿丸(まんじゅまる)だ」

　肩の手に、一瞬、揺れるほどの力がこもる。蓮華は思わず鉉太を見上げた。と同時に、万寿丸が何かに気付いたように表情を険しくしたのも見えた。

　鉉太が目を落とし、深々と笠を引き下げた。「名乗っていただいて恐縮だが、こちらは名乗るほどの者ではない。やはり、お招きはご辞退を申し上げる」

「えっ、なぜだ」と蓮華は聞いたが、鉉太は返事もなく歩き出している。

蓮華は二人に詫びた。「すまない。さっきの宿の話は、なしにしてくれ」

鉉太を追いかけようとしたとき、氏隆に耳打ちする万寿丸の姿が目の端に映った。


ほとんど小走りのようになって鉉太は歩き続けている。蓮華は、おいてけぼりになっていた笛詰を追い立てながら、やっとのことで追いついた。

「とと、何があった」えいっと背中に飛びつくと、ようやく鉉太が足を止めた。

「いや、大丈夫だ」との言葉とは裏腹に、鉉太の身体は、なおも逃げたがっているみたいに、ふらついている。しがみついた蓮華まで、一緒になって倒れそうだ。

「やはり、父上だった」呆然とした声で鉉太が呟いた。「なぜ、こんなことに」

「さっきの男がととの、とと様か?」氏隆の顔を思い浮かべる。「あまり似てないな」

「俺は母上の連れ子なのだ」

初耳だった。出自の話となると、いつも鉉太は口が重いのだ。

「だったら、なぜ逃げた。ととは、とと様に会うために京に来たのだろう」

「分からない」と鉉太が額を押さえた。どこを見つめているとも知れない目が、まるで枯れ木の洞(うろ)のように暗くなる。「……万寿丸だと？　なぜ俺の幼名を……」

一人でぶつぶつ呟くうちに、気を失ったらしい。傾いだ鉉太を抱きとめたら、触った顔が驚くほど熱かった。「ぜんぜん大丈夫じゃないぞ。笛詰、手伝ってくれ」

鉉太の身体を笛詰の背に預け渡したとき、「おおい」と声が上がった。円宝が追いかけてきたのだ。「一緒に危地を乗り越えた仲じゃのに、挨拶もなしとは、つれないのう」

「それどころじゃない、取りこみ中だ」蓮華は鉉太を庇って立ち塞がった。「蓮華たちは名乗るほどの者じゃないし、宿もいらない。ととが、そう決めたのだ」

「何やら事情がありそうじゃな」円宝は頭巾の上から頭をなでた。「じゃが、そちらの若者は、だいぶ具合が悪そうじゃぞ。手当てが必要ではないのかのう」

「そ、それは、そのとおりだが」

「わしの寺に宿坊がある。そこに、ひとまず身を寄せてはどうじゃ」

蓮華は顔をしかめて考え込んだ。これも願ってもない申し出だが、鉉太は、いいと言うだろうか。でも、その鉉太が今は大変なのだ。

返事を決めかねていると、ふいに視界が、ぼやけ始めた。自分が膝を突いたことは分かったが、はっきりとした感覚があったのは、そこまでだ。

「――あいや、おぬし。その光はいったい……」

聴力を失ってゆく耳に、戸惑う円宝の声は水中のそれのようにぼやけ、次第に意味もとれない音の連なりになる。この感覚。明の出だ。こんなときに、と呻いた自らの声も、意味をなさない雑音になった。見るもの、聞くもの、包んでくる匂い。肌の感覚すら渾沌としてゆき、誰に抱き上げられたのかも定かでなくなって、泣き喚く以外に何もできない。

やがて蓮華は泣き疲れ、すとんと眠りに落ちていった。

娘から赤子へ戻るときとは逆に、赤子から娘へ変わる場合は〝いつの間にか〟だ。

夢の中で、これは夢だと気付く感覚に似ている。いつの間にか見上げている暗い天井は、煤けて古びた板目のもの。いつの間にか聞いていていた音は、夜風にそよぐ梢の葉擦れ。かすかに漂う、薬草の匂い。持ち上げた手から滑って落ちた、薄い掛け衣の感触。

そうして、〝いつの間にか〟自分の置かれている状況に気付く。今は――まったく覚えのない場所に、寝かされている。

蓮華は言いようのない恐怖に襲われ、ひっと声を上げて飛び起きた。身体にかかっていた産着をはねのけ、唸り声を上げてうずくまる。

すぐ脇でかすかな笑い声が上がった。「まるで毛を逆立てた猫だな」

延べられた夜具に鉉太が伏している。蓮華は飛びつき、顔に顔をすり寄せた。

「よかった、無事だな。でも、まだ少し熱がある」

「おい、こら止せ」鉉太が蓮華を押しのけ、枕元を指した。着替えが一揃い畳まれている。見覚えのない清潔なものだが、じゃれつく前に着ろと言いたいらしい。毎度の話だが、すぐに着物を身に着けないと叱られるのだ。

「赤子から転じたときのお前は、今のように悲鳴を上げて飛び起きる場合があるな。鬼岩の砦を離れてからは、ほぼ毎回だ。ひょっとして、見知らぬ場所が怖いのか?」

蓮華は着物に袖を通しながら、首を傾げた。「言われてみると、そうかもしれない。知らない場所だと、そこが安全かどうか、すぐには分からないからな」

「なるほど。確かに、それは恐怖を感じるだろうな」

「でも、ととがいれば安心するぞ。ととが蓮華を変な場所へ置き去りにするわけないからな」帯を結ぶのもそこそこに、鉉太の枕元に座り込んだ。「腕を見せてくれ。うん、腫れは引いている。

薬が塗ってあるな、円宝が手当てしてくれたのか？」

「ああ。ここを用意してくれたのも、あの僧だ。俺が意識を取り戻すまで、赤子のお前はひどく泣いていたらしい。だいぶ手を焼いたようだから、会ったら礼を言っておけ」

夜半の静けさに遠慮してか、鉉太の声は密やかだ。蓮華も一緒になって寝転んだ。

「そうする。でも、ととが悪いのだぞ。急に倒れて、心配した」

「悪かった、蓮華の言うとおりだ」

「ととは、驚いてしまったのか。ととの名を騙（かた）る偽者がいて」

鉉太が痛みを堪（こら）えるような顔をした。「まあ、そんなところだ」

「ととは義理の息子で。でも、ととのとと様のもとには、ととと同じ名の息子がいて。うん、こんがらがってきた。なんでこんな、ややこしい話になっているのだ？」

「おそらく父上は」と鉉太は言いかけ、いったん口を閉ざした。「……おそらく、こうだろうと推し量れることはある。だが、すまん。私情を挟まずに説明できる自信がない」

「そうか。ととが嫌なら聞かないが」蓮華は腹ばいになって頬杖を突いた。「でも、変な話だ。とと自身の問題なのに、私情を挟んではいけないのか」

鉉太は少し目を見開き、蓮華の頭をなでた。「確かに、変な話だ。よく気付いたな」

蓮華は声を出さずに笑った。「ととが難しく考えすぎなのだ」

屋根のあるところで寝るのは久しぶりだ。なでられた頭の感触をじんわり感じているうちに、いつしか眠り込んでいた。

朝餉の膳を運んできた見習い尼僧によれば、円宝はこの寺の長者だそうだ。長者という尊称を持っているのは、本山たる東護寺と国中の分寺とに属する僧の中で、四人しかいないらしい。それでいて、鬼道の修法を会得した数少ない僧の一人だという。

そもそも敷島国の奉じる明教というのは、大陸より伝わった仏教の中では最も新しいもの。そして鬼道とは明教の教える明の理の一つ、〈破魔〉と呼ばれる領分に属するそうだ。具体的には、人の世に生じる災いを研究しているそうで、鬼や鬼の呪などが、これに含まれる。破魔矢や破魔刀を作る技術も、この鬼道研究から生まれたらしい。つまり円宝は、ああ見えて、なかなか偉い僧侶だということだ。

鉉太は食欲が戻らないらしく、膳を半分も蓮華に取り分けた。朝餉を片づけた後、また床に伏せってしまったので、蓮華はそっと草履をつっかけ、外に出た。

蓮華たちが寝泊まりしている建物は、宿坊というより小さな御堂だった。事情を察した偉い円宝が、大部屋にしないよう気遣ってくれたのだろう。砂利敷きの広場を囲んで並ぶ、いくつもの立派な建物、そのうちの目立たない端っこの一棟だ。

あちこちに木の植わった境内は、残暑の陽炎が揺れるほど広かった。なのに人の姿は見当たらず、盛りを過ぎた蟬の声も侘びしく聞こえるほどだ。蓮華は宿坊の裏で寝そべっていた笛詰を構った後、付近を歩いてみることにした。

広場の向こう側には、そり返った大屋根の堂々たる建物が二棟も建っている。そちらに近づくにつれ、手前の棟から太々しい読経が聞こえてきた。正面へ回ってみると、開け放たれた大扉の奥に大勢の人間が背中を並べて端座していた。この寺の僧と尼僧たちだろう。

逆に、奥側の棟は静まり返っている。そちらを一周してみたが、どの扉も鍵が閉まっており、風採り穴に顔を近づけても、中は暗くて、よく見えない。

「おおい、ぬし、仏像に興味があるのかのう」

振り返ると、円宝だった。今日は白の僧衣に金糸の袈裟をまとっている。お付きの僧を従え、のんびりと歩いてくるところだ。

「本当に偉い僧侶だったのだな」光を弾く袈裟のきらきらしさが只事でない。

「ちと客があっての。威厳を纏うのも務めのうちじゃよ」

円宝は笑い、建物の中を見せてやろうと言って、お付きの僧に横扉の鍵を開けさせた。

「この金堂には、明教でも重要な仏像が納められておっての」

先に立って蓮華を手招きする。僧が静謐(せいひつ)な堂内に明かりを灯して回ると、天井の高い、ひんやりとした暗がりに、何体もの彫像が浮かび上がって見えた。どれも見上げるほど背が高く、黄金と鮮やかな色具に彩られた、微睡(まどろ)むような佇(たたず)まいだ。

「慈悲、宿世(すくせ)、祈念、天測、破魔、等々……それぞれの理を象徴する尊き御姿じゃ。従来の仏教が心の救済を主としておるのに対し、明教はこの世に編まれた真理を解明するための、言わば一種の学問での。近ごろは楽土への往生しか頭にない輩が多くて、嘆かわしいわい」

蓮華は口を開けて仏像を仰ぎ見ながら、円宝とともに金堂の廊を歩いた。円宝は仏像の名前とその由来をいちいち教えてくれたが、多すぎてとても覚えきれない。

「驚いた。御仏というのは、こんなに大勢いるのか」

「是とも言えるし、否とも言えるのう。これらは明光を化身とする唯一なる御仏が、さらに御姿を変えたものなのじゃよ」

「どうしてそんなに姿が変わるんだ。紛らわしいだろう」

「さもありなん。じゃが、それこそが御仏の慈悲というものでのう」

仏列の端には他と様子の違う彫像もあった。異国風の鎧(よろい)をまとった二体の武人像だ。抜き身の宝剣を握り、厳めしい顔で蓮華を睥睨(へいげい)している。「これも御仏の化けたものか？」

「そのとおりじゃ。明王像じゃな」

それぞれ、日光を化身とする暁光(ぎょうこう)明王と、月光を化身とする皓月(こうげつ)明王というそうだ。

「病に悩む者には百薬を授く薬師仏の御姿となって理を解き、死の恐れに取り憑かれた者には楽土へ誘(いざな)う来迎(らいごう)仏の御姿となって理を助く。そして仏法を乱す者には、護法の徒である明王の御姿となって理の剣を振るう」円宝が合掌(がっしょう)する。「御仏は衆生(しゅじょう)の求むるあらゆる姿をとり、その理を自然に受け取れるよう計らってくださるのじゃ。まこと尊き御心には、感涙を禁じえぬのう。そう思うであろう、そう思わねばならんぞい」

金堂の外へ出ると、円宝が豪華な袈裟を脱ぎ、さっぱりとした白衣(びゃくえ)の姿になった。お付きの僧を下がらせ、「どうかのう、鉉太どのの具合は」と聞く。

「だいぶ良い。腕の腫れも引いたし、今朝は熱も下がったみたいだ」

「それは重畳(ちょうじょう)じゃ。実は、ぬしらに、ちと頼みごとができての」

連れ立って宿坊へと向かう。円宝が、しげしげと蓮華を眺めて首をひねった。

「ううむ。鉉太の言うとおり、ぬしは何事もないようじゃな。夕べの珍事がなかったら、とても信じられん話じゃったわい」蓮華が赤子に戻った件だろう。「実に興味深い。ぜひとも赤子から変わるところも観察したいのう」

「円宝は物好きだな」金の袈裟を脱いだら、すっかり元の円宝だ。「でも、だめだぞ。元に戻るときは、とと以外の人間がそばにいると良い気分がしないのだ」

「そこをなんとかならんかのう」と円宝は、子どものような上目遣いでねだる。

　食い下がる円宝を突っぱねるうちに宿坊に着いた。そっと板戸を開けて中をうかがうと、鉉太が夜具の中で身を起こした。

「とと、起こしてしまったか。頼みごとがあるとかで、円宝が来ているぞ」

「出てこんでよいぞ。楽にしておれ」ひらひらと手首を振りながら、円宝が戸口をくぐり、腰を下ろした。「ぬしらは鬼退治を生業(なりわい)とするそうじゃが、巡り合うたのも御仏のお計らいじゃろう。乗り掛かった船と思うて、先日の女鬼の祓(はら)えに手を貸してもらえんかの」

　鉉太が頷いた。「円宝どのには恩がある。話を聞こう」

「うん、手伝うぞ」と蓮華も応えると、かたじけないと円宝が頭を垂れた。

　麦湯を運んできた尼僧が下がると、さっそく円宝が話し始めた。件の女鬼は綾霧(あやぎり)と呼ばれているという。「ただの鬼ではない。わしは〈羅刹(らせつ)〉と呼んでおる」

「どう違うのだ?」蓮華は麦湯の湯飲みを取ろうとして、手を引っ込めた。まだ熱い。

「羅刹とは、魔が寄り集まって生じる鬼ではなく、人に魔が寄って生じた鬼を指す。強烈な思念が死の間際に魔を引き寄せ、その身を鬼に変じさせる場合があるのじゃ」

　自らが強い魔を持つ鬼であると同時に、魔である鬼どもを惹き付け、手足のように操るという。

昨夜の綾霧が、小鬼どもを従えていたようにだ。

「その羅刹とやらを、俺たちも知っている」鉉太が羅陵王の話を円宝に聞かせた。「蓮華に斬られた鬼の王は、ごく普通の老爺に変わったように見えたのだ。あれは何事かと、ずっと訝しんでいたが……やはり元は人間だったのだな」

「件の討伐なら、わしも伝え聞いておる。退治したは、ぬしらであったか」

円宝は感慨深げに腕を組み、ううむ、と唸った。

「実はの、わしが鬼道研究を進める助けとなった『鬼道録』という書物がある。果州の廃寺に納められていたという朽ちかけの木簡を、読み取れる範囲で書き写した抄本でな」羅刹という鬼の存在も、その抄本で知ったそうだ。「書き残したのは、旭日なる昔の鬼道僧じゃが」

「旭日？」蓮華と鉉太は声を揃え、互いに顔を見合わせた。

「うむ。まだ帝のご威光が敷島国のすべてには及んでおらん時代、果州平定の征東軍に同行した謎多き人物でな。鬼道を用いて山を動かしたり、はたまた川を曲げたりと――どうした二人とも、妙な顔をして」

「いや、おそらく人違いだろう」鉉太が困惑したように無精髭をなでた。

蓮華も大きく頷いた。自分たちの知っている旭日は、確かに胡乱な呪を使いそうだ。でも、あんな性悪の僧がいてたまるか。きっと人違いだ。「その旭日が、どうしたのだ？」

「いや、果州のぬしらと出会うたことが、この老骨には必然めいて感じられてのう」円宝は笑い、表情を引き締めた。「話を戻すがの、綾霧は砂塵とともに現れ、人を呪い殺すのじゃ。もう四人もの公卿が犠牲になっておる」

次の五人めの標的が、昨夜に襲われた柳小路の大臣というわけだ。

「ふうん、貴族ばかり狙われるのだな」蓮華は、やっと冷めてきた麦湯を啜った。

「そこよ」と円宝も麦湯で喉を湿らせ、先を続けた。「綾霧の正体は、さるやんごとなき血筋の御方だと目されておる。先帝に寵愛され、親王をもうけた女御じゃ」

事の発端は、この親王が不幸な死を遂げた件にあるという。

病がちで御子の少なかった先帝は、身分の低い女人に生ませた人物を東宮に立てていた。現在の帝だ。しかし女御が親王を産むと、母親の身分を取り沙汰して東宮廃嫡の動きが起こったという。廃嫡論を支持する三人の公卿に担ぎ上げられたのが、件の親王だ。様々な策謀が飛び交った結果、三人は謀反を企んだとして流罪に処せられた。親王もまた配流となり、他州の山寺に預けられたそうだ。これには二度と政敵に利用させないよう、都から遠ざける目的があったらしい。

親王はこの早春に病を得て、配流先で亡くなった。まだ六歳だったそうだ。

「何せ、真っ先に呪い殺されたのが、幼い親王を担ぎ出した公卿の三人でのう」

先帝の平癒祈願の恩赦で都に戻っていたが、立て続けに綾霧の餌食となったらしい。

「子を利用された恨みか」蓮華は首を傾げた。「柳小路の大臣は、なぜ襲われた」

「殺された四人めとともに、今の帝を後見しておられたのじゃ」円宝が額に険しい皺を刻んだ。

「我が子を失った女御の心痛は、痛ましくも自らを鬼と成すほどであったのじゃろう。しかし、それはそれとして、何としても綾霧の凶行を阻止せねばならん。柳小路の大臣の次は、おそれ多くも帝を狙うであろうからのう」

東護寺は柳小路の大臣の氏寺でもあるという。つい先ほど、大臣の名代として阿藤氏隆と息子の万寿丸が訪れ、綾霧調伏の祈禱を正式に依頼していったそうだ。

蓮華は麦湯を喉に詰まらせそうになった。「あの二人が来ていたのか」

鉉太も驚いたらしく、ただでさえ鈍い顔色が、また少し白くなっている。

「果州の者は、やはり鬼に詳しいからのう。名乗りもせずに去ったぬしらを寺に招いたのは、阿藤どのの提案でもあったのじゃ」強者の兵は京にもいるが、鬼と直に戦った経験のある者は少なく、果州の人間は重宝するらしい。「鬼道を研究するわしにとっても、ぬしらは興味深いでの。阿藤どのに言われなんでも、わしは是が非でも引きずってきたろうが」

円宝自身は大臣の身辺警護にあたり、祈禱は寺の別当が行うという。別当というのは長者よりも偉く、この寺で最も位の高い僧侶なのだそうだ。

ふと表情を改め、円宝が麦湯を飲み干した。「綾霧の出没は、民に深刻な影響を与えておる。昼夜を問わず跋扈する小鬼を怖れ、都の外へ逃げ出す者が後を絶たんのじゃ」

また逃げ出さないまでも外出を怖れており、早くも経済が滞り始めたそうだ。仕事にあぶれた流入民には、餓死者も多く出ているという。

「近ごろは妙な話もあっての、野辺に打ち捨てられた屍を鬼が盗むというのじゃ」

貧しい家では、死人が出ても骸を荼毘に付すための薪が用意できず、川原などに置き去りにしてゆく場合が多いという。それを小鬼たちが運び去るのだ。

「近隣の里でも似たような騒ぎがあったぞ。小鬼が何匹も現れて、掘り返した骸を持っていこうとしたのだ」鉉太が心ここにあらずの様子なので、蓮華が先日の依頼の話を聞かせた。

「京で盗む骸だけでは足りず、他からも集めているのじゃろう。何を企んでおるかは不明じゃが、いずれにせよ、綾霧と無関係ではなかろう。興味深いのう」

しかめ面で唸る円宝だが、どこか楽しげにも見える。ふいに、「おおそうじゃ」と蓮華のほうへ膝を進めた。「ぬしの破魔刀を見せてもらえんかの」

「これか」隅に退けてあった星砕を差し出すと、円宝は合掌して受け取った。

「ほれぼれするような侘びたこしらえじゃわい。……うんむ、鞘が？」

「星砕は蓮華にしか抜けないのだ」改めて鞘から抜いて手渡す。円宝は右手で柄を握り、左手の懐紙で刀身を支えると、差し込む日射しに向けて、じっと眺めた。

「やはりのう。もしやと思うておったが、刀身に真言が見当たらぬ。だのに御仏の加護を感じるとは」鬼にかかわる話となると、円宝は目の色が変わる。興奮した様子で、さらに身を乗り出した。「この太刀は、どのようにして手に入れたのかの」

「もともとは、ととが川で拾ったそうだ」

話を向けると、やっと鉉太は物思いから覚めたらしく、大きく円宝に頷いた。

「その大太刀の正体を、俺も知りたいと思っていた。蓮華以外には使えないのだ。たとえば俺が抜き身を握っても、小枝の一本も断ち切れない。しかも鬼を燃やすのではなく、鬼の魔を光に浄めて祓うことができる……このような破魔刀に心当たりはないだろうか」

日を受けて白く輝く刀身を、円宝は長いこと無言で見上げていた。やがて、歯痒そうに首を振った。「さあて。少なくとも、わしは初めてお目にかかるわい」

円宝が処方してくれた薬のおかげで、鉉太の具合は日に日に良くなっていった。まだ食欲は戻っていないものの、三日めには床を上げた。が、やはり無理をしていたようで、その夜には再び熱が上がり、床に逆戻りするはめになっている。

　鉉太の回復を待つあいだ、蓮華は作務の尼僧に交じり、寺の掃除などを手伝って暇を潰した。何もすることがない、という時間が新鮮だった。

　晩夏らしい涼しさに包まれた遅い朝、夢うつつに赤子から転じた蓮華は、見慣れた天井の木目を眺めて、すぐに宿坊だと気が付いた。ここが自分の今の居場所だ。

　裸のまま気持ち良く伸びをしたとき、ざわと背筋の皮膚が粟立った。慌てて跳ね起き、姿勢を低くする。夜具が重ねられ、鉉太が寝込んでいたときの衣が畳まれて載っていた。

「とと、どこだ」発した声が震えて割れた。

　鉉太がいない。馴染みのある匂いと体温は戸口に向かって伸びているが、その気配はすでに薄く、産毛を震わせてみても、ほとんど感じ取れない。

「とと、いないのか!」恐ろしくなって大声で叫んだ。

　頭がぐらぐらとして、四つん這いに手を突いた。寒い、凍えるようだ。冷えた指が丸く縮こまってゆく。また赤子に戻ったみたいに自分の身体が頼りない。夜具が畳まれ、ぽっかりと空いた板敷の広さ。それは、蓮華の胸に急激に現れた喪失の思いそのものだ。うずくまった身体よりも大きくて、自分の胸の穴に、自分が落ちてしまう気がする。

　実際に、ぐるりとなって落ちる感覚を味わい、蓮華は悲鳴を上げた。

　――苦しい。息ができない。

　大きな手に押さえ付けられている感触。冷たい水が鼻と口から流れ込み、目と耳の奥が脈打つように鋭く痛む。凍える手が夢中で水をかく。頭上の水面に誰かの影が揺れている。助けを求めてしがみつこうとすると、その誰かは、いっそうの力を込めてきた。

澱(よど)んだ水底から昇るあぶくのように、怨嗟(えんさ)の思いが湧き上がった。

——なぜ、あなたが私を殺すの？

急に目の前が明るくなり、叫びを上げて幻視から覚めた。誰かが宿坊の戸を開けたのだ。蓮華は伏したまま身を硬くした。幻は消えたが、死の恐怖が縄のように縛りつけていて動けない。止まらない震えのせいで、ぼろぼろと涙がこぼれてきた。

「蓮華、どうしたのです。さっきの悲鳴は」

箒(ほうき)を抱えた尼僧が、怪訝そうな様子で上がってきた。親しげな口ぶりだが、知らない。まるで覚えていない。必死に手足を動かし、後ずさる。蓮華が吠えて威嚇すると、尼僧は差し伸べようとしていた手を引っ込めた。

「——ととは、どこだ」

唸りまじりの問いかけに、尼僧は怯えたように箒を握りしめた。

「鉉太なら、日の昇らないうちから出かけていきましたよ。あなたが目を覚ます前に戻ると言っていたのですが——ええと、遅くなっているようですね」

「知らない。とと、どこだ」

低い姿勢で牽制しつつ、出口のほうへ、にじり寄る。

「ああ。着物なら、ここですよ」と、尼僧が及び腰で着替えを放って寄越した。蓮華の右手が無意識のうちに何かを手探りしたので、気を回したらしい。

着物を胸に抱き込み、匂いを嗅ぐ。これも自分のものだが、いま欲しいのは、これではない。室内を見回し、隅に刀を見つけた。私の太刀。星砕。

蓮華は星砕に飛びついた。鞘から引き抜いた瞬間、何か大きなものが覆いかぶさり、手首を床に押し付ける。その拍子に抜き身の星砕が手から飛び、尼僧が悲鳴を上げて尻餅をついた。

「やあ、庵主どの。熱冷ましの丸薬があるのだが、また買い取ってはもらえんかな」

日に焼けた男が尼僧に笑いかけながら、凄まじい力で蓮華を押さえ付けていた。

「お前は──」鬼岩の砦で鉉太をそそのかした男、旭日だ。「放せ、邪魔するな！」

蓮華が睨みつけると、旭日は低い囁き声で罵倒した。

「邪魔はお前だ、厄介者め。その太刀で人を斬るつもりだったのか？」

握り込められた手首の骨が、みしりと鳴った。強い恐怖が喉元まで込み上げ、蓮華は無我夢中で旭日をはねのける。着物をつかみ、裸のままで宿坊を飛び出すと、集まってきた僧たちを突き飛ばし、走って塀を跳び越えた。


奴が来る。灼熱の鋼の腕で、金色に燃える目で、私を捕まえにやってくる──。

蓮華は、いつの間にか河原を走っていた。陰鬱な霧に包まれた砂と石の河原だ。

うねうねと横切る幾筋もの小川には、それぞれに異なる色の水が流れている。鉛丹、黄土、緑青、群青、貝紫、石墨。そして河原石は胡粉の白だ。

接し合う七極の色彩が、ちらちらと目をくらませる。あまりに激しい落差のために、色と色との境が発光すらして見える。まぶしさに絶えず涙がにじみ、ときおり足もとで鳴る、卵の殻が潰れるような音の正体も、よく見えない。ひどい渇きに喉を掻きむしりながら、せせらぎの小川をいくつも飛び越え、また走る。

やがて風に霧が流れていった。地平に広がっているのは、見渡す限りに続く極彩色の小川の縞模様。あちこちに灌木（かんぼく）のように立つ石塔は、河原石を積み重ねた素朴なものだ。

追われるのとは違う恐ろしさを感じ取り、いっそう足を速めて逃げ出した。

夥（おびただ）しい数の石の塔。誰かが、これを積んだはず。なのに、ここには誰一人いない。

白い殻の潰れる音がする。ひどく喉が渇いている……。

ふいに視界が歪み、河原石は踏み固められた大路の土になった。陰気な水音も人々のざわめきに変わってしまい、驚いて目を瞬いたとき、極彩色の幻と一緒に、何かから逃げていた記憶も霧散した。

気付けば、賑やかな都の一角だ。蓮華は広い往来に立ち止まり、汗を拭って息を整えた。どうやって来たのか覚えていない。知らない。何も思い出せない。また〝いつの間にか〟知らない場所にいる。でも、よくある状態だ。またか、と思うだけ。

前から道を来る者も、後ろから追い越してゆく者も、不審そうに蓮華を避けてゆく。たぶん、髪を振り乱した自分の姿が怪しすぎるのだ。着崩れつつも衣を着ていたのは、いつも叱られていたからだろう。裸でいてはだめだ、ちゃんと着物を着ていろ――なのに、誰が言ったのか覚えていない。ふらふらと走りながら、点々と落っことしてきたのだろうか。だけど足もとを見回したって、記憶なんか一つも見当たらない。

人の流れに乗って大路を進み、櫓（やぐら）のような門をくぐった。間口の狭い店が軒を連ね、通路に面した店棚に所狭しと品物を並べている。区画の中心には二階建ての楼がそびえて、太刀を佩いた役人が偉そうに立っていた。蓮華が見とがめられなかったのは、人の多さと、のどかな陽気のせいだろう。眠たげに欠伸する役人の脇を、蓮華は人波に揉まれて浮き草のように流されていく。

香ばしい匂いに気付いて、小さな店の前で立ち止まった。覚えのある匂い。置いてあるのは懐紙に包まれた揚げ菓子だ。「曲縄」と口をついて呟きがもれる。

まだ若い店主が揚げ鍋の前で顔を上げた。ちらりと蓮華を見やり、目を逸らす。やがて店の前を動かないのに業を煮やし、聞こえるように舌打ちをした。

「買うのか、買わねえのか。銀がねえなら、よそへ行きやがれ。商売の邪魔だ」

蓮華は男の顔をぼんやりと見やった。「銀?」言葉の意味が、うまく理解できない。

「よう、久しぶり。揉め事かい」

面白がるような声が横合いから割って入った。とたんに店主が顔をしかめる。

「お前らか。何でもねえよ、向こうへ行ってろ」

二人組の男だ。着物を妙な具合に着崩しており、一人は飾り立てた刀をこれ見よがしに腰から提げている。「邪険にするなよ。昔は一緒につるんだ仲じゃねえか」

もう一人は片目の潰れた男だ。いきなり蓮華の顎をつかみ、上を向けさせた。「おい、痩せこけたガキかと思ったら、こいつ女だぜ。しかも、すげえ上物だ」

「おいおい」と表へ出てきた店主が、言いづらそうに顔をしかめた。「そいつ、頭をやられてるらしいんだ。よしてやれよ、可哀想だろ」

「ははっ、そりゃ好都合だ」飾り刀の男は店主に歯を剝くと、蓮華に向かって猫なで声で話しかけてきた。「曲縄が食いてえんだろ。よしよし、俺らが買ってやるよ」

銀銭を数えて店棚に放り、品物をつかんで蓮華に握らせる。「ほらよ」

懐紙越しに小鳥の体温のようなぬくもりが伝わった。嬉しい。揚げたてだ。柔らかな湯気を吸い込み、「いい匂い」と呟くと、左右の男が、どっと笑った。
二人に歩かされながら、蓮華は大切に曲縄を味わった。ほんのり甘くて香ばしい。なのに、食べ終わらないうちに落としてしまった。いきなり地面に引き倒されたのだ。
いつ賑わいから抜けたのか、ひとけのない裏路地だった。積み上げられた大きな桶の陰。崩れた建物の庇が空を覆い隠し、この一角だけが薄暗い。

飾り刀の男が蓮華に馬乗りになった。「いい拾い物だぜ。しっかり手を押さえとけよ」外した刀を脇に置くのもそこそこに、湿った手で蓮華の着物をはだけにかかる。

下卑た笑い声を聞くともなしに聞きながら、蓮華の目は曲縄に釘付けになっていた。

ぽんと放り出された、ねじれた形の黄金色の食べ物。これと似た光景をどこかで見た。あれは確か――川風の涼しい夜だ。葦の茂みを透かして届く明かりは、背後の里に燃えさかる炎。転がった曲縄の包みと飛び散った血飛沫とを照らし、朱に汚れた切っ先をちらちらと輝かせている。足もとに折り重なって倒れているのは、川原の子どもたち……。

力強い手首のいましめを、どうやってか右手が、すり抜けた。投げ出された飾り刀の柄を握り、まず頭上の片目男の腕を、次に、馬乗りになった男の首を。そうして血が降りかかる前に跳ね起きると、まだ息のある片目男に刃を突き立てた。腹にめり込んだ刀は背骨に当たり、鈍い音を立てて折れた。見掛け倒しのなまくらだ。

蓮華は乱れた着物を直し、左右の袖を点検した。よかった。今度は返り血を浴びてない。

曲縄を拾い、土を払いながら明るいほうへと歩き出した。菓子はすっかり冷めていたけれど、齧（かじ）れば変わらぬ甘さが舌に広がり、自然と頬が緩んでくる。

気付けば、すぐ目の前に大きな男が立っていた。

「――やれやれ、やっと騒ぎを収めて来てみれば。お前は本当に厄介な奴だな」

何を言われたのか分からない。ぼんやり見上げていると、男は曲縄を取り上げ、額に手のひらを押し当ててきた。その蔑（さげす）むような目が、音もなく金色に燃え始める。なのに往来の人々は、男も蓮華も見えないかのように、忙しなく横を通り過ぎていく。

「いつまでも遊んでいるなら、利用させてもらおうと思ったが――お前を野放しにしておくほうが、余計な問題が増えそうだ。ま、せいぜい頑張って生き延びろ」

男が囁いた瞬間、額に痺れる痛みが走り、肉の焦げる匂いがした。


おおい、と声をかけられ、振り返った。鉉太が人ごみを避けながら駆けてくる。

「やはり迷子になっていたな。無事だったか」

蓮華は急に不安に襲われた。賑やかな町並みを見回し、足もとを探す。

今ここに誰かがいた気がする。でも、何も覚えていない。ああ、またこれだと思い、げんなりする。記憶の代わりに落ちていた、尖った小石を思いきり蹴飛ばした。

「どうした、何かあったのか？」息を整えつつ、鉉太が顔をのぞきこんでくる。

蓮華は鉉太に指を突きつけた。「何があったか聞きたいのはこっちだ。気付いたら姿がなくて、とっても心配したぞ」

「面目ない。どうしても確かめたいことがあったのだ」

鉉太は律義に頭を下げた。少し抜け出すだけのつもりが、思わぬ時間がかかってしまったのだという。「とはいえ、お前も皆に心配をかけたのだぞ」

赤子から転じたときの混乱で、尼僧に刀を向けようとしたらしい。蓮華は首をひねり、額に手を当てた。「そう言われてみれば――そんな気もするが」たまたま訪れていた行商が止めに入り、事無きを得た。が、尼僧が腰を抜かしてしまい、介抱が大変だったらしい。そんな騒ぎの後で帰ってきた鉉太は、蓮華に代わり、尼僧や僧たちに詫びて回ったそうだ。

ひとまずの無事を知らせるため、二人で寺へと足を向ける。いくらも歩かないうちに覚忠と行き合った。鉉太と同じく、蓮華を探していたそうだ。

皆を騒がせた件を蓮華が詫びると、覚忠は錫杖を握りしめ、怯えたように後ずさった。

「う、うむ……無事で何よりだ。あまり鉉太どのに心配をかけぬようにな」

寺の皆には見つかった旨を知らせておくと言い、そそくさと引き返していく。よっぽど迷惑をかけたらしく、あの威張りん坊の覚忠が目も合わせない。

「そういえば、ととは蓮華を置いて、どこへ出かけていたのだ」

思い出してむくれる蓮華に、「それがな」と鉉太が言いよどむ。「……せっかくの日和(ひより)だ、少し回り道をして帰らんか。たまには、のんびり散策もいいだろう」

並んで、ぶらぶらと大路を歩き出した。秋口の蒼天(そうてん)から注ぐ日射しは清々しく、京を囲む彩りの山々を鮮やかに浮かび上がらせる。鉉太の様子は気になるが、確かに、いい日和だ。

遠い紅葉の谷間に峠道を見つけ、「あっ」と鉉太に指差してみせた。「蓮華たちが来たのは、あの道だな。いくつか州を通ってきたが、都の先にも、まだ何かあったりするのか」

「京の西か。まずは地州、次に麻州、夜州、最後に璃州。璃州が敷島国の西の果てだ」

「ふうん、いろいろあるのか。この国は意外と広いのだな」

「とんでもない。海の向こうには大陸がある。その名のとおり大きな陸地だ。大陸が海に浮かぶ大魚だとしたら、この敷島国は、ほんの鱗一枚分の広さしかないのだぞ」

鉉太は笑い、せっかくだからと西の方向へ足を向けて、次々に未知の話を披露した。

「大陸へは璃州から船で行ける。短くとも半月は揺れる船の上で寝起きしなければならないそうだが、到着するのは真丹だ。これは相当に大きな国だぞ、何せ大陸だからな」

真丹国の交易船に乗って、優れた技術を会得した職人や、学問を修めた僧侶などが敷島国を訪れるという。おかげで文化や文明、政治、思想など、この国にない様々なものが渡来した。この世の真理を解き明かす明教も、真丹国を通して伝わったそうだ。

「そうすると、真丹の向こうにも別の国があるのか？」

「そうだ。天篤国と呼ばれる明教発祥の地で、三国のうちでは最も教理研究が進んでいる。天篤では、男はみな徳の高い僧侶で、女はみな美声の命命鳥だそうだ」

蓮華は思わず笑った。「まるでお伽話だ。蓮華を担ごうとしているだろう」

「嘘ではない」と言いつつ鉉太も笑っている。「その昔、天篤から明教の教典を持ち帰った偉い人物がおり、旅の記録として、いろいろと不思議な話を書き残したらしい。まあ、天篤は非常に遠いのでな。あまり詳しい話は伝わっていないのだ」

何しろ広大な大陸だそうで、天篤への道程には夏も雪の溶けない山や、対岸も霞んで見えないような大河、猛獣の跋扈する沼地まであるらしい。

「ますます面白くなってきた。では、天篤の向こうには、どんな国があるのだ?」

鉉太は首を振った。「天篤国で終わりだ。その向こうには、また海が広がっている」

果州が東の最果てであるように、天篤は西の最果てだという。天の星は果州の東の海から昇り、天篤の西の海に沈むそうだ。

「いや、一つだけあったか」鉉太が神妙な顔で無精髭をなでた。「天篤国の向こうは、楽土だ。西海の遙か先へ進むと、御仏の築きたもうた光の国があるという」

あらゆる宝玉を敷き詰めた池に、輝く蓮の花が咲き乱れ、その周囲を豪奢な宮殿が取り巻いているそうだ。想像した蓮華は、感心するような、呆れるような心地になった。

「さらにお伽話っぽくなったな。天篤のもっと向こうなら、相当に遠いだろう」

「そうだ。楽土は人の身で旅するには遙かに遠く、自力では、とうてい辿り着けない。だからこそ皆、臨終に際して、紫雲に乗った御仏の迎えを乞い願うのだ」

「でも、勇魚の尻尾のほうには何も浮かんでいなかったが——ああ、そういうことか。歩いたり船に乗ったりして行ける場所ではないからだ」

鉉太が怪訝そうな顔をした。「いったい何の話だ?」

蓮華は周囲を見回した。「分からない」と、ばつが悪くなって頭を掻く。今の今まで、何か巨大なものの情景が頭にあった。なのに〝いつの間にか〟するっと抜け落ちている。

「前々から気になっていたんだが」どこか遠慮したふうで鉉太が尋ねた。「お前はときどき、そうやって落とし物か何かを探すような仕草をする。それは、いったい何事なのだ」

「何の話だ」と蓮華が聞き返すと、「気付いていないのか」と鉉太は思案顔になった。

やがて町並みが途切れ、急に景色が開けた。ずいぶん歩いたが、やっと京の都の端っこだ。白波を立てた川が横たわり、太い材木を使った立派な橋が架かっている。天篤への途中にある大河ほどではないにしても、対岸が煙って見えるほどの広い川だ。

橋のたもとに佇む石仏に手を合わせて、鉉太が川沿いの土手へと折れていく。大路の道は橋を通って川を越え、西の山々へと続いていた。あのずっと先で海に繋がり、大陸へ至って、真丹や天篤まで延びている。そう思うと、この橋を渡ってみたい気もした。

蓮華が川の向こうを眺めていると、ふいに鉉太が話し始めた。

「実は、俺が今朝方に出かけたのはな、父上の京屋敷に行っていたのだ」

裏門から出てきた薪売りに声をかけ、銀銭を握らせて、それとなく話を聞いたらしい。薪売りによれば、一人息子の万寿丸は七年前に上京して以来、都を離れず、元服もまだなら仕官もしていない。いつか家督を継ぐ日のために、勉学に励んでいるという。そんな万寿丸には、近々祝い事があるらしい。郷里での元服のお披露目と、許嫁(いいなずけ)との祝言だ。

「父上は、いよいよ『万寿丸』を谷鉉に連れて帰るつもりらしい」

淡々と話す鉉太は、さっきまで笑っていたのに、すっかり表情が消えている。

「周囲の人間は、母上は旅の途中で病死なさったと信じている。母上と万寿丸が鬼にさらわれたなどという話は、どこを探しても出てこない」公には、阿藤の御曹司(おんぞうし)は母とともに上京し、勉学のために京に残ったことになっていた。「父上が事実を隠蔽したのだ。母上の行方は誤魔化せても、『万寿丸』を死なせるわけにはいかなかったのだろう」

蓮華は鉉太の様子を訝しみつつ、「どういうことだ?」と先を促した。

川原には、烏に交じって、烏みたいな衣の僧侶もうろついている。遺棄された屍を見つけては手を合わせ、額に鬼除けらしき真言を朱書きして、かたわらに石を積んでいた。

「以前、俺は父上の義理の息子だと話しただろう」

土手を下りつつ、蓮華は頷いた。鬼毒の熱のために、鉉太が口を滑らせたのだ。

「果州は治めるに難しい土地なのだ。険しい山々に分断され、いくつもの豪族が割拠し争ってきた。そうやって古くから土地に居着いている者たちは、朝廷の平定以後も、長いこと支配を受け入れなくてな、現在でも中央に対する反感が根強いのだ」また都の人間も、獣を殺し肉を食う野蛮な土地とみなして果州を警戒している。そのため、他州では地元の有力者が州司に任じられるのに対し、果州では朝廷から派遣されるのが通例だという。

鉉太も川原に下りてきて、川べりの石に腰を下ろした。

「朝廷に頭を押さえ付けられつつも、豪族たちは互いに併呑と同盟を繰り返し、ついには二つの勢力となって果州を二分した。山に分け入り、金を採っていた北果の一族と、海の幸と交易を支配していた南果の一族だ」

北果と南果が長く睨み合っていた果州だが、十四年前に、とある戦が起こったという。中央の支配を抜けて独立せんと、南果が反乱を起こしたのだ。州司軍と南果軍は数年にわたって戦い続けたが、朝廷の要請を受けた北果の介入で、ついに南果は敗れたそうだ。

蓮華も鉉太の隣に腰を下ろし、烏の僧を真似て石を積んでみた。簡単そうなのに意外と難しい。

上手くいっても、せいぜい三つ。四つなんて、まるっきり無理だ。鎮圧された南果軍の指揮をとっていたのが、

「この戦いで北果軍を率いたのが、父上の阿藤一族。

俺の実の父親、真人だったのだ」

鉉太の実父は反逆者だが、南果においては朝廷軍を翻弄した英雄だったそうだ。

「うん?」蓮華は困惑して手を止めた。「ととのとと様が、ととの実のとと様を討ったのか。それは、わだかまりを感じないものなのか?」

鉉太は苦笑した。「物心つく以前の話だぞ。実父の顔も姿も覚えていないのでは、わだかまりを感じようもない。それに、兵の家では敵方への養子入りも珍しくないのでな」

母は鉉太を連れて実家へ落ち延び、北果盟主である阿藤家の保護を受けて氏隆に嫁いだ。そうして鉉太は、氏隆の義理の息子となったのだ。

「そうだったのか」と蓮華は石をもてあそんだ。果州の小難しい歴史が、鉉太と氏隆に何の関係があるのかと訝しんでいたところだ。「でも、かか様と、ととは、なぜ殺されなかった。阿藤のとと様から見れば、謀反人の妻と息子ではないのか」

「良い質問だ。実は、北果と南果のあいだには密約が交わされていてな」

長く統一が進まず、戦と和平を繰り返した果州では、豪族間の姻戚関係が複雑に絡み合っている。北果と南果は確かに対立していたが、敵が朝廷なら話は別だ。州司の手前、北果も表立った援助こそできないものの、心情では南果の味方だったらしい。

「だが、いくら南果が善戦しようと、いつまでも巨大な朝廷軍に勝ち続けられるものではない。しかも北果には朝廷から援軍の要請が届いてな。断れば、北果まで叛意ありと疑われる」

そこで密約だ。南果は北果の手柄となる形で戦の幕引きをする。代わりに北果は落ち延びた真人の息子を保護し、南北統一後の阿藤の跡取りとする――。

「反乱の首謀者である真人の首を刎ねるのは致し方ないとしても、その辺りが南北双方にとっての落とし所だったのだろうな」当時、まだ氏隆に嫡子がおらず、病で正妻を亡くしたばかりだった点も、都合が良かったのだろうという。

「真人の息子が巡り巡って上に立つなら、南果の者が矛を収めたのも分かるが」蓮華は呟きつつも首を傾げた。「でも、今度は北果の人間が納得しないのではないか？　南果の真人の息子が、いずれ自分たちの頭領になって、命令されたりするわけだろう」

「そういう向きもあるかもしれん。だが俺の母上は、もともと北果の豪族出身なのだ」

蓮華は、ぽかんと口を開けた。その口から、「なるほど」と溜息がもれた。よくできた理屈だ。鉉太は双方の血筋と深いかかわりがある。だからこそ北も南も痛み分けの形で、一つにまとまる口実を作ることができたのだ。

「やっぱり、すごいな、ととは。十歳でさらわれてきたのに、本当のとと様が殺されたとか、密約だとか、そんな話まで知っていたのか」

鉉太が痛みを堪えるような顔をした。「鬼岩の砦に来たばかりのころ、母上がよく聞かせてくれたのだ。お前には果州に平和をもたらす貴重な血が流れている、誇りを忘れぬように、とな」

氏隆は密約どおりに鉉太を跡継ぎに据え、実の息子同然に扱って、武芸はもちろん学問においても、手間と財を惜しまず熱心に教育したそうだ。

「俺は鎹（かすがい）だ。長く対立していた南北両果を結びつけるためのな。だから父上も、今さら〝万寿丸〟を失うわけにいかないのだろう」

　鉉太も石を積み始めた。器用にも、すぐに五つめまで成功する。蓮華は鉉太の手もとを観察しながら、そのどこか虚ろな語り口に耳を傾けていた。

「成長すれば顔形も変わる。だが諸公の中には、面差しの違いに気付く者がいるかもしれん。その危険をおして、父上は身代わりという無謀な賭けに挑まざるをえなかったのだ」

　蓮華は、あれこれ石を見比べながら、「無謀な賭けか」と呟いた。「案外と、みな本物だと信じ込むかもしれないぞ。あの偽者は、ととに似ているからな」

「そうか？」鉉太は戸惑ったように顔をなでた。「確かに年格好は同じだが」

「普通に見ると似ていないが、薄目でなら、そっくりだ。万寿丸は嫌いじゃないぞ」

　やっぱり上手に積めなくて、蓮華は石を放り出した。「だいたいの事情は、のみ込めた。でも、ととは、なぜそんな変な顔をしているのだ？」

　表情が云々という問題以前に、皺だらけの紙をただ貼ったようなありさまなのだ。

「ただの繰り言だ。密約のための婚姻ではあっても、父上と母上は仲睦まじい間柄だったのだ。母上が非業の死を遂げたと知れば、父上は悲しまれるだろう。そう考えるだに申し訳なくてな」

それに、と片頬を歪めた。「俺は父上の期待に応えようと努力し、己を律してきたつもりだ。しかし万寿丸の名にしか意味がなく、身代わりで用が足りるのだとしたら、俺の積み上げてきたものは何だったのか……とな」

　寝込んでいたあいだも、ずっと悩んでいたのだろう。鉉太の目もとに落ちた影は、病み上がりのせいばかりではないように思える。

「分からないな。だって、あの偽者は〝身代わり〟だろう」蓮華は首をひねった。「本物の『万寿丸』が帰ってこられるようにするための、身代わりではないのか?」

鉉太は虚をつかれたような目をして、自身の積んだ石塔を見下ろした。

「蓮華は、そう思うか。父上が、俺の帰還を望んでいると」

「もちろんだ」蓮華は自信たっぷりに笑ってみせた。「ととは、阿藤のとと様が好きだろう」

「父上は果州をまとめ上げている立派な人間だ。心の底から尊敬している」

「ほら、実の親を攻め滅ぼした奴を尊敬してるなんて、普通は即答できないぞ。蓮華はな、ととをすごいと思っているのだ。何でもこなせて、冷静でまっすぐで、決して間違わない」

機嫌よく畳みかける蓮華に、鉉太は困ったように首をすくめた。

「買い被りすぎだ。俺は決して冷静ではないし、間違いもする」

「嘘だ。ととのそんな格好の悪いところ、いちどだって見た覚えがない」

蓮華は身を乗り出した。その拍子に鉉太の石積みが崩れたが、まあ気にしない。

「長く行方の分からなかった大事な息子が、こんなすごい若者になって帰ってきたのだ。喜んで迎え入れないわけがない。蓮華がとと様なら、絶対に手放さないぞ」

鉉太は黙って力説を聞いていたが、まだ納得していない様子だ。

「ととは、また難しく考えているな。疑うなら、賭けてもいい。とと様が本物の息子を迎え入れるかどうか。蓮華は受け入れるほうに賭ける。ととは、そうでないほうだ。勝敗を確かめるために、ととは、ちょっと名乗り出てみてくれ」

鉉太が深々と息をついた。「やれやれ、蓮華の言うことは、でたらめだな」

呆れたような口ぶりだったが、やっと紙きれではなく、鉉太自身の顔に戻りつつある。

「別に構わないだろう。ととの京行きの目的は、かか様の数珠をとと様に渡すことだったはずだ」蓮華は鉉太に寄りかかった。「もし息子と認められなかったら、ととは果州に帰りづらいぞ。ほとぼりが冷めるまで、のんびり鬼退治の旅といこう。蓮華は西に興味が湧いた。楽土を見たい、なんて贅沢は言わない。天篤くらいで我慢する」

鉉太が一瞬だけ泣き笑いの顔になった。「それも良いな。ぜひ、そうしよう」

蓮華も笑った。「でも、残念だが天篤には行けないぞ。賭けに勝つのは蓮華なのだ」


円宝によると、綾霧の出現は明と日と月の三つともが没している時間に限られるのだそうだ。明は御仏の化身で、日と月も護法の徒である二人の明王の化身だというから、それら三つの威光が空に残っていると、人を呪い殺すには都合が悪いのかもしれない。先日の大臣襲撃のときも、ちょうど、そういった星の巡り合わせだったという。

次の三没を夕刻に控えた今日は、早朝から蒸し暑い曇り空だった。けれど都に集っている大群衆は、夏を取り戻した陽気など、てんでお構いなしだ。

数十年ぶりに行われるという仏舎利の行列。仏舎利とは、仏と成った昔の偉い僧の骨のことらしい。最近の世の乱れを憂えた帝が、国家の鎮護と人心の安寧のためにと、聖山に安置されているそれを宮中に招来したそうだ。門外不出のありがたい遺物が、これから都の中を通過する。なら拝みに行かない手はない、というわけだ。

都を南北に貫く大路には、中央の道筋をあけて、まずは主立った公卿たちが、その次に位の高い貴族が、と順々に場所取りの敷物を広げて、彼らの女たち子たち孫たちを座らせ、供の者らをはべらせる。身分の低い下級官人たちは、その後ろの列。京の住民たちは、さらにその後方だ。座れば貴族たちの烏帽子や女たちの被衣が邪魔になるし、もう敷物を延べる場所もないので、ずらりと並んで立っているしかない。

　蓮華も鉉太とともに、大路の半ば辺りで立ち見の見物だ。

「招来が間に合って何よりだ。これで綾霧も迂闊には動けまい」と鉉太が囁いた。

「この大騒ぎが、綾霧と何か関係あるのか」物珍しさできょろきょろしつつ、蓮華は尋ねた。後ろの見物人に押された人々が、綾の縁取りのついた貴族の敷物に転び出ては、厳めしい従者に睨まれる。そういった小さな騒動があちこちで繰り返されている。

「もちろんだ。羅刹に対して、仏舎利以上に強固な盾はないだろうからな」

　やがて大路の先で大歓声が上がり、どよめきが人の波を伝って瞬く間に広がった。ずいぶん待たされたが、やっと行列のお出ましらしい。

　まず最初に見えてきたのは、鈍い鬱金色の袈裟をまとい、純白の綾の衣と頭巾を被った僧侶だった。左手に紫水晶の大きな数珠をかけ、右手で黄金の鐘を振り鳴らしては、経を唱えながら一歩、また一歩と重々しく進んでゆく。その後ろに続くのは、やはり綾の頭巾を被った僧侶の一団だ。黄金の鐘が俗世の騒音を破って響き渡る中、異国の文字が鋳抜かれた香炉を手に手に捧げ持ち、やや高い調子で唱和する。

　香炉から流れる幾筋もの白煙が、さらさらとした紗のように、たなびいていく。僧侶たちの足もとで互いに溶けあいながら、白煙が編んでゆく清涼な雲の渦。その薫香の匂い立つ雲上に、袍の袖を振りながら、次々に現れたのが舞人たちだ。赤や緑の長々しい装束をまとい、左右の二手に分かれて、高々と足を踏み出すごとに型を取る。そのたびに、甲や衣装にちりばめられた金と銀が揚々として躍るのだ。舞に合わせて、歩きながら音楽を奏でているのは楽人たち。抱える楽器は、日輪、月輪の意匠を描いた太鼓に鉦鼓(しょうこ)、笛や笙(しょう)だ。手籠を抱えた稚児装束の童たちが、そのあいだをぴょんぴょんと跳ね回る。白化粧の紅も鮮やかに、薄桃色の花びらで舞人、楽人たちを寿(ことほ)いでゆく。

　どんよりとした厚い雲に阻まれて、天空に御座(おわ)す威光は見えない。それがかえって、目の前をゆく行列こそが、この世で最も輝かしくありがたいものだと錯覚させた。薫香の雲とともに進んでゆく一行は、誰もが眉一つ動かさない。あたかも精巧な彫像のように、ただ厳粛に進む方向を見据えている。彼らも卑俗な人の身でありながら、俗人の興奮ぶりなど目にも入らないようだ。紫雲に乗って現れた彼らは今、人ではない。現世に降臨した来迎仏。一切の衆生を救済するため、天空の御座を空にした。明、日、月、さらに星までをもうち揃え、香(かぐわ)しき雲に乗って下界に降り立ったのだ。

　人々の興奮は、ますます酩酊(めいてい)したような熱を帯びてゆく。経に唱和する群衆の声が、何層もの熱風となって大路を覆ってゆく。行列の使者が人にあらざる何かに取り憑かれているのと同様に、それを囲む群衆もまた、己の苦しみに取り憑かれているのだ。

　花びらが高々とまき散らされるたびに、そこに混じった細かな粉が、人々の頭上で星のようにきらめいた。散華される星の花をつかもうと、夥しい数の腕が伸びる。欲しい欲しいと悲鳴を上げて、限界まで手を開く。

狂乱の熱が最高潮に達したとき、ついにそれは現れた。厳重に紗を垂らした天蓋付きの朱柱の輿だ。担ぎ手たちの独特な拍子取りにより、その歩みは流れる雲のごとく澱みない。輿の土台に施された精緻な彫刻は、逆巻く白波に巨体を浮かべた一匹の魚。その広々とした背の上に、白い翼を持つ四種四つ足の獣たちが、尻を集めて円陣を組み、固く天蓋を支えている。そして天蓋の上へと目を向ければ、そびえる黄金造りの尖塔が、鈍い光を一身に集め、見上げるすべての瞳を苛烈に焼いた。

ふいに悲鳴まじりの金切り声が上がった。一陣の風が吹き、天蓋の紗をわずかにめくり上げたのだ。この珍事に、押し合いへし合いしていた人垣は将棋倒しになり、人々の絶叫や怒号が、経の唱和の合間に飛び交ってゆく……。

やがて仏舎利が通り過ぎ、後に続く僧侶や舞人たちの行列も終わった。しんがりの稚児たちが星の花を散華しながら歩き去ると、集った人々のほとんどが、地に着かないような足取りで薫香を追い始める。

蓮華と鉉太はまだ夢を見足りない顔の群衆を掻き分けて、ほうほうのていで小路へと逃げ込んだ。「踏み潰されるかと思った」と蓮華がぼやくと、「まったくだ」と鉉太も苦笑する。

大路には雑多な落とし物が散乱していた。敷物や扇子、烏帽子に草履に被衣の布。なぜか桶まで転がっており、無残に踏みしだかれて、ぺしゃんこだ。

と、木塀の破れ目から、するりと小鬼が忍び出た。落ちていた布包みに滑り寄り、難儀そうに抱え上げる。鉉太が素早く動いて石を投げると、驚いて包みを放り出した。逃げる小鬼に構わず、鉉太が布包みに駆け寄った。中を検め、「惨いことだ」と痛ましげに息をつく。その肩越しに覗いてみると、痩せこけた赤子の骸だ。血だらけの顔や腹には新しい無数の痣(あざ)がある。さっきの将棋倒しに巻き込まれたのだろう。

近くに親らしき姿は見当たらない。行列を追いかけていったのかもしれない。

「……ままならんものだな。四方の四護寺に守られ、御仏の厚い加護を受けているはずの京の民でさえ、あのように不安に嘖(さいな)まれ、強く救いを求めているのか」

鉉太は群れ集う人々を見やって呟くと、優しく骸の血を拭い、手を合わせた。その懇(ねんご)ろな行為に、蓮華は急に息が詰まったような心地になった。なぜか、その子を踏み潰したのが自分だったように思えてならないのだ。

でも、そんなはずない。踏んでなんかいない。蓮華は足もとを見回し、ふと気付いた。落とし物を探すようなその仕草は、つい先日、鉉太に指摘されたばかりのものだ。

ぶるっと大きな身震いをしたが、幸い、鉉太は見ていなかった。


大路の仏舎利行列から半日、蓮華は京の外れにいた。広々とした前庭を備えた、強烈な西日の注ぐ廃寺の敷地内。柳小路の大臣が綾霧を迎え撃つために選んだ場所だ。星砕を抱え、鉉太とともに、うらぶれた講堂の外回廊の隅に座り込んでいた。

境内を占領していた雑草や雑木の茂みは大臣の雑色(ぞうしき)らによって綺麗に刈り取られ、破れ放題だった講堂の板壁や古風な伽藍(がらん)のしつらえも、取り急ぎで修復された。まだ草いきれが強く、うら寂しい様子も残っているものの、他所に気兼ねなく鬼退治ができるという点では、この場所は文句のつけようがない。

あちこちに明かり用の焚き火が熾され、講堂の周りを東護寺の僧兵や大臣の兵たちが一間ごとに固めている。氏隆は警備の差配を任されており、指示を与えるのに忙しそうだ。万寿丸も氏隆のそばで働いたり、破魔の武器や水の竹筒を皆に配ったりしている。

当の大臣はといえば、祈禱の僧らが準備を整える前から講堂に入っていた。潔斎の白衣をまとって、御仏の御姿が描かれた掛け軸をずっと伏し拝んでいるのだ。日没が近づくにつれ、必ずや綾霧を倒すのだという皆の緊張はいや増して、僧や兵たちの砂よけの頭巾は、そろそろ湯気を吹きそうに見える。

はあ、と息をついたら、破魔刀と破魔矢を点検していた鉉太が、怪訝そうに声をかけてきた。

「どうした、大きな溜息などついて。もしかして具合が悪いのか」

「いや……ちょっと熱いだけだ」蓮華は汗で貼り付いた前髪を払った。今日は朝から暑かったが、夕刻になっても、ぜんぜん涼しくならない。

ちらと背後を振り返った。講堂内では大きな護摩壇にも炎が焚かれ、鬼祓えの祈禱が始まっている。実を言うと、その護摩壇にくべられる護摩木の煙も、妙に気に障るのだ。流れてくる匂いを吸わされるうちに、だんだん気分が悪くなってきた。

暦によると、没した三光のうちで最初に昇るのは日だそうだ。最悪の場合、この嫌な煙を日の出まで浴び続けるのだと思うと、げんなりした。綾霧には一刻も早く来てもらいたい。

鉉太が腰を上げ、蓮華の腕を取った。「移動しよう。あっちのほうが楽かもしれん」

引きずられるようにして場所を移ると、護摩壇の風上だ。確かに少し楽になった。

「お二方、このようなところにおいででしたか」水の竹筒を抱え、万寿丸が回ってきた。やはり緊張のためなのか、以前よりも堅苦しい口調だ。

鉉太が竹筒を受け取った。「円宝どのの姿が見えないが、ご存じありませんか」

「円宝長者でしたら、仏舎利の警護のために内裏へ詰めていらっしゃるはずです」

大臣を守るのではないのか、と不思議に思いつつ、蓮華は水をあおった。せっかく京に来た仏舎利も大臣を守っていないし、いろいろと妙な具合だ。

一息に水を飲み干したのに気付いて、万寿丸が余分に竹筒を持たせてくれた。「そういえば」と懐から紙片を取り出して言う。「お二人に長者からの伝言を預かっております。『くれぐれも例の朱矢を頼む』と。こちらは何のお話ですか？」

「それが、俺たちも要領を得ない話でして」

万寿丸が鉉太に皮肉めいた表情を向けた。「私などには聞かせられぬお話ですか」

「そういう意味ではありません」と鉉太は小さく苦笑いし、背負っていた箙から一本の矢を抜き取った。あらかじめ円宝から渡されていた、朱染めの矢羽根を使ったものだ。鏃には真言が刻まれているが、普通の破魔矢のそれとは異なるらしい。

「綾霧が現れた際、必ずこちらを使うようにと言われたのです」

『まだ秘密じゃ』とほくそ笑むばかりで、理由は教えてもらえなかったのだ。

不審顔の万寿丸に鉉太が肩をすくめた。「まあ、円宝どののお手並み拝見といきましょう」

日が西山の稜線に接したとたんに砂まじりの風が吹き始め、完全に沈んでからは強い砂嵐に変わった。いつ綾霧が出現しても不思議はない。砂が吹き込まぬよう講堂の扉が閉じられた。警備の兵らも頭巾を深く被って鬼の襲撃に備えている。

蓮華は星砕の柄に手を触れた。こんなに鬼の気が強まっているのに、まだ暴れ出す様子がない。怪訝に思ったとき、講堂を囲む焚き火が、遠いほうから一つ、また一つと減っていった。闇の中に蠢く、黒い影。小鬼どもの大波が打ち寄せ、炎をのみ込んだのだ。

砂嵐の轟音の中、警戒の笛の音が鳴り響いた。兵たちがいっせいに朱鞘を抜き、油断なく構えをとる。講堂の中では、その騒ぎに一瞬、読経が途切れかけたものの、別当が一喝すると、すぐに力強さを取り戻した。

「やっと来たな」蓮華は前に飛び出したが、星砕を抜き放とうとして異変に気が付いた。

小鬼を射落としながら鉉太が叫ぶ。「蓮華、何をぼんやりしている」

「とと、変だ。星砕が――抜けない」

蓮華は飛びかかってきた小鬼を柄で突き飛ばした。再び抜刀を試したが、やはり鞘は、びくともしない。さらに力を込めて抜こうとすると、額に痺れるような痛みが走り、思わず星砕を取り落とした。「おかしい、どうしてだ?」

鉉太が駆け付け、小鬼どもを牽制するように弓を構えた。「蓮華、何が起きた」

「分からない」前髪をかき上げた。「額を見てくれ、変な物がついていないか?」

鉉太が目を凝らし、首を振った。「別に異常はないようだが」

「なぜだ、これから面白くなるっていうのに」蓮華は星砕をへし折りたい衝動に駆られたが、鉉太の心配そうな様子に気付き、ぐっと堪えて背負い直した。「しょうがない、ととの破魔刀を貸してくれ」

祈禱を警戒し、小鬼どもはいっきには攻め寄せてこなかった。蓮華も兵たちも、近づく小鬼を片端から焼き伏せたが、何しろ数が多すぎる。流れ込む泥水を素手で塞き止めるのに似て、押し返すそばから守りの間隙をかい潜られるのだ。小鬼に組みつかれて、幾人もの兵が黒い荒波に引きずり込まれていった。立て続けに破魔矢を放ちながら、「これでは埒が明かんぞ」と鉉太が苦しげに呟いている。

飛びかかってきた小鬼の爪が、蓮華の腕を切り裂いた。お返しにそいつを炭にして、流れ出した血を拭う。「大丈夫か」と鉉太が声を上げた。

「平気だ。それより、綾霧はどこだ。とと、見えるか？」

「いや、だめだ。俺も、さっきから探しているのだが」

「皆の者、講堂に入れ！」との氏隆の号令に、兵たちは鬼を牽制しながら順に退いた。蓮華と鉉太も、ほどほどのところで中に転がり込んだ。とても相手をしきれない。

しんがりの兵が戸口に飛び込むと、すぐさま扉は閉められ、太い閂が渡された。僧たちが素早く駆け寄り、扉に短冊を貼り付けてゆく。目くらましの呪符だ。

これでもかと札が貼られた扉の向こうで、がりがりと耳障りな音が鳴っていた。鼻先で閉め出された小鬼どもが、入り口を見失い、あちこち引っ掻いているのだ。

小窓から表をうかがっていた万寿丸が、はしごを伝って下りてきた。「父上、小鬼どもは周囲を巡っていますが、中には入って来られないようです」

報告を受け、氏隆が大声で皆に宣言した。「持久戦だ、籠城して朝を待つ！」

講堂内は僧と兵たちとで混雑しており、押し合いへし合いの状態だ。蓮華は入り口にほど近い壁際に隙間を見つけ、どすんと腰を下ろした。砂よけの頭巾をむしり取ったが、人いきれで息苦しい。壇上で焚かれた護摩木の匂いも気持ち悪い。締め切った堂内に声高な読経が反響し、さんざんに耳を叩いていた。おかげで視界まで歪んでくるようだ。

星砕を手に取り、もう一度だけ試してみた。でも、やはり鞘が抜けない。

「驚いた、本当に抜けないのだな」濡れた手巾を携え、鉉太が隣に腰を下ろした。「さっきの傷を見せてみろ」

蓮華は星砕を押しやり、膝を抱えて俯いた。「蓮華の傷なんか、どうでもいい」

「良くはない。以前にも言ったろう、どうせ治るからというのは、俺は感心しない」

鉉太は諭（さと）すように言うと、腕の傷を拭き浄め、布を巻いてくれた。

講堂の外では、相変わらず鬼の動きが活発だ。壁一枚を隔てて、小鬼たちの気配が伝わる。砂嵐の轟音の中、無数の足音を立てて堂を巡り、扉と言わず壁といわず、進入路を探して拳（こぶし）を打ち続けているのだ。

いっそう極まってゆく緊張のために、祈禱僧にも変調をきたす者が現れた。卒倒した僧が抱えられて護摩壇を離れる中、先導で経を唱える別当の声も嗄（か）れ始めている。籠城もどれだけ持つかと思われたが、そうした僧たちの尽力の甲斐あって、まだ鬼の侵入を許してはいない。

じりじりと短くなる蠟燭を見つめるうちに、少し眠っていたようだ。蓮華が目を覚ましたとき、鉉太や周囲の兵たちも重い眠気をまとっており、依然として読経だけが騒々しい。

まだ夜明けは遠いのだろうか。欠伸をしながら、ふと気が付いた。あれほどうるさかった砂嵐の音が絶え、鬼の足音も失せているのだ。目の前の床には一条の光が落ちている。板戸のわずかな隙間から差し込む茜色の光の筋だ。周りで目をしばしばさせている兵たちも、これは何だという顔で床に落ちた光を眺めている。

そのとき、霧の中を伝わるような、おぼろげな声が響き渡った。

――朝日だ……ついに夜が明けたぞ！

一瞬、堂内が静まり、わっと歓声が上がった。「夜明けだ」「鬼を退けたぞ」「助かったんだ」皆が口々に快哉を叫んで飛び上がる。護摩壇の前で呆然としていた別当が、ふらふらと意識を失い、駆け寄った周囲の者に抱きかかえられた。先を争って扉へ押し寄せた兵たちにより、呪符が破られ、太い閂が外されていく。

やっと護摩の煙から解放される。蓮華も皆に続こうとしたとき、「待て」と鉉太が険しい顔で引き止めた。「さっきの夜明けを告げた声は、誰が、どこから叫んだのだ？」

堂の扉が歓声とともに大きく押し開けられた。その瞬間、東の空に輝いていた茜色の光が音もなく消え失せる。広がっていたのは、夜明け前の重苦しい暗闇と、まばゆい朝日の残像だ。外へ転がり出た兵たちが、呆気にとられて立ち尽くした。

「戻れ、綾霧の幻術だ！」との鉉太の叫びに、兵たちが慌てて引き返す。

戸口に詰まった彼らの背に、黒い突風が襲いかかった。蝗の大群のような瘴気の雲霞だ。鎧に身を固めた男たちを軽々と吹き飛ばし、壁に掛かった御仏の掛け軸を引き破った。護摩壇を倒して炎を潰し、ぐるりと天井を回ると、最後に黒い火花のように降り注ぎ、無数の小鬼に変じて人間たちに挑みかかった。

「者ども、怯むな。留まって迎え討て！」

すかさず飛んだ氏隆の叱咤に、浮き足だった兵が持ち直した。氏隆自身も破魔の太刀を抜き、次々に小鬼を斬り伏せる。兵の奮戦に、僧たちも役目を思い出したようだ。大臣と気絶した別当を囲み、一塊となって祈禱を再開する。

　蓮華は小鬼の只中に飛び込もうとして、星砕を握っているのに気が付いた。さっき遠くに押しやったはずが、無意識のうちに持ってきたらしい。あまりに癪で、飛びかかってきた小鬼に星砕を投げつけ、朱鞘を払った。「さあ、どこからでも来い！」

　鉉太と背中合わせになって小鬼を焼き続けたが、刻一刻と魔の気が増してゆくのが分かった。皮膚が引き攣れるような感覚を覚え、蓮華は叫んだ。「とと、来るぞ！」

　直後、無数の悲鳴が上がった。密集していた大臣と僧たちが、新たに戸口から飛び込んできた瘴気の黒渦に、はね飛ばされたのだ。黒渦は、うねるように暴れ回って人影に変じ、講堂の中央に音もなく降り立った。柄杓を手にした綾霧だった。

「どけっ」蓮華は邪魔な味方を押しのけ、綾霧に斬りかかった。しかし、刃は浅葱色の重ねにも届かない。さらに肉薄し、鋭く切っ先を跳ね上げた瞬間、綾霧が軽々と宙へ飛んだ。のっぺりとした白面を裂いたつもりが、またしても避けられたのだ。

　最悪だ、と蓮華は顔を歪めた。あの嫌な護摩の煙のせいだ。せっかく炎が消えたのに、不快な残り香がまとわりついて、思うように身体が動かない。

　綾霧は、と振り返る。柳小路の大臣に、のしかからんとするほどの間近にいた。大臣は腰を抜かしているらしい。眼前の羅刹を見上げたまま、後ずさることもできないのだ。

「大臣、お逃げください！」僧の一人が数珠を綾霧へと投げつけた。綾霧が風を受けるように扇をかざすと、数珠の玉は宙で弾け飛ぶ。その拍子に、扇の陰に白化粧が見えた。作りものめいた面は目鼻立ちも定かでなく、血を飲んだような唇ばかりが鮮やかだ。

「——時は来た。そなたも我が祈りの贄となるがよい」

血よりも禍々しい怨嗟の言葉が、その唇からこぼれだした。御仏の加護の光が絶えた今、羅刹の内に澱んだ魔は最大の高まりを迎え、あふれんばかりに満ちている。

綾霧が柄杓を差し向けたとき、恐怖にすくんでいたはずの大臣が大きく跳ねた。羅刹に体当たりを食らわせたのだ。すぐさま飛びすさったと同時に、綾霧も弾かれたように退いている。二人が交わったその場には、浅葱色の袖をまとった左腕と柄杓が、音を立てて転がった。

「——幻術ならば、あいにくと、わしも得意でのう」

柳小路の大臣が頭巾を剝ぐと、現れたのは円宝のつるりとした頭だった。衣こそ大臣のものだが、ひょろりと立ち上がった背格好も、間違いなく円宝だ。

「おのれ、たばかりおったな！」断たれた左腕から青い炎を噴き出しながら、綾霧が扇を投げ捨て、柄杓をつかむ。その燃える左肩に深々と矢が突き立つと、食いしばった紅の唇が呻きを上げた。鉉太が朱染めの矢を放ったのだ。

綾霧は大きくよろめき、柄杓の灰を円宝に浴びせかけた。衣をひるがえして再び黒渦に変じると、立ち塞がる人間どもを弾き飛ばしながら、講堂の外へと飛び去ってゆく。

「あっ、逃げるな！」追って蓮華も飛び出そうとしたが、円宝に袖をつかまれた。

「いや、これで良いのじゃ」と呟き込む。綾霧の灰を吸い込んだらしい。

羅刹の撤退に小鬼どもも逃走を始め、潮が引くように姿を消した。後には浜に打ち上げられた魚にも似た、鬼の燃えかすや怪我人などが伏しているばかりだ。

「二人とも、大丈夫か」鉉太が弓を下ろして駆けてくる。

意識を取り戻した別当も、事の次第を聞かされ、血相を変えて円宝に詰め寄った。

「これはいったい、どうしたことだ。大臣をいずこに隠したもうた」

「大臣でしたら、大内裏の真言堂にて、仏舎利に守護されておいでじゃ」

「だ、大内裏だと。なぜ、そのような場所に」

「味方も騙しおおせぬようでは、敵を欺くなど無理な話ですわい」

円宝の人を食った口ぶりに、別当は憎たらしくも返す言葉がない、という顔だ。誰か馬を、と声を上げ、足音も荒く講堂を出ていった。大臣の無事を確かめに行くのだろう。

「こっちも、びっくりしたぞ。何も聞かされていなかった。ひどい話だ」

蓮華の恨み言にも、円宝は笑っている。「秘密を知る者は少ないほどよいでのう」

円宝のはかりごとを知っていたのは氏隆だけらしい。万寿丸を含め、まさに狐につままれたといった様相の一同のうちで、氏隆のみが手勢らを呼び集め、次々に指示を与えている。

「それより、今は綾霧の根城を突き止めるのが先じゃ。例の朱矢は、どうなったかの」

鉉太が頷いた。「指示どおり、矢は奴の肩に。しかし、何も起こらなかったが」

「それでよい。御仏の御修法（みしほ）を披露するのは、これからじゃよ」

円宝が懐から、もったいぶった手つきで朱染めの羽根を取り出した。縦半分に断ち落とされた三枚の羽根の根もとを、細い組み紐で束ねたものだ。

「件の朱矢に使った矢羽根の片割れじゃ。綾霧のもとへ導いてくれるぞい」

円宝は講堂の軒下に出ると、真言を唱えて矢羽根の束を投げ上げた。矢羽根はまばゆい朱の輝きを帯び、あたかも突風に巻き上げられたように、まだ闇深い夜空へと飛翔する。

「さあ、羅刹よ。今度こそ逃がさんぞい」勇んで階(きざはし)を下りかけた円宝が、またしても咳き込み、膝を突いた。その首や腕には赤い発疹(ほっしん)が浮いている。

覚忠が人垣を割って駆け寄った。発疹を検分し、「いかん、鬼の呪でござるぞ。一刻も早い浄めを」と青ざめるものの、「いや、綾霧を追わねば」と円宝は聞かない。

蓮華は急いで円宝たちの前に進み出た。「なら、蓮華が行く。とと、いいだろう?」

「だが、お前も本調子ではないのだぞ」鉉太は不安げな顔だ。

「心配ない。もう大丈夫だ」やっと護摩の不快さが消えてきて、手のひらに拳を打ち付けた。

「二度だ、二度も綾霧に逃げられた。こんなに面白くない気分は初めてだ」

「駄目じゃ、わしが行くんじゃ！」いきなり円宝が喚き出した。「羅刹の術をつぶさに拝める千載一遇の機会なんじゃ。この機を逃して、何が鬼道研究か！」

嫌じゃ嫌じゃ、と子どものように駄々をこねる円宝を、覚忠が背負って連れていく。

蓮華と鉉太が講堂を出ると、氏隆が松明を掲げて待っていた。「綾霧を追ってゆくのか」

「はい。円宝どのの目印が消えないうちに」鉉太が答え、夜空を見上げた。赤い箒星のような矢羽根の軌跡は、尾の端から消え始めている。

氏隆が鉉太に松明を手渡した。「準備を整え次第、追いかける。油断せぬようにな」

「お二方、こちらを使ってください」万寿丸が三頭の馬を引いてやってきた。

鉉太が軽く目を瞠った。「ありがたく使わせていただくが、三頭とは？」

「一頭は、私のぶんです」鞍にまたがり、万寿丸が言う。「父上、私がお二人と参ります」

馬上の万寿丸に、氏隆は目配せするように頷いた。「しかと、頼んだぞ」

続けて馬に飛び乗った蓮華に、鉉太が眉をひそめた。「星砕はどうしたのだ」

蓮華は口を尖らせた。「知らない。投げたら、どこかへいってしまった。別に構わないだろう、抜けない太刀なんか邪魔なだけだ」手綱を操り、先頭を切って駆け出した。


廃寺を出て半時も走ったところで、鉉太が松明を消した。灯があると、さらに薄くなった箒星の軌跡が見づらいからだ。砂嵐も晴れて東の空が仄かに明るくなり、周囲の景色は、町並みから、うらぶれた閑地に変わっている。

蓮華と鉉太よりも、万寿丸の馬は、だいぶ後方だ。道々の枝に裂いた白布を結んでいるのだが、追いかけてくる氏隆への即席の道標なのだそうだ。

箒星に従って道を逸れ、山裾へと向かう獣道に踏み込んだ。その獣道も次第に細くなり、鬱蒼とした枝が頭上を覆って、辺りは夜に逆戻りしたように暗くなる。

やがて梢の切れた場所に出ると、鉉太が馬を止めた。「どうやら古い街道の跡だな」

人々の往来が絶えて久しいらしい。草むらには石仏と並んで道標らしき石柱も立てられているが、苔むしているうえ、厚く落ち葉に埋まっており、用をなさないありさまだ。

「お二方とも、あれを」追いついてきた万寿丸が行く手を指した。木々の合間に光がある。朱色に揺れる鋭い輝き。円宝の飛ばした朱の矢羽根だ。

馬を降りて近づいてみると、矢羽根は宙に浮いていた。崩れかけの石段を備えた門の真上だ。振り返れば、道沿いに鬱蒼と続いていた草むらも、朽ちて草々に覆われた木塀の残骸らしい。輝く矢羽根は、時間という蔓草にからめ捕られた屋敷の門を示して、目印となるべく、ひっそりと回っているのだった。

ふいに、木々の合間に影が動き、万寿丸が怯えたように朱鞘へ手を伸ばした。

「大丈夫、ただの小鬼だ。逃げていった」蓮華は石段を上り、崩れかけた門から中をのぞいた。他に鬼は見当たらない。綾霧が力を失い、散り散りになったのだろう。木塀の規模からして、敷地はかなり広そうだ。ずっと奥に廃屋らしき影が見える。

「行こう」と二人を促すと、「少々お待ちを」と万寿丸が石段の隅に屈み込み、落ち葉を集めて火打ちで火を熾した。それを松明に移して鉉太に渡し、堅苦しい声で言う。

「大殿が到着して準備が整い次第、私どもは中に踏み込みます。もし誉れを得たいのであれば、それまでに討伐をお果たしなさいませ。それが大殿のご意向です」

「何だ、一緒に来ないのか」蓮華は頷き、万寿丸の肩を叩いた。「そうだな、変に無理をしないほうがいい。鬼が怖いのだろう、震えているぞ」

「そういう意味ではありません」万寿丸は耳を赤くしつつも、苦い顔で言い返してきた。「もちろん私は、鬼の住み処に乗り込むなど、まっぴらです。しかし、それとこれとは別の話。もし万寿丸の二人ともに何かあれば、阿藤家の一大事となってしまいますので」

「二人とも?」と聞き咎めた蓮華に、鉉太が小さく首を振ってみせた。

「正しいご判断です。お父上と合流しても我々が戻らなければ、構わず突入してください」

硬い表情の万寿丸に見送られ、蓮華は鉉太に続いて門をくぐった。

慎重に奥へと進みつつ、蓮華は黙っていられなくなって文句をこぼした。

「万寿丸の奴、ととに対して妙に突っかかってきたぞ。何なんだ、あれは」

以前に会ったときと、ぜんぜん態度が違う。それに、さっきの思わせぶりな物言いだ。

「ひょっとして、ととがとと様の息子だと気付いているのか?」

「どうもその様子だな」鉉太が周囲を見回しながら答えた。「父上もご存じらしい」

「納得がいかない。知っているなら、ととも、とと様も、どうして何も言わない?」

「蓮華、俺は試されているのだ。阿藤の跡継ぎとして相応しい人間かどうかをな」

「なぜ試す必要がある。相応しいに決まっているのに」

憤慨する蓮華に、鉉太は苦笑している。「その話は後だ。今は綾霧を退治しよう」

足もとは黒々とした土が剝きだしだ。荒れ放題の塀に比べて、なぜか敷地の中は雑草も生えていない。前方に見える廃屋同然の寝殿以外、建物は取り壊され、庭木も綺麗に切り倒されて、だだっぴろい更地の上に、ぽっかり空が開けていた。他にも、ところどころに土が寄せられた跡があり、どうもいろいろと不自然だ。

かすかに響くせせらぎのせいで、静寂がひどく際立って感じられた。星々は夜の帳とともに西の空へ追いやられ、周囲の木々も色を取り戻しつつある。なのに、この屋敷跡の空間だけが濃厚な夜の気配に包まれていて、三没のまま時が止まったかのようだ。

鉉太が踵で黒土を踏みしだいた。「えらく柔らかいな。土を掘り返した跡だ」

「何かあるぞ」と蓮華は腰を屈めた。白っぽい塊が地中からのぞいている。つまんで引き出そうとすると、ばらばらになって落ちた。

鉉太が松明をかざし、低く呻いた。「手の骨だ」

少し土を掻いてみると、腕から肘、さらには肩の骨まで見つかった。「とと。もしかして、小鬼たちが盗んでいった骸ではないか?」

広々とした更地を見渡し、鉉太と顔を見合わせた。京内外の屍が、全部ここに埋まっているのだろうか。ちょっと寒くなるような数だ。

ふいに響いた物音に、「何だ?」と蓮華は周囲を見回した。厚い土器を割るような音だ。しばらくして、同じ音がもう一回。寝殿からだ。鉉太が松明の火を消した。箙から矢を抜いて弓につがえ、体調は本当に大丈夫なのかと、念を押すように蓮華を見やる。蓮華は大きく頷いてみせると、破魔刀を抜き、忍び足で廃屋に近づいた。

破れた板戸の隙間から、わずかに明かりが漏れている。中をのぞくと、朽ちた板間に、朱矢を突き立てたままの綾霧が座り込んでいた。

脇目も振らぬ様子で、何かの作業をしているらしい。重そうな木槌を振り上げ、力を込めて振り下ろす。そうやって念入りに砕いた粉状のものをすくっては、かたわらの手桶に注ぐのだ。綾霧が弱っているのは確かで、息切れして肩を上下させる様子が見て取れる。

やがて粉を手桶に移し終わると、綾霧は奥に積まれていたものを一つ取り、手もとに置いた。黒々と眼窩を開けた、白茶けた髑髏だ。木槌が振られ、例の音が静寂に響く。

鉉太と目配せし合ったとき、唐突に綾霧が振り返った。「何奴じゃ!」

すかさず鉉太が矢を放つ。しかし破魔矢は板間に突き立った。綾霧が飛びすさり、すんでのところで避けたのだ。鉉太が板戸を蹴破り二本めを射たが、これもまたかわされる。蓮華が行く手を塞いで回り込むと、綾霧は人骨を蹴散らして壁を駆け登り、右腕一本で天井に取りついた。

「おのれ、二度ならず三度までも邪魔しようとは許しがたい」

白面のような顔を醜悪に歪め、乾ききった髪を乱して綾霧が吠えた。切り裂かれた左袖にのぞく傷痕は、黒く焼け焦げ、強い異臭を放っている。

「許しがたいとは、貴様のことだ」鉉太が声を張り上げ、次の矢を弓弦(ゆづる)につがえた。「観念せよ、悪鬼綾霧。あまたの骸を穢し己の邪心に利用した。その報いを受けるときだ」

「亡き子を憐れに思うこの母の心を、邪心と呼ぶか、この痴(し)れ者めが！」綾霧の叫びに合わせ、胸の懐剣が激しく上下した。柄尻の房が苦しみもだえるように揺れ回る。「妾(わらわ)は諦めぬ。たとえこの身が業火に焼かれようとも、あの子の無念を晴らし、〈七極(しちごく)河原〉より呼び戻す。満願成就まで、あと一千行、うぬらも我が祈りの贄にしてくれようぞ！」

天井から飛び降り、綾霧が手桶を抱え上げた。「出でよ、妄念ども。安き眠りを妨ぐるは、この妾ぞ。その恨みとつらみ、我が前にさらせ！」

低い破裂音とともに、手桶から火山のように黒煙が立ち昇った。黴臭い一筋のうねりとなって襲いかかったそれを、綾霧は正面から受け止め、たちまちのみ込まれる。

ぞっと肌が粟立ち、「とと、下がろう」と蓮華は廃屋を飛び出した。

同じく庭へ逃れ、鉉太が聞く。「あれは何だ。綾霧は何をしたのだ」

「わざと人々の無念を煽って、その魔を利用するつもりだ」

綾霧が撒いていた呪粉の正体は、人の骨を砕いたものだ。骸を損なわれた者らの恨みが、魔へと変じて骨の粉に宿る。羅刹が魔を引き寄せるなら、綾霧は人々の骸を使って新たな魔を生み出し、己の力へと変えられるのに違いない。

鉉太は嫌悪に顔を歪めている。「奴は力を高めるために、骸を集めさせていたのか」

廃屋が鋭い軋みを立てた。木の裂ける音が響き、柱が、屋根が砕ける。飛び散る木っ端をものともせず、黒く長々しい影が残骸を踏み潰しながら越えてきた。

何十丈もある大蛇(おろち)だ。胴は黒鉄(くろがね)色の禍々しい鱗に覆われており、大の男でも抱えきれない太さ。もたげた鎌首は綾霧の姿で、綾霧の腰から下が蛇に変じたように見える。

「そこか！」綾霧が胴体をうねらせ、突っ込んできた。

蓮華は前に飛び出し、破魔刀で薙ぎ払った。刃が胴体を切り裂き、青い炎を噴き上がらせる。しかし綾霧は止まらない。尾は射込まれる破魔矢をやすやすと弾き、胴体は二人をからめ捕ろうと荒々しくうねる。蓮華は暴れる胴に飛び乗り、切っ先を大蛇の背に突き立て駆け登った。大蛇の胴は数間にわたって燃えたが、まるで動じる様子がない。

とんぼをきって飛び降り、蓮華は顔をしかめた。なら、真っ二つに断ってくれようか。

そのとき、鉉太の声が鋭く告げた。「蓮華、後ろだ！」

直後、背中に一撃を食らい、蓮華は高々と吹っ飛ばされた。衝撃に意識が揺れ、すぐには動けないでいるうちに綾霧の巨体がのしかかる。「忌ま忌ましい羽虫め。潰してくれる」

大蛇のあちこちに黒い触手のようなものが動き回っていた。あれに殴打されたのだ。破魔刀のる。この場所では無尽蔵に魔が補われる。傷の修復より早く倒さなければ、勝つのは難しいだろう。

星砕があれば、とっくに倒せていたのに――ふとそう考えて、歯ぎしりをした。星砕なしで勝てないのなら、それはそれで腹が立つ。

吹っ飛ばされたときに手放したらしく、破魔刀は遠くに転がっている。蓮華は綾霧の下から手を引き抜き、そばに落ちていた破魔矢をつかんだ。思いきり胴体に突き刺してやると、青い炎が吹き上がり、驚いたように巨体が少し浮く。その隙に蓮華は這い出したが、触手に捕まり、宙に吊り上げられた。

「こしゃくな小娘が――おう」綾霧が蓮華の陰に回った。下では鉉太が弓を構えている。「ほうれ射てみよ、仲間に当たるぞ。あるいは、もろともに射ぬくかや」

鉉太は苦々しい顔で弓を引き絞ったまま、動こうとしない。

「とと、何をしてる。どんどん放て!」蓮華は叫び、握りしめた破魔矢で触手を突いた。触手は青い火炎に巻かれて蓮華を放したが、すぐさま別の触手が伸びてくる。

天地が裏返った感覚とともに、激しい衝撃が全身を打った。地面に叩きつけられたのだ。朦朧として霞んだ目に、鉉太が弓を構え直すところが見えた。しかし再び蓮華が盾にされると、弓弦を引き絞った腕から力が抜ける。

「ほう。この娘が、よほど大切と見えるのう」蓮華の背後で、綾霧が愉快そうに笑い声を上げた。「どうじゃ、そこな者。この娘を助けたくば弓を捨てよ」

触手がこれ見よがしに蓮華を締めつけると、鉉太が顔を歪めて弓を下ろした。

「なぜやめるんだ！」叫んだ拍子に喉が詰まり、咳き込んだ。血の味のする唾を吐き捨て、さらに訴える。「前に約束したぞ、次に機会があったら必ず射ると！」

「約束など、しておらん」鉉太が目を伏せ、硬い声で言い返した。「俺はお前には弓を向けない。鬼岩の砦を出るとき、命に代えてもお前を守ると、己に誓ったのだ」

「何だと？　そんなの蓮華は初耳だぞ！」呆れ返って蓮華は喚いた。「だとしても、何をためらう。いいから、やってくれ。ととの腕前なら大丈夫だ。とと様に、かか様の数珠を渡したいのだろう。綾霧を倒して、とと様に堂々と名乗り出るのではなかったのか？」

「そう言われてもな、お前は俺を買い被りすぎなのだ。見てみろ」鉉太が弓と箙を放り捨て、両手を突き出した。その指が細かく震えて止まらない。「俺にも怖いものはある。綾霧を倒して父上に認められても、お前を失うのでは割に合わん」

　蓮華は啞然としたが、我に返って怒鳴りつけた。「なんて腑抜けたことを言うんだ。だいたい、鬼に頭を下げたところで、無事に帰してもらえると思うのか！」

「ほほ、娘よ。そちは、よう立場をわきまえておるぞ」綾霧は尾を振り上げ、鉉太を吹っ飛ばした。「先ほどは、よくも妾を愚弄してくれた。嬲り殺しにしてくれようぞ」

　転がって地に伏した鉉太の姿に、たまらなくなって悲鳴を上げた。こんなのは嫌だ、死んでしまうじゃないか。「頼む、とと。蓮華に構わず逃げてくれ！」

　鉉太は「すまん」と咳き込みながら身を起こした。謝りはしても、意志を曲げないときの顔だ。その懇願を拒む姿に向けて、必死になって手を伸ばした。

「どうしてだ、とと。なんで蓮華のためになんか！」

──私は殺されたのに。

すぐ耳もとで、浮かび上がる泡粒のような声が陰鬱に呟いた。

──お前などいらないと、真っ暗な水の底に沈められたのに。

捨てられた私なんかのために、鉉太が命を落とす。そんな必要、どこにもないのに。

悔しさに、蓮華は歯を食いしばった。「こんなの……間違ってる」

今度は別の方向から、小さな灯火を揺らす風のような声が囁きかけてきた。

──間違い、それは理から外れた歪んだありさま。鬼の存在も、また同じ。

──外れた理は、この手で正さなければならない。

その瞬間、玻璃（はり）の砕けるような音と痛みが額に響き、朱にきらめく粉が剝がれ落ちた。と同時に、伸ばした手のひらに慣れた感触が飛び込んでくる。

とっさに握りしめたのは、大太刀の柄だ。捨ててきたはずの星砕。

蓮華は鞘を払って触手を断った。大蛇の胴を蹴って飛び、本体に迫る。

不意を突かれた綾霧が、驚愕に目を見開いた。「おのれ、まさか──」

その大きな目玉に星砕を突き立てた。切っ先は深々と沈み、後頭部から突き抜ける。直後、朝焼け空をどよもす絶叫が上がり、大蛇の巨体が星となって霧散した。

宙に放り出された蓮華が着地すると、目の前に女の身体が投げ出された。賢そうな額をあらわにした、細面の可憐な姫だ。

豊かな黒髪と浅葱色の衣が地面に広がり、まるで落ちた小鳥だった。胸に刺さった美麗な懐剣が、鮮血にまみれて震えている。片目は潰れ、もう一方の目も、すでに焦点が合っていない。母を許してたもれ、とかすかな声で誰にともなく呟き、女は静かに絶息した。

蓮華は鞘を拾い、刃を納めた。その瞬間、星砕が大きく震える。しかし実際に震えたのは、蓮華自身の手であり、鼓動を刻む胸だった。

（これは、鬼を斬る太刀――私の力だ）

己にしか鞘を抜けないために、今までも『私の太刀』と呼んではいた。でも、今は少し意味が違う。刃の鳴る音は胸の早鐘であり、飛び出しそうな弾みは四肢の躍動そのものだ。己に宿る破魔の力の現れであって、手や足と同様に自在となるもの――蓮華が頭上に掲げて手を放すと、星砕は跡形もなく宙に消え失せた。

「今のは何事だ。まさか、星砕を呼び寄せて、また消したのか？」

座り込んでいた鉉太が、信じられないという顔で腰を上げかける。

「そんなことより、蓮華は見損なったぞ」鉉太に詰め寄り、両手で胸倉をつかんだ。「ととが、あんな情けない真似をするとは思わなかった。世の中には、綾霧よりも狡猾（こうかつ）な鬼が、ごまんといる。蓮華に何かあるたび降参する気か？」

鉉太は首をすくめている。「必要とあらば、もちろんんだ」

「なぜだ」蓮華は苛々として喚いた。「命に代えても守るだなんて、馬鹿な誓いを」

「当然の話だ」鉉太は胡坐（あぐら）をかいて座り込み、蓮華に頭を下げた。「俺はお前に、いくら感謝しても、し足りないのだからな」

「ま、待ってくれ」蓮華は驚いて鉉太の前に膝を突いた。「なぜ、ととが蓮華に感謝するんだ。そんなの知らない。蓮華は何もしていない」

「そうだ。お前は知らんのだ。お前が俺を、どんなふうに救ってきたのか」鉉太は、ほろ苦いような顔で目を落とした。「お前に出会う前、俺は鬼の虜囚という立場に絶望しかけて焦っていた。母と引き離され、助けが来る見込みもない。諦めきって鬼に飼われるだけの大人たちを心のどこかで見下しながら、生き延びて故郷へ戻ることだけにかじりつき、他人を顧みない心境に陥っていたのだ」

その焦燥は、容易に魔へと変質するものだったという。現に、自分だけが逃げ出そうとして非道に堕ちた者がいたと、鉉太は陰鬱な声で語った。

「だがお前を拾ってから、俺は己の煩悶(はんもん)ばかりにかまけていられなくなった。毎日が目まぐるしく、驚きの連続だ」何しろ、赤子の世話など何も分からない。他人に頭を下げて教えを乞う中で、豪族の子息として育った己が、いかに恵まれているかを知りもした。「最初のころのお前は、俺の姿が見えなくなると、たちまち泣いた。俺はいつでもそばにいて、乳を用意し、下の世話をし、泣き止むまで一晩中でも抱いてあやした」

蓮華の世話に忙殺されているあいだは、暗い思いを見つめずに済んだという。おかげで最後まで、心の澱みが魔へと発酵することもなかったのだ。

「泣き喚くお前のぬくもりに慰められた。お前が笑うと、殺伐とした砦に花が咲いたようだった。何の希望も見つからない毎日に、お前だけが俺の生き甲斐だったのだ。そんな何よりも大切なお前を見捨てて、一人で逃げられるわけがないだろう」

蓮華は呆然として呟いた。「……そんなふうに思っていたのか」

鉉太は苦笑いしている。「驚いたろう。お前の自慢の〝とと〟が、こんな情けない奴で」

強く首を振り、鉉太にしがみついた。「ごめん。見損なったなんて言ったのは嘘だ。情けなくたって、ととは蓮華の自慢のととだ」

今この腕に抱きしめた人間は、決して自分を裏切らない。あたかも鬼が星となって散るように、硬く歪んでいた自分の何かが砕け、綺麗なものに変わって消えていくのが分かる。

蓮華は大声で泣き出した。「ととが何をしたって、蓮華の大好きなととだ」

この大好きな鉉太を自分が助けた。そのための力を持っていたことが、何よりも嬉しい。それは、初めて味わう不思議な感情で、大いに満ち足りた気分をもたらした。

鉉太は赤子をあやすときと同じく、繰り返し背中をさすってくれている。やがて蓮華が落ち着くと、ぽつりと呟いた。「そのうえお前は、俺に一つの夢をくれたな」

「夢？」蓮華は顔を上げて涙を拭った。「何なのだ、ととの夢とは」

「いや、夢というより野望と呼ぶべきか」鉉太は蓮華を立たせ、自分も腰を上げた。

「まだ絵空事の段階でな。まずは父上に認められんことには、話にもならん」照れたように鼻を掻いて、はぐらかす。「しかしまあ、もし叶わなくとも――お前と天篤まで物見遊山というのも悪くない」

蓮華と鉉太が門をくぐると、外に万寿丸が待ち構えていた。もう邪険な態度をとることもなく、観念したような表情で、よくぞお戻りになりました、と鉉太を迎え入れる。ちょうど氏隆が、手勢の兵を五十ばかり連れて到着したところだったという。

鉉太が氏隆に綾霧討伐の報告をし、敷地の中へと案内した。すでに夜は明けきっていたが、黒黒と土の掘り返された邸内のありさまは、日光の下でも異様なものがある。夥しい数の屍が埋まっている旨を伝えると、さすがの氏隆も顔色を失った。

「運び出しても益はなかろう。このままで、しかるべき供養を、と提案しよう」

氏隆は綾霧の骸を確認すると、手勢らに廃屋や板塀の打ち壊しを命じた。ひとまず廃材で櫓を組み、うわものと羅刹を炎で浄化するという。

　蓮華も鉉太とともに作業を手伝った。感心するのは、氏隆が連れてきた者たちの働きぶりだ。まだ濃厚な鬼の気配に怯える様子もなく、黙々と働いている。しかも準備の良いことに、破魔の武器の他、打ち壊し用の斧や槌まで携えていたのだ。

　自らも斧を振るう氏隆に、蓮華は尋ねた。「ここが綾霧の根城だと知っていたのか？」

「こら、蓮華。馴れ馴れしい言葉遣いを改めるのだ」鉉太があいだに入ってとりなした。「申し訳ない。この娘に悪気はないのだが、いかんせん礼儀を知りませぬ」

「頑是ない子どものようだな。そう畏まらなくて良い」氏隆は笑って汗を拭うと、万寿丸に、組み上がった櫓に火をつけるよう命じた。「ここは、かつて先帝の寵愛を受けた春燕の女御が、里下がりを許された後に居所となさっていた別邸でな」

　後ろ盾であった父親も、親王流罪の痛手から逝去していた。女御は雑仕らも離散するほどの侘びしさに耐えて親王の恩赦を祈願していたが、叶わずの病死を知って自害したという。

　いたわしげに鉉太が声を落とした。「その春燕の女御が、綾霧であったのですか？」

　はぐらかすように微笑み、氏隆が言う。「確かに女御は無念でいらしただろう。だが、親王が謀反に加担した事実は明らかであり、配流はやむを得ぬものであった。女御は賢い御方でいらしたそうだし、善悪を取り違えはせん」ましてや、御代の寵愛を受けて御子をなしたほどの女御が、卑しい鬼に落ちるはずもないという。「心配せずとも、綾霧と春燕の女御とは無関係だ」

つまり、綾霧の正体を不問に付す、ということだ。そうせよと柳小路の大臣が言い含めたか、あるいは女御の体面を慮る帝の意向があって、大臣がそれを汲んだのかもしれない。

燃え上がる櫓の炎を見つめ、誰もがしんと黙っていた。ようやく終わったのだという安堵と疲労。焦れったい思いで鉉太の名乗りを待っている蓮華も、昨夜からの鬼退治に引き続きの骨仕事で、そろそろ眠気が追い払えない。

「――子を失った親の妄念とは、凄まじいものでな」夢うつつに舟を漕いでいると、氏隆の低い呟き声が聞こえてきた。「親より先に死ぬ子は、長じて後に果たすべき、親への孝行ができぬ。明の理によれば、それは一つの罪だという」

「死にたくて死ぬわけではない。それでも罪なのですか」鉉太の声は、やるせない。

「そうだ。情と理とは、どの世であっても相容れぬもの。亡き子は現世と来世との境目ともいわれる七極河原をさまよい、親への贖いのために石の塔を築かねばならん。しかし、苦労して河原石を積み上げても、地獄の獄卒が崩してしまう。子は、また一から石を積んでいく。女御は、甲斐のない贖いを続ける我が子を哀れみ、苦しんだかもしれんな」

卵の殻が潰れたような物音で、蓮華は目を覚ました。身じろぎした拍子に、土から出ていた骨を踏んだらしい。砕けた白い欠片を見下ろして、ああそうかと、ふと思った。

自害した女御が羅刹と化したのは、子を陥れた者たちへの恨みではない。河原で石を積み続ける子のさだめを悲しみ、先に死んでやれなかった己への悔いだ。我が子を地獄から救い出すため、それを叶えるに足る量の魔をかき集めようとした。

「子を失った親は、たとえそれが常軌を逸した真似であると分かっていても、手を染めずにはいられぬ。まったく、厄介なものであることだ」

そう呟いた氏隆の言葉は、己自身に向けられたようにも聞こえた。息子が鬼にさらわれた事実を隠すため、氏隆は身代わりを立てたのだ。

「私と母は」と鉉太が、意を決したように切り出した。「もう七年も前に東の鬼にさらわれ、以来、虜囚の身の上でした。私はこの蓮華とともに鬼の王を討ち、運良く脱出することができましたが、囚われの身のまま亡くなった母は、さぞ無念であったことでしょう。ですが、子を亡くした親が、河原をさまよう亡き子を哀れんで嘆くのであれば、その点においては母を悲しませずに済んだと言えるかもしれません」

氏隆が頷いた。「そのとおりだ。きっと母御も、立派な息子の姿に喜んでいよう」

鉉太は懐から数珠を取り出し、氏隆に差し出した。「こちらは母が最期まで身につけていたもの。どうぞお受け取りください」

数珠は朝日を受けてきらめいている。まぶしげに目を細めていた氏隆が、やがて沈痛な息を吐き出した。「そうか、あれは命を落としたか」

「はい。母上は苦境にあっても取り乱すことなく、常に正しく導いてくださいました」

氏隆は手を伸ばし、しかし数珠を受け取ることはせず、両手で鉉太に握らせた。

「お前が持っているがよい。母の代わりに、今後も災いを退けてくれよう。――よくぞ帰ってきた、我が息子よ」

張りつめていた糸が切れたように、鉉太が揺れた。「息子とお認めくださるのですか」

「もちろんだ。目もとがあれに似てきたな」

万寿丸がそっと膝を突き、頭を垂れた。「お帰りなさいませ、若君」

蓮華は、さりげなくその場を離れた。大声で叫びだしたいような喜びが、腹の底からあふれ出したのだ。いま解放したら、せっかくの再会を邪魔してしまうだろう。

道なりに早足で、途中からは勢いを上げて走り出し、朝露に濡れた川辺へ辿り着いた。水面に日が反射し、活きのいい小魚のような光が瞬いている。蓮華はその真ん中へ飛び込み、冷たい流れに頭を突っ込んで、破裂するような気持ちを絶叫にしてぶちまけた。

賭けは蓮華の勝ちだった。でも、これでもう一緒の旅はできないだろう。天竺に行ってみたかった。楽しみが減って残念だ。なのに気持ちいい。楽しい。大好きな鉉太の苦労が報われて、その夢が叶いそうで、それが何にも増して嬉しいのだ。

ぷは、と息を継ぎ、川風の気持ちよさを味わったら、もう決意が固まっていた。

いっときの享楽は、もういらない。鉉太のために戦おう。お前を失うのが怖いと語り、生き甲斐だと言ってくれた。鉉太のためなら、きっと自分は、どんな強敵にも勝てるのだ。

夏の果ての蒼穹に浄化の煙が立ち昇り、櫓の炎の色が木立の向こうに見え隠れしている。蓮華は清々しい気分で川原に上がり、はっとして息をのんだ。

廃屋跡に誰かが屈み込んでいる。地面の骨を確かめているようだが、行李を背負った姿には見覚えがあった。「まさか、旭日か？」目を疑って瞬きしたら、もう姿が消えていた。

廃屋の後始末を切り上げて、蓮華と鉉太は朝のうちに東護寺へ帰ってきた。

宿坊に戻り、互いの手当てを済ますなり気絶するように眠りに落ちたが、夕方になって覚忠が申し訳なさそうに起こしにきた。円宝が二人を待ちかねているという。

「一眠りさせてやっただけ、ありがたいと思うがよいぞ」

見舞いがてら僧房を訪ねてゆくと、円宝は夜具に臥したまま、そう拗ねた。発疹に厚く膏薬が貼られていたが、憎まれ口が叩けるなら心配ない。

覚忠が案内のみで下がったので、房内には円宝を囲む蓮華と鉉太だけだ。宿坊を飛び出した一件以来、蓮華は覚忠を始めとする僧や尼僧たちから避けられている。腰を抜かした尼僧にも詫びることはできたが、それ以後なぜか顔を合わせてくれないのだ。

鉉太が報告を始めると、円宝は細かく質問を挟みつつ聞き入った。特に興味を示したのは、綾霧の口走った『満願成就まで、あと一千行』という下りだ。

「まるで修験の行者が吐くような言葉だわい」じっとしていられないという顔で円宝が起き上がる。「鬼道は明の教理の中でも、まだまだ研究の足らん部分が多いんじゃ」

鉉太が渋面になった。「鬼岩の砦でも、羅刹が似たような世迷い言を並べていた。蓮華の髑髏を祈願成就の供物にする、と。奴は宝塔を造り、黄金の長鳴き鳥を宿らせていたのだが」

「長鳴き鳥は朝を呼ぶ生き物、転じて、物事を呼び招く象徴じゃ。ただ、吉凶を問わんのでな。羅刹が長鳴き鳥を通じて祈りの成就を乞う……ふうむ、これもまた一段と興味深いわい」

円宝は膏薬を引き剝がすと、両手をこすり合わせて丸め、ぽいと放った。「ときに、ぬしら。今後どうするつもりじゃ」

「都の知り合いにも会えたし、用は済んだ。近いうちに果州へ戻るつもりだ」

鉉太が答えたが、これは表向きの理由だ。名乗りを上げた後に氏隆と相談し、帰郷の途中で万寿丸と入れ替わる算段をしたという。その同じころ蓮華は旭日を見かけたが、鉉太には言っていない。何となく、旭日の話をするのは気が進まないのだ。

「実はわしも、呪が癒えたら果州へ行こうと考えておっての。あちらの寺には『鬼道録』の他の部分も奉納されているという話じゃ。いつか詣でてみたいと思っておったが、ぬしらと会うて決心が固まった。これも御仏のお導きじゃわい」

おそらく今後も会うだろう、よしなに頼むと、目を輝かせて円宝が言う。

蓮華は鉉太と顔を見合わせた。次に再会するとき、鉉太は氏隆の息子だ。きっと、ややこしい事態になるだろう。今ここで説明しておくべきだろうか。

ふと鉉太が苦笑した。同じことを考えているらしい。蓮華も頷いてみせた。昨夜の入れ替わり術には、二人とも度肝を抜かれた。なら円宝も、せいぜい驚けばいいのだ。

第三章　果州

鉉太の元服の儀は、谷鉉に帰郷して早々の、秋麗の朝に行われた。

御館の奥まった一室。父である阿藤氏隆が加冠役を務め、その腹心の将である鳴沢鷹取が理髪役を請け負った。他は雑事を補佐する若い僧が一人きりで、この三名のみが立会人だ。果州の真の支配者である阿藤家の、その跡継ぎが成人するめでたい節目にしては、簡略がすぎるうえ、まるで衆目をはばかるような密やかさである。

事実、衆目をはばかったのだ。都で暮らしていた〝万寿丸〟が偽者であり、本物は長く行方不明だったなどと、万が一にも外に漏れてはならない。

儀式は粛々と進んでいった。まず巌のような体軀の鷹取が、太い指で器用に鉉太の髻を結う。次に烏帽子を捧げ持った氏隆が、端座する鉉太の前に膝を突いた。

父の顔に浮かんだ満足げな微笑みに、ふと鉉太は淡い情景を思い出した。

いつのころだったのか、幼い鉉太は母の腕に抱かれている。きらめく木漏れ日の中、目の前に佇む大きな影は父だ。上京のため旅立つところなのだろう、鮮やかな綾の刺繡が施された直垂姿の父は、鉉太ごと母を愛おしげに抱きしめ、しばしの別れを告げる。母は気丈に涙をこらえ、この子は必ずお守りいたします、と誓っている……。

「よう成長した。そなたは今この瞬間より、阿藤太郎氏真と名乗るがよい」

狩衣装束の鉉太は頭を垂れると、もらったばかりの名を口の中でなぞった。身の上をよく表している。氏真の『氏』の文字は、氏隆と同様、北果阿藤家の男子が代々用いる通字。『真』は鉉太の実父、南果の真人から取ったものである。

鉉太は初めての烏帽子を戴き、加冠役と理髪役の両名に向けて平身した。

「ありがとう存じます。この若輩者を、幾久しくお導きくださいますよう――」

質素な儀式が終了すると、氏隆と鷹取は和やかに話しながら廊へ出ていった。室では儀式を補佐した僧侶が、使用した調度の品を片づけ始めている。その中から鉉太は鏡を取り、のぞきこんで「ううむ」と髭のない頤をなでた。

「似合わんな、ひどいものだ。そうは思わんか」

僧侶が手を止め、戸惑いの表情を見せた。何と答えれば無難に流せるか、思案する顔だ。「ご自身で仰るほど、おかしくはございません。じきに見慣れましょう」

法名を酉白。だが、つい先日までは万寿丸の名で呼ばれていた。身代わり役を降りると同時に出家したのだ。姿と名を変える必要があったためだが、綺麗に頭を丸めたせいで、元来の端整な顔立ちがいっそう近寄りがたいものになった。鉉太が無精髭を剃り、蓬髪を整えたとたん年相応に若返ったので、お互い変装にはおあつらえ向きだったと言うべきだろう。

廊の向こうから氏隆が呼んだ。鉉太は、いま参りますと返事をし、腰を上げる。首の後ろが妙に涼しいように思え、うなじをさすった。

「なあ、酉白。俺は諸公を騙しおおせると思うか」

新しい名を得て姿が変わっても、鉉太の中身は、鉉太である。

西白は一瞬、何か言いたげに鉉太を見上げた。しかし、結局は言葉をのみ込んだようだ。「騙すも何も」と頭を下げた。「若君は、始めから若君以外の何者でもございません」

長く万寿丸として代理を務め、鉉太の過去も知っている。郷里へ帰る旅のあいだに、跡取りとして必要な知識を詰め込んでくれたのも西白だ。氏隆が配した側近であり、頼もしい補佐役ではあるものの、まだ腹心の存在であるとは言いがたい。鉉太が歩み寄ろうとしても、あくまで何歩も退いた位置に留まろうとするのだ。歯痒(はがゆ)く思えてならないが、時間をかけて距離を縮めてゆくしかないのだろう。

「お前の言うとおりだ。最初から俺は俺だと、そういう態度で挑まねばいかんな」

西白の青々しい頭に見送られつつ、氏隆の後を追いかけた。


阿藤の御館で最も庭の眺めの良い室が、客を迎える場として整えられた。果州のほとんどの領主が祝儀を持って馳せ参じており、離れの控えの間に、ひしめいているという。ついに帰郷した跡継ぎを、すぐ目の前で品定めするためだ。

鉉太は氏隆とともに円座に腰を下ろした。諸公らに関する基本的な情報は頭に叩き込んである。とはいえ、怖気づきはしないまでも、胸焼けするような感覚があるのは確かだ。

氏隆が家僕(かぼく)を介して最初に招いたのは、思いのほか若い男だった。張りのある狩衣を都風に着こなしているが、やや場慣れしていないようにも見える。口上によれば、果州を支配するために朝廷が建設した州城、そこに鎮座する州司の副官であるらしい。朝廷の代理人とも言える州司の、さらに代理である。

鬼岩の砦を落とした前任者はその功績により栄転しており、後任にあたる現州司は文官だそうだ。副官を寄越したのは、地方豪族の宴に出向くなど業腹だと侮っているか、のこのこ饗応されに行っては寝首を掻かれると怖れているか、あるいはその両方だろう。

代理の男は、京より運ばせたという螺鈿細工の厨子を祝いの品として置いていった。州司の胸の内はどうあれ、阿藤とは良好な関係を保っておきたいらしい。何しろ、氏隆が一声かければ、州城に駐留する軍の倍以上の兵を集められるのだ。

氏隆が脇息に肘をかけ、「緊張しているか?」と、からかうように鉉太を眺めやる。

親子の名乗りを上げて以来、氏隆の鉉太に対する態度は一転して、くだけたものになった。遠慮がないぶん、鋭いところを突いてくる。

鉉太は居住まいを正した。「滅相もない。鬼と斬り合うより、気が楽です」

「それは頼もしい」と氏隆は、人の悪い笑みを浮かべた。「これから現れる者どもは、みな鬼だ。油断しておると食われるぞ」

次に招かれたのは万淵乙麻呂だ。領内に多数の金山を有する北果諸公の一人で、鉉太の許嫁の父親でもある。一族郎党で最も早い呼び順は、妥当なものと言えるだろう。

乙麻呂は恰幅のいい老齢の男だった。「谷鉉の大殿、並びに若君。本日の良き日、良き時にお目通りが叶い、この万淵乙麻呂、まこと恐悦至極にございまする。あの稚い若君が立派な武者としてご帰還なされ、しかも舅と呼んでいただけようとは――」

未来の舅は上機嫌で、鉉太と氏隆に対する華麗な賛辞をまくしたてた。酉白に教わった前知識によれば、乙麻呂は弁舌に長(た)けた男だという。まさに評判どおりというわけだ。

長々しい挨拶が一段落すると、乙麻呂の従者が二人がかりで三方を運んできた。載っている大きな朱塗りの杯には、粒ぞろいの砂金が山を成している。

「貴重な品、ありがたく頂戴いたします」と鉉太が礼を述べると、氏隆も声をかけた。「遠路をはるばるご苦労だった。心ばかりの宴を用意させたゆえ、くつろいでゆかれよ」

「お心遣い痛み入ります。では、また後ほど。ぜひ積もる話などを」

乙麻呂が満面の笑みで下がる一瞬、こちらを見る目に強い光が宿った。確かに鬼だと、鉉太は未来の舅への評価を改めた。鬼が強奪品を値踏みするのと同じ目だ。

その後も、次々に諸公が呼ばれて参賀した。みな牙を隠して氏隆の帰郷を喜び、跡継ぎ息子の元服を寿(ことほ)ぎ、改めて忠誠を誓いつつ祝儀を置いていく。口上は似たり寄ったりだが、持ち寄るものは、それぞれだ。自領で採れた砂金に珠玉に玉鋼(たまはがね)。武器や戦装束のこしらえに重宝する、荒鷲の尾羽根や子鹿の革。軍馬を引いてくる者もいる。

近隣の里長や、寺の住職なども多く顔を見せた。来訪者の名呼びは、いつ絶えるとも知れない。このまま宵(よい)に至るかと思われたが、秋の日が傾く前にどうにか終了した。

「さて、さすがに腹が減った。我々も宴へ顔を出すとしよう」

大義そうに首を鳴らして氏隆が座を立つ。鉉太も腰を上げたとき、ふいに辺りが騒がしくなった。控えの間の方向から、怒鳴り声と荒い足音が近づいてくる。

「何事でしょうか」鉉太は身構えた。「さあて」と氏隆は、とぼけた様子だ。

廊を回って初老の男が姿を現した。狩衣の肩をいからせて歩いてくると、鉉太たちの前で足を止め、吠えるように名乗りを上げた。

「司波（しば）永手（ながて）にござる。ご子息の元服を寿ぎ、祝いの品をお持ちした！」

首の根もとまで日に焼けた、いかにも南果の者らしい風貌だ。痩身ではあっても骨太の引き締まった体軀。入道のように髪を剃り上げており、長く伸びた眉は灰色に褪（あ）せている。

永手は氏隆を睨み据え、「よもや、受け取れぬとは仰るまいな」と喧嘩腰だ。

同じ日焼け顔の男が背後に控え、険しい表情でこちらをうかがっている。廊や庭には阿藤の家僕や郎党たちも出合い、切迫した様相を帯びてきた。

一方の氏隆は、にこやかに両手を広げて出迎えている。

「おお、永手どの。ちっとも姿が見えんので、来てはいただけぬかと思っていた」

「白々しいわ」永手は礼儀を取り繕いもせず吐き捨てた。「いの一番に駆け付けて、今の今まで、待ちぼうけじゃ」

「それは失礼をいたした。呼び役の奴めが、録を見落としていたのかもしれん。ま、座ってくれ、せっかくの祝いの品を拝見させていただこう」

氏隆が円座を勧めたが、永手は応じず、小脇に抱えていた包みを鉉太に突き出した。決して水を通さないといわれる、貴重な海豹（あざらし）の毛皮だ。

状況に戸惑いつつも、鉉太は受け取り、礼を述べた。「慎んで頂戴いたします」

鉉太をねめまわす永手の目つきは、皮の下まで裏返すようだった。が、特に声をかけるでもなく踵（きびす）を返す。来たときと同様、足音も荒く戻ってゆくその背に、ふいに氏隆が声をかけた。

「永手どの。ささやかだが酒宴の用意がある。寄っていかれよ」

鉉太には、氏隆が面白がっているように聞こえた。永手もまた、そう感じたらしい。握りしめた拳が、一瞬、怒りに震えるのが見えた。「せっかくだが、今宵は失礼する！」

歩き去る永手と付き添いの男を、鉉太は呆気にとられて見送った。どうやら氏隆は、わざと永手の順を飛ばしたらしい。

前知識によれば、永手を筆頭とした司波の一族は、十四年前の南果の反乱で日和見を決め込んでいた。北果の介入を聞きつけるが早いか、鉉太の実父、真人を裏切って阿藤側についたのだ。所領を守ることに努めたわけだが、こうした処世は密約を知る人間には片腹いたいものであり、氏隆は永手を疎んじているという。とはいえ、今の言動は明らかな挑発だ。

集っていた家僕や郎党たちが、肩透かしを食った顔で持ち場に戻っていく。

鉉太は声をひそめて問いかけた。「父上、これはどうした事情でございますか」

「うむ。さすがに、こう客が続いては、くたびれるな」氏隆は欠伸まじりに、はぐらかした。

「氏真、酒は強いか？」

「は……それなりには」鉉太は困惑を腹にのみ込んだ。この一件は、まだ若造には聞かせられない、機微を要する駆け引きなのだと察したからだ。

「心しておけよ。果州の酒は、強いぞ」

破顔する氏隆の後に続き、鉉太も祝い客で賑わう宴の間へと向かう。父の未知の一面を垣間見た、と肝を冷やした気分だった。鬼を束ねる者も、また鬼なのだ。

酒宴の席でもひととおりの挨拶をして回ったところで、鉉太はさりげなく会場の広間を抜け出した。形だけの参加者は早々に退出しており、氏隆も酒がすぎたと言って奥に戻っていた。残った者たちは無礼講の状態だ。主役が消えても気付くまい。

鉉太は家僕の筆頭である古参の菅根に、何かあれば呼ぶよう言付けし、回廊から下りて草履をつっかけた。

阿藤の御館は谷鉉の丘を背に配し、川を利用して水堀を巡らせた城柵そのものの造りをしている。それでいて、敷地内に建ち並ぶ本殿などは、昔ながらの豪族屋敷と、当代風の寝殿造りとの折衷様式だ。中央にある寝殿と、渡り廊下で繋がった複数の対の屋、さらには厩や厨、一族の郎党や従者たちが詰める雑舎なども点在し、なかなかに複雑な構造をしている。何度も廊を折れ曲がるより、さっさと庭に下りたほうが早いのだった。

遣り水の流れをまたいで裏門へ向かう途中、酉白が雑舎から出てくるところに行き合った。腕に産着の布を抱えている。

「お前も蓮華のところへか」と鉉太は、会釈する酉白に声をかけた。「すまんな、厄介な仕事を押し付けて」

赤子に戻ってしまう蓮華の体質は、氏隆と酉白には明かしてあった。最初は二人とも信じがたい様子だったが、現場を目の当たりにしては認めざるをえなかったらしい。

特に酉白には、鉉太が不自由な立場となったぶん、蓮華の世話を焼いてもらっていた。薄目で見れば鉉太と似ている、と謎の持論を述べた当人が、思いのほか懐いたからだ。

「厄介事の自覚をお持ちでしたか」酉白が溜息まじりに呟いた。「お側付きの仕事が、まさか乳母の真似事とは思いもよりませんでした」

常に取り澄ましている酉白だが、そのわりに恨みがましい。

「確かに私は、御館では新参者。他にお役に立てることなどございませんが」

鉉太は苦笑した。「嫌味を言うな。この谷鉉で右も左も分からんのは、俺とて同じだ」

いま酉白が蓮華のもとへ向かうのは、間もなく明が昇るからだ。厄介事だとこぼしつつも、任された仕事には決して手を抜かない。多少よそよそしくとも、気難しい赤子の蓮華が懐くのだから、決して悪い奴ではないのだった。

ともに裏門を出て谷鉉の丘を登った。両側に篠笹の繁茂する小道を抜けると、阿藤の先々代が隠居の後に寝起きしていた簡素な庵がある。今は鉉太が譲り受け、蓮華の住まいとして使わせている清閑な場所だ。

小道を登りきって垣根を回ると、笛詰が柿の木に繋がれ、庵の軒先に寝そべっていた。客の馬が多いため、厩を追い出されてしまったのだろう。

「すまんな、笛詰。今日だけ我慢してくれ」

軽く首を叩いてやると、笛詰は甘えて頭を押し付けてきた。が、どうも元気がない。珍しく轡抜けもしていない。そういえば、最近は乳の出が悪くなっているようだ。

鉉太がそう言うと、酉白が笛詰の耳や唇をめくり、様子を確かめた。

「長旅で疲れたのかもしれません。この兎馬は何歳になるのでございますか?」

いきなり笛詰が、僧衣の袖に噛みついた。酉白が驚いて袖を引っ張るが、笛詰は威嚇するばかりで放そうとしない。

「笛詰は賢くてな、人の言葉が分かるのだ。年など尋ねるから、機嫌を損ねたぞ」

同意を示すように、笛詰が荒い鼻息をもらす。酉白が謝り、よい飼い葉を運んでくると約束すると、もったいぶった態度で袖を放した。

酉白は呆れている。「賢いというより、抜け目がないのでは？」

庵の内で足音がして、「外で何を話しているのだ」と蓮華が木戸から顔をのぞかせた。鉉太を見上げ、しきりと目を瞬（またた）く。

鉉太は急に面映ゆくなり、襟足をなでた。己の似合わない髻姿を思い出したのだ。

「驚いたか」と鉉太が照れつつ聞くと、「驚いた」と蓮華は感心したように息をついた。

「旅の途中で急に髭がなくなったときと、同じくらい驚いた。でも、声も匂いも変わらない。ととは、ととだ。――あっ」と蓮華が口を手で塞ぐ。「もう『とと』と呼んではいけないのだったな。『若君』だ」

「それで良い。よく覚えていたな」褒めてやると、蓮華はくすぐったそうに目を細めた。

果州に戻るにあたり、最大の問題となったのが蓮華の処遇だ。鉉太としては、今までどおり蓮華をそばに置くつもりだった。しかし氏隆は反対し、酉白も賛成しなかった。鉉太は阿藤家の跡継ぎであり、もう以前のようには振る舞えない。冗談にも『娘』などと呼んでは、一族の跡目問題を複雑にする、というのだ。

そもそも、明の出入りに応じて姿が変化するなど人の業ではない。鬼のもとで育った野放図なありさまでは、人前にも出しづらい。と同時に、御曹司（おんぞうし）が京より連れ帰ったあの娘は何者だ、という話にもなる。許嫁との祝言を間近にして、それはあまりに体裁が悪い。

鉉太は二人の正しさを認めたうえで、今からでも蓮華を躾（しつ）け直し、それが済むまでは存在を公にしないと約束した。すると意外にも、さして渋りもせず氏隆が譲った。蓮華の行動に責任を持つよう釘を刺しただけで、好きなようにせよと許可したのだ。

そうなると、酉白に世話の一部でも任せられるようになったのは幸いだった。赤子から娘へ転ずる際を除けば、鉉太の不在時に、ぐずることも少なくなった。人の出入りが多い御館ではなく、この静かな場所に居を定めてやった点も良かったのかもしれない。

「今日は手習いをしていたのか？」蓮華の手には筆がある。「感心だが、珍しいな」

「そうなのだ」蓮華が渋面を作り、口を尖らせた。「厳しい手ほどきを受けていたぞ。円宝が

――違った、円宝どのが来ている」

「そうか、こちらに来ていたのか」と鉉太は戸口をくぐった。小ぶりな庵ではあるが、阿藤の先先代が建てただけあって粗末な造りではない。ささやかな土間を抜けると、囲炉裏を切った板敷の間に円宝が端座して待っていた。

「意外に早いご到着でしたな」挨拶を述べつつ、鉉太も腰を下ろした。

東護寺で別れた後、旅の道中で早々に再会したのだが、果州に入ったところで円宝が途中の寺に留まったため、それきりだった。次に会うのはもっと後だろうと考えていたのだ。

「なに、阿藤の大殿にいただいた免状のおかげで、方々で馬を借りられたでのう」

円宝は鉉太を見やり、意味ありげに歯を剝いた。

「御曹司どのは、もそっと身辺に注意を払うべきじゃのう。門前に集った郎党らの中には、口さがない者もおったぞい。若君は京より連れ帰った姫を篠笹の庵に隠し、朝な夕なに通い詰めておる、とな」

さすが果州の鬼どもだ。鉉太は溜息をついた。「ある程度の噂話は覚悟していたが」ちらと蓮華に目をやった。噂の姫は眉間に皺を寄せ、猫背になって文机に向かっている。まだうまく筆を握れないので、左手で右の指を押さえながらだ。

蓮華の件は、谷鉉の館でも信頼の置ける一部の家僕しか知らないはずだ。しかし、人の口に戸は立てられない、とも言う。鉉太は顎を掻いた。「まあ、気楽な噂のうちは問題なかろう」そのうち自然と噂も収まるだろうと、たかを括ることにする。

円宝はしばらく谷鉉に留まり、近辺の寺に通うそうだ。念願の鬼道書は方々の寺へ散り散りに奉納されており、調査は骨が折れそうだという。他愛ない世間話の後、円宝は氏隆に挨拶すると言って御館に向かった。案内役として、酉白も一緒だ。

蓮華と二人きりになると、さして広くもない庵が急に、がらんとして見えた。ここ数日は特に慌ただしく、水入らずで過ごすのも久しぶりだ。どこか新鮮な心地で蓮華の猫背を眺めつつ、散らばっていた書き損じの紙を手に取った。絡まった糸屑のような文字が並んでいる。こうも手先が不器用だとは、習字をさせてみるまで知らなかった。

「しかしまあ、文字をたくさん覚えたではないか」

親馬鹿を承知で褒めると、蓮華は「すごいだろう」と誇らしげに応じた。

「どうだ、ここでの暮らしには馴染めそうか」

「うん。できることが少ないのは不満だが、知らなかった物事を知るのは楽しい」自分の書いた糸屑を眺めて、蓮華は満足そうだ。「ときどき登ってくる館の者も、蓮華が話しかけると驚いたような顔をするけれど、皆、尋ねれば丁寧に教えてくれるぞ」

鬼岩の砦にいたころの蓮華は、鬼に交じって刀を振るい、山野を駆け巡ってばかりいた。里での生活は窮屈だろうが、思ったより順応しているらしい。動きやすい袴をいまだ好んで穿いているものの、常に括りっ放しだった髪を背に下ろし、娘らしい色柄の着物を身につけている。外見だけなら、もう普通の里娘と変わりない。

蓮華が開け放しの蔀戸へ目を向け、呟いた。「谷鉉の大殿の里は、良いところだ」

庵を囲む篠笹の合間から、ちょうど里の賑わいが見渡せた。谷鉉は先祖が切り拓いた山あいの平原だ。薄晴れの夕霞みの中、紅葉深い山裾を取り巻いて、整然と区画された麦畑が広がる。点在する集落のあいだを遙か京まで至る大道が貫いており、人や荷車が行き交うその沿道には宿駅や市の小屋が軒を連ねていた。

鉉太は腰を上げ、濡れ縁に出た。「そうだな。ここは実に平和な場所だ」

果州を支配する阿藤家のお膝元だ。州内で最も栄えた里でもある。市には活気があり、さしたる問題事も起こらず、人々はみな勤勉だ。

「谷鉉の里は俺の故郷だ。ということは、お前の故郷でもある」

蓮華は思ってもみなかったという様子で鉉太を見上げた。「蓮華のか?」

「そうだ。今後は、ここを自分の生まれ故郷だと思ってくれ」

谷鉉を取り囲む見果てようもない山々は、雪に閉じ込められる季節のための蓄えを人々に与え、麦畑の実りは糊口の助けとなる。そして大道の東からは豊かな海の幸が届き、西からは果州では育たぬ珍しい作物が運ばれてくるのだ。京の都の繁栄には遠く及ばなくとも、この谷鉉の素朴な風景が、鉉太の思い描く理想の里の姿である。

「俺はな、この谷鉉の平穏が、果州の隅々にまで満ちれば良いと考えているのだ。そのために父上のもとで研鑽し、己の立場を揺るぎないものにする。そうして、この果州すべてを理想の都にし、そっくりお前の故郷にしてやろう。それが、いつか言った俺の野望だ」

赤子の蓮華が示す神経質な振る舞いは、強い不安の裏返しだ。この篠笹の庵を己の居場所として身を休め、ここでは誰も己を傷つけないのだと心を憩う。安らぎが蓮華の胸を満たせば、目を覚ますなり警戒の針をまとうような、悲しい真似をせずに済むだろう。

この狭い庵を己の居場所にしたら、次は谷鉉の里へ。いずれはもっと遠いところへも。蓮華の安住の場が広がればいいと、いつしか鉉太は考えるようになった。

ひるがえって言えば、もし蓮華を何の気兼ねもなく、自由にどこへでも連れてゆけるようになったならば、鉉太の理想が果州にあまねく行き渡ったことと同義なのだ。雲をつかむような話ではあるが、夢物語だとは思わない。

鬼を斬るさだめが蓮華の上にあるのなら、その蓮華を守ってやることが俺の役割——それが、星砕の軌跡が突きつけてきた天啓に、鉉太が出した答えだった。

「理想の都か……」わくわくした様子で蓮華が身を乗り出した。「蓮華も若君のために働くぞ。どうすればいい、文字を覚えるのが先か?」見上げてくる瞳が真剣だ。

「その意気や、よし」と頭をなでてやったとき、表で笛詰がいないた。と同時に、短く悲鳴が上がる。女の声だ。

「何者だ」と鉉太は声を上げ、太刀を取った。室内にいるよう蓮華に告げ、即座に庵の外へと飛び出した。

「――これ、お放し。お放しなさいったら」若い娘が轡抜けした笛詰と、もみあっていた。被衣の布を嚙まれて奪われたらしい。「いいから放しなさい、無礼な兎馬ね」

御館で働く小女ではなさそうだ。氏隆が後妻を娶らず、行きずり以外の愛妾も作らなかったため、阿藤の家僕は男ばかりで女は少ない。そもそも娘の着物は都でも流行の柄織物であり、薄く化粧までしているのだ。ならば祝いの訪問客が迷い込んだのかとも思ったが、酒宴の席でも顔を見かけた記憶がない。

「どなただろうか。こちらは内々の庵で、客人をお招きできる場所ではないのだが」

鉉太が声をかけると、娘は白粉にも透けるほど赤面し、つんと顎を反らした。

「み、道に迷っただけです。もう帰りますわ。この小馬に、私の被衣を放すよう命じてくださいませんこと」

なかなか容色の優れた娘だが、えらく勝ち気な性格らしい。

「ご冗談を。何か用があるのでしょう、遠慮せずに申されよ」

年ごろは鉉太と同じか、少し上だ。刺客や間者には見えないが、庵の様子をうかがっていたのは間違いない。今は蓮華に関する妙な噂もある。身元を問い詰めておくべきだろう。

と、そう考えていた矢先、当の蓮華が草履をつっかけ、のんきに顔を出してきた。

「若君、客が来ているのではないか」

「こら、中にいろと言ったろう」

「円宝どのが言っていたぞ。客は、もてなすものだ、とな。蓮華は何をしたらいい」

娘は蓮華を凝視している。「そう、蓮華といいますの」と呟き、黙り込んだ。紅潮していた顔が一転して青ざめてゆくさまが、ありありと見て取れる。

　次の瞬間、鉉太の耳もとで乾いた音が鳴った。少し遅れて、頬に鈍い痺れが広がる。平手打ちを食らったのだ。打たれた鉉太より数倍は痛そうな顔で、娘は右手を押さえている。が、まだ足りないとばかりに、今度は左手を振り上げた。

　一回めは不意を突かれたが、荒事慣れしていない女の行動だ。鉉太は娘の腕をつかみ、手加減しつつ、ねじり上げた。

「お放しなさい。あなたのような恥知らずに、気安く触れられたくなどありません」娘は悲鳴も上げず、仇（かたき）を睨むような目で鉉太を見上げている。

「何だ、お前は。若君を侮辱すると許さないぞ」

「待て蓮華。お前が口を挟むと、ややこしくなる」

　娘につかみかかろうとする蓮華を押しやり、鉉太は娘に向き直った。

「俺とて聖人君子ではないが、見ず知らずの者に恥知らず呼ばわりされる覚えはない」鉉太は娘の手を放してやった。「人違いをしてはいないか。そもそも、そちらは何者だ」

　娘が悔しそうに顎を引き、「私は」と言いかける。

　そのとき、酉白が戻ってきた。手には飼い葉の詰まった桶を重そうに提げている。律義にも笛詰との約束を果たそうというのだろう。

「若君、いったい何事ですか」ただならぬ様子を察し、酉白は桶を置いて駆けてきた。が、娘に気付くなり足を止め、鉉太に向かって慌てたように目配せをする。

「酉白、この娘御を知っているのか」

尋ねた鉉太を、娘が悔しげに睨みつけた。「私は万淵乙麻呂の娘、泉水でございます」言われて、冷や汗の吹き出る思いがした。もう間近に迫った祝言の相手、許嫁だ。

その場で問い質したところによると、泉水は〝篠笹の庵の姫〟の噂を聞き、父親にも内緒で供の者に馬を引かせ、祝賀の客に紛れて谷鉉を訪れたという。

鉉太は笛詰に轡をはめつつ、溜息をついた。「つまり泉水どのは、そのような馬鹿げた噂を真に受け、わざわざ確かめに来たというのだな」

泉水は、事情がのみ込めずに突っ立っている蓮華を指し、声高に言い返してきた。「馬鹿げたも何も、実際に側女を囲っていらっしゃるではありませんか」

祝言の場で初めて許嫁の顔を知る、という話は珍しくない。同様に鉉太も初対面だが、年格好や身なりで見当はついたろう。なのに名乗るまで気付かなかったのは、蓮華の処遇や諸公との顔合わせばかりが気掛かりで、祝言など、まるで頭になかったせいだ。

「誤解だ。その……話せば長いが、この者は拾い子なのだ。訳あって養育している」

後ろめたさで歯切れの悪い鉉太に、「まあ」と泉水が冷ややかな眼差しを向けた。

「言うに事欠いて、ひどい言い逃れをなさいますのね。年も変わらぬような女が養女ですか。もし娘だと言い張るのでしたら、娘と子をなすあなたは畜生と同じ、けだものですわよ。いいえ、とぼけても無駄です。付近で赤子の声を聞きつけた者が何人もおりますわ」

誤解の大元に気付き、鉉太は内心で頭を抱えた。家僕たちは口止めできても、泣き喚く赤子の口を塞ぐことはできないのだ。

どう切り抜けようかと思案しつつ、青ざめている酉白に告げた。「明が昇る。蓮華を頼む」

「は、はい。参りましょう、蓮華さま」酉白が蓮華を庵へ押し込んでいく。

「泉水どの、俺たちは少し落ち着いて話そう。誤解を解きたい」

御館のほうへと腕を引いたが、泉水は鉉太の手を振り払った。

「お話でしたら、こちらで結構でございます。三人で膝を交え、じっくりとお話し合いをいたしましょう。それとも、あの女と一緒では差し支える話がございますの？」挑発するように、じっと鉉太を睨んでいる。「私は、いずれ阿藤家の奥を取り仕切る身にございます。なれど、主があちこちの道端で種を蒔くのであれば、不和の芽が出るは必定。まして赤子が男子であれば、のちのちの跡目争いにも繋がりましょう」

そのような事態になれば役目を果たしかねると、泉水は毅然として主張する。

「何も捨て子をしろとは申しませぬ。すでにお子がいらっしゃるのであれば、ここそと隠し立てせず、庶子としてお認めになればよろしいのです」

流れるような口上に、鉉太は口を挟む隙もない。

「ですが、女は追い出してくださいまし。若君のお子は、私が育てます。ずっと弟妹たちの世話をしてまいりました。赤子の一人や二人、増えたところで何の問題もございません」

いったん言葉を切り、泉水が、つと顎を引いた。

「ご不満でしたら、此度の縁組みは、なかったことにしてくださいませ。私、身勝手な殿方をお支えしてゆけるほど、忍耐強くございませんので」

鉉太は気の強い許嫁をまじまじと見下ろした。ひどい誤解に基づいた言い分なのだが、妙に納得させられる部分がある。それに——何やら胸がすくような心地もするのだ。

「跡目争いなど要らぬ心配だ。俺の養い子は蓮華だけなのでな」

庵から酉白を呼び戻し、表を見張るよう言い付ける。酉白は泉水をはばかり声をひそめた。

「蓮華さまのこと、まさか、真っ正直にご説明なさるおつもりではございませんよね」

「この際、やむを得んだろう。いま誤解を解かねば、のちのちに禍根を残しそうだ」

「ですが、許嫁といえども、まだ阿藤の人間ではございません。軽率かと存じます」

酉白は考え直すよう主張していたが、聞き入れられそうにないと察して黙り込んだ。どうなろうと関知しない、という顔だ。鉉太は「庵の中へ」と泉水を促した。

このなりゆきに、泉水は意外そうな顔ながら「望むところですわ」と勇ましい足取りで戸口をくぐった。それでも三人で囲炉裏端に腰を下ろすと、不安げに襟元を掻き合わせたり、蔀戸の下ろされた薄暗い室内を見回したりする。

一方の蓮華は、状況が分からないなりに泉水を敵ではないと認識したらしい。興味津々の態度で初顔の客を眺め回している。

「蓮華、客人をそう不躾に眺めてはいかん。こちらは泉水どの。俺の奥になる方だ」

蓮華が顔を輝かせた。「では蓮華の、かか様になるのか」

「客人の前では、その不調法な言葉遣いも改めるのだ」

「ええと……私の、かか様になる方ですか」

「そういうことだ。だが、まだ今は『泉水どの』とお呼びするのが適切だろう」

泉水が咎めるように口を挟んだ。「これは、何の悪ふざけですの？」

「先ほどの泉水どのの言葉には一理ある。主たる者に信が置けぬのでは、泉水どのも大役を果たせまい。だが――」と鉉太は、もったいをつけて咳払いした。「俺と蓮華が抱える秘密は重いものだ。お題目は立派だったが、泉水どのの細腕で支えきれるだろうか」

泉水は膝を乗り出すようにして言い返した。「心配はご無用にございます。私とて領主の娘。主がどんな秘密を抱えようと、お仕えする覚悟はできております」

清々しいほどに言い切ったのち、しかし泉水は、戸惑うような上目遣いをした。

「それで、その……この光は何事ですの？」

薄暗い庵の中に、ぼんやりとした光が満ち始めていた。光の出所は蓮華だ。うつら、うつらと揺れだした身体が、朧月（おぼろづき）のような輝きを帯びている。明が昇ったのだ。

ほどなく、蓮華は完全に眠り込んだ。ころりと床に伏し、気持ち良さそうに手足を丸める。その身体は光となって散るかのように、見る間に小さく縮んでいった。

「な……何が起こっているのですの」まぶしげに顔に手をかざしていた泉水が、異変を目の当たりにして腰を浮かせる。

「何がも何も、泉水どのも目撃しているとおりだ」鉉太は寝こけている蓮華を着物の中から引っ張り出した。もう光は失せてしまい、普通の赤子と変わらない。産着に包み、「さあ、泉水どの」と手渡した。

「えっ」呆然としていた泉水が、突然の指名に蓮華を取り落としそうになった。きゃあ、と上げた悲鳴が、思いのほか可愛らしい。が、その声で赤子が目を覚ました。

「わ、若君。これは、いったいどうしたことです。なぜ、あの娘が、このように」泉水は慌てふためきながらも腰を上げ、泣き喚く赤子をあやして庵の中を歩き回る。「若君、笑っていないで、きちんと説明してくださいまし！」

赤子の一人や二人と豪語しただけあって、なかなか慣れた手つきだった。


鉉太は問われるままに蓮華の体質を明かしたが、余計に混乱させたらしい。泉水は疲れ果てた顔で少し考えさせてほしいと言い、供の者に付き添われて帰っていった。

この思いがけない初顔合わせの翌日、近日のうちに予定されていた祝言は少々延期される運びとなった。鉉太が謀反人討伐の指揮を任されたからだ。

元服の祝いで冷遇されていた司波永手。その娘婿の名を伊多知（いたち）という。鉉太は知らなかったが、永手が怒鳴り込んできた際、一緒に乗り込んできた男が伊多知だったのだ。その娘婿が、帰路で阿藤家の郎党らと揉め事を起こし、数人を殺傷して自身の領地へと逃げ帰った。境界の橋を落とし、柵の守りを固めるなどして、戦（いくさ）支度を調えているそうだ。伊多知は舅の永手にも決起を促したが、永手は応じず静観の構えであるという。

これらの話を、鉉太は呼び出されて相伴した朝餉（あさげ）の席で氏隆から聞いた。氏隆は粥（かゆ）のお代わりを申し付けるような気楽さで、伊多知の首を取ってこい、と命じたのだ。まだ実績のない跡取りに、武勲の一つもくれて箔をつけさせる腹づもりだろう。鉉太は慎んで拝命した。もとより頭領の下知は絶対だ。近隣の郎党を召集し、翌々朝には出陣した。

伊多知の領地へは、谷鉉の里から北に向かって、ほぼ半日という行程だ。日も傾きかけて秋虫が鳴き始めるころ、辿り着いた山あいの閑地（かんち）には、歴戦の将である鷹取が配下の兵らとともに陣を張っていた。

「若君、お待ちしておりました」鷹取が出迎え、鉉太の馬の轡を取る。

「俺は、これが初陣だ。理髪役どのを頼りにしている」と鉉太が述べると、鷹取は厳めしい顔に人懐こい笑みを浮かべ、「お任せあれ」と請け合った。

兵たちに休息を取らせるあいだ、鷹取の案内で周辺の地理を確認する。沢のほとりから上流を仰ぎ見れば、岩山を利用した山城の屋根が木立の奥に垣間見られた。

伊多知は居館を放棄し、あの山城に立て籠もっているという。居館には妻である永手の娘と数人の下女が取り残されていたが、そちらの身柄は鷹取の配下が確保したそうだ。

鉉太は鷹取に尋ねた。「現在の伊多知は、どれほどの兵を有していると思う」

「逃げ遅れた者らの証言を突き合わせますと、およそ二百というところかと」

「少ないな」と鉉太が呟くと、「かなりの離反者が出たようで」と鷹取が応じる。永手に参戦を拒まれた一件が響いたのだろう。孤軍の籠城ほど甲斐のないものはない。奥山に囲まれた守るに固い天然の砦。逆に言えば、逃げ場を塞がれているも同然だ。

「父上よりお預かりした、せっかくの兵だ。明朝にも討って出ようと考えている。敵陣にも、こちらの方針をそれとなく知らせたいが、どうだろうか」

ほう、と鷹取は面白そうに呟き、ざらりと顎をなでた。「伊多知は焦るでしょうな。『窮鼠、猫を嚙む』のたとえもあります」

「嚙まれると分かっていれば、身のかわしようは、いくらでもある」

「ごもっとも。工作兵を集めます。加えて、夜襲と付け火を警戒させましょう」

おおい、と部下を呼び、さっそく指示を与えている。

何をしなくとも、鷹取がいれば勝てる戦だ。初陣の気負いは感じない。気掛かりは蓮華の様子だけだ。鉉太は頭上の明を見上げた。一人では残しておけず、かといって赤子を陣内に連れ込むわけにもいかない。やむなく酉白に任せて山麓（さんろく）の里に預けてきたが、夜明け前には明が沈み、変化が始まってしまうだろう。酉白の奮闘を祈るしかない。

鉉太は頭を振った。いま考えるべきは伊多知との戦だ。

「鷹取、この工作が功を奏せば、素直に投降する者も現れるだろう。伊多知には責を負わせねばならないが、配下の兵は命令に従っただけだ。同じ果州の民であるし、武器を捨てた者らは捕虜として助命したいと思っているのだが」

「徹底させましょう」と、これにも鷹取は同意した。氏隆の腹心は主君の息子に気持ち良く初手柄を上げさせるため、どんな策でも受け入れ、実現させてみせるのだろう。

鉉太は鷹取に感謝しつつ、山城を振り返った。

伊多知が謀反を起こした心情は理解できる。阿藤の司波一族に対する冷淡な扱いが腹に据えかねたのだ。これは面従腹背の敵をあぶり出すための策だと頭では分かっているのだが、氏隆の手管には納得しかねた。父を尊敬しているからこそ、釈然としないのだった。

自領を守るために娘と娘婿を見捨てた永手は、今ごろ何を思っているのだろうか。

本陣に火の手が上がり、夜襲を叫ぶ声が暗い森に轟（とどろ）いた。夜半を回ったころだ。

鉉太自身は狙われやすい天幕ではなく、古い石仏を取り込んだ大木の根を枕に、戦装束のままで仮眠をとっていた。知らせに跳ね起き、弓矢と太刀を取って現場へ駆け付ける。炎は天幕を焼き、周囲の木々にも燃え移っていた。あかあかと闇が染まる中、兵らの雄叫びと馬のいななきとが響き、敵味方の振るう白刃の光が入り乱れている。

渦中には鷹取の姿があった。大声で消火を指示しつつ、陣内で暴れていた敵方の将を薙刀で突き払う。鉉太に気付き、「見事、策が的中しましたな」と歯を見せて笑った。

「状況は」と鉉太は自陣を見渡した。敵影は多くなく、混乱も収まりつつある。

「兵糧を狙われましたが、荷車を覆った濡れ筵を焦がした程度で済みました。拍子抜けするほど、うまく運びましたな。かえって不審な気もいたしますが」

鉉太が頷いたとき、木立の奥で光が瞬いた。炎の明かりを反射し、何かが疾走していく。

鷹取が四つん這いになり、地面に耳を押し当てた。「馬の蹄の音ですな。数は、そう、二十騎といったところかと。かなりの速度で山を下ってゆきます」

「誰か、馬を引け！」と鉉太は叫び、鷹取に告げた。「おそらく伊多知だ。この騒動に乗じて山城を捨て、逃亡を計ろうとしているのかもしれん」

「夜襲が囮ならば、この手応えのなさにも納得がいきますな」鷹取は起き上がり、土を払った。

「自ら追捕なさいますか。しかし、伊多知めは周辺の地理に明るい。追いつくのは困難でありましょうな」

「だからこそ、今すぐ追うのだ。不案内な土地で雲隠れされては、本当に追えなくなる」

氏隆は首を取ってこいと命じた。ここまでお膳立てしてもらって逃しては、面目を失う。

「すぐに本陣の始末をつけ、私も後を追います」

「頼む」と鉉太は鷹取に返し、従者の引いてきた馬に駆け寄った。手綱を受け取る代わりに脱いだ兜を渡し、鞍に飛び乗る。何としても追いつくために、少しでも軽くしたかった。

「手柄を立てたい者は、俺に続け！」大声で煽り立て、即座に陣を飛び出した。


山中に逃げ込まれれば、さすがに見失う。しかし幸いにも、伊多知の一団は早急な下山を選んだらしい。谷筋へと進路を変え、沢沿いの一本道を下っていく。単身で山道を駆ける鉉太からだいぶ遅れて、十騎余りの騎馬と歩兵らも一列になって追っていた。

やがて、森の木立がまばらになり、視界が開けた。麓に出たのだ。沈みかけた月のわずかな光が、逃亡する伊多知らの姿を照らしている。鷹取の読みどおり、およそ二十騎だ。

今なら、まだ追いつける――鉉太が馬を急き立てようと手綱を繰ったとき、蛇行する川筋に沿って、明かりが近づいてくるのに気が付いた。松明を掲げた騎馬の一団だ。数は五十騎ほどだろう。伊多知らも気付いたようで、そちらへと進路を変えてゆく。

「援軍か」鉉太は舌打ちをした。合流前に討ち取れるだろうか。距離を目算したとき、何かが目の前を横切った。次の瞬間、いきなり馬が竿立ちになる。

体勢を立て直す間もなく振り落とされ、鉉太は草むらに突っ込んだ。衝撃をこらえて起き上がると、馬は激しく首を振り立てながら跳ね回っている。なぜかこの夜更けに大きな蜂が飛び、馬の耳の周りで、ぶんぶんと羽音を鳴らしているのだ。

「どうどう、落ち着け」蜂を追い払おうとしたが、馬は恐慌をきたして駆け出していく。

「――打ち身で済んだか。運まで強いとは、恵まれておるなあ」

聞き覚えのある声に振り向くと、旭日が路傍の石に腰かけて笑っている。

「やあ、鉉太。おぬしとは、ずいぶん久しぶりだ」

鉉太は川筋へと目を向け、舌打ちをした。伊多知が援軍と合流したところだ。

旭日に詰め寄った。「貴様、何か細工をしたな。もしや司波の手の者か」

「そいつは言いがかりだ。強いて言えば、おれは天の味方でな」相変わらず、人を食った言葉を吐く。「いま司波の戦力を削がれては都合が悪い。手柄は諦めてくれ」

「ふざけるな！」胸倉をつかもうとした手が空を切った。旭日が座ったままの姿勢で、音もなく跳ねて避けたのだ。

「おぬしほどの慎重な男が、戦の高ぶりに酔っているな」揶揄した旭日が、ふいに首を巡らせ、不愉快そうに眉をひそめた。「あいつめ、また厄介な真似をしでかしたな」

視線の先を鉉太も見やると、伊多知の援軍に異変が生じていた。松明の光が千々に乱れて散っていくのだ。眺めているあいだにも、しんがりの兵が馬ごと転倒し、近くの騎馬がこぞって馬首を巡らせている。

「あれは……何が起こっているのだ」鉉太が呆然として呟いたとき、敵軍の中で人影が跳ねるのが見えた。馬上の兵に襲いかかり、太刀と馬を奪って斬り伏せていく者がいる。

遠目ではあったが、その人間離れした戦いぶりは見間違いようがない。どういった経緯かは謎ながら、蓮華がたった一人で伊多知軍を相手に暴れ回っているのだ。

「若君、ご無事でございますか！」後続と合流した鷹取が手勢を率いて駆け付けた。「遅くなり申した。しかし——あの鬼神のごとき蛮行は、お味方によるものですかな」

はっとして周囲を見回すと、旭日の姿が消えていた。邪魔された怒りは収まらないが、頭を切り替え、敵の一団を示した。「鷹取、説明は後だ。勝機を逃すな、後に続け！」

従者の馬を奪い、飛び乗るなり疾走させる。味方の兵が呼応し、鬨の声を張り上げた。伊多知の軍は完全に浮き足だっている。その只中へ突っ込み、さらなる混乱を引き起こすのだ。

鉉太は速射で、つごう三人の敵兵を射落とした。双方の騎馬が入り乱れての混戦になると、弓を捨て、太刀を抜いて斬り結ぶ。駆け抜けざまに一人、打ち合うこと数合の後に別の兵を討ち取った。太刀の血糊を払って汗を拭うと、その手にも血が付着している。

流れ矢が川岸の茂みに飛び込み、ねぐらを荒らされた鴨が川面を叩きながら飛び立った。けたたましい水音に驚き、あちこちで馬がいななきを上げている。鉉太は挑みかかってくる敵を次々に退けながら、ようやく伊多知を発見した。

単騎で乱戦を抜け出し、逃亡を図ろうとしているようだ。

急いで馬首を巡らせたとき、伊多知の馬が竿立ちになった。蓮華が周り込んだのだ。

「蓮華！」鉉太は叫んだ。「そいつは俺に譲れ！」

すでに伊多知と斬り結んでいた蓮華は、振り上げかけた太刀の向きを変え、伊多知の横薙ぎの刃を受けた。しかし勢いは削ぎきれなかったようで、落馬する前に自ら馬を捨てて距離を取る。

そこへ鉉太は馬を割り込ませ、名乗りを上げて挑みかかった。

伊多知も覚悟を決めたらしい。太刀を振り上げ、雄叫びとともに斬りかかってきた。

蓮華とともに戦うとき、弓で援護に回ることがほとんどだ。しかし、敵と間近で刃を合わせる場合は、相手の命を肌で感じる。その荒い息遣いや、腕に込められた力の震え、相手をねじ伏せようという気迫。その熱に引きずられて、頭に血が上る。こちらまで狂乱の熱を帯びてくる。我を忘れるほどに気を高ぶらせなければ、熱を帯びた一人の命を己の手が断つ、という感触に耐えられない。ゆえに蓮華のために敵を排除するとき、将として広く陣を見渡すとき、弓は太刀より都合がいい。冷静さを失うわけにはいかないからだ。だが今は、この手で伊多知を討つ。忘我の沼に飛び込み、相手の熱と一体化するときだ。

互いに何度も馬の位置を入れ替え、伊多知と白刃を打ち交わした。決死の勝負は一合一合が重く、次第に腕が痺れ始める。それは向こうも同様だったろう。何度めかの打ち合いで、伊多知が大きく体勢を崩す。そこへ鉉太は刃を返し、鎧の隙間に太刀を突き刺した。伊多知が呼気とともに血を吐き出し、上体を傾げて落馬する。

鉉太も馬から飛び降りた。伊多知の兜をつかみ、首を斬り落とす。そこまで終えて我に返った。一瞬、強く瞼(まぶた)を閉じ、深呼吸して余計な熱を追い出した。

そのころには、初陣は自軍の勝利で終わっていた。生き残った伊多知の兵らも、無念とばかりに逃走を始めている。

「ああ、よかった」と、蓮華が胸を押さえて駆け寄ってきた。珍しく、げんなりしたような顔だ。

「見ているだけというのは、ひやひやする。自分で戦うほうが気が楽だ」

西白によれば、伊多知の援軍が山麓の里に立ち寄ったのは、明の沈む前だったという。阿藤の者が赤子を預けていった話は、里人から一行に伝わった。彼らは隠し子の噂も耳にしており、もし事実なら大手柄だと考え、西白ごと蓮華を連行したという。

当然のように蓮華は泣き喚き、向こうは手を焼いたらしい。そんな状況での明没だ。妖光を帯びて姿を変えゆく赤子に肝を潰し、まずいやり方で刺激しただろうことは想像に難くない。

ともあれ、蓮華は兵の半分をたった一人で斬り伏せた。さらには、命からがらに伊多知と合流した兵にも追いすがった、という次第だったらしい。

伊多知の首を抱えてその日のうちに帰還した鉉太は、これらの経緯を氏隆に語らなかった。逃げた伊多知らを追い詰め、鷹取の加勢により仕留めることができた、どうぞご検分くださいと畏まり、首の布包みを開いたのみだ。ところが頭領は何もかもお見通しだったらしい。日当たりのいい縁側で菅根を相手に碁を打っていた氏隆は、庭に回った戦装束の鉉太を前にして、伊多知の首検分もそこそこに「鬼が出たそうだな」と言ったのだ。

鉉太は恐れ入って頭を垂れた。「そのように噂されております」

歴戦の鷹取をして『鬼神のごとき蛮行』と言わしめた蓮華の戦闘は、敵だけでなく味方の兵にも目撃された。鉉太の率いた軍は氏隆からの借り物であるから、様々な報告が頭を飛び越していくのは、やむを得ない。

「あの娘、姿は天女のようでありながら、戦いぶりは実に見事だ。都では私も助けられたのだがな」氏隆はそう語り、菅根の打った一手に、ううむと顔を曇らせた。「戦場で鬼神のようだと怖れられるのは、常ならば兵の誉れであろう。だが、お前の周囲に限っては、鬼を連想させるものは、ちとまずい」

「仰るとおりです」と鉉太は、さらに頭を低くした。ただでさえ蓮華は目立つのだ。芋蔓をたぐるように鉉太の秘密まで掘り起こされれば、入れ替わりの苦心が水の泡になる。「今回の勝手は厳しく叱責しておきました。二度と軽々しい真似はさせませぬ」

「それでよい。お前が谷鉉に連れ帰ると決めた娘だ。しかと監督せよ」

「心得ました」と神妙に答え、鉉太は話題を変えた。「ときに今回の一件、永手は何か動きを見せたのでしょうか」

「いや、静かなものだった。なあ伊多知、お前の舅は相変わらず日和見が得手であるなあ」無念の形相で歯を食いしばった生首に、のんびりと氏隆が話しかける。

鉉太は頷いた。「永手が戦に慎重であるのは、無理もない話でありましょう」

司波領内で人里があるのは、豊かな漁場のある沿岸部のみ。他の大部分は〈戦ケ原〉と呼ばれる人の住めない湿地だ。山がちな果州には珍しい大きく開けた地形と、南北両果の境界にも近い立地から、先祖の時代より大規模な戦が繰り返されてきた場所でもある。かつては麦が黄金の穂を波打たせる肥沃な土地だったというが、幾万の血と死を染み込ませた現在は、広範囲に強い魔が澱み、水鳥さえも渡らぬ絶息の沼地と成り果てていた。

結果、司波領は鬼の巣と呼ばれる果州の中でも、ことのほか鬼の気が濃いと言われている。ゆえに、領民にも戦に対する忌避が強いのだ。忌まわしい土地に生きねばならない民を慮れば、永手も簡単には戦に踏み切れないだろう。そもそも、阿藤と司波では動員できる兵力が違いすぎる。迂闊に動いて下手を打てば、大切な漁場を奪われることは目に見えていた。

「となると父上は、今回の一件では永手にお咎めなし、となさるのでしょうか」

氏隆は渋い表情で碁盤をのぞきこんでいる。局面は有利とは言いがたいらしく、先ほどから碁石を打つ手も止まっていた。「戦の大義というものは、必ず己の掌中に握っていなくてはならぬのだ。今はまだ時期尚早であろうな」

父の返答に鉉太は安堵した。氏隆に睨まれている以上、永手の命は風前の灯火だ。それでも、うまく切り抜けてもらいたいものだと思っている。羅陵王のもとで多くの人々を殺めてきたが、避けられる戦であるなら、なるべく避けたい。

身柄を拘束されている永手の娘についても、伊多知に置いてゆかれたがために、永手同様、連座を免れる形となった。氏隆には思惑があるようで、近いうちに居館へ帰されるそうだ。が、すでに所領は阿藤の占領下にあり、軟禁同然である点は変わらない。

「伊多知の首は御館の前にさらすぞ。おお、そうだ」氏隆は碁盤から顔を上げ、鉉太に首を振ってみせた。「おぬし、伊多知の兵をだいぶ助命したそうだが、あれはいかんぞ」

本陣が夜襲を受けた際、敵兵の投降を受け入れた件だ。「いけませんでしたか」

「うむ、いかん。反乱を収める場合は、二度と余計な芽が出ぬよう徹底して叩き潰さねばならん。辺り一面、焼け野原にするつもりで、ちょうどいい」

「雑草と一緒に、麦まで焼けてはしまいませぬか」

「麦とはな、雑草を焼き払った後に植えるものだ。その順番を間違うと、ほれ、このように」氏隆は盤上の碁石を引っかき回した。「思わぬところで、目論見が狂うのだ」

菅根が慌てて碁石を拾い集めるさまに、氏隆は清々したように笑っている。

「それにしても、よい秋晴れだ。氏真、遠乗りに付き合わぬか」

「せっかくのお誘いなれど、私は功をあげた者らに褒賞を取らせねばなりませんし」実を言えば、旭日に落馬させせられた打ち身が今ごろになってうずき始めているのだ。

「真面目な奴だ。まあよい、此度の戦、見事であった。ゆっくりと養生せよ」

鉉太が、ねぎらいに応えて平伏すると、氏隆は腰を上げた。奥に向かって手を打ち鳴らし、遠乗りに出る、馬を用意せよと、大声で呼ばわりながら廊を歩いていく。

鉉太は氏隆を見送り、伊多知の首を菅根に預けた。ようやく肩の荷が下りた心境だった。頼もしい父だが、主として仰ぐのは、なかなかに神経をすり減らすのだ。

打ち身を揉みつつ自身の対の屋へ向かった鉉太は、通りかかった回廊に、ぽつんと座した人影を見た。驚いて息をのむ。司波永手が御館を訪れていたのだ。

永手は膝の上に固く拳を握りしめ、何もない床板を睨んだまま、微動だにしない。だが、氏隆が遠乗りに行くと張り上げた声は、その耳にも聞こえただろう。

娘婿の首を斬ったばかりで、どんな言葉をかけられるだろうか。鉉太は鎧が鳴らぬよう注意しながら、気配を殺して立ち去った。


半年ぶりに訪れた鬼岩の砦は、すっかり崩れ、砕けた岩塊が積み上がっているだけの岩山と化していた。中洲を作っていた二本の川筋も、裏側が埋まって対岸と地続きになっている。川岸の崖から見下ろしてみれば、砦のあった部分は意外なほど狭い。ここに何百という鬼がひしめいていたとは、とても信じられない気分だ。

鉉太、円宝、酉白の順で崖の階(きざはし)を下り、砦の崩落跡に辿り着いた。かつて大扉のあった場所も、それらしき破片が岩の下敷きになっているのみだ。円宝が広げた布の上に法具を並べ、香木を火にくべて、念入りに死者の供養を行った。

「ありがたい。母上を始め、羅陵王に殺された者たちも、これで浮かばれよう」

円宝に礼を述べつつも、鉉太の心は晴れなかった。谷鉉を発つ際、氏隆に母の弔いに行くと伝えたが、別段の言葉もなく送り出されたからだ。母は鬼に囚われてなお父への操を立て続けた。だが父の母への慕情は、七年もの歳月に色褪せてしまったのだろうか。

蒼天に昇る白煙が雁渡しの風に散らされてゆくのを見上げ、小さく首を振った。埒もない思いが巡るのは、幼いころに弓を教えてくれた頼もしい父と、現在の冷徹な頭領としての姿との違いに動揺しているせいだろう。子どもの目では気付けなかった一面を、見ることのできる背丈に成長した、それだけの話なのだ。

浄めの水を振り撒き、円宝が尋ねた。「して、件の長鳴き鳥の宝塔は、どの辺りかの」

鉉太は首をすくめた。「この先だ。崩落に巻き込まれ、岩に埋まってしまったと思うがな」

「まだ奥へ行くのでございますか。早く戻らねば、日暮れまでに人里へ帰り着けませぬ」酉白が不安げな顔で、しきりと周囲を見回している。小鬼の残党を警戒しているらしい。

「酉白、ここで待っていても構わないぞ」と鉉太が歩きだすと、「とんでもない。一人で残るくらいなら、ご一緒いたします」と、ついてくる。

羅陵王が倒れて砦が崩壊した後、生き残りの鬼は離散したようだ。ここまでの山道には兎や鹿などの獣に交じって小鬼も潜んでいたが、蓮華によれば砦にいた奴らだったという。

その蓮華は、崖を下りる前にどこかへ姿を消していた。伊多知戦での勝手を諭して以来、蓮華は妙に塞ぎがちだ。一人で考え事をしている時間も多くなった。少し強く叱りすぎたかもしれないが、本人のためを思えば甘やかしてはならないのだろう。

奥には大きな陥没があるだけで、やはり宝塔は跡形もない。周囲の岩塊が掘り返されているところを見ると、黄金の長鳴き鳥ともども、討伐軍が残らずさらって帰ったのだろう。当然と言えば当然の話ではある。

円宝は落胆した様子で陥没のふちにしゃがみ込んでいたが、しばらくして、「先日も話をした、例の『鬼道録』じゃが」と話し始めた。

「旭日の書か」同名の男を思い出し、つい顔をしかめた。「解読できたのか？」

「まだ、ほんの切れ端のようなものじゃが――そもそもあれは、果州各地に伝わっておった古い鬼道術をまとめたものらしくての。つまるところ、呪術書だったのじゃよ」

「呪術でございますか」酉白が薄ら寒そうに肩をさすった。「気が知れません。その鬼道僧は、なぜそのような忌まわしき書物を著したのでしょう」

「うむ。これはわしの見解じゃがの」と前置きし、円宝は続けた。「鬼を呼ぶ魔とは、結局は人の魔じゃ。人と人とのあいだには情が育まれる。じゃが、埒もない争いが引っ掻き傷の一つも作れば、情はたやすく魔へと変じてしまう」

強い情は人に力を与えるが、強い魔もまた力を与える。魔が鬼を生み、鬼が呪を編むのであれば、結局は魔へと向かう人の心のありようこそが忌まわしいのだ。

「じゃが、忌まわしい心から目を逸らしておれば、何も見ぬことと同じ。何も見ぬのであれば、何も見えぬ闇が広がっておることと同じじゃ。闇に向けて光のまなこを開き、忌まわしき心の忌まわしき所以(ゆえん)を正しく理解する」円宝は陥没に向かって合掌(がっしょう)した。「おそらく、そうした意図があっての編纂だったと思うておる」

酉白が目を伏せた。「なれど、その書も、現在は散り散りに保管されているのでございましょう。結局は悪用を怖れて、そのように処置せざるをえなかったのではありませんか」

「おそらくのう。衆生の内に、まだ闇をのぞけるだけの強さが育っておらんと考えたのかもしれん。空が晴れても、鳥がさえずっても、心に魔が差す場合がある。悲しいかな、それが人の性というものじゃわい」

「人の性か」と呟き、鉉太も宝塔跡を見下ろした。「京の都で、俺は人々の狂おしいまでの楽土への執着を見た。人が御仏に救いを求めるのは、己の内に巣くう魔を、己自身で滅することが難しいからだ。物が有り余り、文化の円熟した京の都においてすら、人々の内から魔が消えぬ。だとすれば、都よりも遙かに楽土に遠く、実りの乏しい果州では、鬼は決して潰えることはない。野山の命を殺生せずに口を養うことが難しいのだ」

「なかなか鋭い見解じゃが、何事も僻んではならぬぞい」

円宝は気遣う表情だ。鉉太は首を振った。

「誤解せんでくれ、悲観したいわけではない。俺は果州から鬼の脅威をなくしたいのだ。鬼を怖れぬ土地にしたい。生じた鬼を滅することに明け暮れるのではなく、何かこう、人の魔を鬼に転じさせない方策はないものかと、かねてから考えていた」

「ふうむ」と円宝が、つるりと頭をなでた。「若君は面白い発想をお持ちじゃの。魔を鬼に転じさせぬ方法か。なるほどのう」

「幸いにして、俺は並の者より多くのものを持っている。その最たるものが、果州一の豪族、阿藤家の嫡男という立場だろう」星砕の天啓に触れて以来、この貴重なものが自分に与えられた意味を考えるようになった。「これは天が俺に、俺の役割をまっとうさせるために与えた手札のようなものではないか、と思うようになったのだ。只人には手の出せぬ、大きな事業を成さしめるためにな」

じっと聞き入っていた酉白が、「そのようなお志をお持ちだったのですか」と、戸惑ったような声で呟いた。

ばつの悪い思いがして、鉉太は頭を掻いた。「いや、すまぬ。俺とて只人だ。天の役割などと格好をつけてはいかん、単に俺がそうしたいのだと言い直そう。この果州を、鬼に怯えずに生きてゆける土地にしたいという俺の欲だ、わがままだ。残念ながら、まだ何も妙案がない。このような岩だらけの、前途多難な道程でな」

「ならば、せめて戦をせぬことじゃ。あれほど土地に魔を溜め込む所業もないでのう」

鉉太は頷いた。「同感だ。内乱を起こしている場合ではない」

かつて朝廷の弾圧に苦しみ決起した南果の民の内にも、制圧した朝廷軍の内にも鬼はいた。そして現在、叛意ある輩の一掃を企てる氏隆の内にも、頑なに日和見を貫く永手の内にも、それらの構図を歯痒く感じている鉉太の内にも、鬼は潜んでいるのだろう。

「内乱ばかりが原因ではないぞ。そもそも果州の安寧が遠いのは、この土地の恵みを朝廷が持ち去ってゆくからじゃ。長く権力にまつろわなかった辺境を鬼の巣と蔑み、人を人と思わず重い税を課しておる」と厳しい口調で円宝が論じる。「その構図が変わらぬ限り、果州の地から憎しみは消えず、大規模な決起もまた繰り返されよう。ゆえに朝廷は州城より軍を差し向け制圧する——これでは鬼の絶える道理がなかろうほどに」

さすがに鉉太は苦笑した。「過激だな。独立をそそのかしているように聞こえるが」

円宝も歯を見せて笑った。「因果の理を述べたまでよ。さりとて、誰も殺さずに行える戦はある。心せよ、血を流すばかりが戦ではないのだぞ」

「あのう」と酉白が、思わずといった様子で身を乗り出した。「僭越ながら、意見を述べることをお許しください」

「聞かせてくれ」と意外に思いつつ促すと、酉白はまっすぐに鉉太を見据えて話し始めた。

「先ほど円宝さまも仰ったように、人は闇を怖れます。人が闇を怖れるのは、そこに何が潜んでいるか見通せぬからです。ゆえに人は手に火と刃を持ち、闇に敵意ある者が隠れていないか、まさぐらずにはいられませぬ。また人は、野の獣とは友の契りを結びません。獣は人の言葉を解さず、情けを知らず、さえずる小鳥の美しさにも構わず食らってしまうからです。人は己の大切なものを讃えぬ者と、友になろうとは考えません」

「果州は闇であり獣か」鉉太は多いに納得した。皮肉屋の酉白らしい言葉だが、言い得て妙だ。

「京にとって果州は闇でなく獣でなく、友たりうる存在だ、と認めさせようというのだな」

緊張しているらしく、頷く酉白の白い顔がうっすらと上気している。

「はい。果州が蛮土などではなく、優れた文化を持つ幸わう土地だと知らしめます。独立の狼煙を上げるよりも遙かに遠く、また困難な道のりではございますが」

いつになく力強い言葉だった。鉉太の思いが以前から少しずつ熟成させてきたものであるように、この酉白の意見も、いま思いついたものではないだろう。

「なるほど、具体的な腹案もありそうだな。今の話は、もしも俺が生きて戻らなければ、自身で行おうと思っていた策か？」

何気なく聞き返したとたん、酉白が我に返ったように目を落とした。

「滅相もございません」と答えつつも、何か言いたげに口を開きかけ、また閉じてもいる。ようやく距離が縮まったかと思ったら、二歩も三歩も後ずさりされた、そんな気分だ。

「また元どおりか。そうやってお前は、いつも何も言わないのだな」

思わず鉉太が苦笑すると、同年の側近は観念したように息をつく。「私の見つめるべき〝忌まわしき心の忌まわしき所以〟でございますね」と独り言のように呟いた。

「恐れ入りました。私は険しい山里の生まれでございます。夏に長雨が多かろうものなら冬の蓄えは間に合わず、厚い雪の下から木の根を掘り出しては飢えをしのぐ……そういった、果州では当然の厳しい暮らしが、生まれ里にもございまして」

そうした困窮（こんきゅう）を味わっていたからこそ、鉉太の身代わりとして京へ連れてゆかれたとき、人々の豊かさに愕然としたという。同時に、なぜこうした違いが生じるのかを考え、調べるようになったのだと、どこか投げやりなふうで酉白は語る。

一方で当時の氏隆は密かに手を尽くし、鉉太と母の行方を探していた。しかし消息は、ようとして知れず、今後の方策に悩んでいたらしいという。あるとき氏隆は酉白に、万が一の場合は本物の万寿丸となる覚悟をせよ、と告げたそうだ。

「事の大きさと責任の重さに、私は竦（すく）み上がりました。しかし――」酉白が顔を伏せた。その肩が、おののくように震える。「同時に、野心が芽生えました。もし自分が本当に阿藤の嫡子になりすませたならば、己の手で郷里の人々の暮らしをより良く変えられるかもしれない、と。しかし帰郷の間際になって――」

「突然に俺が、父上のもとへ戻ってきた」と、鉉太は言葉の続きを引き取った。

七年ものあいだ、身代わりとして生きてきた。誰も己を知らぬ京の片隅で、誰に頼まれるでもなく思索を繰り返してきた西白の孤独な姿が、鉉太には想像できる気がした。

「そのような苦しい思いを抱えたまま、俺に仕えるのは、つらかったろう」

西白は、うなだれたまま首を振った。「お気遣いなど、必要ございません。正直に申せば、密かに安堵してもいたのです。この野心は、私などにはとうてい手に負えぬ分不相応なものでした。たとえ本物に成り代わったところで、早晩に潰えるだろう、どうせ叶わぬと、怖気づいていたのです。なのに私は己の無力さを棚に上げ、若君に我々を導いてゆける資質がおありなのかと、深く猜疑心(さいぎしん)を抱いておりました」

「そうだったのか……」以前から西白が保とうとしていた、よそよそしい距離。あれは鉉太の力量を見極めんとするものだったのだ。

「ですが、私の疑念など、まったくの的外れでございました。若君は私と同じ志を持ち、しかし困難さを知りながら、それでも前に進もうとなさっておられる。凡たる私などとは、まるで違う。大業を成しうる底力をお持ちです。お側に仕え、その事実が痛いほど身にしみました」

西白は居住まいを正し、深々と平伏した。

「もはや申し開きはいたしませぬ。私は身代わりの立場でありながら、大それた野心を持ったばかりか、臣従して以後も二心を抱いておりました」

どうぞ、いかようにもご処分を、と告げる。鉉太は膝を突き、頑なに畏まろうとする西白の頭を上げさせた。

「大それてなどいない。阿藤の嫡男という役目を担う者なら、当然、考えておくべき事柄だ。むしろ俺は、代わりに熟考を重ねてくれたお前に礼を言わねばならん。違うか？」

西白は奇妙な動物でも見たような顔だ。「本気で仰っているのですか」

「もちろんだ。俺の道程に、ぜひとも力を貸してくれ」

西白は迷うように視線を落としたが、やがて小さく微笑み、「承りました」と答えた。

「私の立場は大殿より命じられたもの。ですが今より、己の志をもって若君にお仕えいたします。非才なる身でございますが、どうか私を臣下の末席にお加えくださ い」

鉉太も笑って西白の肩を叩いた。「末席も何も、今のところ俺の配下はお前だけだ」

「ぬしら、揃いも揃って生真面目じゃのう。年寄りには、ちと、こそばゆいわい」

混ぜ返すように口を挟んだ円宝に、「面目ない」と鉉太は破顔した。久しぶりに爽快な気分だった。長い道程の第一歩に、やっと味方を得たのだ。

ややあって蓮華が戻ってきた。岩塊の上から鹿のように跳んで降りてくる。

「どこへ行っていた」と鉉太が声をかけると、蓮華は落ち着かない様子で岩棚を見上げ、耳打ちをした。「誰かいるぞ。何人かで蓮華たちの後をつけている」

鉉太は眉をひそめた。「何者だ。盗賊か、それとも鬼か」

「人間だ。追うと逃げて、また戻ってくる。何もしてこないが、蓮華は気味が悪い」

鉉太も周囲に目を走らせた。考えられるのは間者の類だ。早々に戻ったほうがいいかもしれない。円宝と西白を促し、背後を警戒しつつ砦跡を出た。

＊

「さあ笛詰、うまい飼い葉だぞ。ちょっと齧ってみないか」

蓮華は一つかみの青草を振ってみせた。しかし、笛詰はそっぽを向いている。いまだかつて、蓮華の手から餌を食べたためしがない。宥めすかしても全然だめだ。

「憎たらしい奴だ」蓮華は青草を土間に放り出した。「ああ、暇だ」

鉉太は最近ますます忙しくなったようだ。蓮華が赤子から転ずるときに様子を見に来るくらいで、後は酉白に任せて帰ってしまう。その酉白も、どこか気もそぞろな感じだ。二人が忙しい原因は、先日、砦跡で妙な奴らに付け回された一件にあるらしい。

その帰路で何か考え込んでいた鉉太は、谷鉉に戻るなり、酉白に命じて砦の元虜囚たちを探させた。ほとんどは郷里に戻ったが、帰る場所のなかった何人かは、州城から仕事をもらって暮らしているらしい。酉白が聞き集めたところ、彼らはつい最近、妙な男に砦での生活をいやに詳しく尋ねられたそうだ。当時どんな人間が囚われていたのか、などの話だ。

鉉太は鬼岩の砦に囚われていた過去をひた隠しにしている。阿藤の若君が鬼に働かされていたと知れたら困ったことになるそうで、つまり今の鉉太は、これまで以上に行動を慎まなければならない状況なのだ。

ふと見ると、笛詰が蓮華の放り出した草を食んでいる。本当に憎たらしい。「……暇だ」と蓮華は板敷の上がり端に、ごろりと寝転んだ。

伊多知の兵を相手に暴れて以来、一人で篠笹の外に出るな、と厳命されていた。出先で明が昇ればお前も困るだろう、と鉉太は説明したが、これは方便だろう。蓮華が勝手な行動を起こすと、鉉太に責任が及んでしまうのだ。

近ごろ急に生き生きとしてきた酉白も、叱られてしょげていた蓮華を憐れに思ったのか、後でこっそり、若君は蓮華さまを心配していらっしゃるのですよ、と慰めてくれた。でも、それは誤解だ。鉉太が外に出てほしくないなら、もういい、と言われるまで閉じこもっても構わない。蓮華のために命を投げ出そうとした鉉太の誓いに比べたら、こんな約束では簡単すぎる。

これからは鉉太のために戦おうと決めたのに、鬼の出ない谷鉉の里では、蓮華は何の役にも立たない。そればかりか、肩身の狭い思いをさせている。それがやるせないのだ。

せめて赤子に戻る身体でなければ、手を煩(わずら)わすことも減るのだろうけれど。

「……手習いの続きでもするか」身を起こし、道具を広げっ放しの文机に戻った。

この庵に居場所をもらい、一人で過ごす時間が増えてから、なぜ自分は明の出入りで変化するのかと考えるようになった。明が出ているときは赤子だから、この目で明の星を見た経験はない。ひょっとして怖いのだろうか。明を見るのが、怖い。なぜそんなことを思ったのかは分からない。怖いなんて考えつく自分に、少し戸惑っている。

明が己にとって何であれ、赤子でいること自体は、これまでの自分には悪くない気分をもたらすものだった。赤子になれば鉉太が抱き上げてくれる。手の温かさや、かけてくれる声の優しさ。記憶にはなくても、心地よさが全身に残っていて、幸せなひとときだったことが分かるのだ。

普通の赤子であれば、これまでに鉉太がくれた慈(いつく)しみは、小さな身体にあふれるほどの量だろう。けれど自分は、まるで底の抜けた水がめだ。いくら注いでもらっても満ち足りる気がしないのだ。優しさや温かさが、もっともっと欲しかった。

京で鉉太の思いを知り、そういった狂おしい貪欲さは、なりをひそめた。今は困らせたくない気持ちのほうが強い。でも本心を言えば、優しく抱き上げてもらうあの至福の感覚を、いつまでだって味わっていたいのだ。

ふいに腹の虫が鳴り、ぼんやりとした物思いから覚めて筆を置いた。どこからか良い匂いが漂ってくる。と、そう思った矢先、笛詰の鳴き声が庵に轟き、小さな悲鳴が聞こえた。

振り返ると笛詰が土間に立ち塞がっており、泉水が戸口から中をのぞいている。

「どうしていつも、この兎馬を自由にさせておくのよ。なってないわ」泉水は、いったん引っ込み、表から縁側に回ってきた。「下で御館の者がうろうろしていたの。あなたにって、押し付けられてしまったわ」

はい、これ。と渡された平桶には草餅が並んでいる。急に空腹を思い出し、蓮華は桶を抱えたままで草餅に食いついた。途中で泉水が湯飲みに水を汲んできてくれたので、それを一息に飲み干し、また食べる。最後の一口を平らげてから、やっと泉水の視線に気が付いた。呆気に取られたような顔だった。

「どうしよう、なくなってしまった……泉水どのにも分けてやればよかった」

「分けなくていいわよ。あなた、まるで三日も食べてないような勢いだったわ」

「さすがに三日は、蓮華でも無理だぞ。昨日の昼からだ」

「昨日の昼ですって？」泉水が怖い顔で膝を寄せてきた。「聞き捨てならないわ。どういう事情なのか、説明してごらんなさい」

「若君や酉白が来られないときは、食事などは御館の者が運んできてくれるのだ」蓮華は平桶を脇に置いた。「でも、ここのところ途絶えがちになっている」

「よっぽど怯えているのね。阿藤の家僕ともあろう者たちが、弱腰だこと」

「怯えるとは、もしかして蓮華にか」急いで食べたせいか、喉に引っかかった感じがする。胸を叩いていると、泉水が水のお代わりを持ってきてくれた。

「知らないのは本人だけね。あなた、正体は鬼ではないかと噂されているのよ」

「蓮華が鬼？」びっくりして声が高くなる。でも、腑に落ちた。「どうりで最近、みな蓮華とは目も合わさないはずだ。鬼だと思われていたのか」

　用事で庵に来ても、すぐ逃げ帰ってしまう。そういえば東護寺でも、途中から僧や尼僧たちが似たような反応を示してきた。偉い円宝に遠慮してか、あからさまに邪険な態度を取りはしなかったが、いま思えば、あれも鬼と間違われ、避けられていたのかもしれない。

「感心している場合ではないわよ。若君には相談したの？」

　お代わりの水を飲み干した。「相談とは、何をだ」

「何も言っていないのね」泉水は額を押さえている。「まったく世話の焼ける。分かったわ、代わりに文句を言ってあげる。もっと性根の据わった者を寄越しなさい、とね」

「皆が蓮華を怖がるのに、泉水どのは平気そうだな」

「あなたが鬼ですって？」泉水は憤懣(ふんまん)やる方ないという様子だ。「馬鹿馬鹿しいわ。万淵の里にも鬼くらい出るわよ。でも、鬼と人間を見間違えたりするもんですか」

「ふうん、泉水どのは笛詰に似ているな」

「あの兎馬と私の、どこが似ているのですって?」

とたんに怒りの矛先が、こちらに向く。蓮華は可笑しくなって笑い、少し俯いた。

「笛詰は、蓮華のことが好きではないのだ」

鉉太の言葉には従うのに、蓮華の言うことはちっとも聞かない。お前の施しは受けないとばかりに、手から飼い葉を食べたりもしない。でも、乳をくれるのは笛詰だ。鉉太に頼まれて渋々なのかもしれないが、満腹になるまで飲ませてくれる。記憶がなくても、いつも快く満たされていたことを、何となく知っているのだ。

「この前も今日も、泉水どのは蓮華のことで怒っている。でも、こうやって親切にしてくれるだろう? そういうところが笛詰と似ている」

「私は別に怒っていないわ。最初に会ったときは怒っていたけれど、今はもう、そうでもない」

泉水は苦いような表情だ。「ねえ、つねってもいいかしら」

「えっ」蓮華は思わず身を引いた。「今『怒っていない』と言わなかったか」

泉水は構わず手を伸ばし、にゅうと頬をつまんだ。別に痛くはなかった。

「触ってみた感じも、赤子のときと同じね。不思議だわ。赤子のあなたを抱いて以来、こうしていても、あなたのことは赤子のようにしか思えないのよ。あなたを娘だと言い張った若君の気持ちが、今なら私にも分かるわ」

泉水は、つまんだ頬の跡を均すようになで、悩ましげな溜息をついた。

「この前ここに来たとき若君にあなたを追い出せと言ったわ。奥を取りしきる者としてのお役目が果たせないからと。でも、あれは嘘よ」

蓮華は泉水の顔をのぞきこんだ。「嘘をつくために、若君に会いに来たのか？」

「そうよ。どうせ好いて嫁ぐわけではないもの。若君がどのような方でも諦めるしかないわ。でも、すぐ手の届くところに側女を住まわせるのだけは嫌だった。側女の子どもを育てることも業腹だけれど、まだ我慢できると思ったの」

　泉水の住む万淵の館では、父親が三人もの愛妾を同居させているという。表向きは唄い女だったり、飯炊きだったりだが、その女たちの子どもが何人もいる。いずれも居館の敷地内に暮らしており、泉水の母は口のうまい夫に頼まれ、奥を切り盛りしながら女たちの着物代を捻出したり、その子らの教育を引き受けたりしているそうだ。

「結局のところ、父様がいちばん頼りにしているのは母様で、母様は当然という顔でお役目をまっとうしているわ。それで奥の鑑（かがみ）と褒めそやされているの」けれど母の堂々とした態度の下には嫉妬が渦巻いており、ふとした拍子に顔をのぞかせる。母のそんな姿を、泉水は幼いころから見てきたという。「母様は私を跳ねっ返りと呼ぶわ。自分のような果州の女になれ、と小言を言われる。でも、私は母様みたいになりたくないの。自分の娘にしか本音をぶつけられない母様を、お気の毒だとは思うけれど」

　だからあの日、輿（こし）入れ前にもかかわらず、泉水は庵に乗り込んできたという。噂どおりに鉉太が側女を囲い、子までいるのかを確かめるためだ。わざとなじるように決断を迫り、鉉太の口から破談を告げさせようとした。泉水の父親は氏隆の家臣だから、泉水からは縁組みを断れないのだそうだ。

「事情は何となく分かった。でも、困ったぞ」蓮華は泉水の膝を揺すった。「なあ、泉水どのは、

若君に他人の子がいては嫌なのだろう。蓮華は、どうすればいい
「好きにしたらいいわ」と泉水の返答は素っ気ない。「若君によれば、あなたは蓮の化身なのですって。その言葉を信じるとすれば、あなたは別の女から生まれたわけではない……となれば、私が腹を立てる理由は、どこにもないわね」

「そ、そういうものか？」と聞くと、「そういうものよ」と泉水が頷く。

蓮華は安堵の息をついた。「良かった。若君は泉水どのを気に入ったと思う。もし泉水どのが本当はいやいや輿入れするのなら、きっと若君は、がっかりする」

「そうかしら」と泉水が憂鬱そうに両手で顔を押さえた。「若君に小賢しい口をきいたうえ、あんな見苦しい姿をさらしたのよ。絶対に呆れていらっしゃるわ」

「そうだったか？　若君は別に気にしていないと思うが――」

ふいに、冷たい風がうなじに吹きつけてきた。蓮華は刀掛けから太刀をつかみ取ると、庭に飛び降り、周囲を見回した。

「いったい何事なの」ただならぬ蓮華の様子に、泉水も不安そうに庭へ下りてきた。

麓から続く小道を、駆け上がってくる女がいる。「下で待たせておいた供の者よ」と泉水が言い、女に呼びかけた。「私は、ここよ。どうしたの、そんなに血相を変えて」

「大姫さま、狼藉者でございます。すぐにお逃げください！」

女は息を切らして叫び、つんのめって転んだ。その背には矢が突き刺さっている。

泉水が悲鳴を上げた。女に駆け寄ろうとするのを、蓮華は引き止め、背に庇う。

女を追って、十数人もの男たちが走ってきた。それぞれに朱鞘の刀や破魔矢を携え、頭巾で顔

を隠している。あっという間に、二人を囲むようにして散らばった。

　蓮華が太刀を抜こうとすると、「だめよ」と泉水が腕をつかみ、前に出た。

「お前たち、この庵は阿藤家の持ち物。私は万淵乙麻呂の娘です。それを承知なのかしら」

　青ざめつつも毅然として述べた泉水の言葉に、賊たちの視線が指示を求めるように一人に集まった。その頭目らしき男が進み出て、仲間に告げる。

「首が必要なのは鬼だけだ。万淵の娘は無傷で捕らえよ、使い道があるやもしれん」

　その気配に心当たりがあった。「お前、鬼岩の砦で蓮華たちの後をつけ回していた奴か」頭目が提げている香炉からは、嫌な匂いのする紫煙が流れ出している。

「お前たち、この子が鬼だなどという馬鹿げた噂を信じているのですか」

「泉水どの、下がっていてくれ。こいつらの目的は蓮華だ」

　前へ出ようとする蓮華を、なおも泉水は押し止めた。「勝っても負けても、あなたを鬼に仕立てるつもりよ。嘘でも鬼を匿（かくま）っていたなんて騒ぎ立てられたら、若君のお立場が悪くなるわ」

　蓮華は唇を噛んだ。どちらにせよ、また鉉太に迷惑をかけてしまうのだ。

　悩んでいる間に、一人が斬りかかってきた。蓮華は泉水を押しのけると、鞘で刃を弾き、相手を蹴り飛ばす。その拍子に香炉の煙が強くなり、ぐらりと意識がくらんだ。

「これは」と蓮華は、たたらを踏んで口もとを覆った。思い出した、退魔の護摩木（ごまぎ）だ。

　頭目が仲間をあおり立てた。「効いているぞ、仕留めろ！」

　いっせいに襲いかかってくる賊を、次々に鞘で打ち据え、退ける。しかし動けば動くほど、護摩の煙が身体にまとわりつき、力が抜けていくのだった。

「蓮華、逃げなさい！」賊に手首をねじり上げられながら、泉水が叫んだ。「私なら、殺されはしないわ。御館に逃げ込んで、助けを呼んできてちょうだい！」

ためらいつつも、蓮華は身をひるがえした。篠笹の茂みに飛び込み、斜面を駆け下る。「追え！」と頭目の怒声が聞こえ、落ち葉を踏みしだく足音が追ってきた。まっすぐに小道へ出て、御館の裏門を目指した。そこが最も近い入り口だ。

堀沿いに土塁の道を走るうちに、吐き気が腹に溜まり、次第に脂汗が浮き始めた。

朦朧としてゆく頭で、どうして、と蓮華は考えた。なぜ、退魔の護摩木が自分に効くのだろう。蓮華は人だ。鬼などではない。でも、円宝が言っていた。強い思念が魔を引き寄せ、人が鬼に変じる場合があるのだと。その者を羅刹と呼ぶのだと。

――そうだ。以前にも、こんなふうに追われて逃げたことが、あった気がする。

賊の射かけてきた矢が堀に落ち、魚が跳ねたような音を立てている。その水音に、また別の光景も思い出した。憎しみと蔑みを含んだ誰かの目の光だ。日差しを背負っているせいで、その誰かの顔は見えない。それから、たくさんの子どもの姿が思い浮かんでは消えていった。彼らは皆、なぜか怯えてうずくまり、泣きながら命乞いをしているのだった。

裏門に辿り着き、分厚い門扉を拳で叩いた。「開けてくれ、狼藉者が庵を襲った！　泉水どのが賊に囚われたのだ。まだ間に合う、誰か、早く助けに行ってくれ！」

門の脇に建った櫓でも、警護の兵らが蓮華を追ってきた賊を発見し、警戒の声を上げている。門の向こうで慌ただしい気配が交差し、すぐに扉が開きだした。

安堵も束の間、重い音をたてて扉に矢が突き立った。その直後、鋭い衝撃が胸を突く。背中に矢を受けたのだ。蓮華は息が詰まり、扉に爪を立てて膝を突いた。その横を、阿藤の兵たちが続続と駆け抜けてゆく。

兵の一人が蓮華を支え、「おい、大丈夫か」と声をかけてきた。

痛みよりも衝撃で気が遠くなりそうだ。矢が突き立ったときの振動が、なぜかいつまでも止まらない。臓腑をかき乱されるようで、悪寒が身体に、じわじわと広がっていく。

「若君は……どこだ。勝手に庵を出たこと、謝らないと――」

呻いた拍子に、肉を焼かれるような痛みが走った。と同時に、すぐ背後で空気が弾ける。

周りの兵たちが悲鳴を上げて逃げ出した。身体を支えてくれていた兵もが、蓮華を突き飛ばし、腰を抜かしたようになって後ずさる。

首をねじって確かめると、身体が燃えていた。背中に突き立った矢が、青い炎を吹いて燃えているのだ。鬼を焼く破魔矢。魔を滅却する青い火炎だ。

「――どうして」と呟いたとき、腹に溜まった吐き気が喉に込み上げた。口を押さえた指の隙間から、血のようにしたたったのも、青い炎だ。

――どうして、思い違いをしていたのか。私が鬼ではない、なんて。

口からあふれた青い炎が、雨粒のような音を立てて地面に落ちる。染みを作って燃えている。

その光景を目の当たりにした瞬間、蓮華は全身に灼熱を味わい、絶叫を上げた。

「……あ、熱い……熱い！」

大きくのけぞり、身体をよじり、転げ回って背中の炎を消そうとした。しかし、吹いても叩いても、炎の勢いは衰えない。手を回して破魔矢をつかんだら、「抜くな！」と制止の声がした。誰の声かも確かめられなかった。夢中で矢を引き抜いた瞬間、凄まじい火柱が上がり、全身を包み込んだからだ。

蓮華は獣のように咆哮を上げた。身の内も外も燃えている。肉が裂けるような激痛と焦熱。一瞬たりとも、じっとしていられない。煮えた油に弾ける水のように、勝手に身体がねじれて跳ね上がる。何も見えないのは、青い炎が目の前を覆うせい、何も聞こえないのは、燃え盛る炎の轟音のせいだ。身をあぶる責め苦に声を上げ、誰かの助けを乞い続けた。

そのうち、ふわっと天地の感覚がなくなった。次の瞬間、派手な水音が鳴り響く。転げ回るうちに、堀に落ちたらしい。

熱を帯びた身体が冷やされてゆき、少しずつ苦痛が遠くなっていく。蓮華は浅い水際に倒れたまま、じっと目を閉じ、呼吸が整うのを待った。やがて節々の痛みを押して身を起こしたが、身体はどこも燃えておらず、焦げ跡もない。

不思議に思って顔を上げると、そこは堀の中ではなかった。見渡す限りに石積みの塔が立ち並び、誰の姿も見当たらない。ぎらぎらとした七極の色に彩られた河原だ。

*

鉉太は急いで堀に飛び降りた。腰まで水に浸り、力尽きた蓮華を抱えて、くすぶる青い炎を叩き消す。人には青い陽炎でしかない破魔の炎は、鬼には身を焼く仏罰の業火だ。

「しっかりしろ、死ぬな、蓮華！」呼びかけながら青ざめた頬を張った。しかし、まるで反応がない。瞳は虚ろに見開かれたままで、すでに息も止まっている。

「誰か手を貸せ、急いで館に運び込むのだ」叫んだ鉉太は、そこで初めて、堀の上に居並ぶ者たちの戸惑う表情に気が付いた。

「恐れながら」と菅根が白い眉を垂れ、堀の縁に膝を突いた。「鬼の穢れを御館に入れるわけには参りませぬ」

　鉉太は内心で舌打ちをした。知らせを受けて駆け付けたとき、すでに蓮華は破魔の炎に焼かれていた。絶叫を上げて苦悶する姿を、ここにいる皆が目撃している。

「見たところ、その鬼は絶命している様子。蘇生させて苦しませるより、このまま首を落としてやるのが人の道かと存じます」

　菅根は蓮華が鉉太の連れてきた娘だと知っている。素知らぬ顔で見殺しにしろと告げる皺首に、殺意にも似た感情が沸き立った。一方で、そう述べた意図も理解できる。ほとんどの郎党たちは、蓮華の噂を聞いてはいても、その姿を直には見ていない。ここで菅根が多くを語らないのは、皆の前で蓮華と鉉太との関係を伏せたいがための苦肉の策だ。

　しかし、と鉉太は菅根の配慮にあえて背き、蓮華の身体を肩に負った。ここで見捨てることができるなら、反対をおしてまで故郷に連れて帰りはしないのだ。

「館へ運べぬというなら、別の場所へ連れてゆく。円宝どのをお呼びしてくれ」

　堀の石積みを登り始めたが、誰一人として手を貸そうとはしなかった。

　鉉太は蓮華の骸を里外れの御堂へと運び込んだ。

前後して円宝も到着した。使いの者から次第を聞かされてはいるらしい。物問いたげな視線を寄越しつつも、粛々と護摩壇をしつらえた。鬼の穢れを祓（はら）い、魂を鎮めていく。

鉉太は白布で覆い隠された蓮華を前に、拳を握り固めて端座していた。骸を運んだときには、まだ気持ちが張っていた。しかし、円宝を連れてきた家僕が逃げ帰り、祈禱に立ち会っていた菅根も戻っていった今は、我ながら腑抜（ふぬ）けのようだった。小さく灯された燭台（しょくだい）の明かりが、白布の上に置かれた鬼封じの呪符（じゅふ）に影を作っている。淡い陰影がかすかな風に揺れるところを、夢か幻かも分からないような心地で眺めていた。

円宝が憂（うれ）えるような顔でこちらをうかがっている。声をひそめて尋ねてきた。「若君は、ご存じでいらしたのかのう」蓮華が鬼だと知っていたのか、という質問だ。

御堂の中には、鉉太と円宝、そして他者の侵入を阻むように戸口で陣取る酉白。破魔の武器を提げた二人の見張り兵は、表で篝火（かがりび）を焚いている。円宝が小声を使ったのは、兵らの耳をはばかったのだろう。

「知っていたわけではない。だが、もしかしたらと、薄々にな」

曖昧（あいまい）に答えはしたが、確信はあった。鉉太は長年にわたって蓮華を間近で見ていたが、鬼についても見てきたのだ。

戦いに身を投じたときの、人間にあらざる身のこなし。赤子から娘へ転ずる際に示す、殺意もあらわな警戒心。忘れたと言って周囲を見回すときはいつも、記憶を拾い戻せないことが不思議だという表情をした。ふとした瞬間に目にする一面には、鬼の奇怪さと似た気配があった。何よりも大切な存在であるはずの蓮華に、そんな一瞬、鉉太でさえ寒気を覚えるのだ。

しかしそれだけに、本人が異常さに気付いていないのが憐れだった。

「俺が果州の平和を願ったのは、蓮華のためだ。鬼の魔が脅威でなくなれば、鬼である蓮華も、この地で心穏やかに生きていけるに違いない、と」

鬼岩の砦で、鉉太は鬼と変わらぬ下衆の一人だった。自分には蓮華に大切なことを教えてやれないという煩悶が、今も胸の中にある。だから言葉の使い方を教え、文字を教え、他の人間との暮らしを教えた。そうして、せめて人の世に紛れさせようとしたのだ。

「俺が果州に帰ってきたのも、望みをなせる力を欲したからだ。蓮華の安らげる場所を作ってやるのが俺の夢だった。偉そうな口を叩いても、ただの私利私欲だ。軽蔑してくれて構わない」

「おやめください、そんな、私利私欲だなどと」西白が声を荒らげた。「どのような理由であれ、若君の目指すところが尊いことに何ら変わりはありません」

円宝も頷き、灯火の下の白布を見やった。「わしは蓮華が青炎にまかれるところを見ておらん。正直なところ、鬼だったと言われても、とんと実感が湧かんわい」

「円宝さまの仰るとおりです。たとえ鬼だったとしても、蓮華さまは普通の鬼とは違うのだと存じます。なのになぜ、このような惨いことに……」西白は声を途切れさせ、嗚咽(おえつ)を漏らし始める。命じられて蓮華の世話をするうちに、情が移っていたのだろう。

「わしとて思いは同じじゃ。穢れにまみれた鬼ならば、破魔の炎で炭となろうものが」

円宝が骸の布をめくった。眠るような死に顔は美しく、火傷(やけど)の一つもない。うっすらと肌に差した色は、戸口越しに投げかけられる、いつの間にか昇っていた明の光だ。

星の色を帯びたその頬に、鉉太は触れた。「もう、赤子には戻らないのだな」

先ほどまで温かかった身体が、もう冷たい。しんとした肌の感触に、少しずつ実感が湧き始めた。何かが終わったという感覚だ。

明が昇れば、と一縷の望みを繋いでいた。きっと光を浴びて死を覆し、命あふれる赤子として蘇る。ひどいめに遭ったと泣き喚き、俺を辟易させるに違いない、と。

鉉太は近づく足音に外を見やり、表情を引き締めて立ち上がった。報告を受けて氏隆が駆け付けたのだ。階を下りて出迎え、見張りらとともに頭を下げた。

氏隆は目で鉉太を促し、御堂を離れた。内密の話があるらしい。

「蓮華が死んだそうだな。鬼の正体を現したとか」

木立の中をそぞろ歩きながら、氏隆が無遠慮な物言いをする。鉉太は湧き上がる反発の思いを押さえ込み、平静さを装って言い直した。「賊どもに矢を射かけられ、息たえました」

「その賊だが、永手の配下の者だと判明した」

思わず足を止めた。「まことでございますか」

蓮華の訴えに応えて庵に走った者たちが、残党を成敗したと聞いていた。無事に保護された泉水も、賊が何者か見当もつかない、と困惑していたそうだが。

「厩の下男が、骸の一つに見覚えがあると証言した。永手の馬取りだったそうだ」

鉉太は唸った。「では、襲撃は永手の指示だったのですね」

「永手には、明日にも馳せ参じるよう使いを出した。今回の件では万淵の娘も巻き込まれている。申し開きを聞いたうえで、永手には責任を取らせることになるだろう」

「永手は召喚に応じるでしょうか」

「来んだろうな」と氏隆は、あっさり否定した。「数日前から、司波の領内で戦備えの動きが見られるという報告もある。今ごろは城柵を固めておるだろう」

鉉太は眉をひそめた。永手を陥れるための氏隆の捏造ではないかとの疑いもあったが、実際に不穏な動きがあるとすると、永手の側にも決起の腹づもりがあったらしい。

「長く待ち望んでいた好機が巡ってきたぞ。永手を返り討ちにし、真なる果州統一を果たすのだ」いつになく氏隆は上機嫌だ。「お前にも一隊を任せる。手柄を立てよ」

鉉太は畏まって礼を述べたが、喜ぶ気には、なれなかった。犯人が明らかになったのはいいが、蓮華を襲わせた意図が、まるで分からないのだ。なぜ永手は、こんな愚かしい真似をしたのだろう。わざわざ攻め入る口実を与えたようなものではないか。

「それと、鬼の骸は首を切り離し、入念に封印をしたうえで、谷鉉の入り口に埋めよ。魔をもって魔を制す。あの鬼神のごとき娘であれば、末長く、この地の守りとなってくれよう」

「いいえ、それはなりませぬ」鉉太は目を伏せた。氏隆を睨みつけない自信がなかった。

「不服か。父の指示が聞けぬほどに、あの鬼に惑わされておったのか」

「そういう意味ではございません」と口では答え、その場に膝を突いた。蓮華の首を切るなど、とうてい受け入れられる話ではない。「鬼の魔とは人の手に負えぬもの。粗略に扱えば、より大きな魔を生じさせ、いずれ我々に甚大な災厄をもたらすでしょう。谷鉉の守りと成すのであれば、しかるべき方法で祀（まつ）らねばなりません」

「なるほど、一理ある」氏隆はいったん首肯しておいて、しかし、と続けた。「それは都にかぶれた考え方だ。果州では鬼を祀るなどありえぬ。お前の慈悲は民のあいだにも必ずや反発を生むだろう。あの娘は諦めよ、つまらぬ情で立場を危うくする必要はない」

氏隆は鉉太の肩に手を置いた。「冷静になれ。よいな、氏真」

鉉太が唇を噛んだとき、雷鳴のような音と地響きが轟いた。続けて、凄まじい絶叫もだ。振り返ると、見張りの男が御堂の階を転がり落ちるのが見えた。

「父上、失礼します」と御堂へ駆け戻った。見張りの男は肩の骨が外れ、頭からも血を流している。「何が起きた」との問いかけにも、蒼白な顔で喘ぐばかりだ。

鉉太は御堂内に飛び込み、異様な臭気にむせて口もとを覆った。充満した血の匂いと、雷の落ちた後の、つんとした空気の匂い。火の消えた燭台が散乱する床に、もう一人の見張りが倒れていた。鼻や耳から血を流し、奇妙にねじれた姿で絶命している。そのかたわらには、こちらに背を向けて尻餅をついている酉白の後ろ姿。その酉白を背に庇い、円宝が指で剣印を構えている。

そして円宝の、その向こう。御堂の奥には、暗がりの壁に背中を押し付けるようにして立ちすくむ、息を荒らげた蓮華の姿があった。

「お前……生き返ったのか」鉉太が駆け寄ろうと前へ出ると、ひっ、と蓮華が喉を鳴らした。壁にめり込まんとするように、なおも後ずさる。

「待てい」と円宝が、剣印を結んだままで鉉太に呼びかけた。「蘇りはしたが、魂が此岸に戻っておらんのじゃ。今の蓮華は、蓮華ではないと思え」

確かに尋常な姿とは思われない。肌は生者にあるまじき青白さで、手足は激しく痙攣（けいれん）している。黒々と落ちくぼんだ目は視線が定まらず、いまだ彼岸を見続けているようだ。

「このありさまは何事だ。何が起こったというのだ」御堂内を見回せば、壁や天井のそこかしこに、丸太で突き破ったような大穴が空いている。

「わ、分かりません」酉白が震え声で答えた。「急に息を取り戻し、苦しみ始めたのです」

異変に気付いた見張りたちが、意識のないまま暴れる蓮華を取り押さえた。そのとき、野分けにも似た突風と稲光が起こり、見張りたちを吹き飛ばしたという。

「一部始終を見ておりましたが、蓮華さまが何をなさったのかも理解できませぬ」

円宝がとっさに庇ってくれなければ、酉白自身も、どうなっていたか分からないという。

「蓮華、俺の声が聞こえるか」慎重に足を踏み出した。そっと手を広げ、静かに話しかける。

「怖がることはない、そら、戻ってこい」

様子をうかがいながら、もう一歩を踏み込む。その刹那、御堂の中が急激に冷え込んだように感じられ、蓮華の髪が音もなく逆立ってゆくのが見えた。思わず身を伏せた瞬間、頭上で空気の切り裂かれる音が鳴る。後ろへ跳びすさると、雷が走って床を砕いた。飛んできた木っ端を腕で弾き落とし、鉉太は戸口まで退いた。

そのあいだに、円宝も老人らしからぬ力で酉白を引きずっている。御堂の外へと退避し、凛とした声音を放った。退魔の真言だ。火花の弾ける音が響くと、蓮華が苦悶の呻きを上げ、大きく身体を折り曲げた。

「氏真、何をためらっているのだ！」氏隆が駆け付け、朱鞘を払った。自ら蓮華を討とうというのだろう。

鉉太は拳を握りしめた。こうまで異能が明るみに出ては、もはや蓮華を庇いきれまい。

素早く一計を案じると、見張りの骸から弓と破魔矢を取り上げた。

「父上の手を煩わせるまでもございません。私が」破魔矢は、わずかに三本だ。「あれは手負いの鬼。極めて危険な存在にございます、どうかお下がりを」

袖を巻き込まぬよう、衣の右肩を肌脱ぎにした。破魔矢の一本を弓弦（ゆづる）につがえ、もう二本を右手に添えて持つ。御堂の奥へ向けて弓を引き絞った。蓮華は飛びかかる前の狼のように身を屈め、こちらの様子をうかがっている。

鉉太は心を殺して矢を放った。蓮華が大きく横に跳ぶ。そのまま飛びかかってくるかと思いきや、ふいに瞳に光が灯り、瞬き（まばたき）をした。「――ととなのか？」不安げに呟き、周囲を見回した。赤子から娘へ転じた直後の仕草に、よく似ていた。

鉉太は歯を食いしばり、二本めを放った。矢は蓮華の脇をかすめて板壁に突き立つ。びくっと蓮華が身をすくめ、訳が分からないという顔で壁の矢と鉉太とを見比べた。

「とと、なぜだ」と叫んだ蓮華の右手が、一瞬、何かを招くようにひらめいた。その右手を三本めの矢が貫き、深々と壁に縫い止める。と同時に、出現した星砕が、受け手を失って床に転がった。蓮華が悲鳴を上げ、青い火炎を上げる右手を左手で押さえた。

鉉太は星砕を遠くへ蹴り飛ばし、外した一本めの矢を壁から引き抜いた。しかし、その矢を弓につがえる前に、蓮華は縫い止めた矢をへし折り、右手を引き抜いている。炎を吹く右手を胸に抱えて、壁の破れ目から外へと飛び出した。

鉉太は壁の大穴に駆け寄った。青い火炎の光が、深い夜の森へと逃げていった。

堂の外に人馬の足音が入り乱れた。異様な物音を聞きつけ、配下の者が駆け付けたのだ。鉉太が着物を整えて表に出ると、何人もの郎党たちが集まっていた。矢継ぎ早な氏隆の指示に、踵を返して散っていく。山狩りの準備だろう。

鉉太は氏隆の前に膝を突いた。「申し訳ございません。討ち損じました」

「うむ、見ていたぞ。あの手負いの鬼を相手に、無事であったのは何よりだ」鉉太を見下ろす氏隆の表情は、平素と変わらないように見える。「だが、お前ほどの射手が仕損じたのは解せぬ。情けをかけたのではあるまいな」

「滅相もございません。鬼の気迫に手もとが狂いました。お恥ずかしい限りです」

「己の腕前に慢心せず、いっそうの精進をせよ。……戦に備え、今夜はもう休め」

鉉太は膝を進めた。「ありがたきお言葉ですが、あの鬼は危険です。私も山狩りに加えていただけませぬか。討ち逃した責任を取りたいのです」

「もう休めと申しておる」これ以上の勝手は、まかりならん、という意味だ。

鉉太は、やむなく引き下がった。見張りの骸が運び出され、怪我を負った男も薬師(くすし)の元へと連れられていく。やがて氏隆と郎党たちも引き上げた。まだ血の匂いのする御堂に残ったのは、鉉太と酉白、円宝の三人だけだ。

鉉太は壁の折れ矢を見つめていた。射かけられたときの、蓮華の驚愕の表情が頭から離れないのだ。以前、決してお前には矢を向けないと言い切った。それをこうもあっさり違えてしまい、蓮華は呆れ返ったことだろう。裏切られたと感じたかもしれない。

床に転がっていた星砕を拾い、円宝に手渡した。「この大太刀に封印を施してもらえまいか。

蓮華が呼び寄せれば、山狩りの者らの身が危うい」

　星砕を手に、円宝が眉を上げる。「構わんが、逆に蓮華が危うくなるぞい」

「手向かう術がなければ、蓮華は人を避けて逃げるだろう」

「若君、よろしいでしょうか」ためらいがちに西白が尋ねた。「本当に蓮華さまを射るおつもりだったのですか？」

「もちろんだ。本気で射殺す覚悟がなければ、蓮華には当てられん」

「そんな」と西白は鉉太に詰め寄った。「蓮華さまも最初こそ取り乱しておられましたが、途中で正気を取り戻されたではありませんか」

「西白、あれは蓮華が自ら逃げるよう仕向けるための芝居じゃよ」円宝が面白がるように言い、鉉太の手もとをのぞきこんだ。「ほれ、似合わぬ真似をするから、血が出ておるぞい」

　驚いて左手を見下ろすと、親指の付け根の皮膚が破れ、血が滲んでいた。手の震えを無理やり押さえ込んだせいだろう。鉉太は片頰で笑い、苦い血を舐めた。冷静さを失い、身体に余計な力が入ると、矢が皮膚を傷つける。弓を習い始めた幼いころに、よく犯した失敗だ。

「そうでしたか」西白が心底から安堵したように肩を落とした。「それならそうと仰ってください。要らぬ差し出口を叩いてしまったではありませんか」

「父上にも、お前のように騙されていただきたかったが」上手くいかないものだと唇を嚙みつつ、円宝に向き直った。「内密に頼みたい。蓮華を探し出し、保護してもらえんか」

「おう、あれには聞きたい話が山とあるでな。喜んで引き受けようぞ——と、言いたいところじゃが」円宝は顎に皺を寄せた。「さすがに、ちと荷が重いの。蓮華が素直に従うとは限らんし、抵抗されれば、本気で応戦せざるを得なくなろう。しかも山狩りに先んじて見つけねばならんのに、どちらへ逃げたかも見当がつかぬときた」

せめて朱染めの矢羽根を飛ばせておればと、腕組みで唸っている。

「円宝どの。行方を探す手だてなら、心当たりがないでもないのだ」

酉白も口を添えた。「私からもお願いいたします。どうか蓮華さまをお導きください」

ふうむ、と円宝が斜め上を見た。「あい分かった。とにもかくにも、試してみるぞい」

「かたじけない。無事に蓮華を説得できれば、その後の扱いは円宝どのにお任せしよう。ただし、俺が保護を頼んだとは知らせないでもらいたい」

酉白が驚いたように声を上げた。「それでは若君が、蓮華さまに恨まれてしまいますが」

「恨まれるために本気で射たのだ。俺が保護を頼んだと知れば、戻ってこようとするかもしれん。だが俺の周りは、もはや蓮華にとって安全な場所ではなくなってしまった」円宝に深く頭を下げた。「どうか、蓮華をよろしく頼む」

鉉太が鬼の娘を匿っていた事実は、とうに知れ渡ったようだった。御館へ戻った際には、出迎えた者らの顔に、疑念や不満の表情がありありと見て取れた。言葉や行動にして表さなかったのは、常と変わらぬ態度で通した菅根を慮ったにすぎない。

早々に自身の対の屋に引っ込み、しおらしく謹慎を始めた鉉太だが、夜半になって寝所を抜け出し、独り濡れ縁に座り込んだ。

やや肌寒い夜風が廊を通り抜けていく。小さな池に注ぐ流れが、かえってひどく寂しげだ。柱にもたれ、渡殿越しに寝殿へと目を向ければ、篝火が慌ただしく行き交う人影を照らしていた。おそらく山狩りと戦の準備だろう。あちらも寝ずの夜を過ごすらしいが、鉉太の参加は叶わない。

紅葉が音もなく池に落ち、その水紋に乱されて、映っていた白い光がいくつもの欠片になって散っていた。傾きかけた明に代わり、天頂には月が昇っているのだ。仄かな月光に包まれていると、澄みきった池を渡る風の香りが、月のそれであるように感じられる。

ぼんやり夜を過ごすなど久しぶりだ。果州に戻ってからは多忙を極め、物思いにふける暇もなかった。しかし帰郷の以前でも、明の巡るあいだは蓮華の夜泣きに悩まされてばかりいた。一晩中、抱いてあやした夜もあったなと、懐かしさに胸が苦しくなる。

かすかな衣擦れの音に顔を上げると、渡殿に泉水の姿があった。昼間の襲撃の次第を明らかにするため、今夜は御館に留め置かれたのだ。

泉水は迷う風情で佇んでいたが、意を決したように近づいてきた。

「このような夜更けに、はしたない真似をして申し訳ありません。お庭を拝見しておりましたら、お姿をお見かけしたもので。……その、寝つけなかったものですから」

少し離れて端座した許嫁は、夜着に袿をはおっただけの格好だ。伏した目もとには憂いの色が濃く、手首に巻かれた手当ての巾が、夜目にも白く痛々しい。と、こちらの視線に気付いたのか、泉水が手を袖に隠した。その目をそらしながらの恥じらう仕草に、こちらまで目のやり場がない心地にさせられる。

鉉太は妙な居心地の悪さを空咳で追いやった。「騒動に巻き込み、申し訳なかった。明日にはお父上も駆け付けてくださるとか。俺からもお詫びするつもりだ」

「いいえ」と泉水は首を振った。「お詫びなど、とんでもないことです。ふらふらと出歩いた軽率な私の、自業自得ですわ。きっと父も呆れております。それよりも」と袖に引っ込めた泉水の指先が、固く握られたのが分かった。「郎党らの話を耳にしましたの。鬼となって蘇った蓮華を、若君が成敗なさったとか。本当でございますの？」

鉉太は頷いた。「実際には、一矢を当てたのみで逃げられたのだがな」

「何ということ……おつらかったでしょう、若君も、蓮華も……」しばし絶句したかと思うと、両手を突き、頭を下げた。「何とお詫びを申し上げたらよいのでしょう。このような事態を引き起こしたのは私でございます。私が蓮華に、逃げよと告げたのです」

打ち明ける泉水の声に、はたはたと軽い物音が混じった。床に涙の滴がこぼれる音だ。鉉太は驚き、泉水のかたわらに膝を進めた。

「泉水どのに何も落ち度はない。もし俺がその場にいても、同様の指示をした」

「いいえ、そういう話ではないのです」泉水は首を振り、涙を袖で拭った。「私が庵に忍んでまいりましたのは、蓮華に謝るためでした。先日は私が邪(よこしま)な誤解をしたままで、あの子は赤子になってしまいましたから」きちんと話をしておきたかったのです、と息を詰まらせた。「私は蓮華に、若君の娘であれば私の娘も同然だと、伝えようと思っていました。……なのに私は、あの子を守ってやれませんでした」

泉水が嗚咽を漏らし始める。震える肩を、鉉太は抱いて支えてやった。

「そんなふうに思ってもらえるとは、かたじけない。俺も蓮華も、果報者だ」

鉉太は泉水の背をさすった。ぐずる蓮華を宥めるのと同じ仕草だと気付いたが、次第に様子が落ち着いてきたので、赤子でなくても効果があるらしい。

しばらく続けていると、「あの」と泉水が呟いた。「もう結構でございます」後ずさって離れたその顔は、泣き腫らしたせいばかりでもなく、赤らんでいる。

「私、またしても若君の前でお見苦しい姿をさらしてしまいましたわ」

鉉太も照れくさくなり、再び咳払いした。「気にする必要はない。それもこれも、蓮華にかかわったせいだ。蓮華のしでかす厄介事には誰もが振り回される。昔から、そうだった」

「分かりますわ。蓮華はまるで、塀の上を走っていく子どもです。危なっかしくて、とても放っておけない、という心地にさせられますもの」と泉水がこぼし、小さく笑う。やっと調子を取り戻してきたようだ。「もっと蓮華の話を聞かせてくださいませ。蓮の化身だと伺いましたが、どのようにして出会われたのですか」

鉉太は返答に躊躇した。話すなら、己の過去にも触れる必要がある。誤魔化すこともできるが、それでは自分と蓮華のために涙をこぼした心根に、報いてやれないように思えた。

「泉水どの。蓮華との出会いは、俺の来歴と深くかかわっている。もしお父上にも話さないと約束できるなら、もっとそばへ寄ってくれ。大きな声では話せないことなのだ」

泉水が神妙な面持ちで身を寄せたので、固く口止めしたうえで、鬼に囚われていた事実を打ち明けた。気丈な許嫁もさすがに青ざめたが、黙って頷くのみで聞き入るところは、かつて、主がどんな秘密を抱えようと仕えていく、と言い切った覚悟をよく表していた。

「当時の砦には大武丸という男がいて、大胆な脱走を企てた。その途中で、たまたま俺が見つけた太刀を巡り、川原で言い争いになったのだ。そこへ、上流から蓮の蕾が流れてきた」

泉水が大きく目を瞬いた。「それが、蓮華でございましたのね」

「そうだ。俺はどうしてか分からないが、その蕾を拾いたくなり、拾ったがために、川を渡ってゆく大武丸を追いかけられなかった。落胆して砦に引き返したわけだが、その抱いて戻った蓮の蕾が——気付いたときには赤子に変わっていたのだ」

「まあ、なんて霊妙な」泉水は胸の前で指を組み合わせた。「やっと納得がいきましたわ。私、蓮華が鬼だなんて何かの間違いだと思っていましたの。そうです、蓮は御仏の象徴ですもの。あの子は鬼などではなく、きっと御仏とかかわりがあるのですわ」

ずいぶん大袈裟（おおげさ）な反応だ。鉉太は苦笑した。「とても、そうは見えないがな」

「ところで、脱走した大武丸なる者は、そのまま逃げおおせましたの？」

「いや、鬼の呪で連れ戻され、殺されてしまったのだ。それが、どうかしたのか」

「偶然かもしれませんが」泉水は記憶をたぐるような顔だ。「大武丸という幼名は、南果の者が好んで使うのですわ。代々、大武丸を名乗らせる家が、確かあったはずだと思いましたの」

「なるほど。そうなると、身近に縁者がいるかもしれんな」

とはいえ、身元を調べて知らせてやる気には、なれなかった。仲間を裏切り、殺された男だ。残された家族にしても、不名誉な最期など聞きたくもないだろう。

もし自分が大武丸だったらと、ふと考えた。鉉太が十やそこらの童ではなく、蓮華という強力な味方もいなかった場合の話だ。どうしても失敗できない脱走を企てるとしたら、大武丸と同様、仲間を囮として用いるはめになっただろうか。

「もし大武丸を追いかけていれば、若君も命を落とされていた」泉水が感慨深げに呟いた。「となると、やはり蓮華は出会いのときから、若君をお守りしていたのですね」

「さすがに考えすぎだ」鉉太は笑ったものの、正直なところ、そうかもしれない、とも思う。

鉉太の役割は蓮華を支えることだが——ときおり、それとは正反対の錯覚を起こす。蓮華は鉉太を生き延びさせ、鉉太の目的のために破魔の刃を振るう、というものだ。蓮華が戦う理由は他の誰とも違う。血筋や家柄への忠義でもなければ、財産によるものでもない。自惚(うぬぼ)れを怖れずに言えば、蓮華は誰よりも鉉太を慕っていた。その力の源は掛け値のない親愛の情なのだ。

しかし、そんな情を寄せてくれた蓮華に、自分は矢を射かけてしまった。

「……もう俺は、あいつに合わせる顔がないのかもしれんな」

思わずこぼれた繰り言に、泉水が鉉太の手をぴしゃりと打った。

「蓮華は若君の苦しいお心うちを正しく理解しています。だからお立場を悪くさせないよう、今も心細いのをこらえて、必死に山野を逃げ回っているのではありませんか。なのに若君がそんなふうに仰るのでは、蓮華も逃げ甲斐がございませんわ」

ぐうの音も出ない正論に、鉉太は恥じ入るしかない。「泉水どのの言うとおりだ」

蓮華のためを思うなら、人々が鬼を怖れずに暮らせる理想の都を築くのだ。それが叶えば、いつか迎えに行ってやり、もう大丈夫だ、すまなかったと詫びることもできるだろう。

泉水が微笑んだ。「心配なさらなくても、遠からずお会いになれますわ。初めて若君と蓮華をお見かけしたとき、すぐに分かりました。お二人は強い絆で結ばれていらっしゃいます。私は最初、それを男女の縁だと思い込んでおりましたが——」ふいに頬を染め、気を取り直すように顎を反らした。「浅はかな邪推でございました。お二人の縁は大変に深いもので、俗人の結ぶ縁とは種類が違うのですもの。だから大丈夫です」

「泉水どのは面白いな」つい笑ってしまった。話だけでなく、表情の変わりようも面白い。「では、俺と蓮華の縁とは、どんなものだろうか」

「私などには分かりませんわ」からかわれていると思ったのか、泉水は軽く睨みつけてきた。

「ですが先ほど若君は、蓮の蕾を拾ったときの心持ちを『どうしてか分からない』と仰いました。つまり、そういうことです。お二人の縁は、きっと人知を超えた理の中にあるのですわ」

「人知を超えた理か……それはいったい何なのだろうな」

何気なく呟くと、泉水は窮した様子で言葉を絞り出した。

「ええと、たとえば、そう、宿世の縁ですとか」

鉉太が鉉太として生を受ける以前に、輪廻の中で結んだ縁、というものだ。

「もう勘弁してくださいませ。分かったふうな口をきいておりましたが、私はあまり良い信徒ではありませんの」母親の勧めで経を嗜んではいるものの、その理には多少の疑問があるという。

「現世という穢土に住まう愚かな衆生は、煩悩を捨てて解脱せよと。御仏からご覧になれば確かに穢れた土地かもしれませんが、そこまで仰らなくてもと思いますわ。私は新緑の萌える野山や麦穂の海を、とても綺麗だと感じますもの」

「同感だ。楽土には遠く及ばなくとも、捨てたものではないと俺も思う」鉉太は池の月影を見て笑った。「泉水どのは怖い物知らずだ。月光の下で堂々と御仏を批判するとは」

「存じておりますわ。皓月明王でございましょう」悪行に恐ろしい罰を下す仏法の守護者。月はその化身だ。「御仏の慈悲は、人の身には計れぬほど深いものだそうでございますもの。か弱き者の戯れ言ぐらい、大目に見てくださいますわ」

泉水が自信たっぷりに夜空を仰ぎ、ふと何かに気をとられたように黙り込む。「どうした、泉水どの」と顔をのぞきこむと、明を見上げる瞳に、柔らかな黄金色の光が映っていた。

「――いいえ、逆です。結果より前に因縁が生じるとは限りません。縁起も、また同じです」

池をわたる微風のような、決して泉水のものではない静謐なしゃべり方。どこか俗人ばなれした仕草で鉉太を見やった瞳には、依然として明の色が輝いている。あたかもそこに宿った明の光が、内側から泉水を動かしているかのようだ。

息をのんで見つめていると、泉水に宿った何者かは、さらに続けた。

「縁起とは因縁と結果を結ぶもの。因果の生起するところ。因縁と結果は、すでに因果の内に生じています。欠けているのは縁起です。あなたがたの因果の縁は、これから生じる縁起が結んだものなのです」

「つまり、俺と蓮華の縁は、これから起こる何かが、きっかけ……そう言いたいのか？」

泉水が再び夜空を見上げ、目を瞬く。その瞬間、瞳の色が元に戻った。

「そう……なのだと思います」曖昧に泉水が呟き、困惑した様子で頬を押さえた。「お恥ずかしい話ですわ、自分でも、なぜ今のような言葉を口走ったのか、分かりませんの」

鉉太は苦笑した。「おそらく、御仏が寄り坐していたのだ」泉水に宿っていた光が、音もなく天空に帰っていったように見えた。いやはや、とんでもない僥倖に恵まれたものだ。

「またそうやって、おからかいになりますのね」軽口のつもりはなかったが、泉水は拗ねてしまったようだ。もう戻ります、と腰を上げている。

「待ってくれ」鉉太も立ち上がり、懐（ふところ）から数珠（じゅず）を取り出した。「母上の形見だ。俺は今回の失点を挽回するためにも、永手との戦で手柄を挙げねばならん。留守のあいだ、泉水どのに持っていてほしいのだ」

差し出した数珠を、泉水は驚いたように押し返してきた。

「いけません。出陣なさる若君にこそ加護が必要です」それに、と目を伏せる。「まるで形見を先渡しされるようで、何やら不吉な心地がいたしますわ」

「無用な心配だ。司波の軍は孤立し、勝敗は見えている。だからこそ一部の者が、昼間のような暴挙に出ないとも限らない。俺のいないあいだ、この数珠が泉水どのを守ってくれると思えば、安心して旅立てるのだ」

永手が反旗をひるがえしたことで真の果州統一が果たせると氏隆は言った。だが本当にそれでいいのだろうかと、今の鉉太は父を信じきれないでいた。

円宝の言葉が脳裏に蘇った。――心せよ、血を流すばかりが戦ではないのだぞ。

ふと気付くと、泉水が心配そうに見上げていた。鉉太が急に黙り込んだせいだ。安心させるために笑ってみせた。「ここで渡すのは、皆の前では気恥ずかしいからだ。受け取ってくれ」

今夜は昔を思い出したせいだろうか。弱気になるなと叱咤する泉水の姿が、元気なころの母に重なって思えた。だが、それを口に出すほど野暮ではない。

今度は泉水も断らなかった。「では、確かにお預かりいたしましたわ」と大切そうに受け取り、一礼して廊を戻ってゆく。

鉉太は渡殿に消える後ろ姿を見送ると、蓮の蕾の色をした月を見上げた。泉水とは逆に、何を与えてやる暇もなく別れてしまった蓮華。後悔は尽きることがない。

円宝が保護してくれると信じるしかないが、それとは別の気掛かりもある。「……あいつめ、ちゃんと蓮華を見つけてくれるのだろうな」急に不安を覚えて、ひとりごちた。

*

蓮華は右手を胸に抱え込み、霧に覆われた錦(にしき)の河原をひたすらに逃げていた。

賊に嗅がされた護摩木の匂いが、重い鎖のように全身を縛り付けている。焼けそうなほど喉が渇いて、掻きむしらずにいられない。頭は朦朧とし、破魔矢に貫かれた右手は手首から先が動かなかった。無理に動かすと鋭い痛みが走り、傷口から青い炎がしたたり落ちる。その痛みで、いっとき頭が明瞭になると、なぜこんな場所を逃げているのかと、ぼんやり疑問が浮かぶ。この河原へ来るときは、いつでも〝いつの間にか〟だ。

それでも、少しずつ思い出してきた。かつて自分は、この七極河原の亡者だった。裸足の足裏に伝わる、骨の砕ける感触。肌の熱を奪ってゆく、霧の粘つく冷気。それらの懐かしい感覚が、封じ込めていた記憶を少しずつ掘り起こしてしまうのだ。

河原石のあいだに散らばる骨は、石を積んでいた子どもたち。そして彼らを見張っていた獄卒どもだ。かつて無窮にも等しいこの河原では、子どもの煩わしい啜り泣きと獄卒が崩す石積みの音とが、そこら中で響いていた。でも、今は子どもも獄卒もいない。

せせらぎだけが聞こえる陰鬱な静寂の中、蓮華は理由も分からぬままに逃げ続ける。渇きに喉を掻きむしり、夢中で足を動かすうちに、かつての記憶が交ざり込んできた。現在を逃げる蓮華の意識は、いつの間にか、過去を逃げていた自分と同化している。現在の右手の傷を胸に抱えながら、この傷では勝てないと焦り、過去の敵から逃げているのだ。

地獄の獄卒すら引き裂いてきた自分が敵わなかった、唯一の相手。右手が自由に使えたときでさえ、奴には手も足も出なかったのに。

走りながら背後を振り返る。あの化け物は追ってこない。わずかな安堵に足を止め、這いつくばって小川の水を飲む。極彩色の水は油のように重く、草木の汁のように苦く、炎を溶かしたように辛い。癒えるどころか、さらなる苦痛に嘖(さいな)まれる。それでも、飲まなければ走れない。

飲んで鈍重になった身体を無理やり引き起こし、また渇きに喉を掻きむしる。もっと遠くへ逃げなければと足を踏み出しかけたとき、霧の中に石の像が現れた。見上げるほどの大岩に浮き彫りされた、不気味な微笑みをたたえた石仏だ。

蓮華は息をのみ、後ずさった。目の前で石の御仏が地響きを立てて屈み、緩慢に大地へ両手を突く。大岩から抜けて出ようというのだ。鎖を引きちぎるような仕草で肩を動かし、轟音とともに脱離した。そうして立ち上がったとき、石仏は身の丈が十丈はあろうかという異形の姿に変化している。焼けた鉄の色の体軀を異国風の鎧に包み、まなこを燃やした、頑丈な荒縄のように逞しい鬼だ。

「お前は」と喘いだ。もう追いつかれてしまったのか。

灼熱の肌から放たれる熱が、威圧となって吹き寄せる。恐怖に産毛が逆立ち、蓮華は兎のように逃げ出した。しかし為す術もなく捕らわれ、宙に投げ上げられる。河原に落ちて仰向けに転がったところを、巨大な手のひらに押しつぶされた。太い指の隙間から見上げる炎は、奴の目玉だ。

鋭い牙のあいだから、雷鳴のような声が轟いた。

――いつまでも逃げられはせぬ。己の役目をまっとうせよ。

鬼の巨体が退くと、強い光が飛び込んできた。天頂に比類なき姿で佇む、黄金色の光をたたえた静謐な星。その清廉な輝きは蓮華の目の奥に染み込み、血の管から光の蔓となって四肢を巡って、全身にはびこる渇きの苦痛を和らげた。

そうして、恐ろしい鬼の異形を柔らかな夜風に変え、錦の河原を秋虫の音の立つ草原に変え、果てしない霧の景色を深い森の梢に変えて、最後に――過去を現在に引き戻した。


はっと気付いたとき、蓮華は山中に開けた斜面の草地で倒れていた。

山狩りの火を避け、ずっと走っていたはずだ。いつの間に気を失ったのだろうか。

仰向いた目に映ったのは、満天の星の中でも際立って目立つ、黄金色の星影だ。

「あれは……明か？」呟く声が驚きに震えた。初めて明という星をこの目で見たのだ。

ふいに近くの茂みが物音を立てた。慌てて跳ね起き、身を硬くしていると、それは大儀そうに茂みを突き抜けて現れた。長い耳と、薄茶色の小柄な体軀。笛詰は、たてがみについた木の葉を振り落とし、不機嫌そうに、いなないた。

続けて茂みから出てきたのは、円宝だ。「のう、笛詰よ。互いに年も年じゃ、もちっと道を選ぼうとは思わんか」脱いだ編み笠で袈裟の木の葉を扇ぎ落とし、蓮華に気付いて、「おう」と呆気にとられたような声を出した。

次の瞬間、円宝が笠を放り出し、皺手の指に剣印を結んだ。それと同時の右手の痛みで、蓮華は自分が、無意識のうちに星砕を呼ぼうとしていたのだと気が付いた。

「まあ待て、蓮華よ。早まるものではないぞ」ぬかりなく印を構えたままで、のんびりと円宝が言う。「ぬしが何もせんのであれば、わしは何もせんで済む。じゃが、ぬしが向かってくるのであれば、わしも応戦せねばならんでのう」

星砕は笛詰の背に括られており、鞘には封印の札が貼られていた。どうりで呼んでも来ないはずだが、たとえ呼べても、この右手では握れない。

蓮華も低く身構えたままで問いかけた。「蓮華を捕まえに来たのか」

「無茶を言うな。ぬしを捕縛するのであれば、もっと大勢でなければ太刀打ちできぬ」

蓮華が恐る恐る構えを解くと、円宝も、やれやれといった様子で印を解いた。

「のう、腹は減っておらぬか。麓の寺で、握り飯を分けてもらったぞい」円宝が背の荷袋を下ろし、布包みを開きながら歩いてくる。

「待ってくれ」と後ずさった。「分からない。なぜ僧が、鬼を助けたりするのだ」

円宝が竹皮に包まれた握り飯を差し出した。「簡単な話よ。迷える者を、御仏の理によって正しき道へと導くことこそ、僧の務め。そこに人魔の区別などないわい」

確かに簡単な話で、蓮華は目が覚めるような思いがした。確かに迷っている。身体はここにあっても、心は七極河原を走っている。出口が分からず、ずっと迷っているのだ。

「円宝。蓮華は、水が飲みたい」

「水か。よしよし、ちょうど沢で汲んだばかりの、冷たいやつがあるぞ」

自ら歩み寄り、円宝の差し出す竹筒をあおった。清水が喉を潤し、身体に染み渡っていくのが分かった。苦くも辛くもない、甘露（かんろ）の水だ。

いっきに飲み干した姿を見て、円宝が満足そうに歯を剝いた。「代わりも要りそうじゃな。沢は、すぐ近くだ。汲んできてやろう」

「いや、もう蓮華は充分だ」渇いていたのは、喉ではなかった。涙がこぼれて頰を伝う。肩で拭いながら、これは証拠だと思った。底の抜けた水がめだった自分が、やっと縁まで満たされた。涙があふれるのは、いつの間にか底を塞いでもらっていたことの表れなのだ。


〝分からない〟という困惑は、最初に死んだときから蓮華にまとわりついていた。

遙かな昔にあった群雄割拠（ぐんゆうかっきょ）の乱世の時代。それは敷島国ではなく遠い大陸の、とある小国での出来事だ。まだ名もなき赤子だった蓮華は、河で溺れて死んだ。沈めたのは父親だった。

「蓮華が生まれる前に、予言があったのだ」

冷える夜風を避けて岩陰に座り込み、そう円宝に打ち明けた。山狩りを警戒して火を焚かなかったので、笛詰に引っ付いて暖をとる。最初は笛詰も煩わしげだったが、そのうち諦めたようで、今は背を貸してそっぽを向いている。

円宝が興味深げに顎をなでた。「ほう、予言とな。不吉の卦（け）でも出たかの」

「いいや、逆だ」まだ穏やかな気分が続いていて、冷静に話せた。「星見の占者は、『手に星をつかんでのちは、太平の世を継ぐ大王になるだろう』と蓮華の将来を予言したのだ」

父は小国の王だった。急死した先王の政（まつりごと）に倣（なら）い、近隣国への朝貢によってささやかな平和を保っていたが、身重の妃に下された星見によって、押し隠していた野心を思い出したのだ。我が王子が太平の世を継ぐのであれば、譲る自分こそが乱世を平らげるのだと信じ込んだ。隣国に戦を仕掛け、不意打ちに浮き足だった相手から易々と領地を奪うと、勢いに乗じてその隣国へ、そのまた隣国へと攻め込み、水面に立った波紋のように版図を拡大していった。一方で国内は度重なる戦によって混乱を極め、野辺には飢えによる死者が折り重なった。辺境の小国には、いっそ不吉な星見だったろう。蓮華が生まれたのは、そんな紛糾の只中だ。

父王は産屋で、王妃の抱く我が子が女児だと知った。呆然として青ざめ、次に天蓋の布を斬り裂いて激怒した。女では己の思い描いていた王国は成しえない。意のままに勝ち続けた王にとって、娘として生まれた我が子は手痛い伏兵も同然だった。

捨ててこい、と近衛に厳命したが、これには王妃が反対した。里に出すだけだと譲歩されても退かなかった。しかし一夜が明けて産後の高ぶりが冷めると、結局は夫に娘を差し出した。王妃といえど、美声を誇る珍鳥として貢がれた立場だったから、保身を考えての行動だろう。何しろ、生国は夫によって滅ぼされたばかりだ。

「父王は自ら蓮華を提げて城を出ると、単身で里へと馬を走らせた。でも蓮華は里人に引き渡される前に、通りすがりの河へ沈められたのだ」

始めから殺すつもりでいたのか、ぶり返した怒りによる衝動だったのかは分からない。あるいは、いま殺せば星見の瑞兆が次の子に宿ると考えたのかもしれない。

「なんとも浅ましい話じゃ」うんざりしたように円宝が首を振った。「ぬしの語った国も王の名も、大陸の歴史書には悪名高く記されておる。野望を果たせずに滅んだそうだがの」

蓮華は頷いた。「では、やはり実際にあった出来事で、夢想などではないのだな」

捨てろと叫んだ父の顔と、自分を引き渡した母の顔。どちらも覚えていないのは幸いだ。自分が死に、王国が滅んだ後、二人はどうなったのだろうと、ふと思った。

「考えてみると、いい加減な星見をした占者は、魔物だったのかもしれないぞ。だってそうだろう、星をつかむなんてこと、いったい誰にできるというのだ」

相変わらず右手は動かなかったが、円宝がとりあえずの手当てをしてくれた。その手巾で包まれた右手と左手とで、夜空に散っている星の輝きを掻き回した。そうして引き戻した両手には、当然のことながら光は残らない。

「ともかく、蓮華は死んだ。気付いたら幼児の姿で、錦の小川が流れる河原にいたのだ」

「なんと」円宝が勢いよく身体を起こした。迷惑げな笛詰の鼻面を押しやり、興奮気味に確認する。「それは地獄の一つ、七極河原じゃな。親より先に死んだ幼子らが行くという」

「そうだ。でも今は、子どもたちは一人もいない。石塔を崩す獄卒もいない」蓮華は背を丸め、膝に頭をつけた。「蓮華が、みんな殺してしまったのだ」

河原にいたころの蓮華は、〝分からない〟という苛立ちの嵐を抱えていた。

なぜ父に殺されたのか分からなかった。息子でなくては嫌だというのは理不尽だし、生まれたばかりの娘を差し出した母も理不尽だ。

もっと分からなかったのは、他の幼子たちの行動だ。どうして皆が揃いも揃って、親のために石を積めるのか。蓮華には、どうしても積めない。積む気になれない。他の子らにできて、なぜ自分だけができないのかが、いつまでたっても分からないのだ。

蓮華は独り河原をさまよった。放浪は巌が砂礫へと風化するほどの長さに及び、いつしか獄卒よりも不気味な幽鬼のありさまに変わり果てていった。あるとき、ふと魔が差して子どもの一人に石を積む理由を尋ねた。その子は申し訳ないからだと告白した。大切に慈しんでもらったのに、その恩を返せないまま死んでしまったと。

まだたっぷりと生気の残り香がある、綺麗な桃の実のような女の子だ。か細い嗚咽を聞いたとき、蓮華は足もとの石を抱え上げ、その子の頭に叩きつけていた。ほんの一瞬の出来事であり、自身の何がそうさせたのかも分からない。

分からない、分からないと呟きながら、それからの蓮華は、石を積む子どもたちに理由を尋ねては殺していった。病で死んだ子ども。飢えで死んだ子ども。戦に巻き込まれて死んだ子ども。みな揃って託された生を無にしたのだと詫びていた。蓮華と同じく親に殺された者も中にはいたが、きっと自分が至らなかった、申し訳なかったと言って、やはり泣くのだ。

以後は何も尋ねず、ただ殺して回るようにした。どんな理由を聞いても、自分には理解できない。その事実だけが、悲しくも蓮華に分かったことだ。

これほどの数の子どもがいて、それぞれに慈しむ親がいた。己だけが石を積めずに、苛立ちを抱えて暴れている。それは底なし沼のような絶望であり、沼は誰かを殺めるたびに広がったが、今さら暴れるのをやめたところで、沈むことには変わりない。

初めは目についた手頃な石で。やがて獄卒どもに追われるようになると、その槍や太刀を奪って返り討ちにした。片端から獄卒や子らを斬りながら、いつしか考えることをやめていた。なぜ、という思考を捨てて空っぽになった蓮華は、絶望の沼底で殺戮（さつりく）の愉悦を求め、地獄の獄卒さえも怖れる鬼となった。そうやって己以外のすべてを殺し尽くしたとき、広大な七極河原は、蓮華ただ一人のための果てしない牢獄となったのだ。

蓮華が話し終えると、眉間に皺を立てて黙っていた円宝は、忘れていた呼吸を取り戻したように、大きく息を吐き出した。「憐れな話よ」と数珠を鳴らして経を唱え始める。

「うん。いま思えば、彼らには悪いことをした。いや、今さら詫びても何にもならないし、今でも彼らの行動は分からないままだが、それでも蓮華の行為は八つ当たりで、彼らには何も関係なかったことは、よく分かる」

「まさしく、そのとおりだわい」円宝は唸るように言った。「じゃが、わしが憐れと言うたは、ぬしのこともよ。子を導くのは親の務め。親が悪しき行動をとれば、子が真似るのは当然のこと。ぬしが長きにわたって心をすり減らしたのも、無理からぬ話だわい」

円宝は長々と経を唱えていたが、ほどなく重い溜息をついた。「して、七極河原の囚われ鬼であったぬしが、どうやって若君のもとへ」

「あるとき、見慣れない化け物が河原にやってきたのだ」思い出すだけで産毛が震えてくる。

「その鬼は蓮華よりも強かった。蓮華は負けてしまったのだ」

「ほう、ぬしが負けるほどの鬼がおるとは、興味深いのう。して、負けた後は」

「負けた後……?」と額に手を当てた。これも〝分からない〟だ。やっと記憶を取り戻したと思ったのに、まだ忘れている部分がある。

悩み始めた蓮華に、「よいわ、よいわ」と、とりなすように円宝が笑った。「ぬしは存外に思い詰める性質だったのじゃな。なればこそ、分からぬことを常に抱えておれば病みもするわい」

円宝は、やおら表情を引き締めると、「一つくらい、僧らしく説教しておくかのう」と、居住まいを正して蓮華のほうへ向き直った。「なぜ父がぬしを殺したか、なぜ母が見捨てたか。さらには、なぜぬしが河原の子らを殺さねばならなかったのか――それらの理由を得られず苦しんだのは、突き詰めて言えば、ぬしがものの考え方を知らずにおったからじゃ」

常にない様子につられて座り直した蓮華だが、きょとんと首を傾げざるをえない。

「蓮華は理由を知りたかっただけなのに、考え方というものが必要なのか」

「さよう。理由は真実と言い換えられよう。しかし、そのようなものを求めても、おいそれとは見つからぬ。人の心にのみ存在する真実であれば、なおのこと。いっそ手に入らぬと思っておいたほうがよい」

相手に問いかけても沈黙する場合があるし、たとえ答えを得ても、真実からの言葉を答えるとは限らない。また蓮華のように、自分で自分の心が分からないのであれば、たとえ自分への問いかけであろうと、やはり答えは見つからない。

「ゆえに、真実を探すことには意味がないのじゃ。真実とは、常に目の前にあるものじゃぞ」

ますます分からない。困惑して言葉も見つからない蓮華に、円宝は口もとを緩めた。

「たとえば、若君は父王のように殺そうとした。どうだ、ぬしは若君を恨んでおるか」

「まさか」と声を上げた。「ととは以前、蓮華に言ったのだ。決してお前には弓を向けない、って」かつて自分を助けるために、綾霧と分の悪い取引をしようとした。あの愚かしいほど頑固な鉉太が、己の誓いを破ったのだ。そこには並々ならぬ覚悟があったはずで、鉉太自身も深く苦しんだうえの行動だったに違いない。「ととには何か理由があったのだ。蓮華を射なければならない理由が、何か」

「ほほう。なぜ、とは思わんのか。いったい若君の理由とは何ぞや」

「分からない」と答え、考え考えに続けた。「でも、分からなくはない。たぶん蓮華のためだ。蓮華を助けるために、ああしなければならなかった。理由を言わなかったのにも、何か言えない理由があった。でも、その理由だって蓮華のためを思ってのことだ」

円宝は我が意を得たりという風情で何度も頷いている。「ぬしは同じように殺されかけておったのに、父王のときには『なぜか』と苦しみ、此度はさほどでもない」それは、蓮華が真実を理解しているからだという。「『若君が蓮華を射たのは、蓮華のためを思ってのこと』――これをぬしは、真実ではないと思うのか？」

蓮華は首を振った。

「ではぬしは、これを誰かに尋ねたか。尋ねて真なる理由を得たのか」

立て続けに首を振る。

「蓮華よ、もう一度聞く。若君がぬしを射たのは、ぬしを思ってのことか」

「そのとおりだ」思わず嘆息した。「確かに真実とは、目の前にあるものだ」

「よくぞ道破した。ぬしと若君は、深き縁を結んできたのじゃな」円宝は破顔すると、姿勢を崩して笛詰に背を預けた。「どうじゃ、若君に会いたいか」

蓮華は言葉に詰まった。鉉太は抜けっ放しだった水がめの底を六年かけて塞いでくれたのだ。もちろん会いたいに決まっている。でも。

「蓮華は鬼だ。河原の子らを殺し、獄卒どもを根絶やしにした鬼だ。鬼がそばにいたら、ととに迷惑がかかる」それに、と右手を押さえた。「ととは蓮華を殺そうとした。もし蓮華が目の前に現れたら、ととは、もう一度、蓮華を殺さなくてはならなくなる。そんな嫌な真似はさせられない。だから会わない」

鉉太がこちらに向けて矢を放ったとき、凄まじい殺気が矢よりも先に貫いてきたように感じられた。夢中で無手に刃を望んだが、使わずに済んだのは、星砕は破魔の刀だからと思い留まったせいばかりではない。そこに憎悪が含まれていなかったからだ。そして何よりも、射たくないという気持ちが、殺気の奔流の中で木の葉のように揉まれていた。その一葉は、複雑な立場の中で、もがく鉉太の姿でもあったのだ。

「それを聞いて安心したわい」円宝は、しばしばと目を瞬いた。「実はな、笛詰を寄越したのは若君なのじゃ。蓮華を探して保護してくれと言ってな」

「ととが？」蓮華は眠たげな円宝と、笛詰とを見比べた。

「きっと一人で苦しんでおるだろう、助けてやってくれと。じゃが、口止めされておった」教えれば蓮華は会いに来たくなるだろうから、と釘を刺されたそうだ。「いや、若君の杞憂であったわい。ぬしが立場を理解しておるなら、わしも気が楽でよい。正直なところ、板挟みになるのは、ごめんこうむると思っておったからのう」

円宝は夜具代わりの着物を肩まで引き上げた。

「さて、ぬしの心を確かめたうえは、今後の話じゃ。いま果州には戦の気配があっての。そのうち山狩りも収まろうが、いつまでも山野をさまようわけにはいかぬ」

「蓮華なら平気だ。山には獣も鳥もいるし、木の実も採れる。沢まで出れば魚もいるぞ」

「まあ聞け。ぬしを探すあいだ、わしも考えておったのじゃが」そこで円宝は大きな欠伸をし、欠伸を引きずったまま告げた。「蓮華よ、ぬしは尼になれ」

「尼にか」ぽかんとした。「蓮華は鬼だぞ。経など唱えたら仏罰が下るのではないか」

「案ずるな。ぬしは成長しておるよ。もう苛立ちに任せて殺生を繰り返していた幼子ではない。明のもとでも赤子に戻らぬのは、文字どおり大人になったためと心得よ」

神妙に頷いた蓮華に円宝が笑った。「まあ、安心せい。今すぐ本物の尼に、とはいかん。ただ、尼僧姿は良い目くらましになるのじゃ。わしは『鬼道録』を集めるため、方々の寺を回らねばならん。ぬしはその供をするがよい」

「手伝いをしろというのだな。蓮華にできることなら、いいのだが」

「実は、此度の騒ぎで若君には言いそびれてしまったがの」と円宝が声を落とした。「ここ数日のあいだ、近隣の寺では立て続けに経蔵を荒らされておっての。その賊の目的も、どうやら件の鬼道書らしいんじゃ。捕らえるのは追捕役に任すとしても、残りの木簡が散逸せぬよう、先回りして保護せねばならん。そうなると、賊に遭遇するやもしれんじゃろう」

蓮華は大きく頷いた。「用心棒だな。それなら蓮華に任せてくれ」

「おう、頼もしいわい」円宝は笑って、また大欠伸をした。「道中は東護寺長者であるわしが直直に説法を施してやろうほどに。しっかり学ぶのじゃぞ」

笛詰に背をうずめると、もう寝るぞい、と言うように手首を振った。

第四章　戦ケ原

　そぞろ寒が続いて初めての霜が降りた日、司波永手が挙兵したとの報告が谷鉉に届いた。永手は出頭を求めた使者の首を送り返したのち、今こそ積年の恥辱（ちじょく）をそそぐべしと、領内の郎党に召集をかけたそうだ。

　司波一族は朝廷の支配以前からの由緒正しい血筋であり、領民からの人望も厚い。永手の檄（げき）に、騎馬と歩兵を合わせて三千近くの兵が馳せ参じたという。いずれも永手とともに長年の冷遇を耐えた配下であり、近年の戦（いくさ）で消耗することなく力を温存してきた秘蔵の軍だ。

　一方で氏隆のもとに集まった兵は、騎馬のみでも五千騎に近い。万淵など、予備として待機させている兵もある。永手の軍が強者ぞろいであろうと、駒の数は多ければ多いほど、単純に有利であるのは間違いない。

　司波軍との最初の衝突は、使者の首が届いてから七日め、司波領との境を流れる治川（はるかわ）の柵にて発生した。司波軍が急造した城柵で、川岸まで崖の迫った天然の要害だ。待ち構える大将は永手の末息子だが、詰めている兵力は、ほんの五百ほど。とはいえ谷間の狭小な地形のために阿藤軍も数の利を活かせない。さらに天候は司波に味方し、季節外れの長雨が降り続いた。ようやく水嵩が引いて戦端が開かれたのは、十日以上も経ってからだ。

渡河が開始されて丸一日。川を挟んでの小競り合いが続いていたが、工作隊が柵の一部に火を放ってからは、ついに仮橋の造成に成功する。鉉太も先陣として城柵内に飛び込んだ。向かってくる兵を矢で退け、乱戦になってからは太刀を抜く。

司波との初戦は、手こずりはしたものの阿藤軍の圧勝だった。宵には柵の外にも多くの篝火が焚かれ、城内では、さらなる景気づけのための宴が催された。

鉉太も大将配下の将を討って面目を施し、宴への参加を認められている。ところが、昼間の戦の光景が頭から離れず、いたずらに杯を重ねてばかりいた。煙のくすぶる中、幾多の屍を越えて攻め入る兵たちは、里を蹂躙していた鬼どもの姿と変わらない。己の行為も、あのころと何も変わりはしないのだと思うと、己への嫌気で悪酔いしそうになる。

城外には永手の息子の首がさらされているが、将はもちろん配下の兵たちまで皆殺しの憂き目に遭った。こうも男手を減らされては、周辺の里の暮らしは立ち行かないだろう。

阿藤の嫡子として相応しい姿を示し続け、氏隆の信を得る。相応の立場がなければ、鬼の脅威をなくしたいという宿願は果たせない。しかし、こうして多くの命を殺め、人の魔を生む片棒を担いでいる。これでは本末転倒どころか遠ざかるばかりだ。

「なかなか豪快にいかれますなあ。ささ、若君、私の杯も受けてくだされ」

独りで杯を傾けているところを目ざとく見つけ、鷹取が酒壺を提げてやってきた。勧められるまま杯を干したが、思った以上に酔いが回っていたらしい。「——俺は何をやっているのだ」と、苦々しい内心が吐息とともに、こぼれだした。

しまったと思ったが、もう遅い。「氏真、何を陰気な顔をしておる」と氏隆が聞き咎め、わざわざ座を移してきた。

鉉太は、はっきりとは批判に聞こえぬようことさらに酔ったふりで訴えた。

「司波の民は、南果の中でも不羈の気風が強いと聞きました。この調子で一族を根こそぎ殺してしまうと、今後の支配が難しくなりはしませぬか」

氏隆は息子の懸念を笑い飛ばした。「案ずるな。永手には、まだ娘がおる」鉉太の初陣で捕らえられた伊多知の妻だ。「何のために生かしてあると思っているのだ。お前がその娘を娶り、産ませた子に領地を継がせればよい。さすれば司波の領民も納得するであろう」

「父上、お戯れを申されますな」さすがに鉉太は鼻白んだ。「私には泉水どのがおります。第一、娘のほうが承知をせぬでしょう、私は夫の首を取った男ですよ」

「これはしたり」氏隆が、いささか酔いの回った笑い声を上げた。「我が息子は、腕節ばかりが一人前であったようだな。少し中身を鍛え直さねばいかん」

「いやいや、私めなどは敬服いたしました。若かりしころの武勇伝が恥ずかしくなりますな」

同じく酒精を漂わせた鷹取が、腕組みで何度も頷いている。周囲を見れば、郎党らが失笑にも似た様子で会話を聞いていた。

「いったい何を仰りたいのです」訳も分からず笑われて、鉉太は苛立ちを堪えきれない。

「氏真よ、我々の縁組みというものは京の絵巻物とは違うのだ」杯を掲げた氏隆が諭すように説く。「夫の仇だろうが親の仇だろうが、必要とあらば何度でも嫁ぐ。それが果州の女の務めだ。現にお前の母親も、そうやって立派に嫁いできたのだぞ」

思いがけない昔語りに、鉉太は唖然として氏隆を見つめた。確かに母との婚姻は密約に基づくものだ。長く離れ離れだったせいで、父の心は離れてもいるらしい。それでも、かつては仲睦まじい間柄だったはずだ。だが今の氏隆の言いようは、鉉太の認識と大きくかけ離れている。

困惑を覚えたとき、ふと氏隆のいでたちに目が留まった。

氏隆がまとっている赤地錦の鎧直垂は、阿藤家に代々伝わる戦の下装束だ。刺繍のこしらえは見事なもので、布地の赤は灯火のもと、燃え上がるように、なお赤い。

氏隆は怪訝そうに息子を眺めている。「どうした、顔が青いぞ。酒を過ごしたか」

鉉太は突き上げてきた驚きを腹に押し込んだ。「どうやら仰るとおりのようです。風に当たってまいります」一礼し、急いで宴の場から退散した。

鉉太は治川の柵を出て山に分け入り、足の向くまま小高い尾根に辿り着いた。無数の篝火を眼下に見下ろし、古い大樹がそびえている。その堂々たる幹に拳を打ち付けた。

なぜ今まで勘違いをしていたのだろう。かつて母の腕に抱かれて見送った、綾の直垂姿の父。あのときの衣は、京への旅の支度ではない。今になって思い返してみれば、間違いなく戦の下装束だ。あの淡い思い出の光景は、父が戦に赴く直前の出来事だったのだ。

そして同時に、代々の赤地錦でなかったからには、あの〝父〟は氏隆ではありえない。

母との別れを惜しんでいたのは、おそらく真人だろう。顔も覚えていない男との思い出が、最も古い記憶として己の中に刻まれていたのだ。この勘違いのせいで、自分は氏隆という男を都合のいいように誤解していたのかもしれない。

眩暈のような感覚を覚え、大樹の根もとに座り込んだ。

全身が火照って感じるのは、飲みすぎた酒のせいばかりではないのだろう。落ち葉を散らす尾根渡りの風が、胸に溜まりつつあった澱(よど)みをさらってゆくようだ。太い幹に背を預け、風に頭を冷やされながら、ぼんやりと篝火の群れを眺めやる。

——なんだ。父上では、なかったのか。

しばし放心していると、舞い落ちてきた木の葉が、ふいに風向きに逆らった。鉉太は背筋に寒気を感じ、とっさに転がって距離を取る。もといた場所に行李(こうり)を背負った男が降りかかり、鈍い打撃音を響かせた。

「なんだ、飲みすぎたというのは嘘か。相変わらず警戒心の強い奴だな」

舞い上がった落ち葉を払いのけながら、旭日が残念そうに呟いた。すりこぎ棒を握り直し、短刀を振るうように素振りする。

鉉太は太刀を抜き放った。「また貴様か。何の真似だ」

「そう殺気立つな。おれとおぬしの仲だ、命まで取ろうとは思わん。足の一本も折って、しばらく身動きできんようになれ。今なら酔って足を滑らせたと言い訳できるぞ」

言うなり旭日が地を蹴った。すりこぎ棒を片手に構え、低い姿勢で襲いかかってくる。

鉉太は太刀の柄(つか)で重い殴打を受け流し、二度、三度と弾いて後退した。旭日の動きは、どこか蓮華と似ている。よく見知ったものでなければ、かわし続けることはできなかったろう。

「どうにも、やりづらいな」と旭日が舌打ちし、構えを変える。

鉉太も体勢を整えつつ、「いい加減に訳を言え」と呼びかけた。「俺を羅陵王の砦から助け出したかと思えば、こうして襲う。いったい何がしたいのだ」

「助けた形になったのは、なりゆきだ。おれの目的は理の歪みを正すこと。そのために今回の戦を止めることだ。おぬしの身を損ねるのは、そのための布石の一つ、といったところか」

鉉太は眉をひそめた。「戦を止めたいなら、戦端を開いた永手を闇討ちにでもすればいいだろう。陣に入り込んで寝首を掻くのも、貴様の腕前なら簡単ではないか」

「確かに、さっさと始末してしまえれば話は早いのだがなあと、毎度のように歯痒く思っているぞ。だが、おれは戒を守るべき身でな。そういう野蛮な真似はできんのだ」

「では聞くが、俺の足を折ろうとするのは、どういう了見だ」

「そこは目を瞑ってくれ。おれとおぬしの仲だろう」

ふざけるな、と言い返したとき、木立に松明の炎が揺れ、酉白の呼び声が聞こえてきた。宴を抜け出した主を案じ、探しに来たのに違いない。鉉太は迷った末に太刀を納めた。

「大人しく折られる気になったか」と意外そうな旭日に、「冗談ではない」と声をひそめた。酉白が来れば、この男は姿を消すだろう。その前に話をつけたかった。

「手を結ばんか。貴様の目的が戦を止めることなら、目指すところは俺と同じだ」

今夜の旭日には、いつもの余裕が感じられない。おそらく奴の目論見が思うように運んでおらず、焦っているのだ。ならば無理に戦わずとも、手の内を見せれば乗ってくる。

案の定、旭日は酉白のほうを見やって肩をすくめ、すりこぎ棒を行李に押し込んだ。

「おぬし、阿藤の跡継ぎだろう。頭領に逆らって戦に反対すると、本気で言うのか」

「そのとおりだ。難題だが、必ずや父上を説得してみせよう」

思わぬ勘違いが解けた今、やっと氏隆への感情を歪みなく見つめられる。

育ての父親は、戦乱の続いた果州を一代で束ねた頭領だ。だが、偉業を成し遂げた事実への畏敬の念は、思慕とは別のもの。これまで鉉太の内に湧いた数々の葛藤は、それらを混同していたがために生じた疑念ではなかったか。

一族の長として君臨する父は、今や鉉太とは異なる理念をもった、火花を散らすべき相手なのだ。戦をやめ、和平をもって果州の統一を果たすべきと、そう氏隆の方針を変えさせる。これこそが己の挑むべき、血を流さない戦だった。

「鬼岩の砦を落としたときと同様、内部で動ける者がいれば、貴様も都合が良かろう。そもそも、俺一人が戦に出なかったとしても、阿藤の勝利は揺るがないぞ」

「そいつは謙遜だ。おぬしは自身で思っているよりも複雑な因縁の中にいる」旭日は思案するように顎をなでた。「ま、いいだろう。おれはおれで、別の手を模索する。だが万が一にも失敗し、戦が避けられん場合でも、おぬしは絶対に永手と対決するなよ」

いいな、と旭日が珍しく薄笑いを消して念を押す。どういう意味だと聞き返そうとしたとき、西白が斜面を登ってきた。こちらに気づき、安堵したように駆けてくる。

「柵を占領したとはいえ、敵の領地内にございます。単身での行動はお慎みください」

「そうだな、悪かった」と詫びつつ、鉉太は振り返った。予想どおり、すでに旭日の姿はない。神妙な顔立ちの石仏が、古木の根もとに佇むのみだった。

治川の柵を越えた阿藤軍は、部隊に分かれて各地の制圧に向かった。里や寺院を巡り、阿藤への臣従を促すのだ。氏隆の説得を決心した鉉太ではあったが、大した成果も得られないまま、慌ただしく一隊を率いて出立するはめになった。

どの里でも、残っているのは女や老人、子どもばかりだ。無益な抵抗をせぬよう男たちに言い含められていたらしく、いちおうの恭順を示し、今後は阿藤に税を運ぶ約束をした。

順調な進軍の一方で、軍内には問題が持ち上がった。兵には強奪と私闘を禁じているが、行軍が長引くに従い、兵同士の喧嘩や規律違反が目立ち始めたのだ。里人に暴行を働いた数名を鉉太が自ら手討ちにすると、次の目的地への道中で西白が馬を寄せてきた。

「よろしかったのでしょうか」と、白い呼気とともに危惧を囁いた。昨夜からの急激な冷え込みで、頭巾の下にのぞく頬は赤く焼けている。僧形では他の将と同様の大鎧というわけにはいかず、墨染めの衣に腹鎧を着込んだのみの軽装だ。

「やむを得ん」鉉太は渋面で答えた。「息抜きのためにと目を瞑っていては、遵守している者らが報われんだろう」

「正論ではございますが」と西白は、剃髪を覆う頭巾の下で目もとを翳らせた。「私は怖れているのです。やり場のない不満までもが、いつか若君に向いてしまうのではないかと……」

兵たちの騒ぎ声が聞こえ、鉉太は隊列を振り返った。何人かが空を指している。群れ飛ぶ無数の黒影は、烏かと思えば蝙蝠だ。曇天とはいえ、この昼日中にねぐらを飛び出したらしい。蝙蝠どもは惑っていたが、やがて森の方向へと消えていった。

「戦が始まって以来、日毎に胸騒ぎが高まり、満足に眠れずにおります」遠ざかる黒影を眺めながら、西白が陰鬱に呟いた。「ここ連日の寒さに、明の星影さえ望めぬ空模様。治川の柵でも季節外れの長雨に悩まされましたし、この戦には天意がないと思われてなりませぬ」

「お前の考えすぎだ。兵の規範たる者が、滅多な発言をするものではない」

やんわりと鉉太が諫(いさ)めると、「申し訳ございません」と素直に頭を垂れた酉白が、寒さのせいばかりでなく顔を赤らめた。鉉太は笑って馬首を巡らせ、酉白の薄い背を叩いた。

「いつになく殊勝だな。さては怖いのか。ここは果州でも、特に鬼の気が強い土地だ」

酉白が漠然と感じている不吉な予感は、実は鉉太の中にもある。兵たちも無意識に感じ取っているだろう。大きな戦を控えて緊張を強いられているとはいえ、精鋭ぞろいの阿藤の兵が、軽々しく規律違反を起こすとは考えにくいのだ。

鬼の気か――と胸の中で呟いた。鬼を生む澱みの魔だ。冗談のつもりだったが、存外に真実かもしれない。鬼ぎらいの酉白が、過敏に反応しているのが、その証拠だ。

隊列を割り、騎馬が注進を呼ばわりながら駆け込んできた。氏隆からの伝令だ。鉉太は差し出された文に目を通すと、「御意のままに」と使者に言付けた。

「本隊に合流せよと父上は仰せだ。永手が戦ケ原に陣を張ったらしい」

古くから戦が繰り返されてきた、いわくある戦場(いくさば)で、永手も戦をしようというのだ。

酉白が表情を硬くした。「では、いよいよ決戦でございますね」

「明日、父上の隊と合流する。今夜はこの先で野営だ。これまでの労をねぎらい、皆に酒を馳走するとしよう。余興に鬼祓(おにはら)えを舞える者がいれば、申し分ないのだがな」

「褒美(ほうび)を出して舞人を募りましょう」手配しますと酉白が、少しだけ顔をほころばせた。

氏隆の本隊と合流し、進軍すること、さらに一日。まばらな小雨上がりの肌寒い早朝に、阿藤軍も戦ケ原に陣を張った。

戦ケ原は、『原』とは名ばかりの、沼の点在する広大な湿地だ。長雨が続いた後は、一面の黒土が無数の泥沼に変貌する。大道が中央を貫き、平坦で地の利もいい。なのに里の一つも作られないのは、作物の育たぬ浅い黒沼と、篝火にあたっても止まらないほどの震えをもよおす、鬼の気のせいだろう。

鉉太は兜の庇を持ち上げ、貧相に草の生えた湿地を見渡した。先の雨で新たに多くの沼が生まれ、あふれた泥水が幾筋もの小川を作って流れ出している。ぬかるみの大地を薄く覆った靄越しに、遠く永手の軍勢が確認できた。

ほんの数刻前、まだ夜も明けきらぬころに、州城よりの使者が馬を飛ばして野営地に駆け込んできた。氏隆に朝廷からの宣旨を突きつけ、臣たる身で勝手な私闘はまかりならんと、戦の中止を命じたのだ。しかし氏隆は、これは身内争いであり、帝であろうとも口出し無用、と強引に突っぱねた。永手の側にも同じ宣旨が届いたろうが、ああして陣を構えているところを見ると、同様の理屈で使者を追い返したのに違いない。書状は旭日の手配だろうが、遠い都に御座す帝の威光など、目前の仇敵を倒せるという誘惑の前では色あせるらしい。

短い軍議が終わった後、鉉太は自陣へは戻らず本陣の天幕へと引き返した。

「どうした。戦後の褒賞をねだりに来たか」氏隆は戦の装束を調えている最中だった。烏帽子を外し、従者の差し出した大兜を被る。「だが、永手の首は、わしがもらう。褒美がほしくば、先に奪ってみよ」

長年の邪魔者を葬るのだという意気込みのためか、今朝の氏隆はいつになく興奮しているようだ。あるいは、戦ケ原の鬼の気にあてられているのだろうか。

鉉太は膝を突いた。「此度の戦、もう一度、考え直していただけませぬか」

「また、その話か」氏隆は不快げに顔をしかめ、従者の差し出した小さな鏡をのぞきこんだ。

「今さら降伏など勧められぬと、先ほどの軍議でも申したであろう」

「承知しております。だからこそ、こうして筋を曲げ、お願いに参上しております」

物見の報告によれば、永手の軍は千にまで兵を減らしている。対する自軍は、途中で合流した諸公を含め、六千にまで膨れ上がった。

「阿藤と司波、好敵手として雌雄を決しようというのであれば、戦端を開く意味もありましょう。しかし、我が軍が勝利するのは、刃を交えるまでもなく明らか。これではただの虐殺となり、後世に悪名を残すだけです。ぜひとも、ご再考をお願いいたします」

「彼我の戦力差は永手も承知しておろう。頑なに投降をせぬのは、すでに覚悟を決めたという意味だ。和平を申し入れようと、向こうが受けぬ」

もっともな言葉に、鉉太は内心で舌打ちをした。この覆しがたい状況でも退かないとは、永手のほうも鬼の気にあてられているとしか思えない。「いいえ、ここで父上が温情を示せば、永手も必ずや改心するでしょう。兵の命を粗末になさいますな。伏してお願いいたします、多くの先人が倒れたこの戦ケ原で、これ以上の流血を行わないでいただきたい」

鉉太は膝を進め、頭を下げた。しかし——

「お前は真人に似ておるな」

思いがけない一言に、驚いて顔を上げた。酒の席や冗談のうえであっても、氏隆はこれまで決して真人の名を口にしなかったのだ。

　氏隆は手ぶりで従者を下がらせると、哀れむように鉉太を見下ろした。

「真人は民の掌握術に長けていた。わしの目から見ても、人を惹きつけ、情を重んじる好漢であった。ゆえに民と政とのあいだで板挟みとなり、反逆の旗印として祭り上げられた。後戻りできぬ道に踏み込んでしまったのだ。そういう危うさが、お前にもある」蓮華に対しても同様であったと、鋭いところを指摘する。「情を重んじるあまり、娘を庇護のもとに置き続けた。わしが諫めても聞かず、立場を悪くした。その手で成敗すると言いながら、結局は今も野放しだ。情に流されすぎているとは思わぬか」

　鉉太は唇を嚙み、身体の陰で拳を握りしめた。

「父上が仰るのでしたら、確かに私は真人に似て、情に流される性質なのでしょう。ご指摘のとおり、私の行動は将たる者の心得に適わぬものです。しかしながら、情に流される性質であるがゆえに、そのような理屈では引き下がれません」

　毅然として顔を上げ、己の戦うべき相手に訴えた。

「刃を交えれば血が流れ、血が流れれば命が失われます。そして失われた命の周りには残された者がいる。生者からも死者からも生じた恨みは、やがて大地に染み込み、魔となって鬼を成す。鬼の災厄は我々に降りかかるのではありません。この地で細々と命を繋いでいる、戦う力もない領民ことごとくを襲うのです。有象無象の鬼を相手に、彼らを守りおおせるとお思いですか」

「たわけ、氏真。この臆病者めが！」氏隆の一喝が天幕に轟き、鉉太の頭が重い衝撃に揺れた。氏隆の投げつけた鏡が、こめかみに当たったのだ。

「偉大なる先祖は幾度となく鬼を退け、我らの土地を死守してきた。なのにお前は、戦う前から負けを憂えておる。その意気地の弱さを恥と知れ。悪しき鬼など根絶してみせるのだ。何万匹でも斬ってみせるという気概なくして、わしの跡取りが務まるか！」

怒声がびりびりと傷口に響き、流れ出した血が左目に垂れてくる。それでも氏隆から目を逸らさず、「鬼を根絶するなど、決して叶いませぬ」と応じた。

「御身は偉大な頭領でございます。私は心から父上を尊敬しております。武芸の鍛練により心身を鍛える喜びを教え、古今の書物で様々な学問に触れさせてくださった。どこへ出しても恥ずかしくない跡継ぎとして育てていただいたと思っております。これらの下地なくしては、かの忌まわしき砦で生き延びてはこられなかったでしょう。ですが、この私の胸にさえ、実父を亡きものにされた葛藤が、魔にならんとして渦を巻きます」

景色の半分が赤く濁ってゆく。その不快さに顔を歪めながら、なおも続けた。

「これが、力で魔をねじ伏せようとしても叶わぬ、何よりの証拠でございます。顔も知らぬ真人のために、誰よりもご尊敬申し上げている父上への信頼が揺らいでしまう。大恩ある私ですら、このありさまなのです。主君を殺された司波の領民であれば、なおのこと容易には従わぬでしょう。何万何億という鬼を斬っても、鬼を生む魔は決して尽きませぬ」

鉉太は深く頭を垂れた。「何度でも申し上げます。此度の戦、なにとぞ——」

「だから、お前は甘いというのだ」一転して声を落とし、氏隆が冷ややかに呟いた。「実父を殺されたお前であっても、そうして葛藤をこらえ、頭を下げておる。司波の領民らにも、恨みをおして額ずかせられぬわしだと思うておるのか」

鉉太は顔を上げて氏隆を見つめ返した。胃の腑の凍るような思いだった。

「氏真、お前を戦の陣より外す。臆病者が交じっていては、全軍の士気が下がろう。後方で指をくわえて眺めておれ」

氏隆が鎧を鳴らして陣幕を出ていった。しばし呆然としていた鉉太も、のろのろと立ち上がり本陣を後にする。

自陣へ戻ると、酉白が顔色を変えて駆け寄った。「いかがなさいました、その流血は」

鉉太は左目を拭い、力なく座り込んだ。「少し切れただけだ。もう血は止まっている」

口の重い主の様子に遠慮してか、酉白も黙々と手当てをする。消毒の酒が傷口に染み、鉉太は大きく顔をしかめた。痛みのおかげで、やっと悪夢から覚めたような心地だった。

「完敗だ。父上は俺のような若造の言うことなど歯牙にもかけぬ」

氏隆の頭の中では、己の展望へと至る道筋が計算し尽くされており、そのための布陣もすでに終わっている。息子でさえも駒の一つにすぎないのだ。

酉白は鉉太の頭に布を巻き付け、仕上げに強く結わえ付けた。「いいえ、思い違いをなさってはなりません。若君の戦いは、大殿を打ち負かすことではございません」

「そうだな」と答え、再び黙り込んだ。思う道を進むことは、こんなにも難しい。しかも陣を外され、もはや打つ手が見つからなかった。結果として、永手と対決するなという旭日の言葉だけは果たせるだろう。皮肉だな、と口の中だけで呟いた。


手堅く兵を固めた司波軍に対し、氏隆は大軍を活かした包囲戦の陣容を採っていた。

正面に氏隆の本隊、そして鷹取を筆頭とした諸公らの隊が密に両翼を固めている。さらに遊撃の部隊がそばに控えており、永手がどのような策を用いても対応できる万全の構えだ。

　小隊を率いる鉉太は、本隊のやや後方に控え、忸怩(じくじ)たる思いで戦場を眺めていた。いちおうの戦装束を調えてはいるものの、この場には流れ矢さえ飛んでこないだろう。

　宿敵同士の最後の戦は、勝利を招く長鳴き鳥の真似笛が吹き鳴らされたのち、ごくありふれた戦として始まった。まず先陣の名乗りが交わされると、矢が打ち合わされ、ほどよく接近したところで騎馬の出番だ。一直線に攻め寄せてくる司波軍に対し、阿藤の兵は杯で受け止めるようにして進軍する。氏隆の本陣が交戦したところで動きを合わせ、首尾よく司波軍を包囲した。

「すべて父上の目論見どおりか……」鉉太は苦い思いで呟くしかない。しかし、ほどなく異変に気付き、馬上から身を乗り出した。「酉白、何が起こったのだ」

「分かりませんが、本隊が突破されたようです」酉白も険しい顔で陣容を睨んでいる。

　司波軍が一丸の石のように兵を集め、阿藤軍の杯の底を突き破ったのだ。まさに死に物狂いの勢いであり、なまじ渦中に駆け込んだ将らには、敵が消えたようにしか見えないだろう。各部隊が入り乱れ、どこが本隊かも判別がつかないありさまだ。

　鉉太が傍観していられたのも、そこまでだった。大胆にも自軍を突破してきた敵兵の先陣が、その勢いのまま鉉太の小隊に突っ込んだのだ。

「馬を返せ、遅れをとるな！」鉉太は声を張り上げた。馬首を巡らせ、味方に槍を繰り出そうとしていた騎馬に矢を放つ。瞬(また)く間に敵味方が乱戦となり、気づいたときには、そばで薙刀(なぎなた)を振るっていたはずの酉白を見失った。まだ主戦場の混乱も収まっていない。果たして氏隆は無事だろうか。鉉太は太刀に持ち替え、挑みかかってきた敵将を二人ほど退けた。ほどなく三人めも現れたが、将は名乗りの途中で落馬した。背後から味方に斬りつけられたのだ。

「見つけたぞ、阿藤の小倅め。貴様だけは、わしが討つ」

鉉太は驚きの言葉をのみ込んだ。押し殺した声を聞くまで、それが永手だと分からなかったのだ。兜の下の容貌も見分けられないほど、顔面が黒と白の絵具で彩られている。

「ご自身の将を斬ってまでのご指名とは、光栄の極み。されど、永手どのは父の古なじみ。若輩者の私が貴公を討っては、叱責を受けましょうな」

とっさに軽口で応じたものの、動揺を見抜かれたに違いない。永手は氏隆の本陣を突っ切り、わざわざ鉉太の隊を急襲した。なぜ自分を狙ったのかも、まるで読めないのだ。

互いに間合いを計り、大きく円を描くように馬を歩かせた。

最後に谷鉉の御館で見かけてから、ひと月ほどしか経っていない。この短いあいだに、永手の身体は別人のように痩せ細っていた。その一方で、充血した目は獲物を狙う猛禽類さながらに猛猛しい。死に際の重病人が気力のみで太刀を握っているかのようで、顔の彩りを抜きにしても、その迫力には異様なものがある。

馬が怯えて落ち着かない。鉉太は細かく手綱を操った。竿立ちになりそうな愛馬を宥めたとき、泥の沼から黒い薄煙のようなものが立ち昇っているのに気が付いた。永手の後を追いかけて、音もなく瘴気が流れてゆく。長きにわたって戦ケ原に染み込んだ魔。それが永手の執念によって呼び起こされ、宿主を求めて動き出しているのだ。

「永手どの、その異相は鬼の呪か。貴公、まさか羅刹に成るつもりでは」

永手が初めて表情を動かした。嘲るように笑ったのだ。

「小倅よ、わしが恐ろしいか。ならば止めてみせるがいい」

永手が奇声を上げて斬りかかってきた。太刀が打ち合わされ、馬同士もまた激しく衝突する。冷静になれ、と己に言い聞かせるものの、大地から立ち昇る鬼の気が急激に濃くなってゆくのを、白んでゆく息で、粟立ち始めた肌で、直に感じ始めた。

永手が突き出した太刀を弾いて受け流し、押し戻す。距離を取ろうとするも、永手は隙を与えず、斬撃を重ねてきた。打ち合うたびに、太刀が両手から弾き飛ばされそうになる。永手は決して偉丈夫ではない。老齢とも呼べる年齢だ。にもかかわらず、その刃は大槌のように重々しい。

鉉太は悪寒を覚えていた。戦場の興奮の中で、兵は実力以上の力を発揮する場合がある。とはいえ、これほどの剛力はどこから来るものなのか。戦ケ原の魔の澱みは、すでに永手に力を与えているのだろうか。

鉉太は腹に力を込め、太刀を握りしめた。恐ろしい羅刹へと成り変わる前に、今ここで、この男を倒さねばならないと悟ったのだ。

「阿藤太郎氏真、いざ参る」雄叫びを上げて挑みかかった。振り下ろした刃は薙ぎ払われ、突き出せば受け流されていく。それでも馬ごと身体をぶつけ、永手の体勢が崩れたところへ一撃を繰り出したが、厚い鎧に阻まれた。

途中、酉白の声を聞いた。だが、ぶつかり合う己と永手との雄叫びに紛れ、何を叫んでいたのか、どこにいるのかも判然としない。いつしか耳が麻痺していた。相手の一挙手一投足をも見逃すまいと、神経を研ぎ澄ませ、かっと目を見開く。手足の感覚は遠ざかり、己の意志で動かしているという自覚すら曖昧だ。獰猛な意志のみが身体を抜けて戦っているかのようで、あらゆる物事が恐ろしく緩慢に感じられる。何もかもが、この世の出来事とは思われない。

永手が太刀を引く。一撃を繰り出そうとするのが分かる。その刹那、鉉太は渾身の力で太刀を突き出した。度重なる打ち合いで刃こぼれした切っ先が、浅黒い喉に食い込んでゆく。

見事だ、と永手が囁き——その瞬間、はっきりと笑った。

異相の首は半ばから断ち切れ、ほとんど皮一枚の状態で横へと傾ぐ。主の異変に馬が跳ねると、胴体も倒れて落馬した。重厚な鎧のために、周囲で斬り合っていた兵たちが驚いて振り返るほどの地響きが立った。

耳が力を取り戻すと、そこかしこで上がる騒ぎ声が聞こえてきた。我が頭領が、と悲嘆に暮れる司波兵の声を、爆ぜる喝采が掻き消してゆく。

永手の首は落馬の衝撃で千切れ、今は胴体と別々に転がっている。己をたたえる声が波のように広がってゆくのを聞きながら、鉉太はその首から目が離せなかった。目尻を裂かんばかりに目を瞠り、笑う形に大口を開けて、馬上のこちらを見返しているのだ。

西白が馬を寄せてきた。「一騎打ちを見届けました。鬼気迫る戦いでございました」

我に返った鉉太は、やっと呪縛を解かれた心地になった。馬を降り、呼吸を整えて見回せば、永手の兵は大半が討たれ、戦ケ原に屍をさらしている。彼らの屍から流れ出す血が、沼の流れに混じり、幾筋もの赤黒い小川となって大地に注ぐ。

太刀の先から血の滴が落ちたとき、鼓の音が鳴り響いた。勝利の歓喜に水を差す、陰に籠もった暗い音色だ。音は速くなるでもなく、遅くなるでもなく、一定の拍子で鳴り続けた。兵たちが戸惑ったように周囲を見渡しており、酉白も「いったいどこから」と薄ら寒そうな顔だ。

鉉太もまた、音の出所を探していた。再び永手の首に目が留まったとき、鼓の音はそこから聞こえてくるのだと気が付いた。口中に黒々と開いた喉の奥から、この陰鬱な調べは響いてくるのだ。まるで、その暗い洞の向こうに、誰かが潜んでいるかのように。


「誰か、弓を貸せ！」鉉太は叫び、太刀を納めた。「早く！」

従兵の差し出した弓を受け取り、矢を放った。永手の首、その口中を狙ったが、矢は外れて地を穿った。永手の首が自ら転がり、避けたのだ。そばで永手の空馬を召し上げようとしていた兵たちが、動いた生首に悲鳴を上げて逃げ散った。

「鬼の呪か」と鉉太が呻くと鼓の音がやみ、代わりに哄笑とも嗚咽ともつかない声が洞から響いて、こう続けた。「さすが、詳しいではないか」

即座に箙から破魔矢を引き抜き、鉉太は叫んだ。「司波永手よ、民の規範となる身でありながら、忌まわしき邪法に手を染めるなど、言語道断！」

「だからこそよ」と永手は嘆くように応えた。「強力な魔の力を知っておればこそよ。鬼を心の底から嫌悪しておらねば、誘惑には抗いきれぬ。それほどまでに強力だ。浅ましき願いを叶えてくれる。御仏には決して願えぬ邪な望みを、鬼の力が叶えてくれる」

虚ろに天を仰いだ永手の顔は、今は慟哭しているように見える。

「わしは鬼を忌んでいた。誘惑を退けようと嫌悪した。だが諦めた。清くあるのを諦めた。わしの誇りが何になろう。御仏はわしを救いはせぬ。大武丸を救いはせぬ」

鉉太は思いがけない名前に面食らった。「大武丸だと？」

「覚えておったか」永手の声が自嘲の気配を帯びてゆく。「そうとも。仲間を裏切ってまで逃亡を企て、あげく無様に鬼に殺された、わしの息子よ。この老いぼれの悲願を叶えるのは他におらぬと、誰よりも頼みにしていた自慢の息子であったよ」

砦の生き残りに鉉太の話を聞き回るうちに、同じ砦に息子が囚われていたうえ、とうに死んでいた事実を知ったのだという。

「我が望みを継ぐのは、奴しかおらぬ。鬼に勾引かされようとも、きっと生きていると信じておった。自力で逃げ出してくるのだと疑わなかった。信じていたからこそ、この身がいくら腰抜けと誹られようと、耐え難きを耐え、辛酸を舐めていられた。なのに、わしの夢を継ぐ者は、もうおらぬよ」永手は笑った。しかしもう、その声は嗚咽にしか聞こえない。「わしは貴様を許しはせぬ。なぜ貴様だけが戻り、大武丸が死んだ」

鉉太は暗澹たる思いで首を振った。「それで貴公は仇を取ろうと、勝ち目のない戦を始め、あまつさえ、その身を鬼へと落とそうとしたのか」

「そのような浅はかな司波永手ではない。すべては大武丸を呼び戻すためだ」天を呪っていた目玉がぐるりと動き、こちらを見据えた。「古の法に則り、自らを鬼へと転じるため呪を編んだ。だが仕上げをしたのは貴様よ。見事、首を切り離し、血潮を大地に注いでくれた。貴様への狂おしい憎悪こそが、今このとき、わしを羅刹に成らしめるのだ」

ふいに寒気が背筋を走った。破魔矢を弓につがえ、永手に放つ。周囲からも同じく矢が飛んだが、首は嘲笑うかのように転がり、かわしてゆく。

「忌まわしき魔の大地に眠りし英魂に、新たな血を捧げ奉る！」大音声で永手が叫んだ。「その大いなる魔を我に貸し給え。我は願う、この羅刹の洞をもって冥の戦場との道を繋ぎ、今ここに、かの地に囚われた亡者を招来す。戻れ、我が息子よ。己が手中に収むる大地の果てまで、思うままに平らげよ！」

　永手の言葉に合わせて地鳴りが轟き始めた。地が割れるような震動に、誰もが青ざめ、うろたえる。不安のざわめきを飛び越えて、頭上に一声、けたたましい鳥の声が長々と尾を引いて響き渡った。真似笛などではない、本物の長鳴き鳥の鳴き声だ。

　暗く空いた永手の口内から、赤黒い煙が立ち昇った。火山が噴煙を巻き上げるかのごとく、瞬く間に見上げるほどの高さに達している。ほどなく煙の中に二つの光が灯り、その下に折れた刃にも似た歪な牙がのぞいた。噴き上がる煙のように見えたものは、風に揺らぐように形を移ろわせ、巨漢の鬼の上半身へと変化した。

「おう、見違えたぞ」鬼が揶揄するような口ぶりで話しかけてきた。「一緒に連れていってくれと泣きべそをかいて懇願していた、あの痩せたぼうずが大きくなったものだ」

　目を疑う眺めだった。生首の口から、その中には決して収まりようもないほどの巨体が生えているのだ。鉉太は呆然として呟いた。「――大武丸なのか？」

　鬼の目鼻は醜く崩れており、洒脱な公達然としていた昔の姿は見る影もない。

「ありえませぬ……本当に地獄から亡者を呼び戻したというのですか」

　喘いで震えだした酉白を、「気をのまれるな」と鉉太は叱咤した。その言葉を、同じく震えおののきそうな自分自身にも突きつける。

「鉉太よ、俺は知っているぞ。無念に囚われ、冥の戦場で醜い亡者となりながら、地上のありさまを眺めていた」大武丸が声を発するたびに、乱杭の牙のこすれる音が耳障りに鳴り響く。「お前が今日まで生き長らえたのは、あの日、あの蓮の蕾を拾ったからだ。蓮の蕾より成ったあの女が、初めて目にしたお前を親として慕い、その身を守ったからだ」

大武丸は永手の口をこじ開け、いまだ口内にある下半身を引き抜こうとしている。

「あの夜、お前が川原に現れなければ、俺があの蓮を拾っていた。あの女の力があれば、俺は忌ま忌ましい鬼どもを返り討ちにし、堂々と故郷に凱旋できた。そうして父上のもとで大軍を率い、逆賊として阿藤の首を刎ねてやったものを」

思うように穴を出られないらしく、大武丸が焦れたように腕を振り回した。凄まじい風が起き、まともに風圧を食らった雑兵が人形のように吹き飛ばされていく。

「浅ましいぞ、大武丸！」鉉太は弓を取り、破魔矢をつがえた。「お前はあのとき、太刀を欲しがった。己の役に立たない蓮には目もくれなかった。俺があの場に居合わせなくても、お前は蓮を拾わなかったろう。これは、お前が選んだ道だ。都合のいい戯れ言をぬかすな！」破魔矢を放ち、高く声を上げた。「皆の者、地獄の鬼を討て！」

兵のあいだからも矢が飛び、身動きのとれない大武丸は、たちまち矢衾の的となった。青い火炎が身体を包んだが、その巨体に比べれば、炎の勢いは薄衣のように弱々しい。大武丸が煩わしげに息を吹きかけると、炎は埃のように吹き飛んだ。

「怯むな、異形の悪鬼を倒すのだ！」鷹取が騎馬で駆け込んできた。太刀を高々と差し上げ、射手らに向けて合図する。「放て！」

次から次へと射込まれる矢を、大武丸は蚊でも追うように振り払った。「効かぬ。地獄の穢れを浴び続けた身に、これしきの破魔が――」

ふいに大武丸が呻いた。己の姿を見下ろし、驚愕したように目を瞠る。

その胴に、銀色の毛に覆われた腕が絡みついていた。穴の隙間から伸び出て、腹に鉤爪を突き立てているのだ。穴からは黒泥の塊のような腕も這い出した。次には氷柱の腕が。枯れた蔓にも似た腕が。無数の異形の腕が見る間に伸びて、我先にと、しがみつく。

大武丸が狼狽の声を上げた。「や、やめろ、亡者ども。俺の邪魔をするな！」

身体を捩じり、まとわりつく腕を振りほどこうと、もがいている。しかし、何本もの腕は頑として放さない。大武丸の身体が徐々に穴の中へと沈み始めた。

「な、何が起こっているのでしょう」酉白が色を失って後ずさる。

呆然としてなりゆきを見守っていた鉉太は、我に返って「逃げろ！」と叫んだ。地獄の穴から吹き上がる凄まじい魔を感じ取り、胸が早鐘を打っていた。

「あれに構うな。皆の者、直ちにこの場から逃げるのだ！」

自ら手本となって馬にまたがり、馬首を巡らせる。すぐに酉白や周囲の騎兵が、鉉太に倣って馬に飛び乗った。奇景に見入っていた雑兵たちも、慌てふためいて走り出す。

馬を疾走させながら、鉉太は苦い唾をのみ込んだ。おそらく、永手は失敗したのだろう。呪を完成させるだけの魔が足りなかったか、あるいは、鬼の呪を甘く見すぎた。地獄からの脱出口を、亡者どもが見逃すはずがないのだ。

やがて響いた天をどよもす絶叫に、鉉太は思わず振り返った。ひときわ巨大な亡者の腕が、大武丸の頭を握り潰している。そうして易々と穴へ引きずり込むと、さらに穴を押し広げ、全身を地上に引き上げた。牛の頭と鋼(はがね)の体躯を持った、まさに異界の怪物だ。

亡者どもに寄ってたかって押し広げられ、永手の首は、すでに跡形もない。大地に穿たれた異界と通じる穴からは、牛頭の亡者に続いて他の者らも這い出してくる。

鉉太は馬を走らせながら、「早く逃げるのだ！」と周囲に叫び続けた。しかし、この世にあらざる恐ろしい光景に、魂を抜かれている者が少なくない。

並走していた酉白が唐突に声を上げた。口走ったその言葉に、鉉太は酉白の視線を目で追った。太刀を振り上げた鷹取が、四つ足の亡者に蹴られて落馬したところだ。地に跳ねた鷹取のもとへ、我先にと亡者どもが群がってゆく。

馬足を落としかけた酉白の手綱を、「止まるな！」と鉉太は横からつかんだ。「酉白、もう振り返るな。俺は止まらぬと決めた。遅れずについてこい」

酉白は逡巡に顔を歪めたが、それでも主についてきた。背後に大勢の阿鼻叫喚(あびきょうかん)を聞きながら、今は逃げられる者が、逃げ延びるほかないのだった。

＊

沢の岩間を飛び越えた蓮華は、大地の震えを感じて周囲をうかがった。

いっぺんに鳥が飛び立ったみたいに、ひどく胸が騒がしい。見上げた空が懐かしい色にくすんでいた。どこかから地獄の風が吹き込んだようだ。

こぽんと足もとで水音が鳴り、沢の縁に膝を突いた。荒々しい岩場に立ちこめた湯の花の香り。

沢のあちこちに湧く湯が、もうもうと湯気を立てている。

円宝とともに身を寄せている修験の山の、獣道をくねくねと登ったところに湧く清流の一筋だ。山寺の和尚から、この沢の湯が滋養を高めるのに効果があると教わったのだ。沢に手を入れ、温度を確かめた。「うん、いい湯加減だ」

髪を一つに括(くく)ると、墨染めの衣にたすきを掛け、膝まで裾をたくし上げた。「来てみろ、気持ちがいいぞ」と笛詰の手綱を引き、先に立って湯に踏み込んでみせる。

さっきの地鳴りが不安なのか、笛詰は動こうとしない。「大丈夫だ。遠くのほうだから心配ない」と宥めたが、今度は胡散臭(うさんくさ)げに湯の花の匂いを嗅いだ。すくった湯で少し身体を濡らしてやると、やっと沢に踏み込んできた。脚を折り曲げて湯に沈み、うっとりと目を閉じた笛詰は、さんざん嫌がったわりには、ご満悦の様子だ。

「手間のかかる奴だ」蓮華は苦笑すると、浸かりきらない笛詰の背に湯をかけた。歩き渋るのを宥めすかし、苦労して連れ出した甲斐があったというものだ。

笛詰は最近めっきり元気がない。以前にも増して寝ている時間が長くなったし、起きているあいだも何となくぼんやりしている。円宝の見立てによれば、もう長くないそうだ。

兎馬(うさぎうま)の寿命がどれほどかは知らないが、さほど高齢とも思えない。けれど笛詰は七年ものあいだ、ずっと蓮華に乳を与え続けた。仔を産まないのに乳を出し続けることは、動物にとっては不自然な状態らしい。蓮華が赤子に戻らなくなって、やっと重荷から解放された。蓮華には、笛詰のこの急激な弱りようが、長年の歪みの反動に思える。

ふと見ると、湯気の立ちこめる獣道を小柄な人影が登ってきていた。確か、山里を巡っている行商一家の娘だったか。向こうもこちらに気付き、遠くから頭を下げた。

娘は旅装姿だった。沢まで小走りに駆け登ると、息を弾ませ、はにかむように笑った。

「山寺へ参りましたら、白蓮（びゃくれん）さまは兎馬を湯治に連れていったと伺って」

白蓮とは、円宝がつけた蓮華の呼び名だ。

「わざわざ探しに来てくださったのか。申し訳ないことをしました」蓮華は湯から上がり、巾で手足を拭いた。「それで、私に何かご用ですか」

先日、食欲のない笛詰のために飼い葉を探して森へ入ったとき、この一家が小鬼どもに取り囲まれているのを発見した。拾った木切れで追い払うのを手伝っただけだったが、父親が怪我を負って立ち往生していたらしく、えらく感謝されたのだ。

後で山寺の和尚に聞いたところ、この修験の山々にも多くの小鬼が出没するようになり、ずいぶん難儀しているらしい。小鬼が増えれば、大鬼が出る。里人のあいだにも不安が広がっているという。今は戦が行われているとかで、しばらくは領主の援助も見込めないらしい。もっと山深い地域では、合議して里を畳み、そっくり避難したところもあるという。

「父の怪我も良くなりましたので、これから山を下りるのです。この辺りも人が減ってしまったから、別の場所で商売をしなくちゃなりません」娘は片手に提げていた野草の束を差し出した。「お礼と言ってはおこがましいけど、弟と一緒に摘みました。うちの荷馬が具合の悪いときにも好んで食べるので、兎馬にも良いかもしれないと思って」

かたじけない、と蓮華は受け取った。つんとした匂いのある、針のような形の草だ。

「笛詰、良いものをいただいた。食べてみるか」束ねの草紐をほどいて岸に並べてやると、笛詰はさっそく興味を示し、旺盛に食べ始めた。「気に入ったみたいだ」

娘は嬉しそうに微笑むと、「こちらは白蓮さまに」と頰を染め、後ろ手に隠していた一輪の花を差し出した。いったいどこで見つけたのか、遅咲きの山竜胆だ。

蓮華が受け取ると、娘は「どうかお達者で」と、ぱっと身をひるがえした。

娘の姿が見えなくなるまで見送って、蓮華は優美な山竜胆の香りを楽しんだ。もう雪の声を聞こうというこの山で、花を探すのは大変だったろう。「なあ、笛詰。親切な娘が、綺麗な花をくれたぞ。私も人間らしく振る舞えるようになったみたいだ」

花を濡らさないようにと髪に差し、湯気の立つ笛詰の身体を拭いていった。


蓮華が笛詰を連れて山寺へ戻ると、円宝が経蔵の廊から飛び降りてきた。

「白蓮、この寺にもあったぞい。『鬼道録』の一部じゃ。わしも、ざっと目を通しただけじゃが、いったい何が書かれていたと思う」草履を履くのも忘れるほどの興奮ぶりだ。

「分かりません。何が書いてあったのですか」

「聞いて驚け。地獄へ通じる穴を空け、亡者を地上に呼び寄せる邪法が存在するというんじゃ。旭日の書き残した術のうちで、おそらく最も凶悪な呪法じゃぞ。しかも悪いことに、すでに盗まれた別の寺の木簡に、この呪の修法が記されていたらしいんじゃ！」

蓮華は話に相槌を打ちながら、借りている宿坊の土間に笛詰を入れ、井戸で桶に水を汲んだ。円宝は丸めた手控えの紙で手のひらを打ちながら、うろうろと歩き回っている。

「よほどの術者でなくば、手に負えぬ。賊らも、まさか試してみたりはせんじゃろうが」

「円宝長者にも、手が出せませぬか」

「難しかろうのう。これほど大がかりな術となると、複雑な作法を要するでの」

考え込む円宝は、宿坊の上がり口に座らされ、足を洗われているのにも気付かない。

「しかも、これを行うには強力な魔を宿した生首が必要らしくての。これもまた取り扱いが難しい代物じゃ」術者に相応の力がなければ、呪を制御しきれない恐れもあるという。「人知に余る技じゃぞ。賊が軽率な真似をする前に、一刻も早く取り戻さねばならん」

蓮華は泥水を植木の根もとに流し、桶を石仏の佇む井戸端に戻して宿坊に引き返した。

「その話ですが、もう呪法は行われてしまったようです」

「何じゃと！」円宝が目を剝いた。「ぬしは何を知っておる」

「いいえ、何も。ただ」と蓮華も円宝の隣に腰を下ろし、天を指差した。「空に地獄の風が混じっております。先ほど奇妙な地鳴りも起きましたし、件の呪が原因かと」

以前に蓮華を襲わせたのも、鬼道書を盗んで邪法を実行した奴だろう。魔を宿す生首を手に入れるためだが、鬼である自分の首なら申し分ないはずだ。

「私の襲撃には失敗したけれど、別の鬼から首を調達できたのかもしれませんね」

円宝はあんぐりと口を開けていたが、手控えの紙でこちらの頭をぽかりとやった。

「馬鹿者、一大事ではないか。花など飾って浮かれている場合か」

「人知に余ると仰ったのは、円宝長者ではありませんか」蓮華は口を尖らせた。髪の山竜胆を手に取り、くるりと茎を回す。「それに、この花は洒落心で持ち帰ったわけではございません。私に一つの教えをもたらした、御仏の小さな写し身でございますれば」

行商一家の娘が野草をくれた一件を語った。

「たいそう不思議な心地でございました。白蓮として僧衣をまとえば、人は私の行いの中に功徳を見いだします。しかし野猿のような蓮華のままであったなら、あるいは石をもって追われる結果になっていたかもしれません」

ううむ、と円宝が坊主頭をなでた。「人の心は弱きものじゃ。相手によって、たやすく態度を変える。許してやれ、まことを見抜く目のない凡百の、悲しき性じゃての」

「ご案じくださいますな。皮肉を申したのではございません」と微笑んだ。「人のありように小さな理を発見し、ただそれのみを子どものように喜んでいるのです」

以前、東護寺で円宝が仏像について解説してくれた。仏像の様々な姿は、それぞれ違った役割を司る仏の姿でありながら、それらはすべて一つの仏の変じた姿だという。

長く分からなかった、御仏が姿を変える意味。それが、やっと理解できたのだ。

「誰がそれをするかによって、受け取る者の心持ちが違う。だから仏は化けるのだと分かりました。尼僧の姿をした私は、あの娘にとっては、おそれ多くも御仏のごとくであったでしょう。病を得た者には薬壺を携え、死を待つ者には来迎の列を連ねて現れる。その者が最も受け入れやすい姿に変じ、理を授ける。弱き性を持つ我々が、なるべく自然に受け取れるようにしてくださるのです。その心遣いこそが尊い慈悲でありました」

果州のよき跡継ぎであろうとした鉉太は、谷鉉の御館に移って以後も、厳しく己を律し続けていた。あれは自身を高めるためだけでなく、周囲の者に対しても必要な行為だったのだ。蓮華には鉉太の資質が自明でも、初めて会う者には、それが分からない。特に果州の民は自立心が強いらしい。鉉太は相応しい姿を示し続けることで、より多くの者を導こうとしていたのだろう。

「そしてまた、御仏があまねく存在するという意味も、理解できたように思います。あの娘の行いに、私は御仏の姿を見ました。この花ももちろん、笛詰の滋養を満たす飼い葉の一本一本の中にも、御仏の慈悲があふれている。そうして振り返ってみますと、私を教え導いてくださる円宝長者や、乳を与え続けてくれていた笛詰、ずっと私を育ててくれた若君の中にも、御仏がいらっしゃった。私が気付かなかっただけで、出会ってきた多くの人々や事柄の中に、御仏の慈悲があふれておりました」

円宝は見知らぬ者の素性を測るような顔つきでこちらを見ていたが、しばらくして深々と息をついた。「よう言うた。ぬしは彼岸より生還して以来、見違えるように成長しておるの」

「円宝長者は甘えを捨てよと諭してくださった。正しいお導きのおかげです」

赤子に戻らないので、思考が寸断されることもなくなった。かつては明の出入りのたびに記憶や感情が細切れになっていたように思う。しかし今は、過去と現在と未来とを貫く一続きの道の上を、自分の足で一歩ずつ進んでいる実感がある。昨日の続きとして今日が存在し、今日の次には明日が来るという確かな感覚だ。

「いやはや、本当に見違えるのう。若君にも見せてやりたいわい」

蓮華は目を伏せた。「いいえ、まだ戻れません」

円宝が困ったように片眉を上げた。「戻れぬか」

「次に若君とお会いするときには、私も相応しい姿であらねばなりません。ですが、どんな姿を目指すべきかも、いまだ分からずにおります。お恥ずかしい話です」

「急いてはならぬ。気長にゆこうぞ」円宝は手控えの紙を懐にしまい、腰を上げた。「呪法が行われたのであれば、何ぞ手だてを探らねばならん。が、まずは腹ごしらえじゃ」

すぐご用意いたしますと、蓮華も腰を上げた。

*

戦ケ原を脱出した鉉太は、道々に兵を集め、かろうじて治川の柵まで戻ってきた。もはや両軍は敵同士ではない、戦うべき相手は地獄の亡者だ。そう論じて阿藤も司波も関係なく負傷者を受け入れ、野営の篝火を焚いて手当てをさせた。

戦ケ原を脱出できた者は多くない。退避の号令を聞いて一目散に逃げ出せた者はごく一部だ。大半は仲間や主君を助けるために踏み止まり、亡者どもの群れに蹂躙されたらしい。それでも救護の陣が立った話を広めさせると、生存者が続々と詰めかけた。城柵内のあらゆる場所が、たちまち怪我人でごった返してゆく。

鉉太は差配に追われつつも、氏隆の部隊に所属の兵を見つけては、「父上の行方を知っている者はいないか」と聞いて回った。とにかく氏隆を見つけ出し、早々に陣頭指揮をとってもらわねばならない状況なのだ。

なかなか情報は得られなかったが、ついに夜半になって、氏隆が従者らに担がれて落ち延びてきたとの知らせが入った。すでに城内に運び込まれ、介抱を受けているらしい。

「父上はご無事か？」砦の階を駆け登った鉉太は、床の延べられた室の戸口で立ち尽くした。

うなされて意識のない氏隆は、顔面の左半分の肉を失ったうえ、左脚がちぎれかけている。従軍の薬師(くすし)が力を尽くしているものの、息があるのも奇跡だと思える状態だ。

　薬師が黒袴をさばいて立ち上がり、言葉を失っている鉉太に沈痛な声で耳打ちした。「左脚は毒が回り、すぐにでも切り落とさねばなりませぬ。どうか、ご覚悟を」

「切れば父上は助かるのか」と尋ねると、「大殿の体力次第でございます」と答える。

　板間の隅には、主を連れ戻った従者が悲壮な面持ちで控えていた。話によれば、氏隆の隊は永手の中央突破で攪乱(かくらん)され、立て直したところを亡者の群れに襲われたらしい。

　多くの将や兵たちが頭領の帰還を聞いて詰めかけたが、「大殿の傷に障りますので」と機転をきかせた酉白が外で追い返した。地獄の亡者が果州を襲わんとしている現状では、氏隆の危篤が広まれば、皆の不安は膨らむばかりだろう。

　従者の労をねぎらい、いちおうの口止めをして退出させたとき、ふいに氏隆が絶叫を上げ、裂けんばかりに目を見開いた。

「父上」と鉉太が駆け寄ると、氏隆は奇声を上げて突き飛ばした。脂汗の浮いた青白い顔には戦慄の表情が浮かんでおり、化け物でも見たような狼狽ぶりだ。

　やがて「おお……氏真か」と、安堵したように荒い息を吐き出した。「お前も無事であったか。すまぬ、驚かせたようだな」

　鉉太は枕元に控えた。「いいえ。父上は、ひどくうなされておいでででした」

「真人だ」と氏隆は枕に頭を預け、痛みをこらえるように強く目を閉じた。「わしを食らおうとした、あの亡者……確かに真人であった。浅ましい姿に成り果てたものだ」

　鉉太は、ただ黙って頷いた。激痛の見せた悪夢だろうか。しかし、反乱のあげくに討たれた真人は冥の戦場に堕ちたはずで、あながち夢とも言い切れない。

ほどなく氏隆が苦しげに目を開け、周囲を見回した。「ここは治川の柵でございます」と鉉太は囁き、薬師の手当ての合間に、これまでの経緯を手短に説明した。勝手に司波の兵まで収容した点を咎められるかと思ったが、氏隆は「いや、それでよい。こうなれば使える駒は何でも利用せねばならん」と、呻きながらも身を起こす。

「火急の事態だ。まだお前には任せられぬ。薬師、もっと痛み止めを――」

そこで氏隆は絶句した。震える手で動かない左脚に触れ、拳を握る。「真人め」と息を荒らげ、拳を床へ打ち付けた。

「父上、私では至らぬ点もございましょうが、当面のお役目は代理を務めさせていただきます。どうか今は養生が肝要と考え、何なりとお命じください」

「黙れ、分かったような口をききおって」氏隆が再び鉉太を押しやった。が、その力は急激に弱まっている。今度は姿勢を崩れさせることもできずに、萎えた身を伏せてしまった。

しじまの冷え冷えとした空気を震わせて、かすかな物音が室内に響いた。きき、ききき……と、小さなものがこすれ合う甲高い音。歯ぎしりのように聞こえるが。

「……武家の頭領ともあろう、このわしが……卑しい亡者の手にかかり、もはや馬にも乗れぬ身になろうとは……」

主のこぼした無念の吐露に、酉白も薬師も、かける言葉がないといった面持ちだ。鉉太もまた、初めて目にする父の取り乱した姿が痛ましく、胸の塞がる思いがした。

「何を仰います。どのような姿であっても、父上が果州をまとめ上げることのできる、ただ一人の英傑である事実は変わりありませぬ」

氏隆は苦悶に顔を歪め、朦朧とした目で鉉太を睨んでいる。

「いいや、お前は笑っているのであろう。ようやく恨みを晴らせたと、得意になって溜飲を下げたはずだ。……だが真人よ、わしは負けぬ」

「父上、お気を確かに」いよいよ意識が混濁し、鉉太と真人を見間違えているらしい。

そのとき、ひっ、と背後で声が上がった。見れば酉白が腰を浮かせ、震えながら周囲の床を指している。鉉太も気付き、「これは」と息をのんだ。黒泥のような瘴気が立ち昇り、氏隆のほうへと集まってゆくのだ。

「もしや、鬼の気では」酉白が悲鳴のような声を上げ、数珠を握りしめた。「永手が戦ケ原で羅刹に成らんとしたときと同じもの。まさか、大殿までもが——」

きき、ききき、きき。誰もが青ざめ、うろたえる中、こすれ合う物音は鳴り続ける。

「真人よ……貴様は死んだ。永手も死んだ。果州を統べるのは、このわしぞ」

氏隆が絞り出すように叫んだとき、ほつれた髻が、ぞろりと動いた。血糊で固まった頭髪のあいだに、百足が姿をのぞかせたのだ。赤と黒の縞模様をもった、指ほども太さのある大百足が、きききき、と無数の足を蠢かせながら氏隆の頭を這い回っている。見れば、着物の袖口や脚の傷口からも忍び出ており、わらわらと辺りへ散っていくのだ。

「父上、気をお鎮めください。魔に囚われてはなりません！」氏隆に這う鬼の虫を払い退けながら、鉉太は繰り返し呼びかけた。しかし氏隆は苦しげに雄叫びを上げるばかりだ。

「真人よ、わしは負けぬ、負けぬぞ。何度でも貴様を地獄へ突き落としてくれる！」

一つ大きく痙攣(けいれん)すると、死人のような肌が百足と同じ縞模様へと変化し始めた。さらには、その異形の肌を突き破り、何本もの足が生えてゆく。

巨大な百足に変わりゆく氏隆が、無数の足を突き、身体を起こそうとした。薬師が叫び声を上げ、腰を抜かしたようになって後ずさる。鉉太はとっさに、氏隆の身体を力ずくで押さえ込んだ。辺りを這っていた百足どもが、たちまち腕を這い登ってくる。無数の針が食い込むような感触に、骨まで粟立つようだった。

取り乱す二人に、「静まれ！」と一喝した。「酉白、薬師を連れて室の外に出ろ。俺が良いと言うまで、誰も入ってきてはならん」

鉉太の腕を振りほどこうと、氏隆は足を振り立て、次々に百足をまき散らしている。

「し、しかし百足が」酉白は泣きそうな顔になりつつも、鉉太に取りつこうとする鬼の虫を袖で払った。「大丈夫だ、行け」と厳命すると、足をもつらせながら薬師を追い立てていく。

板戸が閉じられたのを確認し、鉉太は氏隆を押さえ込んだままで朱鞘(しゅざや)を抜いた。

「父上、真人との決着は、どうぞ冥の戦場にて果たされませ」

おのれ、と赤と黒の大百足が呪うように吠え続けている。鉉太は破魔刀を逆手に持ち、氏隆の喉に切っ先を押し当てた。百足どもがいっせいに騒ぎ出し、太刀を握る腕に噛みついてくる。

「いずれ私も、かの地に参らねばならぬ身でございます。お叱りは、そのとき存分にお受けいたしましょう」

ためらいを振り切り、いっきに刀を突き下ろした。刃は床にまで突き立ち、青い火炎を噴き上げる。大百足が身体を跳ね上げ、うねり回った。熱い熱いと絶叫するたびに、その息で灯火が怯えたように揺れる。燃える身体から、百足が恐慌をきたしたように逃げていく。

やがて逃げ出す百足が瘴気となって消え、周囲を漂っていた魔の気も失せると、ようやく夜半の静けさが戻ってきた。半ば炭と化した氏隆の身体は、ひどく暴れたせいで、もはや形を留めていない。そっと切っ先を引き抜くと、強い異臭が漂った。

鉉太は破魔刀を下ろし、無言で骸（むくろ）の前に平伏した。

今になって、ふと考える。母が氏隆の偉大さを繰り返し説いたのは、息子に余計な反発心を植え付けては身の処し方において不利になる、と案じての行為だったのだろう。しかし、もし母の薫陶（くんとう）がなくとも、己は同じように憧憬を抱いたに違いない、とも思う。

まるで舟に乗っているような感覚があった。ひどく足もとが、ぐらついている。己の大地とも呼べる揺るぎない存在を、己の手にかけ、失った結果だ。

百鬼と見まごう諸公らを手玉にとり、宝を貢がせ、泰然と君臨していた男。何万匹でも鬼を斬ってみせると豪語した男。同じ男として、その存在を父と呼ぶことが誇らしくないはずがない。志（こころざし）が違っていても、臆病者と罵（ののし）られても、鉉太にとって氏隆は、計り知れない巨大な存在だった。だからこそ、いつか認められたかったのだ。

そうやって、どれほどのあいだ頭を下げ続けていたのか——まだ軽い眩暈を覚えつつも、鉉太は骸に布を被せて厳重に包んだ。恐ろしい異形の姿を、誰にも見せてはならない。

独りですべての痕跡を隠して室を出ると、廊には酉白と薬師が恐怖に縮こまって座り込んでいた。強く耳を塞いでいた酉白が、鉉太に気付き、泣きぬれた顔を上げる。

「酉白、父上は合戦での負傷のために、つい先ほど身罷（みまか）られた。翌朝には荼毘（だび）に付す。そのように皆に知らせ、手配してくれ」

続けて、薬師に言い渡した。「父上への尽力に深く感謝する。だが、今夜ここで見聞きした一切は、他言無用だ。もし異論を唱えるならば、俺がそなたの口を塞ぐ」

分かったら行ってよいと伝えると、薬師は色を失い、逃げるように立ち去った。

西白は、まだ恐怖も冷めやらぬ顔で座り込んだままだ。戦ケ原から脱出する際、西白は鷹取に向けて『父上』と叫んだのだ。

「お前は、鷹取の息子だったのだな」と声をかけた。

突然の話に、西白は震えながらも面食らった様子で鉉太を見上げている。

「俺は知らなかった。今まで一度も、そんな様子を見せなかったな」

「は、はい。万寿丸の名をお借りして以来、お役目のみを心に定めて、父と思いもしませんでしたので」それに、と皮肉げに顔を歪めた。「あの方は磊落たる武人でしたが、庶子の私にとっては、息子を売った男にすぎませぬ」

「それでもお前は、今際の光景を目の当たりにして、とっさに父と呼んだ。違うか？」

この問いかけに、「それは」と西白が虚をつかれたように言いよどむ。

「鷹取は、よい息子を持ったな。それに引き換え、俺ときたら……父をこの手にかけておいて、涙も出んのだ」

鉉太が力のない笑いをこぼすと、「いいえ、違います」と西白が強い口調で首を振り、足もとに取りすがるように身を寄せた。

「若君は、邪道に踏み込みかけた大殿をお救い申し上げたのです。他の者には決して成しえぬ、

「大英断でございました」嗚咽まじりに、敢然として断言する。「この酉白が、一生お仕えいたします。若君のゆかれる道が、私の道。たとえ地獄に続くものであろうと、決してお独りにはさせませぬ……」

　さながら鉉太のぶんまで涙を流そうとするように、声を上げて泣き崩れた。

　密かに氏隆を弑した後、鉉太は父のために経を唱え、今後の策を練り上げた。そして夜が明けて荼毘を済ませると、動けそうな将と兵を何組か呼び出し、三隊に分けて指示を与えた。

　一隊には、生き残りを探して安全な場所へ連れ出すこと、しかし決して戦ケ原には足を踏み入れぬよう言い含めた。次の隊には近隣の里に避難を呼びかけるよう命じた。最後の一隊は、果州内の諸公や寺への伝令だ。破魔の武器で守りを固めさせ、各地の城柵や堰に結界を施すよう指示を出した。

「重責ある任務だが、危険を冒さなくてよい。皆、せっかく拾った命を大切にせよ」

　氏隆であれば採っただろう応急の策だ。頭領が戻らぬ身となり、腹心の臣下も討ち死にし、さらに主立った将の大部分が消息も知れない。嫡子が指示を下すのは当然のなりゆきといえるが、彼らの様子を見る限り、この状況は大いに不満であるらしい。もちろん鉉太も、己が氏隆に遠く及ばないことは百も承知だ。

　三隊を各地へと送り出した後、城内へと戻る道すがら、西白は深刻な表情だった。

「やはり昨夜の一件が、郎党らの様々な憶測を呼んでいるようでございます」

　鉉太は頷いた。今のところ薬師は口をつぐんでおり、異変がもれた様子はない。しかし、氏隆の断末魔の声は外にまで聞こえたはずだ。戦の直前に鉉太が陣を外された一件もある。密室で行われた出来事について、不名誉な噂が出回っていることだろう。

「やむを得ん話だ。今後の行動をもって己を示すしかなかろう」と、鉉太は半ば自分に言い聞かせた。周囲におもねっている暇はない。一刻を争う事態なのだ。

「この治川の柵を後方支援の場とする。まず兵らの回復だ。そのあいだ、俺は州司を訪ねる」

　酉白は怪訝そうだ。「州城へ向かうのでございますか?」

「この事態は、もはや身内争いの範疇（はんちゅう）を越えている。ご助力を願うのが適切だろう」

　砦の周囲には、木組みに筵（むしろ）をかけた急ごしらえの小屋が建ち並んでいる。そのどれもが手当てを受ける重傷者で満杯だ。鉉太が室で旅装を調えるあいだも、生死の境で苦しむ兵たちの呻き声が、地を這うように聞こえてきた。

「しかし、現在の州司、八国（はちこく）どのは文官でございます。上策が打てるでしょうか」

「策を仰ぐのではない、提言を申し上げるのだ。ひとまず州城の兵を借り受ける。そして都から亡者どもを調伏するための武器と僧らを派遣するよう、朝廷に要請していただく」

　酉白は大きく頷いた。「でしたら、柳小路の大臣に、公卿（くぎょう）らへの働きかけを依頼いたしましょう。遣いの文をしたためます。だいぶ砂金を贈るはめになりましょうが」

「欲しいだけ、くれてやれ。京で売った恩を返してもらうときだ。もし果州中に亡者どもが闊歩（かっぽ）する事態となれば、その砂金も二度と手に入らぬだろうと脅してやれ」

　亡者どものありさまを目の当たりにしたからこそ、あれらが戦ケ原をさまよい出た場合の惨劇を想像できるのだ。人の手でどう退けるのかも、これから考えねばならない。

「円宝どのがいてくだされば、心強いのだがな」

表向き、円宝は修験の旅に出たことになっていた。蓮華のためを思えば連絡は不要と考えていたが、せめて滞在先を聞いておくべきだっただろうか。

「大丈夫でございましょう」酉白が鉉太に笠を差し出した。「鬼道がらみの話であれば、円宝どのが聞きつけぬはずはございません。早晩、再びお目にかかれるかと」

そこで酉白は、はっとしたように目を輝かせた。「亡者に対抗するためには、蓮華さまの破魔の力が、ぜひとも必要です。今こそ、お側に呼び戻すときでは？」

「蓮華のことは俺も考えた。しかし、鬼をもって鬼を制する方法に、賛同する者もいようが、大半は危惧を覚えるだろう」まだほとぼりは冷めていない。機を誤れば永手が行ったのと同様の襲撃事件が起こるだろう。

「それにな」と、外をはばかって声を落とした。「この期に及んで甘いと父上に叱られそうだが、俺は蓮華を都合の良い道具のように扱いたくはないのだ」

亡者と化した大武丸の身勝手な言い分にも、猛烈に反感を覚えたのだ。ふと臓腑に泥が溜まったような心地になり、「大武丸か」と呟いた。

酉白は眉をひそめている。「永手の息子でございますね。ご存じだったのですか？」

「鬼岩の砦に、奴も囚われていたのだ」父親が鬼道に堕ちるほどの期待を背負っていたとなると、なりふり構わず脱走した件は同情できなくもない。「司波の跡取りだっただけあって、大武丸は万事にそつのない男だった。鬼の王にも重宝がられていたほどでな」

もし奴が生きて帰っていたら、今ごろ俺のほうが謀反人の息子だったかもしれんな――鉉太がそう言うと、酉白は実に嫌そうな顔で身震いをした。
「戻ってきてくださったのが若君で、本当によろしゅうございました」

鉉太は留守居役に兵の編制と柵の補修、そして亡者どもへの警戒を任せ、酉白と少数の兵を連れて州城へと旅立った。ひとまず、途上にある谷鉉を目指すことになる。

峠越えの際、谷鉉の方角に黒煙がたなびいて見え、胸騒ぎを覚えて先を急いだ。点在する集落に里人の姿はなく、いくつか焼け落ちている家がある。大道沿いの町並みにも煙がくすぶっていたが、御館は築地塀の一部が焼け焦げているのみで、大きな被害はなさそうだ。

櫓(やぐら)の物見に手を振ると、ややあって御館の門扉が開き、転がるようにして菅根が駆け出てきた。
「お帰りなさいませ、若君」常に身だしなみを崩さない老家僕(かぼく)が、今は烏帽子を被っておらず、鬢(びん)もほつれている。
「鬼どもの襲撃があったようだな。よく守ってくれた」
「いいえ、留守居を任せていただきながら、申し訳ないありさまで」うなだれた菅根は、十も年を取ったように見える。鉉太の馬の轡(くつわ)を取り、門の中へと導いた。「私も長く務めておりますが、鬼が谷鉉の里に襲来したのは初めてでございます」

鬼は昨夜から現れて谷鉉を襲い、朝方の明(めい)の出に合わせて姿を消したそうだ。逃げ延びた人々を敷地の一部に収容しているが、里に返してよいのか決めかねているという。

大殿はどちらにと菅根に問われ、鉉太は目を伏せた。「永手との戦の怪我がもとで、無念にも身罷られた」

「な、なんと、そのような」菅根が青ざめて膝を突く。

中庭の一隅には人が集まり、煮炊きの煙が上がっている。炊き出しのようだが、立ち働く里女らの中に、泉水がいた。驚いた鉉太は、菅根を西白に任せて駆け寄った。

「泉水どの、なぜまだ谷鉉にいるのだ。わざわざ里から出てきたのか？」

泉水は目を瞠り、口もとを覆った。「若君、よくぞ、ご無事でお帰りなさいました」

「だがまだ、何も終わったわけではない」人目を避け、泉水を裏の一角へ連れていった。「まだ万淵のほうが、戦ケ原からは遠い。護衛をつける、早く郷里へ戻られよ」

「戻りません。この館ときたら、まるで女手が足りないのですもの。この窮状を放って、安全なところへ隠れていられるとお思いですの？　それよりも」と泉水が鉉太の手に触れた。「怖いようなお顔をされていますわ。何かあったのですか？」

鉉太は一瞬、強く目を閉じた。氏隆が羅刹に成りかけたこと、それを成敗したこと。心の整理が追いつかず、まだ口に出すのは難しい。「父上が亡くなり、急に大きな責任を負うことになった。そのせいだろう」

泉水は突然の訃報を嘆くと、懐から数珠を取り出した。「でしたら、なおのこと私にはお構いなく。このとおり若君とお母上のご加護があるのですもの。つまり、この泉水が留まっている限り、谷鉉も無事だということ。どうぞ、心置きなくお務めを果たされませ」

泉水は力強く請け合うと、颯爽と炊き場に引き返し、里女たちに指示を与えていった。

鉉太は苦笑した。この調子では、誰も泉水を説得できそうもない。感謝しつつ御館に戻ると、菅根とも協議して、引き続き守りを固めるよう申し付ける。

翌朝、予定どおりに州司のもとへ旅立った。州城は政庁を兼ねた果州支配の要だ。道中の馬飼の里で何度か馬を替えつつ、南へと街道をひた走る。州城の門をくぐったのは日暮れだったが、昨夜のうちに、州城には先触れの使者を走らせてある。ところが謁見の間で鉉太を出迎えたのは、八国の副官である近江と、以下数名の官吏のみだった。

近江は鉉太の元服の際、八国の名代として参じた男だ。その近江が恐縮しきりに説明したことには、八国は使者の言伝を聞いた早朝のうちに、亡者どもを怖れて州境の柵まで退いたという。しかも、州司軍の大部分を引き連れてだ。

「居城からお逃げになっては示しがつかないと、再三、お止め申したのだが……」

八国は近江の諫言を取り合わず、まずは穢れが都に流れ込まないよう、自らが州境を固めると言い張ったそうだ。臆病者との噂だったが、これほどだとは思わなかった。

「近江どの、それは困る。果州は我が父を失い、統率が難しい状態だ。せめて州司の下知がなければ動きがとれぬ」鉉太は近江に詰め寄った。「八国どのが留守ならば、近江どのが代理であるのか。州司に代わり、果州諸公に召集を号令してくださるのか」

「ご勘弁くだされ」鉉太が迫ったぶん、近江が色を失って後ずさりする。「それがしには、そのような権限はござらんのです」

お鎮まりください、と酉白に諫められ、鉉太は息を吐いて苛立ちを収めた。「では近江どの、八国どの宛てに文をしたためていただけぬか。今すぐにだ」

「ど、どのような内容をお伝えすれば、よろしいでござるか」

しばし考え、鉉太はこう告げた。此度の騒乱で州内は混乱に陥り、民は治安の回復を求めて陳情を申し立てている。御身が州城に帰還するまでのあいだ、阿藤家の嫡子であり騒乱の一部始終にも詳しい氏真に、果州内の治安維持と悪鬼討伐をお命じになること、ご提言申し上げる――

「と、このようなところで、いかがだろうか」

「はあ、了解いたしたが」官吏に文案を書き留めさせた近江が、言いづらそうに念を押した。

「本当に、貴殿が請け負うと申されるのか。奏上すれば、州司は喜んで応じるでござろう。しかし、貴殿一人が責任を被るはめになり申す」

「生き残りの中で、おそらく私が最もその役目に相応しい。だから立つのです」

亡者どもを退けなければ、理想の都を作る夢も覚束ない。それどころか、果州はこの世の地獄になるだろう。自ら父親殺しの罪を負った、その意味もなくなってしまうのだ。

近江は呆気に取られたように立ち尽くしていたが、ふいに膝を突いた。

「貴殿の決意のほどには感服いたした。都の姓を名乗ってはいても、それがしは果州の生まれ。心は、この地の者たちと同じでござる。どうか、ともに戦わせてくだされ」

周囲の者たちも「ぜひ私も」と口々に声を上げ、近江に倣う。

これまでの鉉太には強い無念があった。永手との戦を止められず、みすみす羅刹の呪を編ませ、鬼に成りかけた父を弑逆した。今度こそ負けられない戦いだ。

一生、仕えると涙を流した酉白。亡者に追われて主君や仲間を失いつつも、物見や伝令に赴いてくれた兵たち。谷鉉の留守居を務める菅根らや、心置きなく務めを果たせと励ました泉水。そしてここにも、ともに戦うと言ってくれる者たちがいる。

鉉太も皆に膝を突き「かたじけない」と頭を下げた。

*

戦ケ原に地獄の穴が通じたという話は、蓮華たちが身を寄せる山寺にも届いていた。ここ数日で急増した小鬼や不穏な地鳴りも、その影響だろうという噂だ。

付近の里でも、襲撃を警戒して領主のもとへの一時避難を決めたという。里人らに同行し、円宝も一緒に山を下りることになった。地獄の穴とやらを直に確かめたいそうだ。

旅立ちの日、蓮華も里へ行き、石仏の祀(まつ)られた門前で見送りをした。里人にまじって旅装を調えた円宝が、釈然としない顔で振り返る。「白蓮よ、本当に行かんつもりかのう」

蓮華は首を振った。「ご一緒できません。笛詰とともに残ります」

笛詰は、もう立ち上がるのも難しい状態だ。山寺には和尚が本尊を守るために留まっており、最期を看取ろうとも言ってくれたが、育ての親とも呼べる笛詰を残しては行けない。

「それに、戦ケ原の周辺では、亡者どもを食い止めるために兵が尽力していると聞きました。行けば、谷鉉の若君と鉢合わせしてしまうかもしれませんし」

何も変われていないのだから、まだ会うわけにはいかないのだ。

里の皆が住み慣れた景色との別れを惜しむ中、里長が出立の号令をかけた。

「頑固だのう。若君に似たか」と円宝は苦笑した。「まあよい、好きにせい。そうじゃ、こいつは邪魔になるでな。ぬしに返しておくぞ」

差し出された星砕を、蓮華は押し戻した。「いいえ、太刀など握れませぬ」

右の手のひらには黒々とした引き攣(つ)れ跡が残っているものの、もう矢傷自体は塞がっている。

にもかかわらず、やはり指が動かなかった。二度と太刀は握れないのかもしれない。でもこれは、むやみに命を殺めてきた報いなのだろう。

「そう言わず、持っておけ」円宝は無理やりに星砕を押し付けてきた。「必要ならば使い、そうでなければ使わん。それで良い。思い詰めるでないぞ」


考え直したら、いつでも追ってくるがよい——と言い残し、円宝は里人らと山を下りていった。

その日からの蓮華は、山寺の雑事を手伝いながら、時間を見つけては山歩きに費やした。以前に行商の娘がくれた野草は、笛詰も喜んで食べた。同じ草を摘みたいが、探す場所が悪いのか、季節が違ってしまったのか、滅多に見つからない。

　強い風に何度もあおられながら、今日も山へと分け入った。

鬼岩の砦では、鉉太とともに厩（うまや）の世話をした経験がある。獣が寿命で死ぬところにも立ち会った。生き物は立てなくなると、そのうち呼びかけにも応えなくなり、やがて夢うつつの状態になる。呼吸が荒くなり、だんだん苦しげな様子になって、たいていが夜更けに、長く大きな息を一つ吸う。それを吐ききってしまうと、文字どおりに息が絶えるのだ。

　常ならばそうやってまっとうされるべき命を、自分はいくつ途絶えさせてきたのだろうと、最近になって何度も考える。改めて己の罪の大きさにおののくし、笛詰の最期の一息を看取るのも怖い。でも、これは逃げてはいけない問題なのだ。

　野草を探して薄氷の張った沢を渡り、風化した石仏の辻から獣道の茂みに分け入った。辺りは不気味なほど静まり返り、風が落ち葉を散らす音しか聞こえない。鳥や虫まで、鬼を怖れて山を下りてしまったかのようだ。

なびく髪を手で押さえた。「今日は一段と、すごい風だぞ」

ようやく目当ての野草を見つけて摘んでいると、女の悲鳴が響いた。子どもの泣き叫ぶ声もだ。女が木立の斜面を転げ落ちるようにして駆け降りてくる。まだ人が残っていたとは驚きだ。「おおい、こっちだ！」

女はこちらに気付き、走ってきた。幼い子どもを抱きかかえており、恐怖に顔を引きつらせている。「庵主(あんじゅ)さま、お助けください。恐ろしい鬼に追われております」

女を追って鬼が木立を抜けてきた。小鬼ではなく、梢(こずえ)に頭がつかえるほどの大鬼だ。泣き叫ぶ子どもに目をやり、「ソレを寄越セ」と掠(かす)れ声で吠えてくる。

蓮華は色を失って座り込んだ女を庇(かば)い、大鬼の前に立ちはだかった。自分一人なら逃げられるが、この状況では少し工夫が要る。鬼を睨んだまま母親に言い聞かせた。

「子を救いたければ、立ちなさい。私が鬼の相手をしているあいだに逃げるのです。この先の道を下れば、里の跡に出ます。そこには、まだ結界も残っているはずです」

女は声もなく頷き、ふらつきながらも立って走り出す。蓮華は手頃な枝を拾い上げると、女を追おうとする鬼の前に回り込み、鼻柱に一撃をくれてやった。大鬼は甲高い声を上げて退いたが、すぐに鼻息を荒らげて突進してきた。

蓮華は殴打を避(よ)け、挑発するように木立のあいだをすり抜けた。焦れた大鬼がむやみに腕を振りかぶったところを、いっきに懐に飛び込み、枝で喉を突く。

思いがけず硬質な手応えがあった。蓮華は跳んで大鬼から離れ、そして目を疑った。

大鬼が吹っ飛んだはずの草むらには、なぜか石仏が転がっている。何の変哲もない、どこにでも見かけるような古びた石仏だ。周囲を見回したが、大鬼は消え失せてしまっていた。ついでに、さっき逃がしたばかりの母子も、もう姿が見当たらない。

慎重に石仏へと近づいた。状況からして大鬼が化けたとしか思えない。しかし、「これは、里の門前に祀られていた石仏か？」山寺の井戸端にいた石仏だった気もするし、山道の辻を守っていたもののようにも思える。

だいたいが石仏など、どこにでも立っているし、どれもよく似通っている。それでも、各地の石仏は同一だったわけではない。なのに思い返してみると、すべてがこの石仏だった気がする。まるで行く先々に待ち構え、何食わぬ顔で自分を見張っていたかのように。

「どういうことだ？」訳が分からなくなって、枝の先で恐る恐る石仏をつつく。すると、石仏が笑い声を上げた。「よせ、くすぐったいじゃないか」

蓮華が驚いて飛びすさると、ごろりと石仏が転がった。たちまち壮年の男へと変じると、「よいせ」と着物の裾をひるがえし、軽快に跳ね起きる。

男は行李を下ろし、喉をさすった。「おう、なかなか良い一撃だったぞ」

「旭日か」と後ずさった。「きさま、いったい何者なのだ」

「うん？　今日は飛びかかってこないのか」旭日は、からかう顔でこちらを見下ろした。「おぬしは本当に美しく成長した。しかし、そのぶん小賢しくなったか。これなら、七極河原をさまよう無知な鬼だったころのほうが、よほど面白かったが」

蓮華は旭日の薄ら笑いを睨みつけた。「もしかして、あのときの化け物か」

「やっと分かったか」と旭日が手を打った。「そうさ、お前の同類だ」

「さっきの親子も、どうせ、きさまの幻術だろう」嫌悪を込めて吐き捨てた。「こんな手の込んだ真似をして、いったい私に何の用だ」

「なあに、ちょっと試してみただけさ。つまらん知恵をつけたおぬしに、まだ戦うつもりがあるのかをな」よっこらせ、と旭日は行李に腰かけた。「おぬしも気付いたろうが、地獄の亡者を地上にあふれさせた愚か者がいてな。あえなく自滅したが、次から次へと這い出す亡者どものせいで、いまだ穴が塞がらんのだ。人間どもが戦ケ原を囲んで柵を作り、亡者が他所へさまよい出るのを防ごうとしているが、あれは徒労というものだ」

「相変わらず傲慢にものを言う奴だ。なぜ、徒労と言い切れる」

「その愚か者が穴を空けた先は、よりによって冥の戦場でな。あいにくと、あそこの亡者には死なずの呪が、かかっているのだ」

そもそも冥の戦場とは、殺生の罪を繰り返した人間が堕ちる地獄だ。そこで行われる苦役とは、互いに武器を取り、片時の安息もなく戦い続けること。たとえ殺し殺されて絶息しても、肉体はもとどおりに再生されて息を吹き返す。決して死ぬことができないのだという。

想像して、蓮華は胸が悪くなった。「よく知っているな」

「同類だと言ったろう」旭日は牙を剝くようにして笑った。「もともとおれは、冥の戦場に堕ちた亡者でな。あそこで何百年のあいだ戦い続けたやら分からん」

不死の亡者が相手では、ただの破魔矢や破魔刀をいくら集めようと、焼け石に水だと旭日は言う。果州どころか、この島国のすべてが亡者どもの戦場と化す。殺し合いに巻き込まれた人々の死穢（しえ）が地に満ち、草木も枯れ果て、地獄と変わらぬ景色になるだろう。

「で、なぜおぬしは動かん。なぜ行って亡者どもを追い戻してこないのだ」旭日の表情からは、常に貼り付いていた笑みが消えていた。打って変わった冷ややかな顔で、じっと蓮華を見上げている。「おぬしは七極河原でおれに敗れ、御仏に帰依すると誓った」

蓮華は唇を噛んだ。「いちいち言わずとも、分かっている」

今後は己の魔を最後の一片まで仏道のために振るうと約束し、七極の牢獄から出してもらえた。そればかりか、来るべき災厄に備えて地上に戻り、悪鬼どもを滅せよ、と御仏から直々に大役を仰せつかったのだ。その際、下命とともに、護法の力の象徴である星砕を授かった——これらの記憶は赤子に戻らない日々を過ごすうちに、徐々に思い出していったものだった。

「赤子姿のおぬしを発見したとき、おれは何か問題でも起きたのではないかと思ったのだ。自身では解決できない事情のために、かりそめの姿を取っているのだとな」

同じ護法の徒であっても、奉じている役目は別々だ。手助けしてやる義理はないが、いくらか縁もあることだしと、旭日はしばしばこちらの動きを探っていたらしい。ところが、姿の移ろいが止まって以後も、蓮華は行動を起こそうとしない。

旭日がおもむろに立ち上がり、蓮華の胸倉をつかんだ。「おぬし、御仏を裏切る気か？」

「まさか」と蓮華は即答し、強く吹きつけた風に目を覆った。「だが、御仏が裏切りと思し召しならば処罰を受けるし、七極河原へ戻れというのなら黙って従う」

旭日が眉をひそめた。「どういうことだ？」

「私には、御仏の徒として戦う資格がないのだ」蓮華は肩を落とした。「仏道に帰依したのはきさまに負けたせいだ。でも、あの御方の理によって私は救われた。それは本当だ。心から感謝しているし、とても尊い存在だと感じている。だからこそ、今は授かった星砕を振るうことはできない。かえって御仏に対する裏切りとなるからだ」

「ますます分からんな。かえって裏切りになるとは、どういう意味だ」

「それは」と蓮華は言いかけ、口をつぐんだ。乱暴に旭日の手を払う。「なぜ、きさまなんかに話さねばならんのだ。御仏の御前で釈明するならともかく」

「そいつは正論だ」と旭日は苦々しい顔で手をさすった。

「だいたいな、きさまが変な書を残すから悪用されたのだぞ」

「それについても、まったく耳が痛い……ああ、そうだ。確かにおれのせいだ。人間などに希望を託し、よかれと思って書き記したおれが愚かだったのだ」旭日は唐突に捨て鉢な言い草になり、苛々と手を振り回した。「おかげでつまらん戒を負った。今回とて信用してやったのに、あの若造め、まんまと挑発に乗って呪を完成させてやるとは」

「何の話だ」と面食らう蓮華に、「おぬしもだ」と指を突きつけた。「行く先々で、おれの邪魔をしおってからに」

「八つ当たりするな。きさまこそ勝手に星砕を封印しただろうが。……とにかく、罰ならば御仏に下していただく。きさまに文句を言われる筋合いはない」蓮華は手籠を拾い上げた。「そっちこそ邪魔者だ。今にも笛詰の容体が急変するかもしれないのに」

踵(きびす)を返す蓮華の前に、「おい、待て」と旭日が回り込み、気を取り直すように息を吸った。

「では、御仏のために戦えぬというおぬしの主張は、ひとまずおこう。だが、奴はどうする。物好きにも、おぬしを自分の娘だと言い切った、あの生意気な若造の話だ」

蓮華は胸を突かれたような痛みを感じ、俯いた。「若君なら、亡者どもを食い止めるために、きっといちばん危険な場所に留まろうとするのだろうな」

一時的に撤退はしても、最後の最後になれば逃げ出すことのできない性格だ。

「おぬし、それが分かっているのに、奴を助けるためにも剣を取らんつもりか？」

「無理だ」と強く首を振った。「私は御仏の功徳をもってしても、仏徒になりそこなっている鬼だ。私には誰かを助けることなどできはしない。混迷に落ちて地獄をさまよっていたときと、まったく何も変わらぬままだ」

「ならば、変わろうとすれば良いではないか」旭日が焦れたように声を上げた。「知識を得て賢くなれば、変われると思ったのか。おぬしはとんでもない愚か者だぞ」

「分かっている。行けばよいのだ」蓮華は拳を握った。「地獄の亡者どもを祓い、冥の戦場との穴を塞ぐ。そうすれば、ととを助けられる。御仏の思し召しにも適う。私は晴れて護法の徒として、己を誇ることができるのだ」

行商の娘がくれた山竜胆は、その尊い気持ちがあたかも花弁からあふれ出るように、しっとりとした潤いをまとって輝いていた。あのとき、鉉太のために戦おうと決めたいつかの大きな喜びを、あの娘のためにも持てるだろう、と思えた。ひいては、自分が今まで出会ってきた、御仏の慈悲を備えた多くの人々にも。でも。

「ええい、さっきから何を言いたいのか、まるで分からんぞ」旭日は、がりがりと頭を掻いた。

「どっちなんだ、変わらぬままでいたいのか」

「そんなわけ、ない。けど」強風に飛ばされそうになり、しゃがみ込んで背中を丸めた。泣きたいような気分だった。「変わってしまえば、もう後戻りができないだろう？」

きっと、本当は変わりたくないのだ。心の飢えた鬼のままでいられたら、また優しく温かな手に抱き上げてもらえる。あの至福の喜びを感じられるのだ。

目のきかない赤子に戻るのは、御仏の光を見ずにすむからだ。護法の徒であった記憶をわざと落としたのは、安穏とした日々に溺れる自分が後ろめたかったからだ。記憶も罪過も、すべて忘れていれば幸せでいられた。

「後戻りだと？　おぬしは御仏の御前以外の、どこへ戻るつもりだ。やはり——」

「——そこにいるのは、白蓮ではありませんか」

はっとして振り返ると、小太りの老僧が薪を背負って山道を登ってきていた。山寺の和尚だ。言い合いに夢中で、気付かなかった。

旭日が舌打ちをした。「ともかく、もう人間を使って事を収められるような段階ではない。おぬしがやらんのなら、戒を破ってでも、おれがやる」

後で文句を言うなよ、と言い捨てて去る旭日を睨みつけ、蓮華は和尚に駆け寄った。

「薪集めなど言いつけてくだされればよろしいのに。こう風が強くては難儀でしたでしょう」

和尚は汗を拭きつつ、「風とは」と不思議そうに聞き返す。「いえ、こちらの話です」と蓮華は薪を引き受け、山寺へ戻った。厨に薪を運び、手籠を抱えて宿坊に向かう。

土間を覗くと、笛詰は敷き詰めた藁の中で脚を折り曲げていた。穏やかに眠っているようで、ほっとする。その鼻先に草束を振り、匂いを立ててみせた。

「少しだけど美味い野草を摘んできた。一口でも齧ってみないか」

笛詰は、とろりと瞼を上げた。こちらに気付いて立ち上がるが、よろけてしまう。「危ないぞ」と体軀を支えようとしたら、いきなり嚙みついてきた。

蓮華は驚いて手を放した。確かに仲は悪かったが、嚙まれるなんて初めてだ。

笛詰は上下に首を振り、蹄で寝藁を引っかき回しては、いなないている。

「ひょっとして、蓮華に言いたいことがあるのか？」

その言葉に応えるように、笛詰が隅に立ててあった星砕を鼻先で倒した。こちらへと蹴りやり、眩暈を起こしたように脚を折る。

「まさか、笛詰まで私に行けって言うのか」困って指を握り合わせた。「だけど、具合の悪い笛詰を放っていけるわけが――」

笛詰が歯を剝き、長く鳴いた。言葉は分からなくても、叱られたのだという気がした。

「分かってる。言い訳にするなって言いたいんだろう。……うん、そのとおりだ」

もう自分は、愉悦のためだけに力をふるっていた赤子ではない。京で鉉太に感謝を打ち明けられたとき、自分が楽しいことよりも、鉉太の夢が叶うことのほうが嬉しいと知った。自分に鉉太を助けることのできる力があって、よかったと思った。これからも、鉉太のために戦おうと誓ったのだ。その気持ちは、離れ離れになってからも片時だって忘れていない。

なのに、ずっと決心がつかなかった。

「笛詰は、いつも私に手厳しい」痩せてしまった薄茶色の首に腕を回した。今度は笛詰も嫌がらず、されるままになっていた。きっと別れが分かるのだ。

宿坊の戸口に和尚が顔をのぞかせた。「先ほどから、何を騒いで――」驚いたように手をかざし、まぶしげに顔を背ける。「白蓮や。その姿は、いったい何事ですか」

身体が輝きを帯びていた。薄衣のように波打つ、遷移(せんい)で生じる白い光だ。輝きは次第に強くなり、蓮華自身にも、手や指の輪郭(りんかく)が溶けていくように感じられる。

「和尚さま。私は使命を果たすため、行かなくてはなりません。笛詰のこと、後をお願いできますでしょうか」

「あ……はあ、構いませんけれど」呆気にとられた様子で和尚が答える。

蓮華は笛詰の毛並みに顔をうずめ、その干し草に似た匂いを深く吸い込んだ。

「笛詰は私が嫌いかもしれないけど、私は笛詰が好きだった。さよならだ」

星砕を拾い、立ち尽くす和尚に一礼して宿坊を後にした。

垂れ込めた曇り空の下では、幾筋もの風が絡まり合い、戦ケ原に向かって吹いている。

綿毛を揺らして種を運び、戦の旗をはためかせ、虚空(こくう)の暗闇に水の玉を浮かばせる。十方十色の息吹は、あらゆる理を編み、すべての者の営みを優しく、ときに厳しく支えた。

その風が、自分を乗せてゆこうとしているのだ。

吹きつける風のなすがままに、そっと身を委ね、大地を離れた。

一続きに存在する、昨日と今日と明日。その先に日々が続いてほしいと願っていた。いつか、この地のすべてを理想の都に変え、お前の故郷にしてやると言った。そんな鉉太の夢を支え、その夢の中で生きていくのだと。

けれど今、束の間に見ていた夢への道を離れて、別の場所へと吹く風に乗るのだ。

散華される花びらのように、蓮華の身体は空の高みへと舞い上がった。

*

待ちかねていた州司よりの書状が届き、鉉太は果州押領使に任じられた。州内の治安回復を役目とする臨時職ではあるが、うまく解釈を広げれば、かなりの対策が実行できる。鉉太は物見らの報告を総合し、戦ケ原の封鎖を決断した。

現在、亡者どもは戦ケ原で殺し合いを繰り返しているが、数が増えるにつれ、徐々に周辺へ散ってゆくと予想される。いずれ洪水の泥土のように、戦ケ原からあふれ出すだろう。大掛かりな掃討作戦が必要だが、今は閉じ込めておく以外に打つ手がない。戦ケ原は三方を山に、もう一方を海に囲まれているため、街道の三カ所の切り通しに柵を急造する。大道の北西と南、そして最も戦ケ原に近い南西の柵。ここに本陣を置く予定だ。

ところが封鎖のための人手集めは予想以上に困難だった。諸公に援助を求めても、言を左右にして断られてばかり。今回の司波戦では予備役として兵を温存していた者らも、自領内の治安維持を理由に申し訳程度の数しか寄越さない。氏隆の死が伝わったとたん、手のひらを返す。彼らの態度に、鉉太は改めて己の無力さを痛感した。押領使の肩書きがなければ、さらに厳しい状況に陥っただろう。幸い、舅となる乙麻呂が鉉太の顔を立て、まとまった数の人足を送ってきた。彼ら増援部隊と州城の協力者、そして戦ケ原の生き残りを取りまとめ、戦ケ原の災厄より数日ののち、ようやく柵の建設に着手する。

ときおり菅根や泉水から文が届いた。たびたび鬼の襲撃はあるものの、みな無事であり心配ないという。おかげで心置きなく目の前の問題に集中できた。志願兵の中には僧も多く、うちの何人かは鍛冶僧だ。今後のために、矢や太刀を作らせた。

　そうして防御柵が体をなすころ、初めての亡者が現れた。鬼は破魔の火炎で焼け死ぬが、亡者は怯みはしても倒すまでには至らない。どうにか追い返しに成功したが、その翌日にも亡者が迷い込んできた。当座はしのげても、数が増えれば手に負えなくなる。僧らに亡者を倒す方法を探らせているが、いまだ明るい報告はない。

　ほどなく亡者の襲撃は昼夜の区別なく続くようになった。ただ追い返すだけの話とはいえ、相手は一筋縄ではいかない存在だ。いつ果てるともなく死闘が続き、前線で弓や太刀を握る兵だけでなく、壊された結界の修復に向かう僧たちまでもが亡者に襲われる。

　五人、十人と死人ばかりが増えていく中、鉉太も自ら弓を取り、櫓の上で矢を射かけながら兵を鼓舞した。「怯むな、もうすぐ援軍が来る。それまで持ちこたえるのだ！」半ば己に言い聞かせる言葉でもあった。

「何を考えているのだ、朝廷も諸公らも」天幕に戻るなり、思わず鉉太は悪態をついた。酉白の差し出した柄杓の水を飲み干し、苛立ちまぎれに柄杓を地面に叩きつける。「果州が地獄と化してしまえば、己の領地だけを守っても意味がないのだと分からんのか」

「暦によれば、明が頭上に巡るころです。今の内に、少し横になってはいかがでしょう。ひどい顔色をしていらっしゃいます」

　柄杓を拾う酉白も、決して潑剌とした様子とは言えない。亡者に柵の一部を壊された際、柱の下敷きとなったのだ。幸いにも肋骨を損ねただけだが、今は後方を任せている。

鉉太は大きく息をついた。「言うな。皆が休みなく柵を守っているのだ」

逃亡する者も後を絶たないが、兵の大半は戦ケ原から落ち延びた者たちだ。彼らは亡者どもの恐ろしさを直に味わい、柵を破られた場合を真剣に危惧している。その思いを同じくするからこそ、死地に踏み止まってくれているのだ。のうのうと一人で眠れるわけがない。

再び弓を取ろうとしたが、ふいの眩暈に襲われ、つかみ損なった。

「申し上げたそばから、お手もとが覚束ないではございませんか」

「腹が減っただけだ。すぐ掻き込めるものはないか」

「口は減らないのですね。わかりました、すぐ用意させます」と西白が腰を上げる。

西白に続いて天幕を出た鉉太は、頭上を覆う厚い雨雲を見上げた。もう何日も空を見ていない。日も月も、明さえもだ。朝か宵かも判別がつかない薄暗さに、天からも見捨てられたような不安にとらわれる。しかし、亡者どもの襲撃がふと間遠になるとき、姿を見ることはできなくとも、確かに明が頭上を通過している。それだけが救いだと言えた。

あちこちの木陰では、腹鎧(はらよろい)をまとったままの雑兵たちが、弓や槍を抱えて、ひとときの安寧(あんねい)をむさぼっていた。泥だらけ、傷だらけで眠り込む彼らの姿は、死人と区別がつかないほどだ。交代の人員が足りず、充分な休憩を取らせてやれないことが鉉太には心苦しい。

見れば、柵への切り通しの道を近江が騎馬で上がってきていた。朝廷の援軍派遣を急がせるため、八国のもとへ使いに行ってもらったのだ。

鉉太は出迎えたが、近江の表情は暗い。「その様子では、返事は芳(かんば)しくなかったか」

「朝廷よりの回答状をお持ちいたしました」近江は下馬し、申し訳なさそうに懐の書状を差し出した。

「援軍の派遣に、ふた月ほど必要だそうでござる」

「そんなにか」鉉太は書状を受け取り、天幕に戻りながら目を通した。戦ケ原の災厄と時期を同じくして、都にも鬼が急増した。果州に回す兵や軍備の都合がつかない、とある。

「上官どのが申されることには」と近江が苦々しげに言う。「たとえ戦ケ原の防護柵が突破されても、その先に果州を塞ぐ堰が控えている限り、安全だと」

一瞬、鉉太の脳裏を暗い思考がよぎった。柵を開け放ち、亡者どもを街道に追い立ててやろうかと考えたのだ。間近に脅威が迫れば、州司や都の公達どもも考えの甘さを思い知るだろう。とはいえ、果州が蹂躙された後では笑うに笑えない。

薄粥（うすがゆ）を運んできた酉白が、近江の姿に目を瞠った。「都よりお返事ですか」

鉉太は受け取った椀の代わりに「読んでみろ」と酉白に書状を手渡した。

柵の兵糧も余裕があるとは言えず、鉉太でさえ充分な米を食すわけにはいかない。椀によそわれているのも、薄く伸ばした野草粥だ。初冬とはいえ山野には滋味も残っているはずだが、ほど近い戦ケ原の魔がそうさせるのか、獣も木の実もまるで見当たらないという。

読み終えた酉白が、悲壮な顔で書状を握り潰した。「追加で文を送ります。せめて少数ずつでも派遣していただかねば、もちませぬ」

「苛々と歯噛みして待つより、直に説得するほうが得策かもしれんな。俺は州司のもとへ行ってこよう」鉉太は平らげた椀を酉白に返し、近江に案内を依頼した。

さっそく支度を調えると、近江とともに街道口へ下り、見送りの酉白に告げた。

「一刻も早く戻る。それまで、何としても耐えてくれ」

「しかと承りました。命に代えても柵をお守りいたします」

「意気込みは結構だが、命に代えては困る。お前を失えば、俺は片腕をもがれたも同然だ」

苦笑した鉉太が馬の鞍（くら）にまたがったとき、行く手に、ぬうっと男が立ちはだかった。つい先ほどまで、門の軒下で眠り込んでいた雑兵のうちの一人だ。

「訴え事か？」と尋ねた鉉太を、兵は木のように突っ立ったまま、落ちくぼんだ目で見上げている。「若君さま、どちらにおいでですか。まさか、貴方さまもお逃げになるのですか」

　虚ろな顔で座り込んでいた周囲の兵らが、決して大きくはない男の声に、はっとしたように顔を上げた。

「戯れ言を申してはなりません」酉白が主を庇って前に出た。「若君は窮状を訴えるために、州司のもとへ談判に参られるのです。逃げるなどとは邪推というもの」

「嘘だ」と男は独り言のように呟き、急に声を高くした。「お逃げになるのだ。俺たちが鬼に食われているあいだに、安全なところへ行ってしまわれる」

　男の叫びに被せて鈍い音が鳴り、酉白が声を上げてうずくまった。その足もとに拳大の石が転がっている。誰かが石を投げたのだ。気付けば幾人もの兵たちに取り囲まれていた。皆、声をかけてきた雑兵と同様、何かに取り憑かれたような目だ。

「貴様ら、何のつもりだ。下がれ、刃向かえば容赦はせぬぞ！」

　近江が大声を上げ、太刀の柄に手をかけた。しかし抜く間もなく、飛びかかった兵たちに羽交い締めにされる。

　同時に鉉太も襲われていた。四方からしがみつかれて落馬し、背中をしたたか打ち付ける。その衝撃で、泥沼に沈み込むようにして気を失った。

間遠に聞こえる怒号や叫び声で、鉉太は意識を取り戻した。

天幕の中で、後ろ手に縛られて転がされていた。しばし混乱したが、雑兵たちに襲われたのだと思い出した。怪我はないようだが、腰の武器などは取り上げられている。

灯火の淡い光の下、端座で瞑目している西白も同様に縛られていた。鉉太の気配に目を開き、疲労した青白い顔で囁いた。「少しはお休みになれましたか」

打ち倒された際に入ったのか、口の中が泥でざらついている。唾を吐き出し、西白の皮肉に笑ってみせた。「ああ。だが、あまり良い目覚めではないな。いまは何刻だ」

西白の向こうでは近江が気絶している。そちらも目立った外傷はなさそうだ。

「正確なところは分かりませんが、夜明けは過ぎているかと」西白が唇を引き結んだ。「いま我我の処遇を巡って、兵たちを二分する諍いが起きております」

外から漏れ聞こえる喧騒は、仲間割れのもみ合いらしい。逃亡しようとした主君を処刑すべしと主張する強硬派と、あくまで忠義を貫こうとする擁護派だ。前者は鉉太の弑逆の噂や鬼の娘を匿っていた件を取り沙汰しており、現在はそちらの声が優勢だという。

「鬼の気だ」鉉太は苦い思いで呟いた。「迂闊だった。ただでさえ、鬼の魔は心を冒す。疲弊しきった兵たちが、影響を受けないはずがなかったのだ」せめて潤沢な兵力があれば、魔を避けて充分な休養を取らせることができただろう。

黙り込んだ鉉太を気遣ってか、西白が珍しく明るい声を出した。「まだ味方はおります。それ様々な疑惑が真だと告げるようなものに議論が紛糾すれば、脱出の好機もあるでしょう」

「だといいが」と鉉太は再び目を閉じた。もし逃げれば、様々な疑惑が真だと告げるようなものだ。かといって逃げずに殺されれば、ここまでの苦労が水の泡になる。とはいえ兵に離反されるようでは、どのみち未来がないのだろう。

「若君らしくもない。お気を強くお持ちください」酉白が困惑したように言う。「鬼の気でございます。若君も惑わされておいでなのですよ」

おそらく、そうなのだろう。だが分かっていても、身を起こす気力が湧かない。長い年月をかけて大地に染み込んだ魔の気が、冷気とともに身体に染み込んでくるようだ。

ふいに天幕の外で物音がした。押し殺した声と、入り乱れる複数の足音。鉉太が目を開いたとき、天幕をくぐって三つの人影が滑り込んできた。

「何者です」と誰何した酉白に、「どうかお静かに」と囁いた一人めは、氏隆の治療にあたった薬師だ。二人めの男が鉉太らの縄を切って近江を揺り起こし、三人めは抱えていた武器を配った。取り上げられていた腰のものだ。

薬師が鉉太の前に膝を突く。「この者たちは、私の賛同者です。お助けに参りました。今でしたら、騒ぎに乗じて裏から山へ逃げ込めます」

「なぜそなたが」と驚いた鉉太が身を起こしたとき、「まだか？　気付かれたぞ」と天幕の外で切羽詰まった声がした。直後、慌ただしい物音が交錯する。

薬師は外をうかがいつつも早口に告げた。「黙々と業を背負い、我々のために励む姿を拝見しておりました。若君は果州に必要なお方です。ここは食い止めますので、どうかお早く」

三人は一礼し、来たときと同じく、素早く天幕を出ていった。

鉉太は呆然としてなりゆきを見守っていた。こちらの混迷を見透かして差し出されたような、救いの手。倒れるな、走れ、と言わんばかりだ。

「若君、ひとまず逃げるのが得策でござる」と近江が太刀を握って裏へと向かう。

「我々も急ぎましょう。彼らの義勇を無にしてはいけません」

西白が鉉太の腕を引いたとき、突如として天幕の布が引き裂かれた。破れ目から飛び込んできた雑兵が、獣のような雄叫びとともに、鮮血に濡れた白刃を振りかぶる。とっさに鉉太は抜刀し、雑兵を斬り伏せた。己を急かす声なき声に、突き動かされたようだった。


柵を脱出すると同時に降り始めた霧雨が、肌や衣を冷え冷えと湿らせていく。夜のあいだに何度も降ったらしく、積もった落ち葉も重く濡れていた。朝方とは思えぬ暗さの滑りやすい山中を、鉉太と西白、近江の三人で、南の柵を目指してひたすらに進む。

木立の中で数人の追っ手に見つかった。呼ぶ子を吹かれる前に蹴散らせたが、近江が肩に深手を負った。鉉太を庇って斬られたのだ。

近江は荒い息の下で訴えた。「若君、それがしを置いていってくだされ」

「だめだ、弱気になるな」裂いた布で近江の傷をきつく縛った。傷が深く、出血がひどい。

「私が背負ってゆきます」と申し出た西白に、「お前では無理だ」と鉉太は近江の身体に手を回した。本人は何も言わないが、西白の怪我も一連の騒動で悪化しているはずだ。事実、この戦闘を境に西白の足は明らかに遅れがちになった。尾根を越えて雨がやむころには、手を貸さなければば沢の岩場も渡れないありさまだ。

　沢向こうに追っ手の姿を見つけ、岩陰に身を隠した。が、兵らはこちらに下りてくる。

「若君」と酉白が呼びかけてきた。思い詰めた目だ。

「お前まで、置いていけなどと言うなよ」鉉太は背負っていた近江をいったん下ろし様子を確かめた。先ほどから息が弱い。いよいよ意識も混濁してきたようだ。

「そのような泣き言は申しませぬ」酉白は無理やりのように笑って袈裟と黒衣を脱ぎ、差し出してきた。「私が彼らを引き付けます。そのあいだに先をお急ぎください」

「しかし、お前の身体では、とうてい逃げおおせんぞ」

「逃げ切る必要はありません。南の柵は、もうすぐのはず。若君が兵を出してくだされば、追っ手は、しょせん寄せ集め、蜘蛛の子を散らすように逃げてゆくでしょう」

　主を逃がすための方便だと分かるだけに、鉉太は躊躇する。

「果州をより良き土地にしたい、それは自分のわがままだと、以前に若君は仰った。しかし若君だけが、わがままなわけではありません」死人のような青白い顔に、澄んだ眼差しが光っている。

「ずっと思い描いていた夢がありました。しかし、私にはそれを叶える力がない。ですが、私には成しえない夢が、若君になら叶えられる。柵で助け出してくれた者たちも、同じ思いでいたはずです。お願いいたします。私どもも皆のわがままを、どうかお引き受けください」酉白は跪き、深々と頭を下げた。その姿は、主が是と言うまでは顔を上げないという気迫に満ちていた。

「分かった。俺に任せておけ」鉉太は袈裟を受け取った。「しかし、さすがに俺一人では皆のぶんまで背負えない。お前も必ず生き延びて、俺に力を貸してくれ」

そう告げながら、鎧と打ち衣を脱いで酉白に渡し、代わりに僧衣をまとった。同様にして鉉太の装束を身につけた酉白は、剃髪を頭巾で隠せば、まだ初々しい若武者に見える。

「酉白、すぐに迎えに来る」と声をかけると、酉白は頭巾を目深に被った頭を下げ、岩場を下りていった。たちまち沢向こうから声が上がり、人影が追いかけてゆく。

「酉白、死ぬなよ」小さく呟き、反対方向へと駆け出した。しかし酉白は死ぬつもりだろう。鉉太を生き延びさせるためなら、犠牲になれる。鉉太が酉白の夢を叶えるからだ。

ふいに近江の身体が重くなった。肩越しに様子を確認すると、かすかな息遣いが、ついに絶えている。「……すまん、苦しかったろう」せめて追っ手に見つからぬよう、近江の骸を茂みに隠した。しばし手を合わせ、再び南の柵へと走り出す。

酉白と別れ、近江を下ろして、進む速度は格段に上がった。歯を食いしばり、鉉太は思う。さだめとは、ときに残酷で恐ろしい。

他人よりも多くのものを持って生まれてきた。地位や財産、主従の縁、そして絡み合う貴重な血筋。それらはすべて、大業を成すために与えられたものだ。大きな役割を果たすために、何か大いなるものが、貴重なそれらを己に貸した。果たして、それはなぜだろうか。

おそらく、自分が歩もうとしているのは闇夜の道程なのだ。手持ちのものに火を灯し、松明のように費やしながら進む道だ。人より多く与えられ、人より多く失う。多くのものを持っていなければ、途中で火が尽きてしまう。つまり、そういうことなのだ。

いくつもの貴重なものは、失うゆえに与えられる。闇の中で燃え尽きるのだ。しかし、途方もない夢に共感し、道を照らしてくれた者たちは、己のさだめを虚しいとは語らない。それどころか、みな鉉太に進めと言う。毅然として顔を上げ、走り続けよと急き立てる。そんな皆のひたむきさが、ひどく悲しく恐ろしいのだ。

いくつめかの尾根を越え、木立が途切れたところで足を止めた。眼下の林の中に見える木塀の連なり。南の柵だ。

亡者が襲来したらしく、柵の一部は向こう側から倒されていた。幸いにして亡者の姿は見当たらないが、人影も見えない。不安を覚えながら進むと、兵らの姿を発見した。どうやら南の柵にも騒乱が波及し、柵の警備も放り出して鉉太を捜索していたらしい。

「助けを求めるどころではないな……。何ということだ」

方向を変えて沢に下りると、今度は茂みを分けて現れた二人の雑兵と鉢合わせした。鉉太は頭巾で顔を隠したが、「いたぞ！」と一人が叫び、もう一人が呼ぶ子を吹き鳴らした。

包囲されまいと走ったが、前方からも兵が駆け付けるのが見えた。弓に矢をつがえて一人を射ぬき、牽制（けんせい）しながら走り続ける。やがて逃げ切れなくなり、開けた沢岸に出て、追っ手らと対峙した。背にした濁流は轟音（ごうおん）を立てて岩間を流れ落ちている。飛び込んだところで泳ぎきれるとも思えない。それでも、敵を背後に回すより気が楽だ。

取り囲んだ雑兵らを見回した。誰もが長い防衛戦の疲弊を負っているものの、両眼には陰鬱な炎が宿っている。鉉太は弓を放り、太刀を抜いた。今ごろ酉白も逃げ続けているだろうか。「手加減する余裕はない、死ぬ気でこい！」呼吸を整え、飛びかかってきた一人を斬り捨てた。二人めと斬り結び、三合ほど打ち合ったところで腹に太刀を突き立てる。

三人めを沢へ突き落としたとき、梢の折れる音が立て続けに鳴った。響いた悲鳴に振り返ると、奥にいた一人が横ざまに吹っ飛び、岩場に叩きつけられたところだ。歪な体軀をもった巨体の亡者が、梢を掻き分けて人間たちを見下ろしていた。

「こんなところに」と鉉太は喘いだ。とうに柵を越え、我が物顔で歩き回っているとは。

背丈は鉉太の三倍ほどあるが、頭の大きさは人のそれと変わらない。あたかも人の首を巨人にすげ替えたようであり、逆に腕は、より巨大な亡者と取り換えたかのように、さらに長大だ。その腕が鞭のように振るわれ、高々と吹っ飛ばされた雑兵が沢を越えて墜落する。

乱入した亡者を間近にして、兵たちは鉉太のことも忘れたようだった。ある者は呆然と見上げて言葉を失い、ある者は腰を抜かして太刀を取り落とす。亡者はその並外れて長い腕を地に突き、木立を無造作に薙ぎ払った。素手だったが、それ自体が恐ろしい凶器だ。振るったとたん、森の木々も人も、紙のように潰れて吹き飛んでいく。

鉉太の眼前で腰を抜かしていた男を、ふと亡者の小さな首が見下ろした。鉉太は太刀を投げつけて亡者の気をそらした。

「馬鹿者、立て。逃げるのだ！」大声で叫び、弓を拾って走り出す。「皆、散り散りになって逃げよ。亡者の侵入を柵に伝えるのだ！」

その声で兵たちも駆け出した。鉉太は自らも逃げながら、箙を探り、追ってくる亡者に破魔矢を放つ。一発めは片目に命中し、亡者が苦痛の咆哮を上げた。振り回された腕をくぐって射た二発めは、打ち払われて吹き飛んだ。

間近に迫った亡者の巨体が頭の上に覆いかぶさってくる。すぐそばに風を切る音が聞こえ、うなじに冷たい空気が触れた。死の衝撃を予感したが、直後に浴びたのは木立が薙ぎ倒される轟音と、巨体が吹き飛ばされた地響きだ。

大きな揺れに、鉉太は思わず膝を突いた。そして、降り注ぐ白い光に気付いて頭上を仰いだ。

柔らかな光輪に包まれて、人影が宙に立っていた。それはまるで、しなやかな魚が早瀬の勢いを受け流し、一所に留まっているような佇まいだ。

まばゆい輝きのために、顔形は判別できない。宝剣を佩き、異国の鎧をまとった武人であるらしい姿しか見分けられない。それでも、薄衣から伸びた柔らかな手足や括った髪の長さから、女であることは見て取れた。この華奢な女が鉉太の窮地に割って入り、あの巨体をどのようにしてか打ち倒したらしい。

と、亡者が拳を突いて身を起こした。雷鳴のような雄叫びを発し、女に向かって長い腕を突き上げる。女は無言のうちに左手をかざした。その手のひらに荒ぶる拳を難なく受け止め、ねじるようにして横へ払う。亡者が均衡を崩した瞬間、女は同じ左手で剣を抜いた。振り下ろされた光の軌跡が切り裂いたとき、亡者の巨体は陶器のようにひび割れ、音もなく砕けて、幾万の星として飛び散った。

近くにいた男が座り込み、震え声で呟いた。「——皓月明王」

御仏と仏法を守護する明王の一人、月光を化身とする仏徒の名だ。

辺りを見回せば、霊妙な光の出現に気付いた兵たちが、恐る恐るといった顔で戻ってきていた。明王の御姿を遠くから仰いでいたが、一人が跪いて合掌すると、他の者たちもそれに倣った。座り込んでいた男も震えながら手を合わせ、涙声で経を唱えている。

『いかにも。我は御仏の徒にして、護法を司る者である』明王は名乗りを上げ、宝剣を下ろした。声を張り上げたようでもないのに、その凜（りん）とした声音は、すぐ隣で話しかけられたかのように明瞭に聞こえる。『果州の民よ、理を乱す悪鬼どもを相手に、よく耐えた。人の身には荷が勝ちすぎる戦いであったろう。ここから先は、我に任せよ』

遠巻きにしている者たちにも、明王の言葉は冴え冴えと聞こえているらしい。あまねく月の光が照らすように、砦や城柵、遠い辺境の里々にも届くのだろうと思える声だ。

明王が種を蒔き広げるようにして大きく腕を振るうと、かすかに風が頬をなで、ふいに呼吸が楽になった。気付かぬうちに胸につかえていた悪寒が、明王の御業によって白々と洗い流されてゆくのが分かる。兵らの口々から嗚咽が漏れだした。鉉太も同じだ。悪寒に代わって込み上げた温かな感情が、灯火のように胸に灯り、涙が止まらないのだった。

『我は悪鬼どもを滅し、地獄の穴を封じよう。だが封じて後のことは、そなたらに任せねばならぬ。此度の奇跡が再来すると考えてはならぬ。ゆめゆめ戦わず、平らかにせよ。長き安寧を心がけよ。そして、我のこの言葉を末々までも語り継ぐがよい』

宣布を終えた明王は、戦ケ原のほうを振り返った。もう行くのだと察し、「お待ちください」と鉉太は叫んだ。清廉（せいれん）な光の輪の中へ飛び込み、明王の足もとに跪く。

他の者に聞こえぬよう、小声で問いかけた。「――蓮華ではないのか?」

明王は、じっと鉉太を見下ろしている。そのうち、水を掻くように腕を動かし、高度を下げた。手を伸ばせば衣の裾をつかめそうな距離だ。

やや腰を屈め、こっそり囁き返してきた。「すごいな、ととは。何でもお見通しだ」

懐かしい呼び方と安堵とで、鉉太は胸が詰まった。光の輪の中は、外ほどまぶしくはなく、しっかり顔も見えた。確かに蓮華だ。「さすがに肝を潰したぞ。どうした、その姿は」

「これか。ととの真似だ」蓮華が衣の裾を引っ張った。「元服のとき、髪も着物も整えて、阿藤の若君に相応しい格好に化けただろう？　だから蓮華も、それっぽく化けてみた」

笑う顔には、翳りが見え隠れしている。「何を企んでいるのだ」と鉉太は眉をひそめた。

「もちろん、鬼退治だ」蓮華は剣の柄に手を当てた。それも星砕が化けたのだろうか。

「鬼の蓮華が、鬼を退治すると言っても信用されないだろう。それで化けたのだ。おかげで、ほら、見てくれ。効果絶大だぞ」

促されて振り返った。遠巻きに拝んでいる者の数が、いつの間にか倍以上にも増えている。この周辺に居合わせた者たちだろう。この浄福（じょうふく）を直に体験しようと、木立のあいだから、沢沿いの岩場から、次々と馳せ参じてくるのだ。

「では、行ってくる」とあっさりと告げた蓮華を、「待て」と鉉太は再び呼び止めた。

「いくらお前でも、あの数の亡者を相手に、一人では無理だ。どうしても行くというなら、俺も連れていけ」蓮華の右手を指差した。「動かんのだろう。俺がつけた矢傷のせいだ。せめて援護させてくれ。兵を集め、手伝わせてもいい」

蓮華は困ったように黙り込み、やがて首を振った。

「蓮華にできるのは、鬼を退治することだけだ。その後に里や畑を作り直すのには、ととの導きが必要だし、行うには皆の力が欠かせない。だから、誰も連れていけない」

「つまり、お前の技をもってしても、生きて帰ることが難しいのだろう。なおさらお前を行かせるわけにいかないではないか」

　鉉太が衣をつかもうとすると、蓮華は身を躍らせて手を避けた。

「ととだって知ってるはずだ。鬼を斬るのは、蓮華の役目だって」

「では約束してくれ。役目を終えたら戻ってくると。俺はお前がどんな姿でも構わんのだ」

　蓮華は悲しげな眼差しで鉉太を見下ろしている。「約束は、できない。蓮華はもう、ととの蓮華ではない。御仏の法を守るため以外には、どんな約束も交わさない」

　明王は風に乗って上昇した。「そら、とと。皆が見ているぞ。いつかのように、格好いいところを見せてやれ」と宙を蹴り、戦ケ原の方向へと飛んでゆく。

　あっけない別離だった。蓮華は別れの言葉も言わず、もう鉉太を一顧（いっこ）だにしない。

　明王の威光が黒雲を払ったのだろうか。頭上の天が開け、一筋の明の光が差し込んできた。蓮華の飛んだ軌跡には月輪の残影が漂い、明の光と重なって虹色に輝いている。あたかも虹の橋が架かったようだったが、只人（ただひと）の渡れる橋ではない。

　寄り坐（ま）した泉水の声が、ふいに耳に蘇（よみがえ）った。『縁起とは因縁と結果を結ぶもの。因果の生起するところ』『あなたがたの因果の縁は、これから生じる縁起が結んだものなのです』

「俺と蓮華の縁は、これから起こる何かが、きっかけ……」ふいに身体の力が抜け、その場に座り込んだ。「これが〝きっかけ〟か？　今あの亡者どもを斬るために、かつてお前は、俺のもとへ流れ着いたというのか？」

　岩が風化して砂になるように、身体が崩れて砂になっていくような感覚がある。鉉太は大地に爪を立て、己を散らそうとする風に抗った。喪失の悲嘆の中に湧き上がったのは、理不尽への怒りだ。蓮華までもが、与えられた松明の明かりの一つにすぎないのか。最初から、失われるために生じた縁だったというのか。

「……だとしたら、ただの道具として与えてくだされればよかったのだ」

温かく幼い手を備えた愛おしい生き物などでなく、物言わぬ冷徹な刃であったなら、己の夢や人生を分け与えてやりたいと願うほどの、大切な存在にはならなかった。心が引き裂かれるような、この別離の痛みも感じずに済んだのだ。

別れ際に見た、蓮華の悲しげな顔が頭から離れなかった。決心が鈍らぬように、わざと素っ気なく去っていった。心と記憶に深く食い込んだ大切なものを、蓮華もまた無理やり引きちぎるようにして失ったのだ。「俺もお前も、とんだ道化者ではないか……」

遠巻きにしていた人々が、少しずつ鉉太を取り囲み始めていた。「お尋ねしたい。明王と言葉を交わされたのですか」代表で声をかけてきた男の顔には、畏敬と羨望の色がある。

そうだ、と答えると、どよめきが広がった。鉉太は立ち上がり、流れていた涙を拳で拭った。他人からは、明王の威厳に打たれて感涙したように見えるのだろう。

「……明王は、戦ケ原の鬼を退治し、俺たちの土地を取り戻してくださると仰った」

蓮華が己の役目をまっとうするというのなら、俺も俺の役割を貫こう。この果州に争いのない平和な国を作り、皆を導く。俺は、お前がお膳立てしていったこの舞台で、大芝居を打つ——それでいいのだろう?

「明王はご存じでいらした。御仏の作りたもうた楽土は安寧の地なれど、西の果てに遠く移ろい、たとえ清きをまっとうした仏徒であっても、とうてい辿り着けるものではない。いわんや果州はこの世の最果てだ。痩せた国土に実りは少なく、生きるために獣を殺して皮を売り、魚を殺してその身を食う。そうして厳しい冬を越え、やっと命を繋いでいく。それが我らのさだめであれば、決して殺生の罪より逃れられぬ」

果州に生まれた我々が、どうして楽土に辿り着けようか。そう問いかけると、人々の顔に真剣な同意の色が広がった。鉉太は大きく頷いてみせた。

「明王は、そんな我々の悲しみをご存じでいらした。鬼を蔑む我々は、小さな憎しみのために心に魔が差す鬼でもある。そんな我々を哀れんでいらした。ゆえに御仏の遣いとして、こう命じられたのだ。この果州に争いのない平和な都を作れと。遙かな西方を目指すことはない、この果州に楽土を築けばよいのだと。皆で一つに手を結び、我々自身のための楽土を建設せよ、と仰った。そのための土地を浄めてやるのだとして、明王は地獄の亡者を平らげに向かわれたのだ」

息を詰めて聞き入る聴衆を見渡し、声にいっそうの力を込める。

「人の手で楽土を作るなどとは、只人には想像も及ばぬ大それた行為だ。西の楽土と同様に、遠く移ろう夢のようなものだ。朝廷の支配は厳しく、同族の内であっても憎しみの根は深い。争いの種は決して尽きることはないだろう。しかし、我々は心を同じくし、手を結ぶことができる。横たわる難問を拾い上げ、ともに一つ一つ解決してゆくことができる」

金を求むる者は沙を捨ててこれを採り、玉を磨く者は石を割ってこれを拾う。

「気の遠くなるような、いくつもの益体もない作業がある。その先に幸を拾うのは、我々果州の民の得意とするところだ。たゆまぬ前進の暁に、先祖伝来の土地は我々の理想郷となる。子々孫孫まで残すことのできる、大いなる恵みとなるだろう」

天空より注ぐ一条の光を頭上に指し示した。

「谷鉉が主、阿藤太郎氏真がここに宣誓する。明王の導きに従い、この果州に楽土を建設する。たとえ何年かかろうとも、飽くなき尽力を続けることを、この場にいる皆を証人として御仏に誓う。そして、この僥倖に居合わせ、同じ託宣を受けた者たちに協力を乞う。どうか、願いをともにしてほしい」

鉉太が静かに頭を垂れると、わっと進み出た者の一人が声を上げた。

「阿藤の若殿に忠誠を誓いまする。どうぞ随身に加えていただきたく」

男が叫ぶと、私も、自分もと雪崩をうって皆が続き、波のように平伏してゆく。

気付けば鉉太は、その場に集った全員に跪かれていた。地に伏した一人一人に声をかけ、手を取って立たせていく。確かな手応えを感じていた。楽土を作るという途方もない夢も、必ずや叶うだろうと今なら思えた。

希望と充足感に、身体の隅々まで力が漲るようだ。しかし、そうした晴れやかさの片隅にも虚しさが根を張っている。鉉太の中で二つ巴に渦巻く怒りと悲しみ。一時の高揚が冷めてくると、怒りは落ち着き、悲しみばかりが胸を浸していった。

快哉を叫ぶ人々の頭越しに、消えかかった虹の橋を眺めやる。戦ケ原は厚く黒雲に覆われており、その端々が赤い稲光を浴びて不吉に輝いていた。

*

戦ケ原の中心に近づくにつれて亡者の数が増え、やがて大地は彼らで埋め尽くされるほどになった。遠目には赤黒い虫の大発生にも見える。しかし実際は、異形の亡者同士が剣や斧、棍棒(こんぼう)などの様々な武器で、あるいは拳で、血みどろになって殺し合う姿だ。

彼らの足の下には、力尽きた同類たち。先に倒れた者は何度となく踏みしだかれ、次第に冷たい肉塊と成り果てるが、死なずの呪のために安寧を得ることは叶わない。再生させられる者たちの冷えた苦悶の呻きと、血と肉塊にまみれて戦い合う者たちの熱狂を帯びた熱い雄叫び。温度の異なる二つの騒音が激しく渦を巻き、そうやって発生した鉄床(かなとこ)状の黒雲が、戦ケ原の上空を広く覆い尽くしていた。

黒雲からは絶え間なく雷がこぼれだし、宙を切り裂く刃となって暗い地表へ降り注ぐ。雷に打たれようが亡者どもはお構いなしだ。しかし蓮華が頭上を飛び越す一瞬だけ、なぜか彼らは殴り合う手を止め、しばし何か言いたげな様子で見送るのだった。

地獄の瘴気が濃くなったせいか、だいぶ風が弱まりつつある。蓮華は、ひっきりなしの雷の刃を慎重に避けながら、さてどう片づけようかと思案した。鉉太も危惧したとおり、この夥(おびただ)しい数の亡者どもを相手にするのは、さすがに骨が折れそうだ。

鉉太のことを思い出した瞬間、悲痛な声が耳に蘇った。

——では約束してくれ。役目を終えたら戻ってくると。

(そんな顔をしないでくれ。蓮華なら、大丈夫だから)

頭を振って気持ちを切り替え、薄闇に包まれた地上を見据える。

眼下で繰り広げられる終わりのない殺戮(さつりく)を、恐ろしいとは感じなかった。彼らの衝動は理解できる。強い憎しみに駆られて、誰でもいいから殴りたくなる。殴り続けるうちに発端であった憎しみは膨れ上がり、戦いの熱気で発酵する。その変わり果てた感情を抱え、我を忘れて殺し続けるのだ。憐れで、救いがたい者たち。かつての自分にそっくりだ。

やがて地獄の穴が見えてきた。聞いていた姿より大きくなっている。もう谷鉉の里くらいなら、すっぽり入ってしまうだろう。穴の縁に見える蠢きは、続々と這い出してくる亡者ども。洞の壁を登り、引きずり下ろし合いながら、我先にと地表へ出ようとしている。

ふいに、目の前を雷の刃が貫いた。蓮華を乗せた風が切り裂かれ、あっと思ったときには宙に放り出されていた。危うく穴の外辺に墜落したが、もう少しで中に落ちるところだ。

亡者どもを下敷きにして、なんとか無傷で跳ね起きる。同時に星砕を呼び出し、左手で抜いた。たちまち襲いかかってきた亡者たちをまとめて薙ぎ払う。星と散った者たちを掻き分けて、次の亡者が迫ってくる。一人や二人ではない、前後も左右も、いっぺんだ。互いに争うのを止め、なぜか蓮華一人を目指して襲いかかる。その誰もが見上げるような体軀の持ち主で、まるで絶壁が暴れながら押し迫ってくるようだ。

きりがない、と星砕を振り抜きながら呻いた。利き手ではないぶん、思うように振るえないせいもある。空へ抜け出そうと風を呼んだが、切れ端しか集まらない。

ふいに辺りが陰った。はっと頭上を仰げば、並みいる亡者どもの身体をよじ登り、一人が真上から飛びかかってきたところだ。力任せに組みつかれ、抵抗する間もなく下敷きになった。血と肉塊の沼地に押さえ付けられたところへ、他の亡者らも大挙して、のしかかる。

たちまち身動きがとれなくなったとき、強烈な縦揺れが起こり、勢いよく身体が浮き上がった。と思う間に、自分も、自分に覆いかぶさっていた亡者どもも、一緒くたになって高々と、はね上げられている。次の瞬間には落下しかけたが、誰かに腕をつかまれた。他の亡者らが絶叫を上げて落ちてゆく中、蓮華は宙吊りになって大きく揺れた。

「何だかんだ言って、やはり来たか。分かりやすい奴だ」

蜘蛛の糸のような風の切れ端につかまり、自らも宙吊りになりながら旭日が皮肉を言う。

「きさまには譲らない。さっさと失せろ」と言い返しつつも、旭日の腕をつかみ返した。では帰る、などと言って手を放されては、また亡者の沼に真っ逆さまだ。

「助け出してやったのに、礼も言えんのか」と旭日は鼻を鳴らした。「まあいい、この亡者どもを一掃するための妙案がある。聞きたくはないか」

蓮華は旭日のもったい顔を睨みつけた。「言ってみろ」

「地獄と繋がるこの洞が開いている限り、いくら亡者どもを退治しても無駄だ。奴らは尽きることなく、次から次へと登ってくる」

侵入を止めるためには、洞を塞ぐしかない。しかし、亡者どもが這い出てくる限り、閉じることなく広がり続けてしまう。ゆえに亡者どもの流入をいったん止める必要があるという。

「まず、お前が洞の中に飛び込み、亡者どもを引き付ける。地上にいるぶんくらいは、おれが掃除しよう。頃合いを見計らって、縮んだ穴に蓋をしておく」

亡者どもは地上の匂いを見失い、地獄に戻る。洞の出口も自然に塞がるだろうという。

「話にならない。何が妙案だ、地獄の穴に降りろというのか」

「では、端から順に片づけるのか？　何十年かかるか分からんが」

蓮華は地上を見渡し、歯噛みした。「なら私が地上をやる。きさまが洞に降りろ」

「遠慮をするな。お前だって、まだ暴れ足りないだろう。だが、すでに穴の内部は地獄の一部だ。ここより時の流れが遅い。ぼやぼやしている暇はないからな」そう言って、旭日は反動をつけて蓮華を放り投げた。ちょうど穴の真ん中だ。「覚えていろ！」と蓮華が怒鳴ると、旭日は「しっかりやれ、そのうち助っ人が来る」と言い返してきた。

蓮華は地表の高さを通り抜け、暗い洞の中に突入した。壁には、びっしりと亡者が貼り付いている。落ち続ける蓮華をめがけ、自ら壁を蹴って飛び降りてくる者もいた。

もう地上の光は届かない。破魔の火炎のような青い光が底に満ちていて、下ばかりが明るかった。この先は穢れに満ちた地獄のはずだが、澄みきった湖底のように美しい。

ふと見回せば、洞の壁から帯状の藻のようなものが漂い出していた。目を凝らすと、蠢く亡者の塊だ。亡者がこちらに近づくために隣の亡者によじ登り、また別の亡者がその上によじ登る。それを数珠繋ぎに繰り返すうちに、獲物を求めて動く触手のようなものが出来上がったらしい。

突然、間近で光がほとばしった。驚きに一瞬、目を瞑る。身体が持ち上がる感覚があり、目を開けると馬の背に乗っていた。脚に鳥のような翼を持つ、宙を駆ける馬だ。

「何者だ、お前は。ひょっとして、旭日の言っていた助っ人か？」

翼のある馬が、いななないた。よく聞き知った、詰まった笛のような声。蓮華は馬の首に抱きついた。「なんだ、笛詰ではないか。その姿は——もしかして、死んでしまったのか？」

いきなり笛詰が速度を上げた。襲来する触手の群れを避けたのだ。振り落とされまいとしがみつく蓮華に、再び笛詰が鳴く。今は余計なことを考えず、戦いに集中しろ、と叱咤したのに違いない。「そうする。でも、後で必ず説明してもらうぞ」

蓮華は左手の星砕に右手を添えて振り抜いた。描いた軌跡で、飛びかかってきた触手を真っ二つにする。笛詰はこちらの呼吸をよく読み、何も指示をしなくても思う方向へと駆けた。そのうち蓮華も笛詰に乗っている感覚がなくなり、自在に宙を飛び回った。

亡者どもを次々に星へと変えながら、ふと思う。彼らは蓮華が憎くて襲ってくるのではない、救いに飢えて寄ってくるのだ。羽虫が光を求めて炎に飛び込むように、御仏の徒としての力に引き寄せられてやってくる。かつて七極河原を放浪していた自分の真に求めていたものが、殺戮の愉悦ではなく、誰かの温かな手だったように。

蓮華は星砕の使い方を変えた。腕を使って振り切るのではなく、手首を返して、周囲に扇形の軌跡を描いていく。まさに扇を振るうようにして身体を回し、それらの残像で、いくつもの風を巻き起こした。

東西南北と、そのあいだ。ぐるりと回って、天と地と。この世の理をなす十方の風だ。風は柔らかに理を編んでゆく。光の扇が、ひらめくたびに、虚空を満たして音もなく広がる。触れるそばから亡者が星になる。一瞬の瞬きを残し、青い光の底へと流れ星が落ちていく。

彼らは消滅したわけではない。いったんその身が砕けても、死なずの呪は解かれない。冥の戦場で蘇り、再び憎悪に駆られて殺し合う。けれど星となって流れるあいだ、彼らは己の感情から解き放たれる。その我に返ったひととき、その身に飼っている憎悪が、そもそもの飢えとかけ離れてしまっている虚しさに気付くだろう。

蓮華は光の扇で風を起こし続け、どれほどのあいだ、そうして舞っただろうか。ふいの轟音に驚き、頭上を仰いだ。轟いた音は衝撃となって何重にも反響し、洞全体を震動させている。亡者が次々に振り落とされてきて、宙を飛ぶ蓮華さえ、激しい大波を被ったように音に揉まれた。

「い、いったい何が起きたんだ？」

動揺する蓮華をよそに、笛詰はこれを合図とばかりに上昇を始めた。落下してくる亡者の塊をかい潜り、右へ左へと大きく振れる。首にしがみつき「もう少し優しく」と叫んだが、笛詰は構わず、さらに速度を増して飛翔する。

やがて行く手の闇にかすかな光が見えた。地上への出口だ。光の点は瞬く間に大きくなり、丸く切り取られた明るい空になる。その光景は、虚空に浮かんだ水の玉のようだ。

満々と光をたたえたそこへ、笛詰は恐ろしいほどの速度で突っ込んだ。地上へ飛び出した蓮華が見たのは、藍から茜へと移ろう晴れ渡った天空に、燦然と輝いた明の星。東に真新しい日が昇り、西には月が微睡んでいる。

地上では黒土に点在する沼が三光を照り返しており、そのまぶしさは空に勝るとも劣らない。地平を埋め尽くしていた亡者どもは跡形もなく消え、里をのみ込めるほど巨大だった地獄の穴も、井戸ほどにまで縮んでいる。

旭日は、と振り返ったら、すぐ背後に小山の頂が迫っていた。凄まじい地響きとともに、大地に帯状の跡を引きながら、蝸牛ほどの速度で近づいてくる。さっき穴の底にまで聞こえてきた轟音の正体だ。旭日の奴、これで蓋をするつもりらしい。

山裾が地獄の穴に接し、やがて完全に上へ覆いかぶさった。と同時に地上の風も回復する。蓮華の身体は、笛詰の背を離れて上空へと舞い上がった。

小山の頂には樹木のまばらな場所があり、気持ち良さそうな草地が広がっている。笛詰は翼を畳み、ふわりとそこへ降り立った。こちらを見上げ、一声を発する。

「笛詰」と蓮華は、そばへ降りようとした。抱きしめたいし、話もしたい。でも、なぜだか風が言うことを聞かなかった。自分の思いとは逆に、どんどん空へと運ばれてしまうのだ。

ふいに笛詰の姿が、木漏れ日に陰ったように見えた。次の瞬間、そこに立っていたのは人間の女だ。裾の長い異国風の装束と宝石飾りを身にまとい、鮮やかな化粧を施した美しい女。どこか寂しげな微笑みでこちらを見上げている。

蓮華は言葉を失った。その顔立ちが、ひどく自分に似ていたからだ。

女の隣に旭日が並んだ。同じ意匠の、明らかに貴人と分かる身なり。まぶしそうに手をかざし、こちらに向かって口を動かしたのが見えた。達者でな、と言っただろうか。

風はいつまでも吹きやまず、ぐんぐん地表が遠くなる。蓮華は為す術もなく雲を越え、勇魚の泳ぐ水の玉を離れて、空の暗くなるところまで運ばれていった。


蓮華は音を立てて水面から顔を突き出した。近くに漂っていた大きな浮き葉にしがみつき、何度も咳き込んで、詰まっていた喉の水を吐く。

風に吹き上げられて、どこまで飛ばされるのかと思っていたら、いつの間にか水の中にいた。何がどうなっているのか、さっぱりだ。

濡れた前髪を掻き分け、周りを見回した。「ここは、いったい――」

広大な池の真ん中だ。岸のぐるりに立ち葉がみっしりと生い茂っており、暗い空に向かって開いた蓮の花が、厳かな篝火のように光っている。そのさらに奥、池の周りを遠い山影のように取り巻いているのは、ひと連なりの石造りの建物だ。ところどころに彫像のような塔がそびえている。荒廃した様子はないが、人が住んでいるようでもない。

　ふと気付くと、池の底に足がついていた。立ち上がってみれば、水面は膝の高さまでしかない。溶かした水晶のように透明で、ちょっと見には、水が張られていることも分からない。身体から落ちた水滴の波紋が光を屈折させてやっと、その存在が確かめられるのだ。

　あまりの水の清らかさに、細波(さざなみ)どころか水音を立てるのも申し訳ない気がして、ぼんやりと立ち尽くした。鉉太との別れや、最後に見た笛詰と旭日の姿。疲れたような頭の中を、いくつもの出来事が、ちぎれ雲のように流れ去っていく。

　池の底に敷き詰められているのは、色とりどりの宝玉だ。それらの丸みを帯びた感触を、裸足の足の裏が、ただ柔らかに感じる。その感覚に意識を向けていると、記憶のちぎれ雲を見つめすぎた頭の凝りが、すうっとほぐれていくようだ。風はなく、音もなく、蓮の花も葉も作りものみたいに固まっている。わずかな波紋も完全に収まってからは、池の水さえ水晶に戻ってしまったみたいだった。頭上を覆う虚空の闇には、ぽつんと水の玉が浮かんでいる。東へ泳ぐ勇魚の細かな模様までもが鮮明に見えて、水晶の池にも映っていた。その鏡像に重なって、立ち尽くした蓮華の姿もまた映っている。明王の格好ではなく、山寺を飛び出したときの黒衣だ。

と、水晶の鏡に、波もないのに光が揺れた。目を上げると、宙に炎が出現している。自ら風の流れを編み、その姿を自在に変える、黄金(こがね)色に輝く炎だ。

　炎は音もなくきらめきながら、ゆるゆると細長い形に姿を変えた。光を帯びてなびく旗のようにも、そっと佇む人の姿のようにも見えるそれに、以前にも出会ったことがある。

——よく役目を果たしてくれました。とても喜ばしいことです。

声をかけられた、と思う。懐かしい、風のような御声。通り過ぎてしまえば、肌をなでた感覚も淡くなる風。同様にその言葉も、次の瞬間には耳の中で儚くなるようだ。おそらくそのせいだろう、尊い声音が、どんな色や柔らかさを備えているかが、うまく聞き取れない。強いて言えば、自分で自分自身に語りかける呟きに似ているだろうか。

御仏が優雅に水面へ舞い降りると、池の中からは一輪の蓮が見る間に伸びて花弁を開き、凛として御足を支えた。そうして御身が軽やかに歩んでくるごとに、決して濡らすまいというように、次々と花を咲かせてゆく。

目の前に開いた、ひときわ大きな花の上から、御仏は蓮華を見下ろした。

——よく戻ってきました、と言いたいところですが、私に話があるのですね。

吹き寄せられる言葉の連なりは、俗人のそれと同じ意味を持つ。けれど、その言葉に感情は含まれない。風が言の葉を運び、ただ吹き過ぎる。なのに責められていると感じるのは、きっと御声とよく似た己の心の声が、己を責めているからなのだろう。

ふと自覚した。ここへは風に連れてこられたのではなく、自ら願って辿り着いたのだ。

「恐れ入りました。私が御許に参りましたのは、罪を裁いていただくためにございます」

蓮華はその場に膝を突くと、頭を垂れ、鏡池に映る御影に語りかけた。

「貴方さまは、さまよう鬼であった私を見いだし、明王として取り立ててくださった。その御恩に背かぬために、告白いたします。私は、護法の徒としての役目を果たせませぬ」

時が止まったかのような静寂の池に、ただ己の声だけが響いている。その声に含まれた苦しい気持ちが、周囲を囲む蓮や、彼方の建造物、虚空の水の玉にさえ反響して、一言ごとに身に降りかかってくるような思いがする。己で己の言葉を聞いている。池の真ん中で懺悔(さんげ)を口にしながら、同時に池を取り囲む無数の蓮の花となって、憐れな鬼を見つめている——そんな錯覚に囚われた。

「私は親を知りませんでした。人の優しさや温かさを知りませんでした。得体の知れぬ喪失感に己を律することができず、自ら鬼の振る舞いをし、いつしか本当の鬼になった。けれど貴方さまは、私を救ってくださいました。人の心を知らずにいた鬼の私を、世の役に立つものとして認めてくださった。そのとき私は、まさに生まれ変わった心地がいたしました。一生をかけて貴方さまのために尽くそうと決意を固め、こうして懺悔をしている今でも、その気持ちに嘘偽りはなかったと断言できるのです」

しかしながら、凡たる者の決意の、なんと移ろいやすいことか。私が人の心を知らぬ鬼のままである事実は、まるで縁を欠いた器のごとく、穏やかならぬ危ういことであったのです——。

いつしか声を忘れていた。言葉にしなくても、己の声が己に届く。御仏も耳を傾けてくださる。口を動かさないぶん、心の奥底の思いが、ありのままに伝わっていく。

——己の危うさを自覚したのは、下命を授かり、かの水の地に下向した際のことでした。思いがけぬ場所に落ちた私を、ある人が抱き上げてくれたのです。私は激しい動揺を覚えました。人の温もりというものは、こんなにも柔らかく、心地よいものなのだと。それにくるまれていれば、何を恨む必要もなく、優しい気持ちでいられるのだと。

蓮華は目を伏せた。鉉太は蓮華に、どんなふうに鉉太を救ってきたか知らないのだと言った。でも、鉉太だって知らないのだ。鉉太が、どんなふうに蓮華を救っていたのか。

――私はまるで、香しい美酒に酔ったようでした。可愛がり慈しんでくれる惜しみない情に、まさしく私は酔い潰れたのです。しかし、やはり使命を疎かにすることへの後ろめたい気持ちがあったのでしょう。いつしか私は記憶を封じ、貴方さまに見つからぬよう明の光を避け続けた。鬼として罪を重ねてきた私は、償いのために護法の力を授かり、かの地に遣わされたはずでした。なのに私は役目を忘れ、幸せに酔いしれた。世の役に立てるという誇りを得ても、私の水がめの底は抜けていました。貴方さまの尊い理を、愚かにも、すべてこぼしてしまっていたのです。

今ここでお詫びを申し上げ、新たな誓いを立てるのは容易なことです。しかし私が再び情に触れたとき、おそらく私は貴方さまを忘れる。恐ろしいことに、そんな己の姿もまた容易に想像できるのです。知らなければよかった。人の情など知らずにいれば、私は迷うこともなく仏徒の役目に専念できた。いいえ、これは慢心なのでしょう。

理は正しき道を示し、情はときに人の魔を生み出します。これまでに私が見てきた人の魔は、みな己には律しえぬほどの凄まじい情の念から生まれたものでした。

しかしながら――鬼の私に人の手の温かさを教えてくれたのも、その方の持っていた、確固たる一つの情念であったのです。

人の心を知らぬ浅ましい鬼であったがために、十方の風が編む理の正しさや、それを守護する意義よりも、か弱き心に魔を飼う只人の優しさが、私の中では何よりも尊いものになってしまいました。私は情に魅入られております。魔を生む人の情が何より愛しく、守ってやりたいと願ってしまう――

「私は護法の徒として相応しくない。どうぞ、ご処分をお願い申し上げます」

蓮華は星砕を手もとに呼び、御仏に柄を向けて捧げ持った。

御仏は、じっと蓮華を見下ろしている。

——確かに貴方には、明王としての役は務まらないようです。

星砕が虹色の光を帯び、同じ色の翼をもつ四つ足の生き物に姿を変えた。羽ばたいたそれは蓮華の頭上を一回りし、御肩に舞い降りる。

星砕のぶんの重量を失ったはずなのに、かえって身体が鈍重になったように感じられた。手足が泥のように思え、五感の刺激も遠くなっている。しかしそれは、とても懐かしい感覚だった。御仏に見いだされる前は、ずっと、こんなふうだった。御仏は背いた蓮華から、星砕とともに、かつて与えた護法の力を取り上げたのだ。

——いいえ、思い違いをしてはなりません。

貴方が犯した罪は、私に背いたことではありません。殺生の罪を繰り返したことと、貴方のその忘却により幾多の命が失われたこと。貴方が迷いに囚われているあいだに、かの異界の穴の周りで、どれほどの命が失われたか。

よって、貴方を破門するのです。分かりますね。

「はい」と応じ、頭を垂れる。荷物を下ろして安堵したような、ひどく心細いような心地になった。今の自分は、至高の存在に見捨てられたも同然なのだ。

案ずることはありません、と囁き声が髪を揺らし、耳もとを通り抜けた。

——いつの鬼たちも、己の望むものを正しく見いだし、私のもとを去ってゆくのです。

御声が柔らかな吐息となって頬に触れたとき、そこに涙がこぼれ落ちた。この御方は、まだ他の何者にも到達できない高みの境地に、たった一人で御座（おわ）している。だからこそ、こんなにも尊くまばゆい、孤高の存在であるのだ、と気付いたからだ。

――万物は移ろい、流転するもの。移ろいこそが自然なこと。貴方のその頑なに許しを拒む心も、情に対する強烈な飢餓も、いずれ、いかようにも柔らかく移ろっていくのだと、貴方は身をもって学ぶでしょう。

――元の地獄へと戻すことは、もはや貴方にとっては何の罰にも値しない。一片の風となって輪廻（りんね）の中に戻り、身を粉にして励みなさい。貴方が殺し、見殺しにしてきた者たちよりも多くの命を救う。それが貴方の成すべき浄罪です。

御影が揺らめいた。いちど炎の塊へと戻り、再び人の形をとる。

それは旭日の姿で、揶揄するようにこう告げた。『心しておけよ。償いを成すには、お前が七極河原で放浪していたよりも、遙かに長い年月が必要になるぞ』

旭日は炎の姿に戻り、今度は寂しげな異国の女になって、美しい声で言った。『ですが、怖れることはありません』

次は円宝になり、合掌した。『御仏は、いかようにも姿を変えて存在するのじゃぞ』

円宝から酉白へ。『これからも、ずっと蓮華さまとともにあります』

御影は黄金色の炎に戻りながら、目まぐるしく形を転じていった。泉水や鉉太の母、小波、氏隆、山竜胆の娘、羅陵王、綾霧――今までに出会った名も知らぬ人々にも。

それから鉉太の姿になって、こう告げた。『蓮華、もう帰ってこい』

最後に蓮華自身となり、『さあ、行くぞ』と、両手を取って引っ張った。

終章　楽土

果州押領使(おうりょうし)は臨時の役職とはいえ、その執務は長鳴き鳥の一声で日が昇り、夜通しの篝火(かがりび)が消されるのと同時に、開始されるのが常だった。

東の山の端が明るくなる前に鉉太は登庁する。これは一年を通して変わらない。雨の日も雪の日も、他州からの使節を深夜までもてなした宴(うたげ)の翌朝でも同じである。

朝一番に議事の資料を運んでくる官吏(かんり)たちには、この習慣は、すこぶる評判が悪い。上官より遅く登庁することはできないからだ。生真面目がすぎますと皆ぼやくが、笑って聞き流すしかない。何しろ、やることが多すぎるのだ。最近やっと人材が集まりつつあり、州城から移した仮設の政庁も手狭になってきた。しかし他へ回せば、回したぶんの仕事が出てくるものだ。

泉水の体調を慮(おもんぱか)れば、谷鉉から引っ越したばかりの居館に政務を持ち帰るのも、はばかられた。もちろん、皆の前で果州に楽土を建設するなどと大それた演説を打った手前、実現のための事々に忙殺されるのは、鉉太としても、やぶさかでない。

だから昼過ぎになり、午後の予定がすべて空白になっていたことには驚いた。変更を知らせに来た官吏が、州都工事の視察にでも行ってきたらいかがですかと、含みのある様子で提案する。ぬけぬけと言うには、これは生真面目すぎる上官への意趣返しなのだそうだ。

「腑抜けを床几に座らせておける余分な場所は、この仮舎にはありませんので」

身も蓋もない言いようだが、これは彼らなりの気遣いだ。実際、今日は政務に身が入らない。有能者ぞろいだと感謝しつつ、鉉太は馬を支度させて政庁を出た。


戦ケ原が永手の呪により亡者の巣窟と化したのは、もう三年も昔の出来事である。

蓮華が皓月明王と名乗って戦ケ原に向かったのち、あそこで何が行われたのかは定かでない。ただ、戦ケ原を覆った暗雲は、ときおり朱に染まって不気味に輝き、地獄の景観もかくやといった眺めだった。実際、この世の終わりにも等しかったのだろう。大地の鳴動や亡者の雄叫びは遠く京にまで届いたそうで、恐慌した人々が寺に押し寄せ、経を唱え続けていたらしい。

これらの変事は昼夜の別なく、引きも切らずに続いた。やっと暗雲が消えて静けさが戻ったのは、明王が降臨してから七日めのことだ。この七日間の異変が収まった翌日、鉉太は武装した物見らを戦ケ原へ派遣し、亡者どもが消え失せているとの報告を得た。実際に現地へ赴いてみれば、件の大穴は影も形もなく、黒々と乾いた広大な平地に、この地で落命した者たちへの鎮魂碑のように小山が残されていたのみだ。この小山は西の山裾から、どのような技でか引きずってきたものらしい。

戦ケ原は僧らに結界を施させ、ひとまず禁足地とした。再び地獄への穴が出現することが懸念されたからだが、観察を重ねても小鬼の現れる気配さえない。このあいだに京から僧や大工らを率いて戻ってきた円宝も、様子を確かめ、脅威は消えたと請け合った。となれば、地の利の良い広大な平地を遊ばせておく手はない。数度の測量と京への煩雑な根回しの後、鉉太は果州押領使として、戦ケ原に新しい州都を造営すると発布した。楽土建設の第一歩だ。

従者とともに馬を進め、工事の人足たちが住まう簡素な、しかし活気ある仮宿の集落を通り抜ける。ほどなく道幅は広くなり、路面は整備された盛り土へと変わった。ここは将来的に新都の大路となる通りだ。両側にも小路が交差し、建物が軒を連ねる予定ではあるが、それは何年も後のこと。今はまだ区画が杭で印されているのみだ。春めいた蒼穹の下にがらんとした空き地が広がる中、まず手始めに堀割の工事が行われている。

着物を半脱ぎにした人足たちが、威勢よく声を掛け合い、天秤棒を担いでいく。鉉太が馬を降りて歩いていると、図面を挟んで人足と頭を突き合わせていた僧が気付いて、駆け寄ってきた。

「おいでになるのでしたら、お知らせくださればご案内いたしましたのに」

日射しよけの笠を脱ぎ、西白が気持ち良さそうに汗の浮いた顔で頭を下げた。

「それには及ばん。急に予定が空いてな。視察という名の暇つぶしをしているところだ。最近、官吏たちの物言いがお前に似てきてな。どうも、かなわんのだ」

鉉太がこぼすと、西白は少し日に焼けた頰に満足そうな笑みを浮かべた。

「それはもちろん、私が選りすぐった者たちですので」

三年前に反乱兵の手から逃亡した際、やむなく西白に身代わりをさせた。戦ケ原の七日異変が終わった後も消息は知れないままだったが、さらに数日が経ってから、里人に背負われて戻ってきたのだ。ばつの悪そうな様子で西白が説明したことには、逃げる途中で枯れ草に隠れていた陥没に落ち、意識を失ったうえに脚を折ったらしい。おかげで追跡の目を逃れ、九死に一生を得たというから運の強い話だ。

「ところで、よろしいのですか。今日あたり、奥方さまは、お産でいらっしゃるのでは」

「そのとおりだ。それで、政庁を追い出されてきた」

なるほど、と西白は要領を得た顔で小さく笑った。「人足たちは、仕事後の酒の余興に賭けをしております。お生まれになるのは、若君か若姫か。殿は、どちらをご希望ですか」

「さてな。無事に生まれるならば、どちらでもよい」

西白は頷き、将来の都をまぶしげに見渡した。「いずれにしても、これで殿の夢は、つつがなく続いてゆくでしょう。我々一代では、とうてい成しえぬ大事業でございますから」

「ああ。そうなってくれるとよいがな」鉉太は心ここにあらずで答え、うらうらと霞む新緑の小山を仰いだ。「西白、時間はあるか。少し付き合ってくれ」


西白と連れ立ち、鉉太は新都の西にそびえる小山へと向かった。小山と呼ぶか丘と呼ぶかも微妙な高さだが、勾配が急なため、麓に馬と従者を残して徒歩で山道を登ってゆく。

春風の心地よい頂上からは、戦ケ原の様子が一望できた。平原の一角、蛇行する大河に抱きかかえられる形で定められた新都の立地は、北果からの物資を運び入れるにも、南果の各港からの貿易品を積み替えるのにも都合がいい。

ほとんどの区画は更地のままだが、すでに造営の始まった建物もある。戦ケ原に眠る兵や鬼たちを慰め、新都を鎮護するための寺院だ。これらの建設の指揮は円宝に頼んでおり、荘厳な多重塔や講堂を備えた、大伽藍となる予定である。

一方、新都の周囲は、まだ原野といっていい状態だ。果州の奥から続く大道が、空いた区画を通り抜け、遙か京まで続いていく。白っぽい轍が、青々とした草地の中に、のんびりとした筋雲のように横たわっていた。

「もう三年か。あっという間だったな」鉉太が感慨深く呟くと、

「ええ、早いものでございました」と、酉白も、噛みしめるように応える。

土砂降りの嵐の中で、道を塞ぐ岩を一つ一つ片づけてゆくような日々だった。いまだ朝廷は州司を着任させず、果州の外に軍を留めたまま、いざ地獄の穴が再現された場合は果州ごと攻め滅ぼす構えを示している。鉉太としては、新都の発展のためにも早急に包囲を解かせたかったし、自らの肩書きも、臨時役ではなく正式なものを必要としていた。ほとぼりが冷めたころに寄越されるだろう朝廷の代理人に、今さら積み上げてきた成果をひっくり返されては困るのだ。都の有力者には事あるごとに物品などを贈っているが、それらの根回しが成果を結ぶのは、まだ先の話になるだろう。一方、果州内も決して一枚岩とは言えない。領主たちとの合議の場でも、容易には決が採れず、毎度のように紛糾する。

とはいえ、こうした困難の中でこそ、ともに岩を担いでくれる協力者を得るから面白い。両手に山盛りの沙に見つかる、砂金の一粒だ。

三年前の災厄では、己にとっても果州にとっても、非常に多くのものを失った。しかし幸いにも失わなかったものがあり、のちに新しく得たものもある。

長年にわたって黒く澱んだ沼地でしかなかった戦ケ原も、災厄の半年後には詰まりが取れたように水が引き、春には一面に若草が萌えだした。少しずつ、渡り鳥の立ち寄る原野に変わってい

った。測量の司によれば、大地の魔が祓われただけでなく、新たに生じた小山によって風の流れが変わったせいだろうという。

この風に乗って種が運ばれ、生育の早い植物が生い茂る。その中で若木が生長し、かつての沼地を豊かな森へと変えてゆく。そうした予想が確かなように、いずれ緑に囲まれる新しい都に、人が満ちてゆくことも確かであるように思われた。

果州は新しい土地へと生まれ変わろうとしている。新しい人々が集まりつつある。

しかし——

「蓮華さまのことをお考えですか?」ふいの言葉に振り返ると、酉白が申し訳なさそうに目を伏せた。「申し訳ございません。おつらそうな顔をなさっておいででしたので」

「そうだったか?」鉉太は苦笑し、手のひらで顔をなでた。

明王として戦ケ原の亡者を祓った蓮華は、いつまで待っても戻ってこなかった。決して果てたわけではない、御仏のもとで役目をまっとうしているのだろうと円宝は説いた。そうであれば良いと願う一方で、蓮華の数奇な生まれを聞かされてからは、護法の徒として見いだされるという栄誉を受けながら、人の手の温かさを求めずにいられなかった、その苦悩の根深さをつれづれに考えさせられた。

あの別れの瞬間に、なぜ無理にでも、戻ってくるよう約束させられなかったのか。そんな後悔に、今でも鉉太は嘖まれる。春の日射しに輝く新緑の大地を眺めていてさえ、虚しい気分に取りつかれる。

目指す楽土は果州の民のものであり、その恩恵を子々孫々にまで与えうるものだ。だがその中に、鉉太に最初の決意をさせ、この美しい土地を取り戻してくれた蓮華だけがいないのだ。大きく息を吐き出し、頭を振った。「今だけだ。仕事に戻れば、また忘れられる」

とはいえ我が子が生まれれば、顔を見るたびに嫌でも蓮華を思い出すだろう。

西白と二人、押し黙って原野を眺めていると、山道を駆けてくる者があった。

「殿に、ご注進でございます！」館に詰めているはずの菅根だ。下に置いてきた従者に半ば抱えられながら登ってくると、息が続かないというように鉉太の前で座り込んだ。

「す、すぐにお戻りください。奥方さまが――」

「泉水に何かあったのか？」

鉉太が血の気の引く思いで詰め寄ると、菅根は狼狽（ろうばい）した様子で手を振った。

「いえいえ、無事に出産を終えられました。なれど、奥方さまはひどく取り乱しておいでで、すぐに殿を呼ぶよう仰って聞きませぬ」

「驚かすな。とにかく、泉水も子も無事なのだな？」鉉太は念入りに確認すると、足腰の立たない菅根を西白に任せて山を下った。馬に飛び乗り、馬首を館へと巡らせる。

無事に生まれたのは喜ばしいが、ひどく取り乱しているという泉水が気にかかった。とにかく顔を見なければと、追いかけてくる従者を置き去りにして、ひた走る。館の庭に馬を乗りつけ、出迎えの家僕（かぼく）に手綱を渡すのもそこそこに、産屋（うぶや）へと駆け込んだ。

戸や窓を閉め切った室内は、薄暗いうえに蒸し暑く、元気な泣き声で騒々しい。立ち働いていた女たちが手を止め、口々に祝いを述べてきた。

几帳の奥でぐったりと赤子を抱いていた泉水が、飛び起きた。「殿、お待ち申しておりました！」こちらへ身を乗り出した拍子に、よろけて赤子ごと床に転がりそうになる。

鉉太は寸前で駆け寄り、汗ばんだ肩を支えてやった。

「泉水、いったい何があったのだ」取り乱す、というのは大袈裟(おおげさ)だが、確かに興奮しているらしい。疲労が頬を削ぎ、微熱のために目もとも潤んでいるが、輝くような表情だ。

「私が何を申し上げたいかは、ご覧になっていただければ分かりますわ」

さあ、と首も据わっていない赤子を手渡された。鉉太は恐る恐る抱き直しながら、我が子の顔をのぞきこんだ。大口を開けて泣くせいで、ふやけた顔がいっそう皺(しわ)だらけだ。

「このありさまでは、まだどちらに似ているとも言えんな」

「まあ、何をとぼけたことを仰いますの」泉水は焦れたように言い、自身の手のひらを開いて指差してみせた。「違います。右手でございますよ、右手」

乳母が産屋の蔀戸(しとみど)を開け、見やすいようにと光を入れる。鉉太は泣き喚く我が子の気をそらしつつ、小さな握りこぶしのあいだにそっと指を差し入れ、広げてみた。

柔らかな手のひらに貼り付いた、白い星。古い矢傷の跡に、よく似ていた。

「これは」と呟き、鉉太は声を失った。驚きと喜びが喉に詰まり、全身を震わせてゆく。

――来てくれたのだな。また、俺のもとに。

「ほら、いつかの私が申し上げたとおりでございましょう」言葉もない鉉太に泉水が微笑みかけた。「今日このときこそが、この子と私たちとの、縁(えにし)の起こりでございますよ」

春の日射しのまぶしさに、赤子は泣き止み、顔をしかめた。そして光へ向かって腕を伸ばすと、その小さな手で青空ごと星を握りしめた。

第四回創元ファンタジイ新人賞選考経過

「第四回創元ファンタジイ新人賞」は、二〇一八年八月三十一日の締切りまでに一四〇編の応募があり、十月二十九日に行われた第一次選考、十二月五日に行われた第二次選考を経て、次の六編を最終候補と決定しました。

稲座（さのくら）さくら『予祝（よしゆく）の森』
和田正宗（わだまさむね）『夜の彼女』
深野（ふかの）ゆき『門のある島』
梨田（なしだ）いつき『銀蠍記（ぎんろうき）』
平島摂子（ひらしませつこ）『昇龍天へ還る』
松葉屋（まつばや）なつみ『沙石（しゃせき）の河原に鬼の舞う』

最終選考は、井辻朱美、乾石智子、三村美衣の選考委員三氏によって二〇一九年一月三十日に行われ、左記の通りに決定しました。

第四回創元ファンタジイ新人賞
受賞作　松葉屋なつみ『沙石の河原に鬼の舞う』
優秀賞　深野ゆき『門のある島』

〈受賞者プロフィール〉
松葉屋なつみ
静岡県出身。筑波大学卒業。『歌う峰のアリエス』でC★NOVELS大賞受賞。中央公論新社C★NOVELS Fantasiaで同書を刊行。

なお、本作は刊行にあたり『星砕きの娘』と改題し、改稿しました。

第四回創元ファンタジイ新人賞選評

現実との共振の美しさを見せる二次世界

井辻朱美

前回までは規定枚数の上限が八百枚だったが、今回は六百枚。この尺でファンタジイ、となると、現実を完全に別設定で代替することは難しい。そのような野望を抱くには、幻想空間のバイト数が足りない。

と、いうことを読みながら実感した。つまり今回は現実との段差が浅く、読みやすかったのである。ちょうど基板としての現実に、華麗な刺繍をほどこす、あるいはそこに新たな刻印を打ち込むといったやり方で、二次的な世界が創られているように思われた。

それは現実のもうひとつの変奏となり、見えざる下塗りの面の現実と、ほどよいデュオを奏でる。倍音が鳴るような、増幅されるような感じである。その音はSFの目指す「新奇」なものではなく、よりファンタジイの本質に近いもの、すなわち「エコー」「共振」「余韻」であるような気がした。

『予祝の森』　稲座さくら

平安時代を舞台にしたパラレルワールド・タイムファンタジイ。源氏物語を思わせるネーミングもふくめて、雅な世界が成立している。ヒロインは、予祝という「良い、すばらしいと思った事物からその性質のエネルギーを吸い取り、文様のように衣服に織り込みつつ溜めておいて、将来放出して使うことができる力」を持っている。未来の祝福を先取りする力。この設定は美しい。

しかし彼女は呪詛を受け、六十六年過去へ飛ばされる。身体すら失い、山姥に宿り、やがてかつての自分の未来の姿になった彼女。

幼なじみの初恋の少年との再会、東宮妃に定まるはずの姫とその恋人を結びあわせようとする企み。絵からあらわれた鵺、鏡の中を移動する山海狸などの不思議をちりばめつつ、彼女が作りあげたエネルギー貯蓄スポット「予祝の森」は艶やかさを増す。

　夢の淡さと時のはるけさを絵巻物のように描いた物語。予祝という工夫自体、四季の繰り返しと重層性を美学の礎とする平安文学に、それを強調するかのごときアクセントを加える。

　横顔の人物たちが通りすぎる絵双紙の風景。もしかしたら、もう少し短い枚数のほうが生きるテーマであったかもしれない。

『夜の彼女』　和田正宗

「実話怪談」を地で行く物語。三角形のマンションの一室が見上げる位置によって三階であったり四階であったりする、という違和感から始まり、「都市伝説」オンパレードだ。

　オカルト雑誌のライター米田学は、両親が異界に消えたため異界を探している女子学生、乃亜と出会い、恋仲になる。後輩の故郷の祭りにまつわるミステリースポット牛井戸で、ふたりは異世界に一瞬だけ入ってしまい、乃亜は戻ってこない。しかし彼女はいつでも自分のそばにいて見守っているような気がする……というエンディング。

　全体をつらぬく大いなる「陰謀」か「秘密」かがあれば。あるいは彼女の正体や両親の消えた意味など、彼女に収束するミステリーがあれば。

　淡々とルポをしてゆく体裁は読みやすいが、So What? という問いかけが残った。結論は出なくてもよいが、何かにたえず向かいつづける執念のベクトルがほしい。

『門のある島』　深野ゆき

　世界（エネルギー）観系のファンタジイ。水丹を操る天才である幼い王女ミイアが、跡取りの妹姫の妨げになるのを恐れて家出。

　そこで出会う蜘蛛族、「見ゆる聞こゆる者」ら、自然界の水や風、土を操る種族たちとその世界操作メソッド——例えば女が一族の男に、「式」を刺青として彫る——が、まさしく刺青のごとく細かに展開される。

　特に水蜘蛛族のしきたりや男女の関係、「式」を操る自由な女タータとラセルタ、部族を守るカラ・マリヤの諍いと葛藤、また「式いらず」のハマーヌとウルーシャの友情など、キャラクタードラマを重ねつつ、「丹導学」が語られてゆく――本作には八百枚クラスの容量が必要だ。

王女ミイアは愛らしいが、例えば彼女の目線からだけ物事が語られれば、もっと世界のパースペクティブが定まり、見やすくなったかもしれない。作りこんだ世界であることは解るが、世界の地層を増すべく設定されたデータの厚みが、水平方向のドラマ推進力とうまくバランスしていない気がする。

『銀蠟記』　梨田いつき

『鋼の錬金術師』（荒川弘）を思わせる、生体と機械の錬金術的合成がテーマ。

風水技師の主人公の一人称の語り口も、ときにワイズクラックを交え、巧みだ。しかし以下のような点はどうなのか。

①女である闘士と男の風水技師が組んで呪霊を倒す、闘技島での「四神踏」の儀式の必然性がわからない。なぜ女なのか。またヒロイン巴華の行動にいまひとつ一貫性が感じられない。

②呪霊とは一つの土地から異なる属性の力を引き出したため、異界との裂け目が生じ、そこから出てきたものとされるが、実態がわからない。

③機械と生命体が一体となった武器と身体のありかた――試合で四肢を失った女性に風水技師が金属製の四肢をつけ、彼女は闘士として復帰。これが恐らく一番書きたいエピソードであったのだろうが、そのため周りの人物が単なる「役割」として配された感がある。

題名の銀蠟は、パラカム水銀という液体金属に術師自体の血をまぜたもの。それで部品を作り、武器をこしらえるという錬金術的趣向は魅力的だし、主人公の生み出したカバラ的な気武螺の槍、五惑星と人体の内臓との照応関係から運命を読むために飼われている共輪人の設定など、オカルト的な仕込み、仕掛けは十分にある。ただ最初にほのめかされた武器の「反動」が主人公を導くモチーフになりきれなかったのと、勝利のエンディングがあっけない。

『昇龍天へ還る』　平島摂子

世界観の構造は比較的わかりやすく、人間と動物の中間に存在する「空冥」という異能の種族（人間として生まれることもあり、獣のこともある）を、人間は「律」によって縛り、世界をコントロールしようとしてきたが、そのためにかえって土地は疲弊し、自然が衰えてゆく。

最後に王宮の地下の蚕宮に眠る龍を、ヒロインたる「空冥」の巫女、朱音が解放し、ともに天に去ってゆくという物語。

やや気になったのは、叙述の速度感のなさ（単調さ）だ。

大部分は主人公葛根（朱音の兄・人間）の目線から語られるが、「事態」と「それへの感想・思い」が絡みあいすぎていて、叙述のすべりが悪く、つねに内的空間を漂っているような曖昧さ、もどかしさがある。事態の重さを告げる、という功を奏するにいたっていない。すべてに渡ってこのような書き方がされているのは問題であると思う。

たとえば後半、まさに巨大な「空冥」の「シシ神」を狩る迫真の描写は、『もののけ姫』そのものだ。断たれた大鹿の首の力、地に吸われた血の力、これらの「大地の力」を描きたいことはわかるが、それがつねに語り手の解釈・読み解きの中に取りこまれていて、モノ自体、コト自体として語りを突き破ってこない……。特に鹿狩りのようすを詳しく追うあたりの描写は、この冗長さに絡みつかれていて不透明で重いと感じる。

アニメであれば、映像がすでにハッキリと視聴者の前に浮かんでいるので、それについて登場人物の思い入れが語られても、その事態の鮮度は落ちないが、文章で両者を合体させつつ描こうとすると、どちらの鮮度も落ちる。

金魚爺や朱音の挿話、朱音と鴿の交流などの細部には、ほのぼのとしたインパクトがある。が「大きな物語」を描こうとする部分では、筆致がそれに追いつかず、個人の「小さな物語」の中に閉じこめられてしまう。

全体のテーマは『ゲド戦記』シリーズ後半の「ドラゴン族」の復権を思わせ、「空冥」という種族の、人間と自然のあいだに位置する精霊のような存在感は面白いので、彼らのキャラクター・エピソードを、もっとちりばめてもよかったかもしれない。

『沙石の河原に鬼の舞う』 松葉屋なつみ

昨年度の最終候補作『フフキオオカゼ失踪事件』の作者。天性のキャラクター描写の巧さが、今回さらに背景や構造を包み込む芸としてふくらんだように感じる。

蓮華という謎の少女は登場時から、萩尾望都描く「阿修羅王」(『百億の昼と千億の夜』原作・光瀬龍)のまなざしを思わせる強烈さと光芒を発している。

物語はおおまかに三部の構成を持ち、それぞれに日本霊異記、御伽草子、沙石集など説話物語のおおどかな味わいがある。

一部は鬼退治メインの「御伽草子」的綺譚。若者鉉太と母親が鬼の羅綾王の一味にとらわれて、そこから朝廷の援助の軍を得て脱出するまで。

彼を「とと」と呼ぶ不思議な少女「蓮華」は、流れてきた蓮の蕾が変化したものだが、「明」がのぼっているあいだじゅう赤子に戻り、何度でもリセットして甦る。ともに流れてきた太刀、星砕は彼女のみがふるえる。童子のように単純で愛らしいが、その戦いの力は凄まじい。

人質たちの小指を切りとって集め、そこにスパイとなる長虫を埋め込み、それが羅綾王の首飾りになっている話なども昔話らしい。鉉太が脱出に成功する部分はやや安易だが、王がもとは人間であり、鬼の気を集める存在であった、というあたりに鬼への見方が初めてあらわれる。

二部は宮廷物語ふう「日本霊異記」。鉉太と蓮華は鬼道を研究する僧、円宝の庇護を受ける。わが子の死によって鬼と化した女御との戦いのエピソードを通じて、人間が鬼と化すという見方がさらに強められる。鉉太は母の連れ子であったが、南北の地方の宥和の象徴として次代の領主と目され、継父と再会・復権。彼の人間社会への復帰が語られる部分だ。許嫁の泉水が、蓮華に嫉妬して乗り込んでくるくだりなども微笑ましい。

俗世では父に離反した豪族永手の挙兵。霊の世界では鬼として追われる蓮華。

三部はいよいよ蓮華の出自と運命が語られる仏教説話。この永手の呪法はすさまじく、飛ばされた首の口から、息子はじめ地獄の亡者たちが這い出してくる場面は圧巻。蓮華は円宝に救われて死の世界からよみがえり、神通力で鉉太を助けるが、仏に輪廻の渦に戻るよう諭され、一部と二部が融和するごとき意外な結末へ。

天真爛漫な蓮華、赤子の彼女に七年も乳を与えつづけた兎馬の笛詰、飄々とした円宝、彼が探し求める魔道師旭日、大らかで一本気な泉水など、伝奇的なキャラクターが物語を生き生きと彩り、醜悪、酸鼻な描写も「御伽草子」的な綺譚のレベルにとどめられて、軽やかさを生んでいる。この味わいが捨てがたい。

まとめ
冒頭にも述べたが、今回は「現実」(すでに存在する物語)との共振の美しさに成功した作品として、『沙石の河原に鬼の舞う』を推したい。『予祝の森』も同じ意味で心地よく読めたが、薄い草子を重ねたような味わいに、さらに「呪詛」の暗いインパクトも欲しかった。
世界を織りなすディテールの解明にこだわる『門のある島』『銀蠟記』は昨年までの応募作の中心傾向に近いが、今回の尺では世界観構築にやや無理があったように思う。

選評

乾石智子

今回の応募作は、どれも世界観がしっかりとしていて、アイディアも小道具も、オリジナリティに富んだものばかりだった。構成もよく練られており、大きな流れが感じられるものが多かった。
だが、アイディアや小道具やキャラクターの一面的な性格だけで物語を動かそうとしている感があり、共感を持つに難しく、物語の意義を見出すに苦労したものもある。登場人物の動機、情念、目的意識、信念に、深さを持たせてほしい。

『夜の彼女』 和田正宗
すっきりした文章に好感が持てた。最後の場面、部屋に入ってくる正体不明の女の部分が怖かった。
怪談の長編物というのは構成やディティールをつなげていくのがとても難しいと思う。物語全体を貫く謎が読者の好奇心をかきたて、怨念や呪いに絡む小さなエピソードを重ねて最後まで引っ張っていかなければならないのだから。そのエピソードの随所でも、読者を怖がらせる必要もあると思うが、その点が弱かったようだ。読者はもっと怖がらせてほしいと思っている。もうこれ以上は恐ろしくて読めない、くらいのものを期待する。

『銀蠟記』 梨田いつき
他人とのかかわりを嫌う主人公が、名声を得る夢を原動力に実験をくりかえし、新たな発明を成し遂げる。その過程を通して、少しずつ成長する姿をうまく描いている。
力を増幅するための様々な研究についての説明が、大変具体的でリアリティを感じさせた。
しかし、ゲームをそのまま小説にしたような結末がいただけない。巴華という女主人公も、自主性の感じられないバーチャル少女のイメージが強かった。物語全体にみずみずしい生命感を宿らせてほしい。

『予祝の森』 稲座さくら
平安時代を思わせる世界観の中で、自然と一体になり、活力をもらって身の内にためるというアイディアがうつくしく表現されていた。物語の前提として、主人公がすでに闇をうけいれている——闇とともにあった平安時代であれば、とても自然に思われる——のがおもしろかった。また、クライマックスの対決シーンでテレポートする場面がすばらしかった。

構成をしっかりさせて物語を進めているのだが、はじめて読む者には、誰のことであるのか、時系列がどうなっているのか、混乱が先に来て理解するのに苦労する。また、大きな瑕疵はないものの、読んでいてわくわくすることが少なく、淡々とした話の重ね方が、読者に辛抱を要求する。

全体を通して、人生へのあきらめ、運命に従う物わかりの良さが目立った。「一時間」「観光施設」「細胞」など、雰囲気を壊す言葉が多かったので、ほかの適切な表現をさがしてほしい。

『昇龍天へ還る』　平島摂子

これも構成がよく考えられている。平安京めいた設定はそろそろ飽きがきているが、世界観はしっかりしている。大自然の象徴である龍を人間の都合で矯めたがために、滅ぼすことも解放することもままならない状況に追いこまれている世界を上手に描いて、現実社会を想起させる。

朱音が龍をなだめ、一体となってことをおさめることによって説明はなされているような気がするのだが、今一つ納得がもたらされない。登場人物の悩みや願いが、薄皮一枚隔てたむこうにあるようなもどかしさを感じたためだ。それは物語全体をおおっていて、感情がじかに伝わってこない。物語の流れも、地上の事件から自然現象の大きさに抜けだしていく大きなうねりが必要だった。

前回の講評でも書いたが、梗概が中途半端。自分の書いた物語をまとめる力を示すべきだと思う。とても難しい作業だから、なおさらそう主張したい。

『門のある島』　深野ゆき

構成がしっかりしており、世界観も作りこまれている。滝の勢いや涼やかさ、木漏れ日の光るさま、対する砂漠の容赦のない荒々しさが伝わってきた。登場人物のそれぞれが成長の螺旋を描きだしているのが見事だった。全体的に楽しく読むことができたし、結末もすばらしかった。

一つ納得がいかないのは、ハマーヌの存在がタータの求めるものを与えるためにだけ用意されていたような印象があったことだ。主人公ミイアとの接点が薄く、別々の話を強引にくっつけた感が否めない。ウルーシャを失ったあとの彼の歩みが違っていたなら、彼自身の変容として大きく評価できるのだが。ウルーシャを殺さず、ともに成長していける方向が良かった。

ミイアの活躍が少なく、狂言回し的な位置づけにおさめられてしまっている。もう少し年齢をあげて、自ら運命にかかわる動かし方をしてはどうか。最後の水封じの式を彫る場面も丁寧に書きこむと、ミイアがそれを明らかにした時の衝撃がもっと大きくなったと思う。水封じに対してミイアがどのように考えているかを前に書いていると、いい伏線になったかもしれない。

タイトルは一考したほうがいい。

『沙石の河原に鬼の舞う』 松葉屋なつみ
これも平安時代をモデルにしているのか、とげんなりしたが、それは早とちりだった。「朝廷」が最大権力の世界でも、雰囲気は室町時代に近いか。「明教」と筆者が設定している宗教はほとんど禅宗と認識した。その禅宗的な世界観の中で、憎しみを抱えることの罪深さ、罪深さに苦しむ主人公たちがどのようにして解脱していくかをみごとに描ききったと思う。心の救いに関する考察が感動的だった。

蓮華と円宝の問答は、おのれをふりかえる蓮華が真実に到達するとても大事なシーンになっているし、大武丸と鉉太の戦いにおいても心のありようを描き、大武丸が自らの闇に呑まれて当然と納得がいく。トリックスターめいた存在の旭日の存在も効いている。

破滅の後の、再生を喚起する鉉太の言葉や、蓮華の亡者たちへの理解も複眼的で深い洞察が感じられる。彼らの慈悲心に打たれ、「愛憎も柔らかく移ろってゆく」と吐露した御仏の言葉は、宗教を超えた普遍的な真理ではないだろうか。深い共感を覚える見事な作品だった。

ただ、鉱太の身代わりとなった万寿丸の聞き分けが良すぎる。彼の心情や身代わりになる際の覚悟などを記しておくと、納得できるのだが。

読後に、『新太平記』を再読したくなった。

これも、タイトル一考を。

総評

どれも仕上がりが良く、構成・世界観・アイディアがすばらしい作品ばかりだった。

それだけを求めるのであればすべてを本にできるとは思うのだが、人生の深みや運命に対する考察、起こった事柄への洞察力、他人への共感性が語られているものに軍配を上げたい。

なんちゃって和物や中華物が流行っているようだが、そうした流行から一つ抜け出したものを望む。自分にしか書けないものを求めていく苦労を回避しないでほしい。

その世界観にあう言葉選びも大事にするべきだと考える。その世界の文化であれば絶対につかわないような言葉が多かった。雰囲気だけではなく、背後にあるものを想起させる言葉選びを労を惜しまずにしてほしい。

選評

三村美衣

今回の最終候補作は六作。バラエティに富んだ内容でおもしろかったが、しかしファンタジイの賞であるという観点からは評価しづらい作品も混じっていた。

和田正宗『夜の彼女』は、オカルト雑誌のライターの青年を主人公に、身の回りで起きた怪異や取材の顚末を描く。筆はたつので青春小説としては楽しく読めるのだが、ジャンル的にどっちつかずな印象で、怪異現象の描写が怖くないしファンタジイ的な展開もない。

梨田いつき『銀蠟記』は、異世界を舞台にしたバトルファンタジイだが、世界設定が明かされないまま、伏線も回収されず、とりあえず目先のバトルに勝ててよかったねで終わっている。区切りはついているものの、やはり長大な物語のプロローグという印象で、ここまででは評価を下すことができない。

稲座さくら『予祝の森』は、平安時代を舞台にした呪術ファンタジイ。森をさまよい、大自然の営みから少しずつ力をわけてもらい、それを将来のために蓄える「予祝」。その力を文様のように染めつけた衣や森の描写が美しい。残酷な展開だが、ヒロインが諦観の境地に至る葛藤が描かれていないために、緊張感や盛り上がりに欠ける。とはいえ、情念がこもると、持ち味である爽やかさがなくなってしまうので悩ましい。

平島摂子『昇龍天へ還る』の時代設定は、日本でいうなら律令制が始まるあたりだろうか。人が知識によって自然をも従え、秩序的な社会を形成しようと一歩踏み出した時代の物語だ。自然のバランスが崩れて深刻な干ばつが起き、土地は痩せ、民は飢える。そういった時代に、獣と人との境にいる先祖返りのような「空冥」と呼ばれる人々を描こうとした点に可能性を感じる。しかし心象的な表現や神的な存在との対話を重視するあまり、物語の展開や登場人物の背景、「龍」を解き放つことの是非や、その後についての想定など、論理的な展開が弱い。

深野ゆき『門のある島』は、水との関わりが異なる三つの部族の暮らしと、三人の若者の生き方を描いた異世界ファンタジイだ。水を操る女系一族の文化やビジュアルがたいへん面白く引き込まれた。しかし、三者三様の立場と問題、それぞれの選択を描くにはどうしてもボリューム不足。さらにサブキャラに魅力があるがために、美味しいところを全部さらって退場された感が否めない。出版には大幅な加筆・改稿を要するが、世界設定のオリジナリティと、物語の面白さ等の魅力は捨てがたい。

松葉屋なつみ『沙石の河原に鬼の舞う』の舞台は室町時代だろうか。『御伽草子』的な世界観のもと、禅宗的な思想を背景に、憎しみに囚われて鬼となった者の苦しみと救済を描いた作品だ。鬼の砦に囚われた少年が、川で蓮の花を拾う。ところがその蓮が手の中で赤ん坊にかわり、あっという間に少女へと成長し、さらに〝明〟が出るとまた赤ん坊に戻ってしまう。少年の成長を描く物語は、やがてこのふしぎな少女の宿命を巡る話へと変化していく。終盤の問答が物語と乖離してしまわないように、伏線をもう少し用意周到にはって欲しいが、生死や輪廻転生についての思索も、残酷さと艶やかさを同居させた語り口もすばらしく、六作の中では完全に頭一つ抜けている。

星砕きの娘

2019年8月30日　初版

著　者　松葉屋(まつばや)なつみ

発行者　長谷川晋一

発行所　株式会社東京創元社
〒162-0814 東京都新宿区新小川町1-5
電話（03）3268-8231
http://www.tsogen.co.jp

装　画：遠田志帆
装　幀：東京創元社装幀室
ＤＴＰ：キャップス
印　刷：理想社
製本所：加藤製本

乱丁・落丁本は、ご面倒ですが小社までご送付ください。
送料小社負担にてお取り替えいたします。

ISBN978-4-488-02798-8 C0093